文春文庫

まほろ駅前狂騒曲

三浦しをん

文藝春秋

まほろ駅前狂騒曲　もくじ

人物紹介

まほろ市は、東京都南西部最大の町。神奈川県との境に位置する。
まほろ駅前で便利屋を営む多田のもとに、高校時代の同級生・行天が転がりこんできた。
多田便利軒を訪れるのは、どこかきな臭いワケありの依頼人たち——

多田啓介（ただけいすけ）
まほろ駅前で便利屋「多田便利軒」を営む。バツイチ。

行天春彦（ぎょうてんはるひこ）
多田便利軒の居候。バツイチ。

三峯はる（みつみね）
四歳。母親・三峯凪子の依頼で多田便利軒に預けられる。

柏木亜沙子（かしわぎあさこ）
地元発祥の洋食チェーン「キッチンまほろ」社長。

沢村（さわむら）
まほろ市内で野菜を生産販売する「家庭と健康食品協会（HHFA）」の幹部。

星良一（ほしりょういち）
まほろ市の裏社会で生きる若きボス。HHFAの動向を監視する。

曽根田のばあちゃん（そねだ）
まほろ市民病院に入院中。息子が時々、多田に見舞いを依頼する。

岡老人（おか）
多田便利軒の常連客。多田に庭掃除とバスの運行監視を依頼する。

まほろ駅前狂騒曲

一、

　多田便利軒はつつがなく、言葉を換えれば代わり映えなく、新しい年を迎えた。

　多田啓介がまほろ市ではじめた便利屋稼業は、景気の波にさほど左右されず、低空飛行ながらもなんとか収益を上げている。大儲けはできないけれど、地道かつ堅実な商いで信頼を得てきた。

　その証拠に、古い雑居ビルにある事務所のローテーブルには、煮しめやカマボコや日本酒が並んでいる。

「多田さん、男所帯じゃ年越しの準備もままならないでしょ。これを食べて、お正月ぐらいはゆっくりしてくださいね。来年もよろしく」

　といった調子で、ほうぼうの顧客から頂戴した品だ。信頼の証というより、同情された結果のような気もするが、まあよしとしよう。

　東京都の南西部に位置するまほろ市は、人口三十万人を擁する一大ベッドタウンだ。

JR八王子線と私鉄箱根急行線（通称ハコキュー）が交差するまほろ駅前は、デパートが林立し、商店街にも活気がある。ハコキューで新宿まで三十分なので、若いサラリーマン家庭向けの大型マンションも建設ラッシュだ。

駅から少し離れれば、一戸建てが密集する住宅街が広がっている。バブル期をピークに、畑や丘を宅地造成して建てられた家なので、築三十年を越すものもある。いまでは子どもも独立し、会社を定年になった夫婦が二人だけで住んでいるケースが多い。

多田が生まれ育ったのも、まほろ市内の建売住宅だった。多田が自動車会社に就職したのを機に、両親は家を売り、互いの故郷である長野へ帰っていった。いまは小さな畑を耕しつつ、元気にやっているようだ。

多田と両親は、特に仲がよくも悪くもないが、あまり交流はない。たまに電話で近況を報告しあったり、親から不恰好な野菜が送られてきたりする程度だ。多田はほとんど料理ができないので、野菜はたいがいサラダになる。細い大根もゆるくしか丸まっていないキャベツも、ひたすら刻んでマヨネーズをかけて食す。虫になった気分だが、親心を思えば捨てるわけにもいかない。白菜とカボチャはさすがに茹（ゆ）でた。

多田は、かつて妻と離婚する際、もう恢復（かいふく）できないのではないかと思うほどの打撃を受けた。思っただけで、いまもしぶとく生きて生活しているのだが、会社を辞めて便利屋をはじめたのは、妻とのあれこれが遠因になったと言えるかもしれない。妻と住んでいた杉並区のマンションを引き払い、まほろ市に戻ってきたばかりのころは、だれとも深く交わりたくなかった。離婚の事情を知る両親も、そんな多田の意向を汲んでくれたのだろう。長野からさりげなく心配の合図を寄越すだけで、強いて干渉してこようとはしないのだった。

さて、まほろ市はマンションや一戸建てがあるだけではない。さらに郊外には、雑木林や田園地帯が残っている。住宅地に侵食されつつあるが、牛舎と牧場もあるぐらいだ。大学のキャンパスもいくつも点在し、学生向けのアパートも無数と言っていいほど建っている。

郊外および住宅地と、まほろ駅前とを結ぶのは、横浜中央交通（略して横中）のバスだ。バス路線はクモの巣のように市内に張りめぐらされ、オレンジ色の車体はまほろ市民にとって馴染みの足だった。

単にベッドタウンというだけではくくりきれないほど、まほろ市にはさまざまな境遇のひとが住んでいる。子育て中の若い夫婦も、老人も、学生も。先祖代々受け継いできた土地で第一次産業に従事するものも、都心まで通勤して会社で働くものも。

そして多くのひとが、忙しい日常のなかでちょっとした雑事をこなすとき、だれかの手を借りられればなと思ったりする。重い箪笥のうしろに年金手帳を落としてしまったとき、庭掃除をしなければならないのに気乗りしないとき、スーパーへ買い物に行きたいのにぎっくり腰になってしまったとき。

そこで登場するのが、多田便利軒だ。

いろいろな立場や事情の人々が住んでいるおかげで、多田はまほろ市で便利屋として暮らしていけるのだった。

例年どおり、年末は大掃除の依頼が殺到し、慌ただしく過ぎていった。年が明けたとたん、これまた例年どおり、閑古鳥が鳴きだした。便利屋は、松の内は仕事にならない。今年も一月四日に急な子守の依頼が入っただけで、あとは冷凍しておいた煮しめをレンジであたためて食べるのみの毎日だ。「なにごともなく松が明けますように」と願いながらの寝正月も、はや満願の日。本日、一月七日が平穏に終われば、多田のささやかな願いを神さまが聞き届けてくれたことになる。

ところがここに、多田の心の平安を乱す男が一人。

「ねえ、多田。燗つけてよ」

行天春彦だ。事務所のソファに寝そべり、煮しめを肴にちびちびコップを傾けている。正しい寝正月のありかたを体現する覚悟なのか、ここ数日というもの、便所に行く以外で直立した姿を見せたことがない。

「なんで俺が。ひやのままでいいだろ」

「寒いんだよ、この部屋。なんで一時間おきにストーブを切っちゃうわけ」

「経費節減だ」

「貧乏が骨身に染みる」

居候のくせに文句を言う行天に、多田は床に落ちていた毛布を乱暴に投げつけた。行天はもぞもぞと毛布を体に巻きつけ、横になったまま満足そうに飲酒を続行した。うまく顔だけ起こし、一滴もこぼさずにコップから酒をすすっている。妙なところだけ器用だ。

多田はローテーブルを挟んだ向かいのソファに腰を下ろし、ため息をついた。

「あのなあ、行天。おまえが転がりこんできてから、この正月でなんと、三年目だぞ」

「もうそんなになるかねえ」

「なんとかしようと思わないのか」

「なんとかって？」

「職や部屋を探せって言ってるんだ」

行天は身を起こし、割り箸を手にした。煮しめを盛った皿に箸をのばしながら、不思議そうに言う。

「職なら多田の手伝いをしてるし、部屋ならここにあるじゃないか」

「ここは俺の事務所兼自宅！　三十もとっくに過ぎてるのにそのていたらくで、恥ずかしくないのかおまえは」

「全然」

「俺は恥ずかしいよ。おまえの存在を顧客のみなさんにどう説明すりゃいいのか、いつも頭を悩ませてるよ」

「高校の同級生」

と、行天は箸で自身と多田を交互に指した。

「高校の同級生だったってだけで、フツーは得体の知れない男を何年も居候させたりしないんだ」

「でも実際、俺とあんたは同級生だったとしか言いようがないんだから、しかたないでしょ」

行天は一升瓶からコップに酒を注ぎたした。多田のコップにも注いでくれたはいいが、大幅にローテーブルにこぼれたので、多田が急いで布巾で拭くはめになった。行天はおかまいなしに煮しめを食べ、酒を飲む。

「そんなにお客さんの目が気になるなら、『実は生き別れになっていた双子の弟なんです』とでも言っておけば」

「まったく似てないのにか」

「『いい年してニートなもんで、里子に出した家から追いだされたそうなんです。いやあ、俺も困ってるんですよ。ははは』」

行天はまだ双子設定で演技をつづけている。多田は眉間を揉み、コップの酒を一息に飲み干した。

都立まほろ高校に通っていたころ、行天とはたしかに同級生だった。もう二十年近くまえのことだ。だが、友だちではなかった。会話したことすらなかった。

それが、二年まえの正月に偶然再会し、なんとなく事務所に転がりこまれ、居座られて、いまに至る。多田は丸二年のあいだ、素っ頓狂な行天の言動に振りまわされっぱなしだ。

行くところがないと行天に言われ、多田は当初、軽い気持ちで居候することを許した。高校時代のある出来事から、行天に対して多少の負い目を感じていたせいもあった。どうせ盗られるものもないし、好きにすればいいと思った。妻とのあれこれが尾を引き、多田は多分になげやりになっていた。すべてがどうでもよかった。

このごろようやく、本当にまえを向いて歩きだせそうな気がする。明るいもの、あたたかいものを求める自分を、許せそうな気がする。そんな心境の変化が起きたのは、行天の素っ頓狂さに一因があるとも言え、その点では多田も感謝している。

しかし、居候期間が三年目に突入って、いくらなんでも長すぎるだろう。

多田はまたも盛大なため息をついた。行天に常識を説くことのむなしさは、それこそ骨身に染みている。行天との共同生活を通し、諦めと寛容の精神が無理やり養われた多田だが、家族でも恋人でも友人でもない男と三度目の正月を迎えたのかと思うと、さすがにため息をつかずにはいられないのだった。

「まあまあ、細かいことをあんまり考えないほうがいいよ」

行天はコップ片手に、煮しめの皿と口のあいだでせわしなく箸を往復させている。

「わかりやすい理由や関係がないと、だれかと一緒になんか住めないと思うやつは、ある意味では恵まれてるんだ。守りたい世間体も財産もなくて、もう『なんとなく』以外の行動原理が見当たらない。そんな人間がいるなんて、きっと想像したこともないんだから。どうしても説明が必要なら、『双子です』で適当に押し切れって」

なにやらもっともらしいことを行天は言っているが、多田は最前からべつのことが気になっていた。

「行天。おまえなんで、コンニャクばっかり選り分けて食ってるんだ」

「うーん、喉ごし……？」

「嚙めよ！」

なんの前触れもなく事務所のドアが開き、

「あけましておめでとーう！」

と、二人の女が乱入してきた。まほろの駅裏で娼婦をしている、ルルとハイシーだ。

豊満すぎて「縄文のビーナス」のような体型のルルは、金色のスパンコールがびっしりついた鎧みたいなワンピースに、偽物の毛皮を羽織っていた。ピンヒールは銀色だ。腕には、首輪がわりに紅白の水引をつけたチワワを抱いている。昼間から派手なのはいつものことだが、正月仕様の出で立ちらしく、今日は特にすごい。

ルルよりは常識的なハイシーは、ほっそりした姿態に黒いセーターとブルージーンズという、飾り気のない恰好だ。手には大ぶりのタッパーを持っている。

「便利屋さんたちったら、やっぱり侘びしく二人でお正月を過ごしてるのねぇ」

ルルはローテーブルのうえをざっと眺め、多田の隣に強引に座った。チワワのハナは、ルルの膝でおとなしく伏せをしている。

「べつに侘びしくないよ」

ハイシーのために尻をずらして場所を空(あ)けながら、行天が反論した。「雑煮的なものだって食べた」

行天、頼むから黙ってくれ。と多田は思った。ゆうべ食べたものを指して言ってるなら、ありゃあ雑煮ではなく雑炊だ。しかも、おまえがコンビニで買ったレトルトの。

「どうして鏡餅が二つあるの？」

ハイシーは行天の隣に腰を下ろし、怪訝(けげん)そうに首をかしげた。ローテーブルには、真空パックの鏡餅が置かれている。なぜか対角線上に二つ。これも行天がコンビニで買ってきたものだ。

「ひとつ持っていってもいいよ」

と、行天は気前よく言った。視線は物欲しそうに、ハイシーのタッパーへ向けられている。

「そうだ、なますを作ってきたの」

ハイシーがタッパーの蓋(ふた)を開け、ローテーブルに置いた。白とオレンジが目に鮮やかだ。

「千切(せんぎ)りしまくったおかげで、腕が筋肉痛になったわよぅ」

ルルは誇らしげに胸を張る。「さ、食べて食べてぇ」

多田は礼を言って箸をつけた。甘酸っぱさが顎の付け根を鈍く痛ませる。酒のせいで熱の籠もっていた口内が、さっぱりした気がした。行天もそばのようになますをたぐっている。また喉ごしを楽しんでいるのだろうか。

台所から勝手にコップを持ってきて、ルルとハイシーも酒を飲みはじめた。

「あなたたちがなます好きでよかった」

ハイシーは微笑んだ。「お酢の味が嫌いな男のひとって、わりといるみたいだから、どうかなと心配だったんだけど」

「便利屋さんたちが食べてくれなかったらぁ、あたしたち、なますで窒息死するところだったわよぅ」

ルルはタッパーから顔を背ける。「元旦からハイシーとなますばっかり食べつづけてぇ、もーう見るのもいや」

「どうしてそんなに作っちゃったんですか」

と、多田は尋ねた。おいしいけれど、窒息するほど大量に作るものでもないだろう。

「『マッチ売りの少女』戦法に負けたのよぅ」

ルルは身をよじり、

「しかたないよ、ルル。大晦日の夜だったんだもの」

ハイシーは嘆息した。

二人の説明によると、そろそろ年が明けようかという時刻、仕事を終えてアパートへの道を連れだって歩いていたところ、野菜の販売車と行きあったのだそうだ。

「そんな夜遅くに、野菜販売？」

と多田は少々驚き、

「そんな夜遅くまで需要があるんだねえ。大晦日なのに」

と行天は感心してみせた。しかしその感心の行く手にいるのは、野菜ではなくルルとハイシーらしい。

「あらぁ、この商売は昔っから、盆暮れ正月と天気が大荒れの日は繁盛するって言われてるのよぅ」

ルルはまたも誇らしげに胸を張った。「ひとが出歩きそうもない日ならぁ、客も少なくて、目当ての女の子を確実に買えるかもー、って思うみたいねぇ」

ルルは仕事熱心で、いつも完璧な化粧を施して客を待つ。施しすぎて、化粧というより「お面」の域にまで達しているぐらいだ。客の動向に関しても、リサーチを欠かさないのだろう。

「もちろん、考えることはみんな同じ」

と、ハイシーがあとを引き取って言った。「結果、盆暮れ正月と悪天候の日は、いつもより人出が多くなるってわけ」

けなげなのか愚かなのか微妙に判別に迷う男心によって、まほろの駅裏では、年中無休で悲喜劇が繰り広げられているらしかった。風俗事情に詳しくない多田は、「なるほど」とうなずくほかない。

「それで、大晦日も夜遅くまで働いていたんですね？」

「そうよぅ。三が日だって、上がりは早いけど連日出勤だったんだからぁ」

ルルは忙しさを嘆く素振りだが、実際のところ、「娼婦として引っ張りだこである自分」をさりげなくアピールしたいようだ。ムカデみたいなまつげが貼りついたまぶたを、しきりに開閉してみせる。多田へのウィンクのつもりらしい。両目ともつぶってしまっているのは、ご愛敬だ。

多田とルルは、便利屋と依頼人として出会った。いまではハイシーも含め、友人と言ってもいいかもしれないほど、互いに打ち解けている。しかし、原色の妖怪のように迫力あるルルと、どうにかなる度胸は多田にはない。微風を起こしそうな勢いのルルのまばたきを、「それは大変ですね」とうなずくことで無難に受け流した。

「ちょっとはお休みをもらわないとぉ、お肌だって荒れちゃうわぁ」

どうせお面みたいに塗りたくるんだから、肌荒れは気にしなくていいんじゃないか。多田はそう思ったけれど、もちろん黙っておいた。

ハイシーが冷静に、話を本筋へ引き戻す。

「とにかく、野菜の販売車が道端に停まってたのよ。荷台に幌を張った、青い軽トラック」

「野菜を買うひとが、駅裏にそうそういるとも思えないですが」

　JRまほろ駅の裏手は、昔は青線地帯だったらしい。その名残か、いまもややさびれた風俗街が広がっていた。線路と並行して流れる亀尾川沿いには、あやしげな長屋が建ち並び、ルルやハイシーら娼婦が客を待つ。亀尾川を渡ると、すぐに神奈川県だ。大きなラブホテルが林立し、何組もの男女が夜な夜な早足で吸いこまれていく。

　特別な用がないかぎり、まほろの住人は駅裏へはあまり行かない。特別な用とはつまり、セックスに関連するあれこれだ。「おかあさーん、赤ちゃんはどこから来るの？」「コウノトリが運んでくるのよ」といった会話を交わすような家族連れは、駅裏にはまず行かないと言っていいだろう。

「ま、大晦日でいつもより人通りは多かったけどね。女の子目当てのひとだけじゃなく、まほろ天神へ二年参りに行くひとも、駅裏を通ることがあるから」

　ハイシーは酒で唇を湿らせながら言った。「荷台に棚を設置して野菜を並べてあるんだけど、現に半分ぐらいは売れてたみたいだし」

「その野菜、安いの？」

　それまで黙っていた行天が、急に箸を置いて質問した。煮しめのコンニャクを食べつくしたもようだ。

「どうかしら」

　ルルとハイシーは顔を見合わせた。

「ふだんは野菜なんてあんまり買わないから、よくわかんないけどぉ。相場よりも少し割高、って感じじゃなかったぁ？」

「そうね。『無農薬野菜』って幟が立ってたから、育てるのに手間がかかるんでしょう」

そう言ったハイシーは、ふと思いついたように多田へ顔を向けた。「ほら、知らない？　このごろ、南口ロータリーでよくビラを配ってるひとたちよ」

「ああ、いますね」

多田はうなずいた。「俺も一度、ビラをもらいました」

駅前にある南口ロータリーは、まほろ市内で最もひとの行き来が多い広場だ。サラリーマンやら学生やら買い物客やらで、どの時間帯もごったがえしている。鳩もいるし、ベンチで一休みする路上生活者もいるし、無許可で大道芸をしたり音楽を奏でたりティッシュ配りをしたりするひともいる。

そこに近ごろ、食の安全を訴える人々が加わった。なんという団体名だったか忘れたが、地味な服装をした男女の一群だ。「ご家庭の健康と安全は、安心の食材から」というようなことを、拡声器を通して盛んに言っている。どうやら野菜を栽培して販売する団体らしい。熱心だが少々胡散臭い、と見かけるたびに多田は思っていたが、こちらはなにしろ、飲酒喫煙不摂生と、不健康的生活にだけは自信のある身だ。その団体のことは敬して遠ざけ、たいして気にもしていなかった。

「『自宅での手作りの食事の大切さを謳いすぎるせいで、まほろの飲食店とトラブルになっている』という話も、うちの顧客からちらっと聞きはしましたが」

「あら、そうなのぉ」

ルルは首をかしげた。「販売車のひとは、真面目でおとなしそうな夫婦だったわぁ。ねえ、ハイシー」

「あたしたちに比べれば、大半のひとが真面目でおとなしそうに見えるって気もするけど」

と応じたハイシーは、煮しめの皿を眺めている。行天のせいでコンニャクが姿を消し、全体的になんだかますます茶色っぽい。多田はなけなしの彩(いろど)りとして、にんじんを意識的に配置しつつ、里芋やら鶏肉やらを紙皿に取りわけてやった。ハイシーはうれしそうに、酒のあてとして煮しめを食べだす。

行天が煙草に火を点け、口と鼻から滝のように煙を排出しながら尋ねた。

「さっき、『マッチ売りの少女』戦法とか言ってたけど、どういう意味」

「そうそう、そうなのー」

ハイシーの皿から鶏肉をかすめ取ろうとしていたルルが、興奮した指揮者みたいに箸を振りまわす。「その夫婦ったらぁ、五歳ぐらいの女の子を連れて、野菜を売ってたのよぅ」

それがどうした。多田の疑問を読み取ったらしく、ハイシーがすかさずつけ加えた。

「大晦日の夜にだよ？　冷えこみも厳しいから、お母さんのショールでぐるぐる巻きにされてて。でも、その子も両親も笑顔で、『おいしい野菜はいかがですか』って」

「けなげなのよねぇ」

ルルは、思い出しただけでむせび泣きせんばかりの形相(ぎょうそう)だ。「そんな小さな子に勧められたらさぁ、大根の三本や四本、買おうかって気になるじゃなーい」

二人暮らしなのに、大根三本は多すぎる。と多田は思い、

「幼児虐待で通報したらよかったのに」

と行天は言った。冷たい響きに多田は驚き、

「それはおおげさだろう」

とたしなめる。行天は頬の筋肉をわずかに動かした。

「深夜まで子どもを働かせてるんだから、立派に虐待でしょ」

あまりに感情の抜け落ちた声と表情だったため、嗤(わら)ったのだ、と気づくまでに、多田は数瞬を要した。

「あたしたちも、すっかりほだされちゃったんだけど」

ハイシーが腕組みし、やや苦々しげに言った。「あとから考えてみれば、あの夫婦は野菜を売るために、子どもの存在をうまく利用してたのかな、と思えなくもないのよね。うがちすぎかしら」

「『売り切れないと、この子はいつまでもおうちに帰れないんだわぁ』なんて、つい多めに野菜を買っちゃうわよねぇ」

ルルも嘆息したが、野菜を買った行い自体は、さして後悔していないようだ。それぐ

らい、あどけなく愛らしい子どもだったということだろう。

「だから、『マッチ売りの少女』戦法ですか」

多田は納得したのだが、

「でもさ」

と行天がまぜかえす。「マッチ売りの少女って、だれにもマッチを買ってもらえなくて凍死するんじゃなかったっけ」

「そうよぅ。マッチぐらい買ってあげればいいのに、ケチ！」

「あの話のなかでのマッチの位置づけが、いまいちピンと来ないのよね。当時は生活必需品だったんじゃないのかしら。ものすごく割高な値段で売りつけようとしてたとか？」

ルルとハイシーが、行天の振った話題に乗った。こうなると、暴走を止めることはだれにもできない。多田は黙って、話の推移を見守った。

「靴紐(くつひも)を押し売りするみたいな感じだったんじゃなぁい？」

「そういえば最近、さすがにそんな押し売りは見ないわね」

「俺が不思議なのは、少女はどうして、マッチを有効活用しなかったのかってことだ。一本一本、火を点けては消えてくのを眺めてどうすんだよ。せっかくなら焚き火(たびび)をおこすとか、押し売りの元締めの家に放火してやるとかして、暖を取ればよかったのに」

行天の発想は、あいかわらず不穏に傾きがちである。

「生きるたくましさに欠ける少女なのは、たしかね」

「町のひとも優しくないわよぅ。割高でもいい！　子どもが困ってたら、商品を買ってあげなきゃー」

生命力と人情にあふれたルルが気勢を上げたところで、事務所の電話が鳴った。

行天たちのように、架空の物語を題材に次から次へと会話を展開させ、真剣に憤（いきどお）ることなど多田にはできない。いくら酒が入っているとはいえ、いい年をした大人のすることではないとも思う。多田はこれ幸いとソファから立ち、受話器を取った。

「はい、ただべん……」

「山城町（やましろちょう）の岡（おか）だ！」

老人の声が、多田の鼓膜を盛大に震わせた。「俺はもう、辛抱ならん！」

やっぱり来たよ、正月恒例、岡さんからの依頼。

多田はため息を押し殺し、電話口でまくしたてる岡の言葉に相槌（あいづち）を打った。

まほろ市の一部住民は、情熱的といえば聞こえがいいが、要するに変人だ。自身を常識人ともって任じる多田は、胃壁をすりへらす日々なのだった。

岡の怒りをなんとかいなし、「すぐにうかがいますから」と受話器を置く。室内に向き直り、多田は重々しく告げた。

「おい、行天。仕事だ」

『マッチ売りの少女』談義も一段落したようで、行天はなますを盛大に口に含んだところだった。昼からはみでた大根とにんじんを指し、「はふほのひひふひ」と笑っている。

　長きにわたる共同生活の成果で、多田は残念ながら、行天がなんと言ったか聞き取れてしまった。「ラブホの入口」。たしかに、駐車場の入口に、びらびらしたビニールのカーテンを吊したラブホテルはある。あるが、しかしそのたとえはどうなんだ。

　松も明けぬうちから、気乗りしない依頼に向かわなければならないとは。しかも、変人の居候とともに。

　俺は単に、平穏な日常を望んでいるだけなのになあ。多田は、押し殺していたため息を一気に放出した。例年どおり、神さまは多田の願いを聞き届けてはくれないようだ。うたた寝をしていたチワワのハナが、「がんばれ」と言いたげに小さく尻尾を振った。

ルルとハイシーは根っからの商売人なので、依頼があったことを口々に言祝いだ。

「便利屋さんも繁盛してるみたいねぇ。なによりだわぁ」

「こんなご時世だもの、仕事にありつけるだけで御の字よ。シケた顔せず、早く行ってらっしゃい」

　むぐむぐとなますを咀嚼し終えた行天が、

「行くのはいいけどさ」

と呑気に言った。「俺も多田も飲んじゃったじゃない。だれが軽トラ運転すんの？」

「あたし、免許持ってるわよぅ」

　ルルが驚きの発言をしたが、多田は無視した。これ以上、胃壁がすりへったら、胃袋自体が形を消失してしまう。

「バスで行く」

こういうときのために、市民の頼もしき足、横中バスは存在するのだ。

まほろ駅前にあるバスターミナルへ向かうために、多田と行天は南口ロータリーを突っ切った。駅裏のアパートへ帰るルルとハイシーとは、ここで別れる。

「なます、もっと必要だったら言ってねぇ」

「いつでも持っていくから」

ルルとハイシーは笑顔で手を振った。

南口ロータリーは、ひと待ち顔の若者や、行き交う買い物客で賑わっていた。そんなロータリーの中央を、幟を立てた一団が占めている。幟には、「家庭と健康食品協会〜Home & Healthy Food Association〜」と書かれていた。駅構内を通り抜けようとしていたハイシーが、ちょっと振り返って多田に目顔で合図する。多田はうなずきを返した。

そうだ、通称「HHFA」。多田が以前にビラをもらったのも、ルルとハイシーが行き合った野菜販売車を運営するのも、この団体だろう。今日も熱心に駅前で宣伝活動を行っているようだ。

黒や紺のコートを着た男女が、歩行者にビラを配り、拡声器を使って呼びかける。健全な家庭は安全な食から。小学生ぐらいだろうか、何人かの子どもたちも、それぞれの両親のそばにおとなしく立っていた。

「わからんな」

多田はひとりごちた。「感じやすい年ごろなのに、よく親につきあうもんだ。南口ロータリーじゃ、友だちに目撃される可能性も高いと思うんだが」

「あんただったら、親に逆らえる？」

行天が皮肉っぽく言った。「善意の行いに邁進してる親に、『俺は野菜なんてどーでもいいんだよ。肉食わせろ』って言えるか？」

行天は一団には目もくれず、視線を地面に落として歩いている。まるで、足もとに真っ暗な穴があるかのように。

底知れぬ引力を発する穴。いや、引力を有するのは、穴を覗きこむ行天の眼差しのほうかもしれない。昏い目だ。過去を見据えるあまり、過去と引きあい、ふとした拍子に黒い穴へと落ちていってしまいそうだ。

苦手という言葉ではたりないほど、行天は小さな子どもと接するのをいやがり、避けようとする。その理由が、どうやら行天自身の子ども時代にあるらしいことを、多田はなんとなく察している。丸二年もともに生活すれば、「こいつ、たぶん親としっくりいかなかったんだろうな」と、あれこれの出来事から推測するぐらいはできる。

だが、その件に関して、はっきりと行天に問うたことはない。

多田と行天は、思い出話に花を咲かせるような心あたたまる仲ではない。多田はむしろ、「行天はいつまで居座る気なんだろう」と、日に三回は思うぐらいだ。行天はといえば、「ねえ、多田。今日はもう仕事は休みにしちゃおうよ」と、日に三回は持ちかけてくるぐらいなので、多田との仲があたたかかろうが冷たかろうが、どうでもいいと考えているのは明白だ。子どものころの話を行天がほとんどしないのに、多田のほうからなにかを尋ねる機会も動機も生じようがなかった。

しかしそれ以上に、「なにも聞かないでくれ」と行天が願っているらしいことが感じ取れるので、多田は口をつぐむ。「どうしてそんなに子どもが嫌いなんだ」とか、「楽になるかもしれないし、壁に向かって独り言を言ってるつもりで、俺に話してみたらどうだ」とか、喉もとまでこみあげる言葉をぐっと飲みくだす。お節介なのは多田の悪い癖だ。語りたくないことを、無理に問いただす必要はないと自制する。

だいたい、三十もとうに超えた大の男が、「親とうまくいかなくって」だの、「子どもが苦手で」だのと、ぐじぐじ悩むものだろうか。「知ったことか」という気持ちも、多田のなかにはたしかにあり、現に行天は、ちっとも悩んでいるふうではないのだった。

だが、本当にそれでいいのだろうか。

ふとした折の行天の目や表情から、多田が勝手に不穏な陰(かげ)を感受しているだけだ。

多田は不安になった。存在するかもしれない痛みの核心に触れることなく、見て見ぬふりで放っておいていいのか。

「なあ、行天」

物思いの淵から浮上し、多田は行天に呼びかけた。ところが行天は、いつのまにか隣からいなくなっており、多田は見知らぬ中年女性に話しかける形になってしまった。いぶかしげな視線を寄越す女性に慌てて謝り、「どこへ行きやがった」とあたりを見まわす。

行天は、個室ビデオの看板を持った中年男と一緒になって、広場に集まる鳩にパンくずを投げ与えていた。しかも、「ハトにエサをやらないでください」という注意書きの真ん前で、だ。

多田は憤然と歩み寄り、しかし常識人たる矜持が邪魔をして、看板持ちの男にちゃんと会釈してから、

「おまえは、なにをやってんだ」

と行天を叱りつけた。鳩が驚いて飛び立つ。

「俺たちは依頼を受けて、岡さんの家へ急行する途中なんだぞ。なんで鳩と戯れる。どこまでフリーダムなんだおまえは」

「そんなに急がなくたって大丈夫だよ。どうせまた、バスの運行を監視しろって言われるだけなんだから」

行天は文句を言いながらも、鳩への餌やりをやめ、再び多田と歩きだした。

「どんな依頼であろうと、迅速かつ丁寧に請け負うのが便利屋だ」

「そういえば、あんたさっき、おかしなこと言ってたね」

「なんのことだ?」

と、多田は首をかしげた。行天は、多田の口調を精一杯真似てみせる。

「『野菜大好き団体と、まほろの外食産業のあいだで、トラブルもある。と、うちの顧客から聞きました』」

「それのどこがおかしいんだ」

「その情報をくれたのは、多田がいつも、『イイ仲になりたいなあ』と念じてる女じゃないか」

行天はにやにやした。「なのに『顧客』だなんて、無理して仕事一徹ぶっちゃって」

図星だったので、多田は早足になった。多田のあとをひょこひょこついて歩きつつ、行天は追い討ちをかけてくる。

「あんた、『多田一徹』に改名するといいかもね。そんで、『鉄の自制心養成ギプス』とか開発すんの」

こいつを心配することも、こいつと真剣に語りあおうと試みることも、金輪際しない! 鉄の意志を固め、多田は振り返った。

「俺を怒らせて、『事務所でおとなしくしてろ』と言わせようって腹だろうが、そうはいかない」

「あらら。もしかして、すでに『鉄の自制心養成ギプス』を装着してるのか?」

俺はもともと自制心に富んでるんだよ。おまえこそ、頼むからギプスをつけてくれ。

「とにかく、岡さんちに行くぞ」

「えぇー」

まほろバスターミナルから、横中バスに乗って二十分。山城町二丁目のバス停で降りると、目の前がすぐ岡家だ。

門柱の脇では大きなケヤキが枝を広げ、二階建ての母屋のまえには広い庭がある。典型的な農家のつくりだ。とはいえ、現在の岡家の主は、農業はやっていない。所有する畑をつぶしてアパートやマンションを建て、家賃収入で悠々自適の暮らしをしている。

バスから降り立った多田と行天を見つけ、禿頭の岡老人が勇んで門口まで出てきた。

「遅かったじゃないか、便利屋」

「すみません。すっかりくつろいで飲んでしまっていたので、軽トラで来られなかったんですよ」

松の内から出動させられた恨みをこめ、多田はさりげなく嫌味を織り交ぜてみたのだが、もちろんそんなことを気にする岡ではない。多田と行天を庭に招き入れ、

「横中バスめ、今年も絶賛間引き運転実施中だ」

と、さっそく用件を告げた。

岡には妙な習性がある。自宅のまえを通る横浜中央交通の路線バスが、時刻表どおりに運行されているかどうか、確認せずにはいられないらしいのだ。しかも、なぜか盆と

正月にかぎって、監視の度合いを高めようとする傾向にある。

多田にとって、岡は古参の顧客だ。庭の掃除やら納屋の整理やら、定期的に依頼をくれる。世話になっているので、あまり無下にはしたくないのだが、バスの運行監視の依頼だけは勘弁してほしい、というのが正直な気持ちだった。休んでいるところを唐突に呼びだされ、バス停のベンチでじっと座っていなければならないのは、つらい。よりによって、暑さや寒さが一番厳しい時期にばかりというのも、むなしさがつのる一因だ。

そう、むなしさ。「間引き運転をしている」と岡はおかんむりだが、多田がこれまで何回か見張ったかぎりでは、横中は愚直なまでに時刻表どおり、きちんとバスを走らせていた。よって多田は、「いったいなんのために、俺は一日じゅう……」と、精神的ダメージを食らうのが毎度のことだ。襲いくる徒労感のために、ベンチから立ちあがるのも一苦労するほどだった。

今年の正月は、岡は息子夫婦に誘われ温泉に行くと言っていたから、恒例の監視もしなくてすむだろうと思っていたのだが……。やはり駄目だったか、と多田は肩を落とす。旅行から帰って落ち着いたとたん、岡はまたしてもバスの運行状況が気になりだしたようだ。

「じいさんさあ。いいかげん諦めようよ」

行天はあからさまにいやそうな顔で、岡を見下ろした。行天と岡はそりが合わず、会うたびに小学生のような喧嘩をする。

岡は行天を無視し、多田にバインダーを押しつけてきた。時刻表を手書きで写した紙が挟んである。山城町二丁目のバス停にバスが来るたび、その紙にチェックをつけていくのが多田の仕事だ。退屈といかに戦うかが要となる、単調な作業である。

「俺も、いつまでも横中にかかずらってる暇はない」

と、岡は決意を秘めた表情で言った。「今回が最後と思って、しっかり監視してくれ」

「どうしたんだよ、じいさん」

多田がなにを言うよりも早く、行天が茶化した。「最後だなんて、体調でも悪いんじゃないの」

多田も同感だ。横中バスにかかずらわない岡など、岡ではない。

「さして悪かぁない。それでも、いつお迎えが来るかわからん年だからな」

岡は磨きあげられた頭を一振りし、「さあ、行った行った」と多田と行天をバス停のほうへうながした。岡自身は、母屋へ戻っていく。その際にちらりと見えた目は、頭と同じぐらい、なにやら底光りしているもようだ。

「どんな心境の変化？」

行天が拍子抜けしたように言った。

「さあな」

年を取って丸くなった、ということならいいのだが。多田はバインダーを小脇に抱え、バス停のベンチに腰を下ろす。行天も隣に座った。

街道を行き交う車の数は、すでにいつもの平日と変わらない。灰色の雲が低く垂れこめた空を、三羽のカラスが横切っていった。ジャンパーの襟を立てても、寒さが肌に染み入る午後だ。黒いコートを着た行天は、マフラーを巻き直し、ベンチの背にだらしなく身を預けた。

手持ち無沙汰だ。多田と行天はほぼ同時に、それぞれのポケットから煙草を取りだした。ラッキーストライクと、マルボロメンソール。百円ライターで、行天が自分の煙草に火を点けた。多田はなおもポケットを探ったが、ライターが見つからない。ラッキーストライクの茶色い吸い口をぼんやり眺める。

「なにやってんの」

行天が指に挟んだ煙草を差しだしてきた。右手の小指の根もとを一周する、ひどい傷跡が目に入った。高校のころ、工芸の時間の事故で、行天の小指は一度切断された。小指が宙を舞って床に落ちるさまを、多田も目撃した。

くっついて本当によかった。怪我をした本人だけでなく、切断された部位も、なにはともあれ病院へ運ぶべきである。かつて得た教訓を反芻しつつ、多田は煙草をくわえ、ありがたくもらい火をした。

白く細い煙がふた筋、空へ昇って雲に溶けゆく。

「メンソールって、インポになるって言うよな」

「あれは迷信らしいよ。まあ、俺はもともと性欲薄いから、よくわかんないけど」

バスが来て、だれも降ろさずだれも乗せず、走り去っていった。多田は紙にチェックをつける。道を歩くひとは一人もいない。

「無為とはこのことだなあ、おい」

「この世でひとがやることに、無為じゃないものってある？」

「そんなしち面倒くさい話じゃない。いまここにある無為をもてあましてんだ、俺は」

「ひゃひゃひゃ」

行天は妙ちきりんな笑い声を上げた。「歌でも歌おうか」

なんの歌を。二人は黙った。排気ガスのなかから、うつくしい旋律が聞こえてくるのを待っているみたいに。

バスがまた来て、去った。犬を連れたご婦人が、ベンチから動こうとしない多田と行天を怪訝そうに眺めて通りすぎた。

日が西に傾ききるまで、多田はチェックをつづけ、行天はただ座りつづけた。交代で岡家の便所を借りて小用を足し、携帯灰皿がいっぱいになるまで煙草を吸った。

来なかったバスは、一台もなかった。

薄闇がいよいよ押し寄せてきたころ、行天が言った。

「ねえ、多田。気づいてるか」

「ああ」

通りの反対側で、四人の男女が農作業をしている。アパートと雑木林に挟まれた、そう広くもない畑だ。多田と行天がバス停に居座ったときから、かれらは休むことなく働いていた。

「あんなところに畑なんてあったかな」

「まえは駐車場だった気がするけどね」

無聊(ぶりょう)のあまり、灯(とも)りだした街灯を頼りに凝視していると、あちらも視線に気づいたらしい。背の高い男の影が会釈を寄越した。多田と行天も思わずつられ、首を縮める亀のように挨拶を返す。

男が号令をかけたのか、男女はようやく作業を切りあげ、鋤(すき)やら鍬(くわ)やらを畑の片隅に建つ小屋へしまった。かれらは服についた土を払いながら、片側一車線の街道を渡ってくる。男女二名ずつだが、年齢は二十代前半から六十歳ぐらいと幅があり、夫婦でも親子でもない様子だ。

「こんばんは」

リーダー格らしき三十前後の男が、多田と行天に声をかけてきた。さきほど会釈を寄越した男だ。作業着の胸もとに、「HHFA　沢村(さわむら)」と縫い取りがある。

「こんばんは。精が出ますね」

多田はなんとなくベンチから立ち、男に答えた。行天は座ったままだった。

「ええ。冬のあいだの土壌づくりが、畑仕事では肝心ですから」

沢村というらしい男は、垢抜(あかぬ)けた物腰でそつのない笑顔だ。残りの三人も、労働の充実感に輝く表情で、沢村と多田のやりとりを見守っている。一日の仕事を終え、バスに乗ってまほろ駅前へ帰るところらしい。

「そちらも、お仕事ですか」

好奇心を抑えきれなかったのか、沢村が尋ねた。多田と行天がなにをしているのか、農作業をするあいだも気になっていたのだろう。

「バスの運行状況を監視しています」

「それはまた、寒いのに大変だ」

沢村の視線が、作業着にジャンパーを羽織った多田の全身を素早く上下に一往復した。横浜中央交通の社員なのか、交通量調査のアルバイトなのか、正体がつかめず、やや困惑しているようだ。便利屋です、と名乗る義理もないので、多田は黙っていた。

「南口ロータリーにいる団体のひとだよね」

百円ライターをいじりながら、行天はだれにともなく話しかける。今度もやはり沢村が答えた。

「そうです。ご存じでしたか」

「野菜を売ってるんでしょ。宗教？」

行天がいきなり切りこんだので、多田はむせそうになった。沢村以外の三人の男女は、にこやかな表情を崩さぬまま、困惑したように目と目を見交わす。だが、あいかわらずしゃべろうとはしない。沢村も数瞬、黙って行天を見ていたが、やがて穏便な微笑を浮かべた。

「そういう誤解を、たまに受けるのですが」

仲間内で発言権を持っているのは、沢村のみのようだ。「我々はあくまでビジネスとして、安全な無農薬野菜の栽培と販売を手がけています。いまはとても需要が高いですから」

「そうだろうね」

行天が友好的にうなずき、立ちあがってのびをした。

ヘッドライトが暗い道を照らし、まほろ駅行きのバスがやってきた。「では」と沢村が代表して軽く頭を下げ、四人はそろってバスのステップを上がる。

多田は運行確認のチェックをつけ、行天はバスに向かって手を振った。

「うーん。いまのひと、どっかで会ったことある気がするんだよね」

と、行天がつぶやく。他人に興味を持つとは、めずらしいこともあるものだ。多田は、

「南口ロータリーでじゃないか」

と推理してみせた。「ビラを配ってるところを見かけたとか」

「俺はそんなの、いちいち見てない」

せっかくの推理は速攻で否定された。

「じゃあ、勘違いだろ」

「そっか、そうかも」

行天は早くも頭を切り替えたようだ。むっとした多田に頓着せず、べつの疑問を提示する。

「あのひとの言ったこと、どう思う？」

「知らん。ビジネスだって言ってるんだから、そうなんじゃないのか」

多田は煙草を箱から振りだしながら答えた。タイミングよく、行天が百円ライターを手渡してきた。受け取って着火する。シュボボボという音とともに、赤い炎が二十センチぐらい立ちのぼり、多田の前髪が焦げた。

「ひゃひゃひゃ、引っかかった」

「危ないだろうが！　いつのまに改造したんだ」

「暇でねえ」

結局、終バスまで監視をつづけても、間引きの数はゼロのままだった。

母屋の玄関先へ出てきた岡に、成果を報告する。岡はチェックの並んだ紙をにらみ、

「むうぅ」

とうなった。「便利屋。よもや横中に監視情報を漏洩している、ということはあるまいな」

「横中バスに、そこまでの思い入れはないです」

「思い入れを持ってもらわなきゃ困る！」

岡の禿頭は怒りのためか、暗がりでもわかるほど赤くなった。「俺たち年寄りにとって、バスは病院や買い物に行く大切な手段なんだから！」

思い入れの持ちどころが、「横中バス」から「年寄り」へと微妙にすりかえられた気がしたが、多田はおとなしく、「もっともです」と合いの手を入れた。

「でもさ、『間引きはしてない』って結果が、今回もこうして出たんだし」

行天が岡の手もとを覗きこみ、バインダーに挟まれた紙をつついて示した。「あんたが昼間言ったとおり、これで監視の依頼は最後にしてくれる？」

居候のおまえが、なんで勝手に顧客と交渉してるんだ。たしなめようとする多田にかまわず、行天は話を進める。

「多田をベンチに長時間座らせると、持病の腰痛が悪化しちゃうから」

まさか、行天が俺を気づかう日が来るとは。生まれたての子牛が立ちあがるのを見守るときのように、多田は感動した。

「あと、ここが肝心なんだけど」

と行天はつづけた。「俺を退屈させたら、まずいことになる」

直前の感動は暗雲に覆われ、多田のなかでいやな予感が首をもたげはじめた。

「日本じゅう、いや、世界じゅうの地下に張りめぐらされている気脈が乱れる。すると、東京を大地震が襲い、ベスビオ火山が噴火し、マリアナ海溝が埋まり、チョモランマがちょっと低くなり、と大変なことになっちゃうだろう」

多田はいまや、ライオンに牙を立てられるシマウマの子どもを見守るしかないときのように、陰鬱な気持ちだった。行天は厳かに締めくくった。

「だから、俺をベンチに長時間座らせるのも、今後は勘弁して」

「わかった」

きわめて不本意そうだったが、岡はうなずいた。いまの行天の言いぶんの、どこがどう「わかった」んだ。多田は急いで、

「無理することはないですよ」

と取りなした。

多田が運行状況を監視していない日に、本当に間引きが行われているのか、岡がなにか勘違いしているだけなのか。どちらなのかは定かでないが、岡はもう何年も、「横中は間引き運転をしている」と主張していた。それが悪意に基づく言いがかりだとは、多田は思っていない。無為な監視をしなくてすむのはうれしいが、横中への執着心を摘んでしまって、岡がぼけたりしたらどうしよう、と心配だった。

「いいんだ、便利屋」

岡は力なく首を振った。老兵はただ去りゆくのみ、とでも言いだしそうな風情だ。ところが、実際に岡がつづけて口にした言葉は、

「俺には俺の戦いかたがある」

だった。

「えっ？」

意表を衝かれ、多田は改めて岡を見た。殊勝さを装いながらも、岡の目はやはり、どこかぬめりを帯びて光っている。老兵どころか、腹に一物ある現役特殊部隊員といった体だ。

ものすごくいやな予感がするぞ。

多田の懸念を読み取ったのか、岡は照れ笑いをしてみせた。

「いやなに、なんとなく言ってみただけだ。映画のようで恰好いいかと思ってな、うん」

絶対に嘘だ。しかし多田は、なにも気づかなかったことにして辞去の挨拶を述べた。

「それでは、また。なにかありましたら、お電話ください」

とんでもない用件で呼びだされては困るので、こうつけ加えるのも忘れない。「できれば、庭の掃除や納屋の整理のときに」

「ああ。じゃ、また」

岡はいつもどおりの素っ気なさで、玄関の引き戸を閉めた。

便利屋稼業で大切なのは、地雷をなるべく避けることだ。多田はまわれ右をし、門へ向かって暗い庭を歩く。

便利屋は、他人の家に入りこんで仕事をする。必然的に、依頼主やその家庭の、個人的な事情が垣間見えてしまうことが多い。

たとえば、ある老夫婦から大掃除を依頼されたときのことだ。多田は簞笥の裏から、何枚かの写真を発見した。旅先のスナップで、夫とは明らかに別人の高齢男性と、奥さんが親しげに寄り添っていた。

夫とともに隣の茶の間で控えていた奥さんを、多田はさりげなくうかがった。奥さんも多田の動向をそれとなく気にしていたのか、目が合った。多田が写真を手にしているのを見て、奥さんは頰の筋肉を少し動かした。笑いの形に似ていた。

多田はなにごともなかったふりで、写真を簞笥の裏に戻した。

多田の仕事の現場には、爆弾がたくさん埋められている。巧妙に隠されている場合もあれば、見つけてほしいと言わんばかりの場合もある。

それらすべてを、いちいち踏んで爆発させていたのでは、こっちの身が保たない。いつもどおりの歩調で、涼しい顔で、無傷のまま地雷原を通りすぎたいものだ。多田はそう思っている。

岡がなにを画策していようがいまいが、多田には関係ない。顧客の事情に首をつっこまないのが、便利屋のたしなみだ。

「ところでさ」

と、行天が多田の思考をさえぎった。「終バスも行っちゃったけど、俺たちどうやって帰んの」

そうだった。今日は軽トラを置いてきたんだった。すっかり忘れていた。

「もちろん、歩いてだ」

忘れていたことを気取られぬよう、多田は重厚に断言した。

「えぇー。駅前まで歩いたら、一時間近くかかるよ。タクシーで帰ろう」

「タクシーなんか使ったら、千五百円以上かかる」

「たまにはいいじゃないか。俺、もう疲れた」

「ベンチに座ってただけなのにか」

と言いつつ、多田も本当のところ、歩いて帰る気力と体力がすでに尽きていた。「しかし、この街道はあまりタクシーが通らんぞ」

「なんのために携帯を持ってるんだよ。番号案内で調べて、呼べばいい」

それもそうだ。ほとんどタクシーを利用しないせいで、思い至らなかった。

庭の真ん中あたりでごちゃごちゃやっていたら、玄関の引き戸が開き、

「うるさい!」

と岡が顔を出した。「おまえたち、まだそんなところにいたのか」

「すみません。タクシーが来るまで、待たせてもらえませんか?」

と多田は言った。

便利屋の理念について、せっかく真面目に思いを馳せてみても、なんとも締まらない結果に終わる。いつものことだ。

横浜中央交通系列のタクシー会社に電話したところ、「十分ちょっと待ってくれ」と言われた。山城町を流しているタクシーは、あいにく一台もなかったようだ。住宅と畑しかない界隈(かいわい)なので、それもしかたがない。

多田と行天は、岡家の濡れ縁に並んで腰掛けた。なぜか岡も、二人につきあって濡れ縁にいる。

「寒いですから、なかに入ってください」

と多田は頼んだのだが、岡は動かない。

「横中め、タクシーまで怠慢だ」

などと、文句を言っている。

岡の奥さんが気を利かせ、熱いお茶をいれてくれた。茶托(ちゃたく)に載った湯飲みを濡れ縁に三つ置き、奥さんは控えめな笑みを見せた。そのまま、なにも言わず室内へ引っこむ。奥さんの目は、「夫がいつもご迷惑をおかけして」と言っているようだった。

あんなに常識的で穏やかな女性が、なにをまちがって岡と結婚してしまったんだろう。岡家に来るたびに感じる疑問が、多田のうちに今夜も生じた。ただ結婚しただけでなく、岡と岡夫人は長きにわたって、家庭生活を円満に持続させている。

ひととひととのつながりは、本当に多種多様で謎だらけだ。便利屋としてたくさんの家にお邪魔し、さまざまな夫婦や恋人や親子の関係を目にしたが、同じ形はひとつもなかった。

粘菌のようだ。刻々と姿を変え、くっついたり離れたりする。未だ発見されないまま蠢いているものすらある。

多田と行天と岡は、茶をすすりながら庭を眺めた。とはいえ、夜に沈んでしまって、ほとんどなにも見えない。

居間の窓からこぼれる明かりが、砂利をかすかに白く照らす。葉を落とした庭の木々が、骨張った指のような梢を黒い空へのばす。星がいくつか瞬いている。三人の口からこぼれた白い息が、薄く漂い消えていく。

遅い時間だからか、街道を走る車の音もたまにしか聞こえない。冷えて静かな空気のなかで、手で包んだ湯飲みの熱だけを頼りに座っている。

「そういえば」

黙ったきりなのも気詰まりで、多田は話題を探した。「通りの向かい側、畑になってますね。まえに来たときは駐車場だった気がするんですが」

「ああ」

夢の世界から帰還したみたいに、岡はまばたきした。「ありゃあ、うちの土地だ」

「あそこも？　このあたりで、岡さんの土地じゃないところはないんじゃないですか」

「まあ、昔はな。いまはずいぶん売っ払っちまったが」

岡は湯飲みを茶托に戻した。「向かいの土地は貸してるんだ」

「『家庭と健康食品協会』に？」

と、行天が横合いから尋ねた。

「そうそう。たしかそんな感じの、長ったらしい名前だった」

岡の記憶によると、かれらが畑として土地を借りはじめたのは、昨年の秋ごろからだそうだ。

「駐車場をやってても実入りが少ないんで、いっそアパートでも建てるかと思ってな」

思い立ったが吉日とばかり、岡は業者に連絡し、駐車場のアスファルトを剝がしてもらった。アパートの図面はもとより、資金繰りをどうするかさえ、なにも決めていない段階で。せっかちな岡らしい、と多田はあきれた。

「いや、建物ってのは、『どういうふうにしようかな』と考えてるときが一番楽しいんだ」

岡は弁解した。「金がたりなきゃ、栗か梅でも植えとけばいいかと、勢いあまってしまったんだなあ」

地面が露出した状態のまま、元駐車場はしばらく放置されていた。夏のあいだは、雑草を刈るのに苦労したそうだ。バスの運行監視ではなく、そういうときにこそ呼んでくれりゃいいのに、と多田は思う。

「そうしたら、あの野菜の団体が、『畑として使わせてほしい』と申し入れてきたんだよ。畑に適した土も自分らで運び入れると言うし、提示してきた金額もいいし、『だったらどうぞ』ってなもんだ」

「いくらぐらい?」

と、行天が不躾な質問をした。

「駐車場の契約が、ほぼ埋まったときぐらいだな」

岡はにんまりする。「実際は二割しか契約車がない駐車場だったから、こっちとしては万々歳だ」

「野菜を作るのって、そんなに儲かるものなのかな」

行天は納得がいかなそうだ。

「かれらにとっては、儲けの有無は問題じゃないんじゃないか」

と多田は言った。

「そうそう」

岡がにんまりしたまま、再びうなずく。「高い理想と理念のために、情熱を燃やしているんだろう。感心なやつらだ」

毎月ちゃんと、土地を貸した代金が支払われるなら、理想も理念も野菜もどうでもいい。

語られなかった岡の本音が、表情を通して伝わってきた。テレパシーかと思うほどはっきりと。

やってきたタクシーに乗り、まほろ駅前の事務所へ帰る。

行天は車中でずっと、ドアに身を預けるようにして窓の外を眺めていた。暗いガラスの向こうで、人魂（ひとだま）のような街の灯（ひ）が幾筋も流れていた。

事務所の室温は、外気と変わらぬほど冷えきっている。行天はさっそくソファに直行し、毛布にくるまった。多田は、ローテーブルに散らかしたままだったコップや割り箸を片づける。ヤカンで湯を沸かすついでに、ガスコンロの熱に両手をかざして指さきをあたためた。

シンクのうえに取りつけられた棚を探りながら、多田は背後の行天に尋ねる。

「しょうゆとシーフード、どっちにする」

「ストーブつけないの」

「あとは食って寝るだけだろ。我慢しろ」

「じゃ、両方」

「はあ？」

「両方食ってエネルギー補給しないと、寝てるあいだに凍死しそうだから」

まったくえらそうな居候だ。多田は、買い置きのカップラーメンを棚から三つ取り、湯を注いだ。しょうゆ味が二つ、シーフードがひとつ。

ローテーブルを挟んでソファに座り、多田と行天はカップラーメンをすすった。

「明日はいまのところ、朝と夕方に奥村（おくむら）さんちのメグちゃんの散歩代行。その合間に部屋の模様替えと庭掃除が一件ずつ入ってる」

「あの天パの犬か。なかなか家に帰ろうとしないんだよねえ」

行天はしょうゆ味とシーフード味のラーメンを交互に食べながら言った。多田は血圧を気にして、汁を飲むのを半分にとどめた。

「とにかく、突発の依頼が入らないことを願おう」

「なんで？」

「銭湯が開いてる時間に仕事を終えないと、さすがににおうだろう」

「冬でよかったね」

行天は自分のシャツの袖口あたりを嗅いだ。

食べ終えた容器を片づけ、多田はシンクで歯を磨く。行天は食事の直後にもかかわらず、床で腹筋運動をはじめた。「今日は風呂に入りそびれた」という話をしたばかりなのに、なぜ汗をかくような真似をする。

「俺はもう寝るぞ」

多田は電気を消し、応接スペースと居住空間を仕切るカーテンを閉めた。

「うん、おやすみ」

と行天は言った。

多田はベッドに身を横たえ、天井を眺める。ビルのまえの細い道を、たまに車が通る音がする。二階にある事務所の天井はそのたび、ヘッドライトの明かりによってほのかに白く照らしだされる。

だれかに「おやすみ」を言われる生活が、自分の身に再び出来（しゅったい）するとは予想していなかった。変人の居候と就寝の挨拶を交わすような身の上になるとは、もっと予想していなかった。

この状況は、少しは幸せになったと言ってもいいものなんだろうか。それとも。多田は考える。この暮らしをそれなりに平穏だと感じるときがあるのは、単に諦念（ていねん）が高じすぎて、判断力が衰えただけなんだろうか。

行天が腹筋やら腕立て伏せやらをする気配が、カーテンの向こうでしばらくしていた。

結論は出ないまま、多田は日付が変わる寸前に眠りに落ちた。

まほろ市にある多田便利軒の毎日は、こんな調子で過ぎていく。

二、

磨きあげられた大きな窓越しに、盛大に散る桜の花びらが見える。休みなく視界を斜めによぎる白い欠片。吹雪のなかに閉じこめられたような気持ちになるが、道を行くひとたちの表情はやわらかだ。

春を迎えたまほろ市は、うたた寝をしているかのようにおぼろに霞む。花粉のせいか排気ガスのせいか、薄い湯気が立ちこめたみたいにたゆたう空気。

多田も、窓から差す陽光にあたためられつつ、ハンバーグ定食ができあがってくるのを待っているところだ。「キッチンまほろ」の四人がけのテーブルを一人で占領し、少しの緊張とともに厨房のほうを見やる。

まほろ街道沿いにある「キッチンまほろ」は、地元発祥の洋食チェーン店だ。大手のファミリーレストランほど画一的でも機能的でもないが、店内はいつも明るく清潔で、料理もなかなかおいしい。まほろ市民にとって、「家族で外食」といえば、まっさきに浮かぶのが「キッチンまほろ」だった。

昼どきを過ぎていたので、店内は比較的すいている。遅めの昼食を摂るサラリーマンが二人。ケーキセットをまえにおしゃべりに興じる中年のご婦人がた。新聞を読みながら時間をつぶす老人。

だれもが穏やかに、輪郭の曖昧な春の午後のなかにいる。

柏木亜沙子（かしわぎあさこ）が厨房から姿を現し、多田は姿勢を正した。合成皮革のソファが急に柔らかくなったようで、なんだか尻の座りが悪い。

亜沙子は黒いエプロンをつけ、髪をうしろでひとつに束ねている。清潔そうな肌。フロアを動きまわっているからか、頰にほのかな赤みが差していた。

整った顔立ちだが、大勢のなかにいても人目を惹（ひ）くような派手さはない。だが、気づくと目が離せなくなる。細かく白い砂地に湧きだしてくる、澄んだ泉に見入ってしまうように。少なくとも多田にとっては、亜沙子はそういうひとだった。その水に手をひたし、できることならすくって喉を潤（うるお）してもみたいが、実行に移せるはずもなく、ただほとりに立って眺めるばかりだ。

「ハンバーグ定食、お待ちどおさま」

熱く灼（や）けた鉄板のうえで、肉とイモとブロッコリーがうまそうな音とにおいを振りまいている。

「いただきます」

と多田は軽く頭を下げ、籠に入っていたフォークとナイフを取った。

「これはおまけです」

亜沙子は、レタスサラダを盛った器もテーブルに置いた。

おまけという言葉に、こんなにときめきを覚えるのは子どものころ以来だ。お菓子についてくるおまけの箱を開けるときの気持ちで、多田は青々としたレタスの葉と、情熱的な色合いのプチトマトを眺める。

「多田さんに、また依頼することもあるかもしれませんから」

サラダは好意の表れではなく、あくまでも知りあいに対するサービスらしい。あたりまえだ。亜沙子は「キッチンまほろ」グループの社長だが、多田は個人経営の便利屋にすぎない。亜沙子の依頼を一度受けただけの存在だ。それも、亜沙子の夫の遺品整理の依頼を。

余計な期待を抱かずにおいてよかった。ごく微量の落胆を隠し、多田は礼を言った。

春休み中は学生アルバイトの数がたりなくなるため、社長の亜沙子自ら、店で接客することが多いそうだ。それを知って、多田はここのところ「キッチンまほろ」を利用している。「不審に思われぬ頻度で」と心がけつつ。

亜沙子は厨房へすぐに引っこもうとはせず、テーブルのかたわらに立っていた。多田はぎこちなくハンバーグを切り、口に運んだ。

「俺に依頼しなきゃいけないような、なにか困ったことがあるんですか」

純粋に心配から出た問いだったのだが、いざ言葉にすると、なんだか冷たくつっけんどんに聞こえたのではないかと、多田のなかでべつの心配が生じた。亜沙子は一瞬、なにか考える素振りを見せたが、

「いいえ」

とすぐに笑顔になった。「『新人教育がうまくいくかしら』ってことぐらいでしょうか。来週あたりから、新しい学生バイトさんが入ってくるはずなので」

では、亜沙子と店で顔を合わせられるのも、あとわずかということだ。「キッチンまほろ」のオフィスはまほろ駅前にあるが、訪ねていく用もないし、多田便利軒に遊びにきてほしいとも言えない。あちらは五階建ての近代的な自社ビル。こっちは外壁も剝げかけた雑居ビルの一室なのだ。しかも、入居者がまたあやしい。たとえば多田の事務所と同じ階には、「元気堂」という鍼灸マッサージ店が入っている。きわめてさびれており、多田は客の姿を一度も見たことがない。ひとのことは言えないが、どうやって経営を成り立たせているのか謎だ。

「今日は、行天さんは一緒じゃないんですか」

多田の物思いには気づかぬ様子で、亜沙子が話題を転じた。

「留守番です」

本当は、無理やり事務所に置いてきた。行天はもちろん、「えぇー。俺もアサコさんとこで飯食いたい」とごねた。だが、行天と四六時中、面突きあわせているのは、精神

衛生上よろしくない。たまには一人になりたい。

　本当の本当は、行天が「キッチンまほろ」についてくるたび、にやにやするからだ。「今日はアサコさんいるねえ。ほら多田、追加注文はしなくていいのか」などと、エロ親父のような表情で中学生レベルのちょっかいを出してくるからだ。

　ほっといてくれ、と言いたい。ひさびさに覚えた恋心ぐらい、静かに噛みしめさせてほしい。

　亜沙子は客の呼びかけに応え、多田のテーブルから離れていった。多田はようやく、落ち着いてハンバーグとサラダを食べられる心もちになった。そんな自分が腹立たしかった。

　俺のほうこそ、不器用でまぬけな中学生に戻ったみたいじゃないか。恋をしたことも、妻子がいたことだってあったというのに。どうしていまさら、気づかれないように見つめては動悸を激しくしたり、異様なほど手に汗をかいたりしてるんだ。中学生ならまだしも、こんな中年、気持ち悪いだけだ。

　多田はそっと、紙ナフキンで掌(てのひら)を拭(ぬぐ)った。

　長いあいだ、だれかを好きになる感覚を自分の心の奥底に封印していたので、まるではじめてだれかを愛おしいと感じたときのように、にじみでてくる思いに戸惑ってしまうのだろう。

　そのうち慣れる。慣れて、感じた思いをなかったふりでやり過ごせるようになる。かっての多田も含めた多くのひとが、仕事の忙しさや家庭生活の些事を理由に、愛や欲望を後回しにしているように。

携帯が鳴った。多田がハンバーグ定食をたいらげるのを、見計らっていたみたいなタイミングだ。「事務所」という文字が画面に表示されている。

通話ボタンを押したとたん、行天の笑いを含んだ声が流れでてきた。

「逢い引き中に悪いんだけどさ、緊急事態」

「どうした」

「布団が吹っ飛んだ」

「おまえなあ」

「俺の布団じゃないし、シャレでもないよ。依頼人が電話でそう言ったんだ。吹っ飛んで、隣の家の屋根に落ちたらしい」

「何階の屋根に」

「さあ、聞かなかった」

おまえなあ、と再度言いたいのをこらえるため、多田は水を飲んだ。

「事務所にある、一番大きいハシゴを持ってこい」

「えぇー。『キッチンまほろ』まで、かついで？　遠い」

「まほろ大通りまででいい。これから軽トラで向かう」

「はいよ」

通話の切れた携帯を、作業服のポケットにしまった。食後にコーヒーを頼もうと画策していたのだが、ゆっくりしている時間はないようだ。

亜沙子が近づいてきて、水のおかわりをつごうとする。多田はそれを断り、伝票を手に立ちあがった。

会計をすませた多田に、亜沙子はにこやかに言った。

「またどうぞ」

社交辞令ですらない、接客マニュアルだ。ガラスのドアを押し開けると、花びらまじりの強い風が吹きつけた。ゆるんだ口もとを誤魔化すために、多田は煙草をくわえた。駐車場に停めておいた白い軽トラックの、フロントガラス一面に花びらがこびりついている。これでは布団も飛ぶだろう。

軽トラでまほろ大通りの交差点に差しかかった多田は、我が目を疑った。

行天は言いつけどおり、のばすと六メートルはある、一番大きなハシゴを事務所から持ちだしていた。二つ折りにして、脚立(きゃたつ)としても使えるタイプのハシゴだ。しかし、歩道に置いた脚立のてっぺんにしゃがんでいるのは、どういうことだ。

つまり行天は、ひとの行き交う大通りを、三メートル近い高みから見下ろしているのだった。

おまえはプールの監視員か。

道行く人々は迷惑そうに、かつ驚きを隠さず、行天をちらちら見る。よく警察に通報されなかったものだ。

多田は道端に軽トラを停め、軽くクラクションを鳴らした。行天はすぐに気づき、身軽に地面へ飛び下りた。畳んだハシゴを軽トラの荷台へ運んでから、助手席に乗りこんでくる。

「早かったね」

「遅すぎたぐらいだ」

行天の奇行を、またしても止められなかったのだから。「場所は？」

「森崎(もりさき)団地三号棟、三〇四号室」

行天は、自分の手の甲にメモした情報を読みあげた。

「団地？　団地で布団干してて、隣の棟の屋上に飛んでったってことか？　どんな上昇気流に乗ったんだよ」

「さあ、聞かなかった」

多田は諦(あきら)め、ウィンカーを出してハンドルを切った。

森崎団地は、まほろ駅前から車で十分ほどだ。まほろ市には団地が多いが、そのなかでも初期にできたものだろう。耐震工事や改修がなされているとはいえ、築四十年近くは経つはずだ。

十ほどある四階建ての棟は、どれもこぢんまりとしていた。エレベーターも、あとから設置したらしい。遊具や子ども用の自転車は、敷地内のどこにも見当たらない。子どもたちはとうに成人して団地を出ていき、いまや老齢となった親世代ばかりが住んでいるようだった。

中庭のややさびれた花壇と、大木に育った桜を横目に、多田は階段で三号棟の三階まで上った。ハシゴ兼脚立が大きすぎて、エレベーターに収まらなかったためだ。かついで運びあげるほかない。行天は手ぶらでついてきた。

多田が三〇四号室のインターフォンを押すのとほぼ同時に、背後にいた行天が言った。

「ハシゴは荷台に置いたままでもよかったんじゃないかな」

たしかにそうだ。亜沙子と会って気もそぞろだったところへ、プールの監視員状態の行天を目撃し、正常な判断能力が失われていたらしい。

「なんでもっと早く言わない」

と行天に抗議したところで、眼前のドアが開いた。

顔を出したのは、眼鏡をかけた太り気味の男だった。五十代半ばくらいだろうか。白髪まじりの頭髪には脂気がまるでなく、顔色も悪い。桜も咲いたというのに、盛大に毛玉の付着した分厚いセーターを着ている。

多田が名乗ると、「どうも」と男は口のなかでもごもご言い、そのまま奥へ引っこんだ。ハシゴで手がふさがった多田は、しまりかけたドアを足で押さえる。

「なんか迷路みたいな柄だったね」

行天が囁いた。なんのことだ、と多田はちょっと考え、男の着ていたセーターを評しているのだと気がついた。思わず、小さく笑ってしまう。たしかに、茶色と緑の毛糸が、渦巻きのような妙な柄を織りなしているセーターだった。

どうぞ、とは言われなかったが、なかへ入れということだろうと判断し、多田と行天はたたきで靴を脱いだ。ハシゴはドアの外、通路に横たえておくことにした。男は居間へ通じるらしき短い廊下に立ち、二人を待っていた。

台所とつづきになった、六畳ほどの居間。正面にはベランダに面した掃き出し窓がある。もう一部屋、寝室にしている部屋があるようだったが、仕切りの戸は閉まっていた。

室内はきちんと整頓されている。しかし、いつも身のまわりをきれいに保っているのではなく、ちょうど大掃除をしたところだということがうかがわれた。その証拠に、室内の空気はなんだか埃っぽく、台所には大きなゴミ袋がいくつも積んである。透明のゴミ袋なので、中身が透けて見えた。紙ゴミや生ゴミだけでなく、服や文房具や食器なども詰めこまれているようだ。

おかげで部屋は極端にものが少なく、殺風景にさえ見える。

平日の昼間から大掃除をしていたらしい中年男。多田はいやな予感がした。なぜ、こまごましたものをそんなに捨てる必要があるのだろう。引っ越しの準備？　気分転換？　それとも……、身辺整理。

「こっちです」

男は多田を手招きし、窓を開けてベランダへ出た。「布団を取りこもうとして、うっかり手をすべらせてしまいまして」

男に示されるまま、多田はベランダの手すりから身を乗りだして下を覗く。

男の住む棟は、団地の敷地の端に位置していた。金網一枚を隔てて、一戸建ての住宅が並んでいる。そのうちの一軒、ちょうど男の部屋の正面にあたる家の屋根に、問題の布団が載っていた。やや黄ばんでいるが、しっかりと綿の入った布団のようだ。

吹きつける風に目をすがめながら、多田は考える。けっこうな重量があるだろうに、あんなものが勝手に飛ぶか？

「あのお宅とはつきあいがありませんし、二階の屋根なので、どうしたもんかと」

男がおずおずと、横から注釈を入れた。

「ハシゴを持ってきているので、大丈夫です。おうちのかたに一声かけて、屋根に上がらせてもらいますよ」

と、多田は請けあう。

行天も多田の隣に立ち、布団を眺め下ろした。

「ハシゴを使うより、こっから屋根に飛び下りたほうが早そうだね。ちょうどクッションがわりの布団もあることだし」

そう言って、いまにもベランダの手すりを越えそうな素振りを見せたので、「やめろ」と多田は慌てて行天を止めた。

「屋根に穴があいたらどうするんだ」

「屋根の心配かよ」

やりあう多田と行天をよそに、男はなんだか強張った表情のまま、ベランダから居間へ入っていってしまった。

「どう思う、あれ」

行天がこっそり尋ねてきた。

「どうも思いたくない。俺たちは布団を回収すりゃいいんだ」

男の行動に関する推測というか疑惑が育ちつつあったが、多田はあえて想像を働かせないようにした。

居間の隅に置かれた小さなテーブルで、多田は男に必要書類を差しだした。男は几帳面な字で、依頼書と契約書を埋めていく。津山重勝、五十一歳。あ、見た目よりも微妙に若い。多田はどうでもいいことを思う。職業欄は空白。

「煙草吸っていい？」

まだベランダにいた行天が言った。津山が気弱そうにうなずくのをたしかめ、行天はポケットからマルボロメンソールの箱を取りだす。風のせいで、何度か試みてやっと煙草に火がついた。

「いい景色だねえ」

行天の声につられ、多田と津山も窓のほうへ顔を向けた。ベランダに立つ行天の向こうに、薄い水色にけぶる空が見えた。春の光にぬくもる家々の屋根のつらなりも、隙間なく花をつけた桜の梢も、行天の目からは見えているだろう。

「ふわふわ飛んでいけそうな気がしてくるね。魔法の絨毯にでも乗ってさ」

煙草の煙をたなびかせ、行天がベランダから居間へやってきた。多田はポケットに常備している携帯灰皿を出し、行天の指さきから離れた煙草を受け止める。吸うなら、後始末のこともちゃんと考えてほしいものだ。

多田が携帯灰皿の蓋を閉めるあいだに、行天が依頼書をかすめ取った。津山は文句も言わず、怯えたように行天の動向をうかがっている。

「ふうん。無職なんだ」

かぎりなく無職に近い、便利屋手伝いのおまえが言うな。と多田が制止するいとまもなく、行天は無礼な発言を連発する。

「二千円だけど、払える？」

津山が勢いよく立ちあがった。怒って殴りかかってくるのかと多田は身構えたのだが、津山は多田と行天のすぐそばを素通りし、台所へ消えた。憤りを率直に表現できないようだ。我慢強い性質なのだろう。

行天は津山の様子にはおかまいなしで、壁際のチェストのまえに移動した。置いてあった写真立てを勝手に手に取り、

「顔ってさあ、結局はパーツのちょっとした配置の差で決まるんだよね」

と、多田に向かって差し示す。

写真には、地味だがひとのよさそうな中年女性と、かわいらしい中学生ぐらいの女の子が写っていた。遊園地で撮ったもののようで、二人とも笑顔だ。津山の妻子だろう。休日を楽しく過ごす一家の姿がうかがわれた。

「勝手に見るなよ。なにが言いたいんだ」

「トンビ夫婦にも、タマのようにかわいい子が生まれることがある」

「失礼だろ」

「親子を見比べる楽しみってあるでしょ。ここんちの場合、成功した福笑いと、ちょっと失敗した福笑いみたいだよ」

「本当に本当に失礼だろ！　いいから早く写真戻せ」

多田と行天が小声でやりとりするうち、台所の引き出しをなにやらガタガタいわせていた津山が、財布を手に戻ってきた。

「求職中だが、貯えはあります」

と、静かに二千円をテーブルに置く。

「どーも」

行天はさっさとチェストから離れ、二枚の札を畳んでポケットに収めた。「引っ越し？　奥さんと娘は手伝ってくんないの？」

「関係ないでしょう、そんなこと」

津山はさすがにむっとした顔つきになった。ところが行天は、

「あー、逃げちゃったんだ。あんたが会社をクビになったとたんに」

と、朗(ほが)らかに言い放つ。多田は天を仰ぎたい気持ちだった。津山も憤りを通り越し、不可解な生物と遭遇したような恐怖を覚えたらしい。

「なんなんですか、このひと」

と、声をひそめて多田に尋ねてきた。こいつなりに、あなたを心配しているんです、とも言えず、多田は「すみません」と謝った。

「この男のことは、どうかお気になさらず。布団を取ってきます」

行天の背中を小突くようにして、津山を残し部屋を出る。行天は軽やかな足取りで階段を下りていく。

ハシゴを一階までかつぎ下ろすのは、やっぱり多田の役目となった。

屋根に布団が載った家の住人は、どうやら留守のようだった。しかたなく、多田は隣家のチャイムを鳴らし、出てきた中年女性に事情を話した。無断で屋根に登り、近所の住民に通報でもされたら困るからだ。

中年女性は、手渡された名刺と多田の顔とを交互に見た。

「便利屋さんのチラシはいろいろ入ってるけど、実物に会うのははじめてだわ」

「お困りの際には、お電話ください」

中年女性は今度は、営業スマイルを浮かべる多田と行天を交互に見たうえで、

「山崎さんには、私から話しておくから大丈夫」

と言ってくれた。視線の在処から、行天の営業スマイルに、よりほだされたらしいことがうかがわれた。本性は変人のくせに、顔のいいやつは得だ。多田は納得いかないものを感じたが、これで安心して布団を屋根から救出できるので、まあよしとした。

住人不在の山崎家に、ハシゴを立てかける。山崎家の庭は広くはなかったが、手入れが行き届いているおかげで、ハシゴを設置するスペースに頭を悩ませずにすんだ。からの植木鉢が散乱していたり、石ころや雑草だらけだったりして、まずは庭を片づけねばならない場合も多々ある。

ハシゴは一気に二階の屋根まで届いた。

「押さえておいてくれ」

と行天に言い、多田は屋根へ上がった。つづいて、なぜか行天まで上がってきたので、多田は慌ててハシゴの上部をつかみ、揺れたりずれたりしないよう固定してやった。

布団は、屋根のてっぺん近くの傾斜にうまく広がる形で落ちていた。多田はへっぴり腰で布団へにじり寄る。そのかたわらを、行天がすたすた歩いていく。平地を行くのと変わらない足取りだ。

「おまえ、鳶職人になったらどうだ」

「たしかに、高いところは全然怖くないけど」

い。

予期せぬ答えだったので、多田は思わず顔を上げた。行天は早くも布団までたどりつき、多田のほうを眺めているようだ。だが、逆光になっていて、その表情はよく見えない。


「すごくあったまってる」

と行天は言い、布団に腰を下ろした。「依頼人のおっさんさあ、ベランダから飛ぼうとしてたんじゃない」

「そうかもしれないな」

と多田は答えた。内心では、「記憶が怖いとは、どういう意味だろう」と考えていた。

「めずらしく、お節介をしないんだね」

行天が首をかしげる。

「三階から飛び下りたって、死なないだろう。たぶん」

多田はやっと、布団と行天のところへ到達した。

津山は職を失い、妻にも逃げられたのかもしれない。ふと思い立って部屋の大掃除をするうち、いつのまにか身辺整理をしている気分になり、ふらふらとベランダへ出たのかもしれない。

桜の花びらのように、風に舞う。魔法の絨毯があれば、着地の衝撃もやわらげられる。


「怖いもんなんかあるのか？」

「あるよ。記憶」

単に布団を取り落としただけなのか。なにもかもがいやになって、わざと布団を放り投げたのか。自身が飛び下りるつもりだったのが、干してあった布団のほうがさきに落ちてしまったのか。布団ごと空へ飛び立てそうな、万能感がふいに襲ってきたのか。

いくらでも想像はできるが、真相はわからない。津山とは今日はじめて会った。今後、また会う可能性は低いだろう。事情を問いただし、必要なら引き止めたほうがいいようにも思うが、それは親切心でも、義心から来るものでもない。できれば後味の悪い事態に遭遇したくないという、多田の勝手な都合だ。

勝手な都合で、他人の事情に首をつっこむのはためらわれる。

「アサコさんとの逢い引き、どうだった？」

「逢い引きじゃない。客として飯を食いにいっただけだ」

「あいかわらず進展ないんだ」

行天はため息をつき、布団に寝そべった。「あー、昼寝でもしたいぐらいの陽気だねえ」

多田も布団の脇に腰を下ろした。ぽかぽかと尻からあたたまってくる。

どんな記憶が、おまえを苦しめているんだ。尋ねてみたい気もしたが、やめておいた。布団のうえで目を閉じた行天は、悩みも不安もなさそうな、いつもどおりの表情だったからだ。

「そういえば、さっきの金」

多田は、寝そべる行天へ手を突きだした。

「覚えてたか。もらっちゃおうと思ってたのに」

行天は半身を起こし、ズボンのポケットを探った。渋々といった様子で二千円を差しだす。まったく、油断も隙もない。多田は札を受け取り、自分のポケットへ収める。つづけて行天が、白い封筒を差しだしてきた。

「なんだこれ」

「遺書」

「え、おまえの？」

「なんで俺。迷路のおっさんのだよ」

「津山さんの!? どこにあった。なんで持ってきちゃってるんだ」

多田は手のなかの封筒を見下ろした。表にも裏にもなにも書かれておらず、封もされていない。

「……それで？ やっぱり津山さん、思いつめてる感じなのか」

「さあ、まだなかは見てない。写真立てのそばにあったから、拝借しただけ」

「じゃあ、これが遺書なのかどうかわからんだろ」

多田はおおいに脱力した。しかし、気になる。ためらったすえ、封筒から便箋を取りだして広げた。

「なんて？」

と、行天が覗きこんでくる。

　便箋は細かい文字で埋めつくされていた。最前見たばかりの、津山の筆跡だ。ざっと斜め読みしたところ、妻へ宛てた手紙のようで、会社をリストラされたため、家族のもとへ帰ろうと思っていること、しかし態勢を立て直したら、もう一度東京で職探しをしようと思っていること、などがしたためてあった。

「おっさん、妻子に逃げられたんじゃなく、単身赴任でまほろに来てたんだね」

　と行天が言った。「遺書じゃなかったか」

「微妙なところだな。『家族に迷惑をかけるかと思うと心苦しい』とも書いてある」

「どうする？」

「どうしようもないだろ。勝手に持ちだした手紙を根拠に、『まあまあ、元気を出してください』なんて言えるか？　どうすんだよ、これ」

　多田は便箋を封筒に戻し、行天の手に押しつけた。「おまえが責任持って、津山さんの部屋に返せ」

「そんなの簡単。ここに入れておけばいい」

　と、行天は布団カバーの縁（ふち）に封筒をねじこんだ。

「いやいや、チェストにあったはずのものが布団に入ってたら、おかしいだろ！　手紙がテレポーテーションするか？」

「平気だって。多田は細かいこと気にしすぎだよ」

「細かいことじゃない！」

手紙を取り戻そうとして、多田は行天と揉みあう。その拍子に、ベランダからこちらを眺めている津山と目が合った。さぼっていると思われたか。いや、この状況は明白にさぼりだろう。

しまった。

「とにかく、さっさと布団を下ろすぞ」

手紙はあとでなんとかするしかない。多田は行天をせっつき、布団のうえからどかそうとした。行天も津山に気づき、ベランダへ向かって呑気に手を振ってみせる。当然ながら、津山は仏頂面だ。せっかく依頼したのに、なにを遊んでるんだ、と言いたいらしいことが、ありありと見て取れる。

ところが行天は、そんな津山に頓着しない。座った姿勢で、布団の端を両手でつかみ、体を前後に揺らしだす。

「おい、なにしてるんだ」

と、多田が声をかけたときには、すでに布団は行天を乗せたまま、橇のように屋根の傾斜をすべり落ちはじめていた。

「おっさーん！　こうやるんだよ、見てろー」

行天はベランダの津山に怒鳴り、布団ごと屋根からダイブした。

中空で一瞬、行天と布団は静止したかに見えた。次の瞬間、多田の視界から行天と布団が消え、同時に山崎家の庭でドンと低い地響きが起こった。

「行天！」

高所恐怖症の気があることも忘れ、多田は屋根の端まで駆け寄った。おそるおそる地面を見下ろすと、布団を下敷きに行天がのびている。

多田は急いでハシゴを下り、家屋をまわりこむ形で庭を走った。団地のベランダでは、津山が心配そうに手すりをつかんでいる。

「便利屋さん、救急車を呼びますか」

「いや、様子を見ます。ちょっと待ってください」

そう返した多田は、ベランダの津山に向かって忠告した。「あまり乗りだしちゃ危ないですよ！」

多田のポケットから、携帯電話の着信音が鳴り響く。千客万来とはこのことだ。こんなときに、いったいだれだ。多田は反射的に携帯を引っ張りだし、ろくに画面も見ずに通話ボタンを押した。

「はい、多田便利軒！」

聞こえてきたのは、落ち着いた女の声だった。

「まほろ市民病院で看護師をしている、須崎と申します」

まだ救急車も呼んでいないのに、なぜ病院から連絡が？　多田は頭が混乱したが、「お世話になっております」と、とりあえず無難に応じておく。

「いまちょっとよろしいでしょうか」

駄目です。布団に乗って屋根からダイブし、気絶してる男がいるので。とも言いにくい。

「はいどうぞ」

多田は携帯電話を肩と頬で挟み、地面に膝をついた。庭に転落した行天は布団のうえで、きれいに仰向けになる形で目を閉じている。

掌で行天の首筋に触れてみた。生きてはいるようだ。あまり動かしてはよくないかと思いながらも、多田は行天の肩に手を置き、軽く揺すった。

「実は、曽根田菊子（そねだきくこ）さんの容態が思わしくないんです」

と須崎が言ったのと、

「行天。おい、行天」

と多田が眼前の行天に小声で呼びかけたのは、ほぼ同時だった。少しの沈黙ののち、

「ええ。突然のことで、驚かれるのももっともです」

と須崎が言ったのと、須崎からの情報が脳に浸透し、

「なんですって！」

と多田が叫んだのも、ほぼ同時だった。

すみません、仰天したんじゃなく、行天という男の名を呼んだんです。とも言いにくい。ええい、紛らわしい名字で、肝心なときにのびてんじゃねえ。多田は内心で毒づき、ついつい乱暴に行天を揺さぶってしまった。頭のなかで、事態を整理する。

曽根田菊子――通称曽根田のばあちゃん――は、高齢のため、以前からまほろ市民病院に入院している。多田はばあちゃんの息子から依頼を受け、見舞いの代行をしていた。曽根田のばあちゃんは少しぼけているので、多田が息子を装って見舞うと、とても喜んでくれる。たまに、ばあちゃんの頭の回路は正常に結ばれるらしく、多田を多田本人として認識できることもある。そういうとき、多田はばあちゃんが語るまほろ市の昔話に耳を傾ける。

息子を名乗ってばあちゃんをだますことに、心苦しさを感じもする。だが、多田はこの見舞い代行の依頼を積極的に引き受けてきた。キュートさと気難しさを併せ持った曽根田のばあちゃん。見舞いによってばあちゃんが安らぐのなら、嘘をつくのもやぶさかではないと多田は思っている。

それにしても、いったいどうしたのだろう。年末に見舞ったときは、ばあちゃんはわりあい元気に、多田の持参した菓子を食べていたのに。

「どこがお悪いんですか。かなりまずいんでしょうか」

「どことということもないのですが、お年のせいか、ここ数日ほとんど寝てらして……。お会いになるなら早いうちのほうがいいかと思い、連絡させていただきました」

「ありがとうございます。すぐにうかがいます」

多田は須崎との会話を続行しつつ、いよいよ行天を揺らした。早く起きんか。

「しかし、なぜ俺に知らせを？」

須崎という名には、心当たりがない。多田は、まほろ市民病院には何度も行っている。曽根田のばあちゃんの見舞いだけでなく、チンピラに刺された行天が入院していたこともあったからだ。そんなこんなで顔見知りになった、数人の看護師のうちの一人だろうけれど、名前を聞いただけではだれなのかピンと来なかった。

「ご存じのとおり、俺は実のところ、曽根田さんとは縁もゆかりも……」

「曽根田さんはいつも、多田さんがいらっしゃるのを楽しみにしているんです」

須崎の声が、ちょっと明るくなった。「ここだけの話、本当の息子さん夫婦が来るよりも。だから私の一存で、電話帳で調べました。内緒ですよ」

多田はもう一度礼を言い、通話を切った。

便利屋への依頼は、ほとんどが一回かぎりの雑用だ。継続して依頼してくれる顧客もいるが、こまごまとした家庭内の用件が大半を占める。多田は便利屋の仕事にそれなりの自負と誇りを抱いているが、自分の存在がだれかの支えになるのだと実感したり知ったりする機会は少ない。

うれしかった。曽根田のばあちゃんが、俺の見舞いをそこまで待っていてくれたとは。一刻も早く、病院へ駆けつけなければいけない。問題は、未だにのびている行天だ。

まさか、本当に打ちどころが悪かったんじゃあるまいな。

多田はにわかに不安が高まり、行天を覗きこんだ。

「どんな具合ですか」

背後から声をかけられ、振り返る。いつのまにか、津山が山崎家の庭に入ってきていた。心配のあまり、団地の自宅からわざわざ様子を見に走ってきたらしい。ただでさえぱさついていた髪の毛が、乱れてぼさぼさになっていた。

「目を覚ましません。救急車を呼びます」

多田は、持ったままだった携帯で一一九番通報をしようとした。

「それには及ばない」

冷たい手が、多田の手の甲に触れた。行天だ。行天が目を開け、布団に横たわったまま笑っている。

「大丈夫なのか」

「うん。寝ちゃってたみたい」

寝るな。憤りと安堵が半分ずつ襲ってきて、多田は肩を震わせた。津山も気が抜けたようだ。多田のうしろで盛大なため息をついた。

「とにかくよかった。念のため、市民病院で検査してもらおう。いま、ちょうど電話が来て……」

「わかってる」

と、行天は多田の言葉をさえぎり、芝居の登場人物のように堂々と言い放った。「話は全部聞かせてもらった」

「寝てたんじゃないのかよ」

「曽根田のばあちゃんが大変なんでしょ。ほら、早く行こう」

脱力する多田にはおかまいなしで、行天はふらつくこともなく立ちあがった。いましがたまで寝ていた布団を、海苔巻きのように丸めて持ちあげ、津山に渡す。

「これ、魔法の絨毯にはなんないよ。かなり痛い」

そう言うと、行天はさっさと山崎家の敷地から出て、団地の駐車場のほうへ歩いていった。あとには、呆気に取られて布団を抱える津山と、頭痛を覚えた多田が残された。

「見事に飛びましたねえ」

感嘆したともあきれたとも取れる口調で、津山がつぶやく。「なんだかスカッとしましたよ」

多田は手紙入りの布団から目をそらしつつ、

「いえ、それほどでも……」

と答えるほかなかった。

「検査代、こちらが持ちましょうか」

行天が消えた方向を見やったまま、津山は思いついたように言った。

「あいつが勝手に飛んだんですから」

こめかみを揉んでいた多田は、慌てて首を振る。「ただ、布団を部屋まで運んでいただいていいでしょうか。知人が危篤寸前だと連絡が入ったので、これからすぐ、病院へ行きたいんです」

危篤寸前というのも妙な言葉だが、曽根田のばあちゃんが実際どの程度悪いのか、よくわからないのでしかたがない。

「かまいませんよ」

津山は力強く布団を抱え直し、山崎家の門を出ていった。手紙はテレポーテーションすることもあるのだ、ということにしよう。そう自分に言い聞かせ、多田もハシゴを畳む。

隣家の中年女性に、作業が終わったことをインターフォン越しに伝え、多田はハシゴをかついだ。足早に駐車場へ向かう。団地の入口で、よたよたと布団を運ぶ津山に追いついた。

「領収書は必要ですか」

「いや、けっこう」

津山は歩きながら多田へ視線を向けた。「その、なんだ、いろいろとありがとう」

照れくさそうにそれだけ言うと、津山はすぐに視線をそらし、三号棟へ入っていってしまった。どことなく晴れやかな表情をしているようだった。

たぶん、津山はもう大丈夫だ。なにも確証はないが、多田はそう思った。

軽トラックの助手席では、行天が退屈そうに煙草をふかし、多田を待っていた。多田は軽トラのエンジンをかけ、まずは窓を下ろして煙を逃がす。

「津山さんが礼を言っていたぞ」

「なんで？」

「おまえのダイブを見て、スカッとしたらしい」

「ふうん」

言動のどこまでが計算なのか。行天の真意を読みにくいのは、いつものことだ。

シートベルトをし、多田はまほろ市民病院へ向けて軽トラを走らせた。

まほろ市民病院は、何度目かの増改築の最中にある。工事の進捗に伴い、駐車場の位置も転々としている。年末に来たときとは様子がちがっており、多田は駐車場の入口を探して敷地のまわりを半周することになった。気が急いているときにかぎって、と舌打ちしたい気分だ。

やっと見つけた駐車場に軽トラをつっこみ、曽根田のばあちゃんが入院する病棟を目指す。

「行天。おまえ、検査の申し込みをしてこいよ」

「えぇー。いいよ、めんどくさい。そんなことしてるあいだに、ばあさんが死んじゃったらどうすんの」

「縁起でもないことを言うな」

もはや競歩のようなスピードになって、病棟の廊下を進んだ。

「便利屋さん」

と呼ばれて振り向くと、ナースステーションから看護師が出てきたところだった。四十代だろうか、見覚えのある女性だ。

「須崎さんですか」

「そうです。ああ、便利屋さん、ちょっと遅かった」

須崎は嘆くように首を振り、さきに立って歩きだす。

まさか、曽根田のばあちゃんが……。多田は震える膝を励まし、須崎を追った。行天も無言でついてくる。

病室は、まえに来たときと変わりなかった。六人部屋の、一番真ん中のベッド。須崎がそっと仕切りのカーテンを開ける。

ばあちゃんは真っ白な寝具のなかで、眠るように横たわっていた。穏やかな表情で目を閉じている。

「ついさっき……」

多田は膝から力が抜け、その場にしゃがみこみそうになった。

まさか、こんなに急に。いや、ばあちゃんが年を取っているのは明白なのだから、息子からの依頼などなくとも、もっと頻繁に見舞えばよかったのだ。今年に入ってからだって、いくらでも機会はあった。それなのに多田は、ばあちゃんのことが心に引っかかっていたにもかかわらず、「忙しいから、また今度でいいか」と、病院を訪れるのを先延ばしにしてばかりだった。

忙しいなんて、言い訳だ。依頼の合間に、多田便利軒の事務所でボーッとしていることだってあったのだから。

「曽根田さん」

悔いを抱え、多田は曽根田のばあちゃんを小声で呼んだ。須崎がかたわらで、またも首を振った。

「さっき、起きてゼリーを召しあがったんですけどねえ。寝ちゃったから、しばらくは目を覚まさないと思いますよ」

「はい？」

多田は視線を須崎へ移した。「曽根田さんは、その、単に寝てるだけなんですか？」

「ええ」

ほかになにが？　と須崎は言いたげだ。

あのな。今度こそ多田はしゃがみたかったが、気力でこらえた。行天がばあちゃんの口もとに掌をかざし、

「絶賛睡眠中だねえ」

と言った。「寝るのも体力いるっていうし、大丈夫なんじゃない」

「ただ、先週あたり、危なかったのも事実なんです」

ここではなんですから、と須崎は同じフロアにある談話室へ、多田と行天を誘った。

二台の大型テレビと、ソファセットがいくつか置いてあるスペースだ。何人かの老人が、

テレビを眺めたり、おしゃべりに興じたりしている。

ソファに腰を下ろし、須崎の話を聞いた。曽根田のばあちゃんは先週、腹を下したのだそうだ。

「お年寄りはどうしても、運動不足からくる便秘になりがちです。曽根田さんも弱めの下剤を処方されていて、夕食後にご自分で飲んでいたんですが」

ついうっかり、就寝まえにも下剤を飲んでしまった。腹を下すのも当然だ。

「そこから体力が落ちまして、おなかは治ったんですが、寝ていることが多くなってしまったんです」

病院側は息子に連絡した。ばあちゃんの好物でも持って見舞いにくることを期待したのだが、返事はつれないものだった。

「『いよいよ、となったらうかがいます』と言うんです」

須崎は憤りを隠さない。ひとの生き死にを間近で見てきたからこそ、後回しにしていいことと悪いことがあると、よくわかっているのだろう。

「いろんな事情があるんでしょうけれど」

と、須崎は気分を変えるように吐息した。「曽根田さんが心細そうなので、気になって。便利屋さん、曽根田さんを力づけてあげてくれませんか」

「わかりました。今日はもう、ほかの依頼も入っていませんし、曽根田さんが目を覚ますのを少し待ってみます」

須崎は同僚の看護師に呼ばれ、慌ただしく席を立つ。多田と行天も、ばあちゃんの病室に戻った。

パイプ椅子を運び、ベッドの横に並んで座る。ばあちゃんは最前と変わらず、目を閉じたままだった。

「どうしてなんだろうな」

曽根田のばあちゃんの寝顔を眺めながら、多田はつぶやいた。

「なにが?」

と、行天が呑気な調子で尋ねてくる。

「息子が見舞いにこない理由だよ。曽根田さんは、自分の子どもにそんなに嫌われるようなひとか?」

曽根田のばあちゃんは、息子夫婦が別れるよう、いつも祈念している。その祈りが別方向に祟(たた)ったのか、ばあちゃんと息子の嫁との仲は最悪のようである。しかしそれだけで、危篤寸前の母親の見舞いを拒否するものだろうか。

「そりゃあ、仕事が忙しいとか、母親を立てすぎると妻が不機嫌になるとか、いろいろ事情はあると思うが」

「多田は結婚してたとき、嫁姑問題に悩まされなかったの」

「さあ」

多田はちょっと考えてみた。「そんな問題の存在には気づかなかったな。おまえはどうなんだ」

「俺は偽装結婚だったんだってば」

そう言った行天は、ふいに冷たい笑いを浮かべた。「それに、高校を卒業してから、親とは一度も会ってないし。嫁姑問題なんて起こりようがなかった」

行天の発言に対するコメントに窮し、多田は脳内で下手な標語をひねりだした。「関係のないところには問題もなし」。とはいえ、「人間関係が希薄なおかげで、嫁姑問題に悩まされずにすんでラッキーだな」と喜ぶ気には到底なれない。

「自分の親だからこそ、許せないこともあるんじゃない」

行天は静かに言い、ベッドのほうへ首をのばした。「あ、ばあさん起きた」

曽根田のばあちゃんが、白い寝具のなかで目を開けていた。多田は多少の緊張とともに、ばあちゃんの顔を覗きこむ。今日のばあちゃんは多田のことを、「便利屋の多田」と「息子」のどちらで認識するのか。それによって、多田の演技プランも変わってくる。

「具合はいかがですか」

ばあちゃんの耳に届くよう、大きめの声で、だが慎重に問う。

ばあちゃんは何度かまばたきした。天空から声が聞こえてきた、とでも言いたそうな表情だ。しばらく状況の把握に努めているようだったが、ベッドの脇にひとがいる可能性に、ようやく気づいたらしい。ゆっくりと多田へ顔を向けた。

「おや、佐々木先生。回診ごくろうさまでございます」

どうしよう。ばあちゃんの口から、まったく知らないひとの名前が出てきてしまった。多田は迷う。ここはやはり、佐々木先生とやらになりきるべきか？　たぶん、ばあちゃんの担当医だろう。多田は無論、白衣など着ていないが、せめて頼りがいがありそうに見えるよう胸を張った。

「おなかも治ったようで、よかったです。今後も養生するように」

養生なんて言葉、いまどきの医者は使うんだろうか。サナトリウムに常駐している、大正時代の医者みたいじゃなかったか。

あまりにも板についていない多田の医者ぶりに、隣で行天が盛大に噴きだし、ばあちゃんも笑った。

「いやだねえ、わかってるよ」

と、曽根田のばあちゃんは言った。「あんたは、ええと……。便利屋の多田さんでしょ」

おお、今日のばあちゃんは、俺のことを「多田」だと認識したうえに、いたずらまで仕掛けてきた。それにしても、老人が相手を認識するまでの一瞬の間というのは、なんなのだろう。その一瞬を感じるたびに、深い穴に吸いこまれるような、暗い宇宙へ吸いだされるような、なんとも不安で不可解な気持ちにさせられる。

そんなことを考えつつ、

「そうです」

と多田は答えた。「ご無沙汰してしまい、すみませんでした」

「いいのいいの。あんたたちも忙しいでしょう。来てもらって、悪いねえ」

曽根田のばあちゃんは布団のなかで横向きになった。腕をシーツに突き、なにやら身を震わせている。体を起こそうとしているらしいと気づき、多田と行天はばあちゃんに手を貸した。肩と背中を支えてやると、ばあちゃんはなんとか、ベッドのうえで座る体勢を取ることができた。ヘッドボードとばあちゃんの丸まった背中のあいだに、行天が枕を差しこんだ。

「なにか食べたいものがあったら、買ってきますよ」

多田が言っても、

「なにもいらない」

と、ばあちゃんは首を振る。「最近、商売はどうだい」

「まあまあですね」

「いまのうちに英気を養っとくといいよ。便利屋さんは今年、なんだか騒ぎに巻きこまれそうだから」

曽根田のばあちゃんはたまに、こういう予言じみた物言いをする。もちろん、根拠はなにもない。多田は気にせず、受け流しておいた。

ばあちゃんは、ベッド脇のテーブルに置いてあった白湯（さゆ）を飲んだ。多田は、ばあちゃんがくれた菓子を食べた。オブラートでくるまれた、毒々しい色をした寒天ゼリーだ。

行天はばあちゃんの目を盗み、自分のぶんのゼリーを多田に押しつけてきた。しょうがないので、行天のぶんも食べた。甘さが歯の根から脳のてっぺんへ伝わった。

三人で話したり黙ったりするうち、夕暮れが迫ってきた。廊下からは、夕飯の配膳の準備をする音が聞こえてくる。

あまり曽根田のばあちゃんを疲れさせてもいけないだろう。

「また来ます。ちゃんとご飯を食べて、どうかお体を大切に」

ばあちゃんはうなずき、多田を見た。ばあちゃんの黒目の色は、こんなに淡かっただろうか。青みがかって見えるほどだ。

「ねえ、多田さん」

と、ばあちゃんは言った。「あの世ってあるんだろうかねえ」

多田は言葉に詰まった。多田としては、あの世などないと思っている。死んだら終わりだ。その考えはいつも、震えるほどの寄る辺なさと、清々するような解放感とを多田にもたらす。だが、弱気になっているらしい曽根田のばあちゃんに対し、「ないと思います」と答えるのはためらわれた。ばあちゃんを力づけるような、どんな言葉も持ちあわせていないことが歯がゆかった。

「あの世なんてないよ」

返答の遅れた多田に代わり、行天が堂々と言い放った。曽根田のばあちゃんは表情を強張らせる。

言いにくいことを、そんなにズバッと告げなくてもいいだろう。多田は苦々しく思い、

「おい、行天」

と制そうとした。だが行天は、かまわずに言葉をつづけた。

「でも、俺はあんたのこと、なるべく覚えているようにする。あんたが死んじゃっても。俺が死ぬまで。それじゃだめ？」

だめに決まってるだろ。家族でもない、便利屋の助手としてのつきあいしかないおまえが、「覚えている」と言ったところで――。そう思う多田は、静かな確信を帯びた行天のたたずまいに、なんだか気圧されてもいるのだった。おそるおそるばあちゃんの反応をうかがうと、ばあちゃんは笑っていた。

「それはいいね」

と曽根田のばあちゃんは言った。諦めたとも、踏ん切りがついたとも取れる響きだった。

病院を出るまえに、念のため行天の精密検査を予約した。受付時間は過ぎていたが、看護師の須崎が、パソコンに予約内容を入力してくれた。

「ぜひ、頭部を重点的にお願いします」

と多田はリクエストした。屋根から落ちたことを差し引いても、行天の脳の具合については、常日頃から疑念を抱いていたところだ。

「なんでだよ」

と行天は不満そうだった。

夜に近づくまほろ大通りは、やや渋滞していた。駅前を目指し、軽トラックはのろのろ進む。

車の窓を細く開け、多田と行天は煙草を吸った。

なるべく覚えているようにする、と行天は言った。たしかに、それしかないのかもしれない、と多田は思う。だれしもに訪れる死に対抗する手段は。

多田も、決して忘れられない、忘れたくない記憶を抱え、いまも死者とつながっている。記憶をたどって死者の存在を呼び起こすのは、つらくもあるが、失ったと思っていた幸せな時間が蘇る瞬間でもある。

死者とは二度と語りあえず、触れあえず、なにかをしてあげることもされることもない。そんな死の残酷さに抗い、死者を単なる死者にしないための、たぶんただひとつの方法。生きているものが、記憶しつづけること。

「曽根田さんのこと、おまえけっこう好きなんだな」

ハンドルに軽く手を置いたまま、多田はつぶやいた。助手席の行天は、備えつけの灰皿を引きだしながら言った。

「まあね。思ったよりも早く俺がボケちゃって、いざ死ぬときには、なにもかも忘れちゃってる可能性も否めないけど」

「それでも、曽根田さんは心強く思うだろう」

「そう？」

灰を落とした煙草を、行天は再びくわえた。「じゃ、多田のこともなるべく覚えててやろうか」

俺より長生きするつもりなのか、ずうずうしい。多田は顔をしかめた。屋根から飛び下りるような無鉄砲だと知っていると、せっかくの申し出もいまいちありがたみに欠ける。

「遠慮しとく。どうせ覚えててもらうなら、きれいな女のほうがいい」

「おっさんくさいこと言うねえ」

行天は「ひゃひゃひゃ」と笑った。「俺だったら、だれにも覚えていてもらいたくなんかないな。どんなきれいな女だって、ごめんだ」

行天の笑顔の底に、得体の知れぬ暗黒の空間がほの見えた気がした。春の夜風が急に冷たく感じられ、多田は窓を閉める。

じゃあおまえは、抱えた記憶ごと虚無の闇へ沈むつもりなのか？　死んだことすらだれにも気づかれないまま、一人きりで。

そう問うてみたかったが、やめておいた。答えはきっと朗らかな肯定だろうと、予想できたからだ。

多田は、「記憶がこわい」と行天が言ったことを思い出した。自分ごと完全に消し去りたいほど恐怖する記憶とは、いったいどんなものなのだろうと考えた。

事務所に帰ると、行天はソファに直行した。隙を見てこれだけ体を休めていれば、たしかに俺よりは長生きするかもしれない。寝そべった行天を、多田はあきれて眺めた。

「おい、夕飯の仕度ぐらいしろ」

「仕度？　今夜のメニューは？」

「カレーかハヤシか、好きなほうを選べ」

「またレトルト。お湯を沸かすだけじゃない」

「だから、湯を沸かせって言ってるんだ」

多田にせっつかれ、行天は渋々とシンクのまえに立った。多田は使ったハシゴを部屋の隅に横たえる。

事務所の固定電話が鳴った。多田は着替えをしようと、ちょうどシャツの裾をズボンから引っ張りだしたところだった。だらしない恰好のまま受話器を取る。

「はい、多田便利軒です」

「三峯凪子(みつみねなぎこ)です」

偽装結婚だったという、行天の元妻だ。多田は咄嗟(とっさ)に行天の様子をうかがった。行天はヤカンのまえで仁王立ちし、湯が沸くのを待っている。

「おひさしぶりです」

思いがけない人物からの電話に驚きつつ、多田は言った。

「夜分にすみません。いま、春ちゃんはいますか」

「ええ」

湯を沸かしています、と伝えるまもなく、

「しーっ」

と凪子にさえぎられた。「私からの電話だと悟られないよう、『はい』か『いいえ』だけで答えてください」

なんでだ、と疑問に思いながらも、

「はい」

と多田は素直に返事をした。

「実は、多田さんにお願いがあるんです。春ちゃんに知られずに進めたい話なんですが、お会いするのにご都合のいい日時はありますか」

どういう話なのか、まずは内容を知りたい。しかし、「はい」か「いいえ」しか言えない身なので、多田は黙っていた。凪子は、多田が電話口にいるのか不安になったのだろう。

「多田さん？」

と、遠慮がちに呼びかけてきた。

「はい」

「いまから、私の都合のつく日付を挙げていきます。よろしいところで、『はい』と言ってください」

多田が「はい」とも「いいえ」とも答えぬうちから、凪子は念仏のように数字を唱えはじめた。しかたがない。行天が市民病院に検査の予約を入れた日を狙い、多田は「はい！」と言った。カルタでも取るような勢いになってしまった。行天が怪訝そうにこちらを見ている。多田は咳払いし、行天に背を向けた。

「今週の金曜日ですね」

と、凪子は確認した。手帳でもめくっているようだ。紙のこすれる音がかすかに聞こえる。

「お昼過ぎには事務所にうかがえます。それでよろしいですか？」

いいけれど、わざわざ事務所に来るほどの用件を知りたい。多田は再び黙った。凪子はようやく察してくれた。

「ああ、そうか。『はい』『いいえ』以外も解禁します。でも、くれぐれも春ちゃんに気づかれないように、オブラートにくるんで」

「日時はそれでかまいませんが、ご依頼の内容は？」

「私たちの娘のはるを、しばらく預かっていただきたいんです」

「なんだすって!?」

多田は動揺のあまり、言葉を噛んでしまった。「いや、なんですって？」と、言い直す。

　はるは、遺伝子上は凪子と行天の娘だが、凪子と凪子の同性のパートナーとともに暮らしている。行天は、娘に一回も会ったことがないと言っていた。多田も、凪子とはるには、以前に一度顔を合わせたことがあるだけだ。

　にもかかわらず、大切な娘を多田に預けたいとは、いったいどういうことだろう。

「驚かれるのも当然です」

　凪子は落ち着いた調子で言った。「詳しくは、お会いしたときに話します」

「いやいや、困ります。引き受けられません」

「なぜですか？　あ、くれぐれもオブラートにくるんで」

　凪子はなんとしても、行天に悟られぬように話を進めたいようだ。多田が躊躇する原因も、そこにある。

　行天は子ども嫌いだ。

　たいていの自称「子ども嫌い」は、子どもと接することに慣れていないがゆえの戸惑いを、「嫌い」という言葉で表現したものだろう。爬虫類と親しむ機会のないひとが、「ヘビなんて嫌い、気持ち悪い」と言うのと同じようなものではないか、と多田は思う。実際にヘビを飼ってみたら、「案外かわいらしい」と思うようになるケースも、多々あるはずだ。

　しかし、行天の「子ども嫌い」ぶりは、それとは一線を画している。ヘビを見ると

――そのヘビがミミズと同じサイズであっても――、絶叫とともに問答無用で逃げだす感じだ。生理的な恐怖と嫌悪とでも言おうか、一瞬たりとも視界に入れたくないし、接近してこないでほしい、という苛烈な反応を示す。

ヘビに対してならまだしも、人間の子どもに対して、そんな態度はいささかまずい。「失礼だ」と親が怒ってしまうかもしれないし、なにより子どもが怯える。特に幼児の場合、行天の反応に怯えて泣きじゃくったりする。そうすると行天は、ますますパニックに陥り、理性で感情を抑えることができなくなってしまうようなのだった。

多田便利軒は、老若男女からの依頼をなるべく引き受けるのがモットーだ。しかし多田は、行天と約束していた。「小さな子ども絡みの依頼は断る」と。行天のためだけでなく、多田便利軒の評判や、子どもの情操に与える影響のためにも、そのほうがよさそうだと判断したからだ。

以上のことを、凪子にどう説明したものか。多田は複雑な折り紙のように、脳内でオブラートを畳んだり広げたりする。結局、うまく言葉をぼかすことができず、

「経験がないので」

とだけ言った。子育ての、という含意を汲み取ってくれるといいのだが。

「経験？」

凪子はかすかに笑った。「実践なくして、どうやって経験を積むんです」

「それはそうですが、相手の意志も確認せず、いきなり暴挙には出られません」

「はるにはちゃんと言い聞かせます。多田さんにしか頼めないのです」

行天が、「あちっ」と言った。多田は受話器を持ったまま、台所を振り返る。行天はヤカンの蓋を開け、湯気と格闘しながらレトルトパックを引きあげたところだった。

「それでは、当日よろしくお願いします」

多田の意識がそれた隙に、凪子は口早に言う。

「え、ちょっと、もしもし」

と多田が呼びかけたときには、すでに電話は切れていた。「まいったな」

「どうしたの？」

行天は大皿を両手で持ち、二人ぶんの紙皿とスプーンを指で挟んで、ソファのほうへやってきた。

「おまえこそ、どうしたんだそれは」

ローテーブルに置かれた大皿を、多田は思わず凝視した。大皿の中央には、レトルトのご飯が山盛りになっており、これまたレトルトのカレーとハヤシが、左右に振りわけられる形でかかっていた。予想とあまりにもちがう盛りつけかただ。

「こうすれば、どっちも食べられるでしょ」

そういう問題か？　と多田は思ったが、取りわけのための紙皿を渡され、ソファに腰を下ろす。行天も向かいのソファに座った。

二人はしばし黙って食事をした。カレーライス部分とハヤシライス部分を、思い思いに大皿から紙皿に取って食べる。大皿の中心線上では、カレーとハヤシが混じりあっており、辛いのだか甘いのだか、よくわからないことになっていた。

「ちょっと多田、カレーばっかり食べるなよ」

「俺としては、カレーをリクエストするつもりだったんだ。なのに、勝手に両方あっためて、妙な盛りつけしやがって」

行天は旗色が悪くなったのを察したのだろう。

「で？」

と、強引に話題を転じた。「なんの依頼だった？」

「いや、べつに」

多田は泳いでしまう視線を、なんとか大皿に集中させようと努力した。

「エロい依頼？」

「なんでそう思う」

と、多田はびっくりして問う。

「経験とか暴挙とか言ってたから」

それだけでどうして、エロい依頼だと発想するんだよ。多田はスプーンを口に運びながら、

「いや、べつに」

と再び言った。なんとかこの場を誤魔化さなければならない。

「ほら、あれだ、ペンキ塗りの依頼なんだ」

「やったことあるじゃない」

「納屋や犬小屋を塗るぐらいはな。だが、家屋そのものをってのは、無理があるだろう。本職じゃないんだから」

「ふうん」

カレーライスとハヤシライスの混合物を、行天はもぐもぐと咀嚼した。「なんか隠しごとしてないか？」

「いや、べつに」

と、多田はみたび言った。


行天が病院へ行く日がやってきた。

検査をするまでもなさそうだった。「布団が吹っ飛んだ」事件から数日が経ったが、行天はぴんぴんしていたからだ。行天自身も、「えぇー。いいよ、検査なんかしなくて」と渋った。

だが、行ってもらわなければ困る。多田は時計を横目に、説得に励んだ。しまいにはハコキューデパートでカステラを買ってきて、

「曽根田さんの見舞いもしてこい」

と、検査以外の任務も付与した。

曽根田のばあちゃんの名を出され、行天もやっと外出の仕度をはじめた。とはいえ、台所で顔を洗い、適当にヒゲを剃っただけだ。

「多田はどうすんの？」

「俺は今日、事務所で打ち合わせだ」

多田はまたも、視線が泳ぐのを自覚した。「ほら、ペンキ塗りの」

「ふうん」

行天は疑わしげな一瞥を寄越し、事務所を出ていった。まだ油断はできない。多田は窓から表を見下ろす。行天はまほろ大通りへ向かって、細い道をひょこひょこ歩いていった。

よし。多田は大急ぎで事務所の掃除をし、仲通り商店街へ行って茶葉を買い、囲炉裏屋の弁当で昼食をすませた。

三峯凪子は、一時まえにやってきた。

以前と変わらず、化粧っ気がなく地味な服装だが、肌がきれいだ。物静かで聡明な人物に見える。しかし、まだ油断はできない。偽装結婚とはいえ、行天の配偶者だっただけあって、凪子はちょっと変人なのだ。言動に奇妙な間があるというか、テンポがややずれているというか、静謐な態度を保ったまま、着々と我が道を行くところがある。多田は凪子のことを、「ハイブリッド車なみに音のしないブルドーザー」と、内心では評していた。

　今回も、凪子がいきなりはるを連れてくるのではないかと、多田はひそかに恐れていた。そんなことになったら、行天になんと言い訳すればいいだろう。だが、凪子は一人だった。とりあえず多田は安心し、ソファを勧めた。入手したばかりの安物の茶葉で茶をいれ、落ち着いて話を聞く態勢を作る。

　客用の湯飲みを手にし、凪子は小さく息を吐いた。凪子の肩さきに、海老茶色の桜の萼（がく）がついている。多田の視線を追う形で、凪子も萼に気づき、つまみ取って茶托（ちゃたく）の端に載せた。

「私のパートナーはいま、海外で仕事をしています」

　突然はじまった話の行く先がわからず、多田は「はあ」と間抜けに相槌（あいづち）を打つ。

　凪子は、数年まえから紛争がつづく、中東の国の名を挙げた。医者がおらず、医療施設もない村で、凪子のパートナーは日夜、住民の治療にあたっているのだそうだ。凪子が内科医であることは知っていたが、パートナーも医者だったとは。凪子は以前、「二人ともバリバリ働いているので、春ちゃんから養育費をもらう必要はない」と言っていた。「三峯さんとパートナーとで、俺の十倍ぐらいは稼いでるんだろうなあ」と、多田は改めて納得した。

「なるほど、それは大変なお仕事ですね」

「たまにメールが来ますが、とても充実した日々のようです」

　凪子は微笑んだ。パートナーを信頼し、誇りに思っていることが感じられた。

「派遣期間は一年で、帰国するのは九月の予定です。はると私は、家で彼女の帰りを待つつもりでいましたが……」

凪子の表情が曇る。「少々困ったことになりました」

たぶん、ここからが本題だろう。多田はさきほどよりも積極的に、「どうしました」とつづきをうながした。早く話し合いを終えないことには、行天と凪子が鉢合わせしてしまう。

「七月から八月のすえまで一カ月半ほど、私もアメリカの研究施設へ行かなければならなくなったのです」

「それはまた、どうして」

「恩師から、『そろそろ実験が佳境に入るので、手伝ってほしい』と声をかけられまして。博士号を取るときにお世話になった教授ですし、実験内容も私の興味と専門分野にとても重なるものです。ちなみに、わたくしどもの研究テーマは、『タンパク質の変性から見る細胞の機能制御および……』」

「いや、研究の具体的な内容については、ご説明いただかなくてけっこうです」

多田は急いで凪子の発言を止めた。「とにかく、アメリカの研究施設へ行く必要がある、ということですね」

「はい」

凪子は力なくうなずく。「もちろん、はるを連れていくことも考えました。でも、蓄積した実験データを分析し、論文にまとめあげるためには、集中力がいります。異国の地で、はると生活しながら短期決戦に臨むのは、無理がありそうだという結論に達しました」

「つまり、仕事に集中するために、一カ月半のあいだ、はるちゃんを預かってほしいってことですか」

「無理と勝手を申しあげているのは、重々承知しています。けれど、このチャンスを逃したくないという気持ちも、抑えがたくあるのです」

凪子は深々と頭を下げた。「どうかお願いします」

なんと答えたものか、多田は逡巡した。

「はるちゃんの面倒を見てくれるひとは、ほかに全然いないんですか」

「私の両親はすでに亡くなっていますし、パートナーは実家とは絶縁状態です。はるは、いつもは保育園に預けていますが、夏のあいだは休園させてもらうつもりです。退園してしまうと、なかなか再入園が難しいので」

頼れる親も親戚もおらず、パートナーと二人だけで懸命にはるを育ててきた凪子。万策尽き、仕事のために一カ月半だけはるを預かってほしいと言う凪子。そんな凪子を勝手だと責めることは、多田にはできなかった。

子育て中に、周囲の状況や環境が予期せぬ変化を見せることは、ままあるはずだ。子どもにかかりきりになれないからといって、悪い親だとは言えない。親にも仕事と生活と人生がある。

　凪子がふだん、どれだけはるを愛し、はるを最優先に考えて行動しているか、多田は朧気（おぼろげ）ながら知っていた。凪子は熟慮のすえ、「はるを預ける」という結論を苦渋とともに導きだしたのだろう。いまも、凪子が自身の膝に置いた手は、痛みをこらえるかのように強くスカートをつかんでいる。

「行天に相談してから返事をします」

　多田が言うと、凪子は勢いよく首を振った。

「それはいけません。春ちゃんに言ったら、断られるに決まっています」

「しかし、非常に不本意ではありますが、俺は現に行天と住んでるんですよ。ここにはるちゃんを引き取ったら、必然的に行天もはるちゃんの面倒を見ることになります」

　行天春彦（はるひこ）も「春ちゃん」、凪子の娘のはるも「はるちゃん」。どっちを呼んでるのか区別しにくいなと思いながら、多田はつづけた。

「行天の同意は絶対に必要でしょう」

「たしかにそうですが」

　凪子は肩を落とした。「春ちゃんと結婚して、精子の提供を受けるとき、私は約束しました。『子どものことで、あなたを煩わせたりはしないから』と。その約束を破ることになってしまいます」

「そんな約束は破っていいと思いますよ」

　多田は湯飲みに手をのばし、ぬるくなった茶をすすった。「遺伝子上は、行天もはるちゃんの親なんですから。三峯さんとパートナーのかたが、はるちゃんを育てるのが一時的に困難な状況にある。だったら、そのときだけでも、行天が子育てに名乗りを上げるのが順当というものです」

「春ちゃんを説得してくださいますか」

　すがるような目で凪子に尋ねられ、多田はうなずくしかなかった。

「やってみます」

　常に不穏当な言動しかしない行天に、なにが順当かを教えこむことができるのか、はなはだ自信がなかったが。

　行天はまだ帰ってこないだろう。多田は湯を沸かし直し、新しく茶をいれた。

　凪子は同僚と交渉し、今日の仕事を一部引き受けてもらったのだそうだ。

「だから、もう少し時間はあります」

　と言って、二杯目の茶に口をつけた。

「実際問題として」

　多田は気になっていたことを切りだした。「一カ月半ものあいだ、はるちゃんの世話をできるか不安です。行天はもちろん、俺も子育ての経験がほとんどないので」

　ほとんど。自分で言いながら、多田は胸に鋭い痛みを感じた。そうだ、俺は子育ての経験が皆無ではない。本当なら、いまごろははるちゃんよりも大きな子どもがいたはずだ。

生まれてすぐに死んだ息子を思い、急に恐ろしくなった。もし、預かっているあいだに、はるちゃんになにかあったら、どうしたらいいんだ。俺の落ち度で、はるちゃんが怪我をしたり病気になったりしたら。いや、落ち度の有無が問題なのではない。とにかく、幼い子が身近で苦しんだり泣いたり、ふいの事故で命を落としたりしたら。俺は今度こそ、二度と立ち直れない。頭がどうかしてしまうだろう。

行天が子どもを異様に嫌う――というより、ほとんど恐怖している――理由も、もしかしたら根っこは同じなのかもしれない。多田はそう思った。

小さく、力がなく、周囲の大人の都合や意向に沿って生きるしかない存在。つらさや悲しさを言葉でうまく表現することができず、ただ泣いたり駄々をこねたりするしかない存在。そんな「子ども」という生き物を、多田は愛おしくも不憫だと感じることがある。行天は子どもの無力さに、愛おしさよりも腹立ちと恐怖を覚えているのではないか。

凪子は多田の事情をなにも知らないので、

「はるは年のわりにはしっかりしていますし、丈夫なほうですから、あまりご迷惑はおかけしないと思います」

と、やや見当ちがいなことを言った。

丈夫だからといって、拭われるような不安ではないのだ。でも、多田は黙って微笑むにとどめた。子どもを失った過去を、凪子に話すつもりはない。かわりに、

「行天が子どもを毛嫌いする理由に、なにか心当たりはありますか」

　と尋ねた。

「春ちゃんと私は、個人的な事情を親しく話すような間柄ではなかったですから」

　凪子は記憶をたどるように、湯飲みの縁を指さきでなぞった。「ただ、私の妊娠中は、いろいろと気づかってくれました」

「いろいろ、とは？」

「パートナーと私が住む家に、会社帰りにちょくちょく顔を出しては、差し入れしていくんです」

「つわりがひどい」と言えば、真冬にもかかわらず凪子の好物のスイカを持ってきたり、「なんと名付けたものか迷っている」と言えば、『赤ちゃん命名辞典』を買ってきたりと、行天はめずらしく常識的な反応を示していたらしい。

「ですから、深刻な子ども嫌いだとは思いませんでした。むしろ、子どもが生まれてくるのを楽しみにしているように見えた」

　とはいえ、行天と凪子は、結婚した当初から契約を結んでいた。人工授精で子どもができたら、出産まえに離婚し、以後いっさい、行天は子どもにはかかわらない、と。

「その契約は、三峯さんから申しでたものなんですか」

「半々です。私は、『妊娠に成功したら、すぐに離婚したい』とだけ言いました。『生まれた子には会わない』という条件を出したのは、春ちゃんです」

ただ、凪子は内心では、「春ちゃんは遠慮して、『会わない』と言っているのではないか」と感じていた。妊婦の凪子に対し、行天が柄にもなく甲斐甲斐しさを発揮したからだ。そこで、凪子は契約内容の変更を持ちかけてみたのだそうだ。

「契約といっても、もともと口約束ですから。『会いたいときは、いつでも子どもに会いにきて』と言ったんです」

「行天はうなずかなかったんですね？」

「はい。『やめておく』と」

凪子はため息をついた。「よく思い出してみれば、春ちゃんは単に『会わない』と言ったのではなく、『そのほうがいいと思うから、会わない』と言っていた気がします」

「なぜ、会わないほうがいいんでしょう」

「さあ」

少しさびしそうに、凪子は首を振った。「はるのことを知ったら、春ちゃんのご両親が引き取りたいと言ってくる可能性がある、とわかっていたのかもしれません。事実、のちにそのとおりになったのは、多田さんもご存じでしょう」

知っている。

一昨年のことだ。行天は会社を辞め、生まれた町、まほろ市に身ひとつで戻ってきた。凪子とはるに接触した、自分の両親と話をつけるために。いや、両親を殺す覚悟でいたのではないかと、多田も凪子も思っている。そう思わせるほど、行天は両親を疎（うと）んじているようだったし、両親の影響が身辺に及ぶのをいやがった。憎み、おそれていると言ってもいいかもしれない。

行天がやってくることを察知したらしく、両親は逃げるように引っ越したあとだった。行き場をなくしてバス停に座っていた行天と、多田は高校卒業以来はじめて再会し、事務所に転がりこまれていまに至る。

あの晩、行天と鉢合わせさえしなければ、俺はもうちょっと平穏な日常を送れていたはずなんだがな。多田は改めて、自身の運の悪さを呪わずにはいられなかった。

「行天の両親は、どんな人物なんですか」

「私は電話で数度話したきりですから、よくわかりません。少し変わったひとたちなのは、たしかなようです」

「まあ、行天も相当変わってますからね」

多田はあえて茶化すように言ったのだが、

「春ちゃんは変わってません」

と凪子にたしなめられてしまった。「たまにあれこれ考えすぎて、ほかのひととちょっとちがう反応になってしまうだけです」

だからそれを、「変わっている」と言うのではないか。と多田は思ったが、まわりの変人率があまりにも高すぎ、割合からいったら少数派の多田のほうが「変人」と認定されそうな環境であるため、下手な反論をするのはよしておいた。

「パートナーと私にとって、春ちゃんは特別なひとです。私の胎内にはるの命が宿り、育まれていくあいだ、パートナーと私と春ちゃんは、たしかに強く結ばれていました。かけがえのない友人のように。とても仲のいいきょうだいのように。変だと思いますか？」

愛情と婚姻届と心地よい無関心が、微弱な電気みたいに、二人の女と一人の男のあいだを流れていたのだろう。

「いえ、なんとなくわかる気もします」

と、多田は言った。恋や愛の感情抜きで、必死に行天の弁護をする凪子が、なんだかかわいらしく見えた。たしかに、不出来な弟をかばう姉みたいだ。

「生まれてくる子どものために、私とパートナーがいろいろ準備をしたり、意見が合わずに喧嘩したりするのを、春ちゃんは楽しそうに見ていました。そして、『凪子さんたちに育てられる子は、幸せだろうね』と言いました」

凪子はローテーブルに視線を落とした。「そのときの静かな声を、私は忘れないでしょう。春ちゃんはなぜか、自分は子育てに向いていないと思っているようなのです」

向いているかいないかの二者択一なら、そりゃあ、「向いていない」を選ぶのが妥当だ。これまでの行天の言動を思い起こし、多田は行天の自己評価に心から賛同した。だが、また凪子にたしなめられそうだったので、無言を貫くという賢明な判断を下した。

行天の実家は、たしか岡(おか)家の近くにあったはずだ。調べてみるべきだろうか。近所の住人に聞き込みをすれば、行天の家の親子関係がわかるかもしれない。

検討事項として脳の片隅にメモした多田は、当面の難題に再度取り組むことにした。

「三峯さん。お話を聞けば聞くほど、はるちゃんを預かることを行天に納得させるのは、きわめて難しいように思えるのですが」

「そこをなんとかしていただきたくて、こうして参上したのです」

凪子は、巌のごとき意志を前面に押しだしてきた。あまりに無茶な要求で、かえって手も足も引っかける隙がない。つるつるに磨きあげられた岩壁をまえに、多田はどうよじ登ったものかと苦慮した。

多田便利軒の事務所に、しばし沈黙が落ちた。

ややあって、凪子が言った。

「私も正攻法にとらわれすぎていたかもしれません」

譲歩の気配が感じられ、多田は身を乗りだした。もしや、諦めてくれたのだろうか。

「はるを、はるだと明かさなければいいと思いませんか」

凪子は笑顔で提案した。多田はソファに沈みこんだ。

「そんなこと無理です。絶対にばれます」

「あら、どうして？　春ちゃんは、はるには一度も会ったことがないんですよ」

「一、はるちゃんは行天に似ている。二、行天はあれでなかなか勘が鋭い。だいたい、はるちゃんの名前を呼んだ時点で、一発退場です」

「春ちゃん、はるの名前を知ってたかしら」

「一応は自分の娘なんですから、当然知ってるでしょう」

「私は、春ちゃんに言ってない気がするんですが。多田さん、言いました？」

責めるように問われ、多田はたじたじとなった。そんなことといちいち覚えていないが、たぶん名前を口にしてしまっているだろう。「当然、娘の名は知っているもの」と思いこんで、これまで行天と会話してきたのだから。

しかたない、というように、凪子はため息をついた。

「預かっていただくあいだ、はるのことはべつの名前で呼んでくださってかまいません」

「はるちゃんに対する人権侵害ですよ！　幼児を混乱させてどうするんです」

「じゃあ、『はる』は愛称で、本名は『はるか』だとでも、春ちゃんに嘘の説明をすればいいのでは」

凪子はそこまで言って、「あら、もうこんな時間」と立ちあがった。スカートに寄った皺を軽くのばしながら、事務所の戸口に向かう。

「日にちが近づいたら、また連絡します」

「ちょっと、ちょっと待ってください」

多田は慌てて追いすがった。「いまの作戦では、根本的な解決になりません」

ドアを開けた体勢で、凪子は多田を振り返る。

「なぜ？」

「行天は、『自分の子どもだから苦手』というより、『子ども全般が苦手』なんです」

「そこは説得してください」

完璧な微笑とともに、凪子は言った。食べすぎで腹痛を起こした患者に対し、「お大事に」と告げるときの医者の顔をしていた。

ドアが閉まり、多田は一人、事務所に残された。

「どうすりゃいいんだ」

しばらく悄然（しょうぜん）と突っ立っていたが、そろそろ行天が帰ってくる。多田は果敢に気力を奮い起こした。窓を開けて換気し、湯飲みを洗って拭（ふ）いて棚に収める。どうして、「妻の帰宅まえに浮気の証拠隠滅に励む夫」みたいなことになってるんだ、と自分が情けなかった。

窓を閉め、落ち着かない気持ちでソファに腰を下ろしたとたん、行天が帰還した。

「ただいま」

と言った行天は、事務所内を見まわし、鼻をひくつかせたようだった。いや、気のせいだろう。多田は冷静になるよう自分に言い聞かせ、

「おかえり」

と、なるべく悠然と答えた。「検査はどうだった？」

「妙な機械に入れられて、ぐるぐるまわされた。洗濯物じゃないのにな」

行天は台所で手を洗い、ゴウゴウと冬の突風のような音を立ててうがいをした。

「結果はいつわかるんだ」

と多田は重ねて問うたが、本当は上の空だった。はるを預かる件を、いつ行天に切りだすか。どうやって行天の了承を取りつけるか。そういう諸々で頭がいっぱいだった。

「来週らしいよ。あ、そうだ。ばあさんもあいかわらず、死人のように元気に寝てた」

「そうか」

向かいのソファに座った行天が、多田の相槌を受けて怪訝そうに首をかしげた。

「なんか変だね。ペンキ塗りの打ち合わせはどうなった」

「ああ、断った」

「そう」

行天は多田を見ている。多田は目をそらしたら負けだと思い、しかし顔を見る勇気はなかったので、行天の手もとになにげなく視線をやった。

心臓が口から飛びでそうとは、このことだと思った。

海老茶色をした桜の萼を、行天が指さきでくるくるまわして遊んでいた。凪子が茶托に置いた萼が、湯飲みを洗った際に、シンクの隅にでもくっついていたにちがいない。

なぜ、それを目ざとく見つけ、ソファまで持ってくる。

顔色が変わっていないことを願いながら、多田はポケットからラッキーストライクの箱を取りだした。火を点け、煙を肺まで深く吸いこむ。

一連の多田の動きを、行天は注意深く眺めているようだった。ローテーブルに置いてある灰皿に、萼を弾き飛ばす。

「何度も聞くようだけど、あんた、なにか隠しごとしてないか？」

「していない」

多田は反射的に嘘をついてしまった。いま、はるのことを切りだせばよかったと、すぐに後悔した。

「ならいいんだけど」

行天もマルボロメンソールを吸いだした。「多田には世話になってるから、キレてぶちのめすなんて事態は、できれば避けたいんだよね」

こわい。行天の発言が、単なるブラフなのか、かなり正確に察しをつけているがゆえのものなのかわからないが、とにかくこわい。毎晩、腕立て伏せと腹筋背筋を黙々とこなしている男だ。人間離れした瞬発力を見せては、チンピラどもの鼻血を噴出させてきた男だ。

多田はますます、真実を打ち明けにくくなった。これはもう、はるが事務所にやってくるまで、しらを切りとおすしかないのだろうか。

保つかな、俺の胃。多田はそっと腹をさすった。

一週間後、行天の検査結果が出たが、完全なる健康体だったそうだ。はるが「丈夫なほう」だというのは、父親譲りなのかもしれない。

三、

星良一(ほしりょういち)は怒っていた。

「なんでヤクザが野菜売るんだ」

まほろ駅前にある、ゲームセンター「スコーピオン」。その二階に、星は仲間と事務所を構えている。業務内容は、まほろの飲食店の用心棒、まほろの中小企業や高齢者を対象とした金融業（無論、看板は出していない）、まほろ市内での薬（無論、健康を害する類の「薬」だ）の販売などだ。

しかし、星はヤクザではない。「多少スネに傷を持つ一般市民」だと、自分自身では思っている。

まほろ市をシマにしている岡山組(おかやまぐみ)とは、仕事上、密に情報をやりとりし、持ちつ持たれつの関係にあるが、盃(さかずき)を交わしたわけではない。「不良グループ」として警察に目をつけられていることは知っているが、前科があるわけでもない。

スマートに金を稼ぐのが信条の星は、脳みそまで筋肉でできた仲間をうまく御し、まほろの裏社会を優雅に泳ぐ。

そんな星が怒っているのは、岡山組に厄介事を押しつけられそうだからだ。

「なんだ、『家庭と健康食品協会(HHFA)』って。笑わせんな」

事務用机に載ったトマトの山を、星は腕で脇に押しやった。岡山組が送ってきたトマトだ。「新しい商売をはじめるつもりなので、参考までに」という、ふざけたメモがついていた。

事務所の片隅には、直立不動の体勢を取る男が三人。伊藤(いとう)、筒井(つつい)、金井(かない)だ。彼らは怒れる星を遠巻きにしていたが、肘(ひじ)で小突きあって発言者を決めたようだ。星のグループのなかでは頭脳派の伊藤が、代表して一歩まえへ出た。

「HHFAは、野菜を生産販売する団体です。最近、南口ロータリーでよく街宣活動をしているので、星さんもご覧になったことがあるかと……」

「そんなことは知ってる」

星は短く刈った髪をかきまわした。「俺が言ってるのは、薬もうまくさばけない弱小ヤクザが、なんで野菜の販売なんかに手を出そうとすんのかってことだ。いまさら健康に目覚めたのか？」

星はふだんから健康に留意した生活を送っている。玄米を炊き、毎朝十キロジョギングし、煙草はやらず、酒もたしなむ程度だ。一方、岡山組の構成員ときたら、幹部から三下までそろいもそろって暴飲暴食女遊びに熱心で、一般に流布するヤクザのイメージを正しく体現している。そんな彼らが、ガンマGTPの数値を憂えたり、思いついたようにサプリメントを飲んでみたりするのを見聞きするたび、「なぜ、日ごろから健康的な生活を維持しておかないんだ」と、克己心に富む星はいらいらしてきた。不健康の手本のような岡山組が、いまになって野菜に興味を抱くなんて、ちゃんちゃらおかしい。

「そのうえ、妙ちくりんな団体との交渉は、こっちに丸投げするだと？」

「岡山組によると、野菜の販売ルートの新規開拓を、俺たちに任せたいとのことでして」

「割合は？」

「岡山組の懐に入るのは三割。こっちの取りぶんは、そのうちの十パーセントでどうだ、と」

「ふ・ざ・け・る・な！」

星はトマトをひとつ持って立ちあがった。事務所の台所できれいに洗ったのち、丸ごとかぶりつく。

「無農薬栽培だかなんだか知らないが、たしかにうまい。だけど、所詮は野菜だ。単価が低いだろ。トマトなんて、高くても、小売価格で一個百五十円ぐらいだぞ。その仕入れ値の、三割のうちの、そのまた一割だと？　どこぞのチンカスヤクザとちがって、うちは薬の売れ行きも順調なんだ。断る！」

「あのー、星さん。岡山組の飯島さんがいらっしゃってます」

武闘派の筒井に声をかけられ、星は振り返った。事務所の戸口に、岡山組の幹部が立っていた。

どうして俺の了承もなく、悪口を言っている最中にヤクザを通してしまうんだ。

星は激怒した。理髪店で短くしたばかりの髪が三千丈の長さにまで一気にのび、天を衝いて星々を団子状に貫くかと思うほどだった。しかし表面上はあくまで穏やかに、

「これは、飯島さん」

と、応接用のソファを勧める。食べ終えたトマトのへたをシンクに捨て、笑顔を作った。

「むさくるしいところへ、わざわざご足労いただけるとは」

「あいかわらず威勢がいいなあ、星よ」

黒いスーツを着こなした飯島は、悠然とソファに腰を下ろした。手下は一人も連れてこなかったようだが、堂々とした振る舞いだ。四十代半ばだろうが、動きの端々から、鍛錬を怠っていないことがうかがわれる。飯島は岡山組のなかでは、暴飲暴食女遊びがましなほうだった。

「ヤクザをチンカス呼ばわりとは、いい度胸だ」

礼を言うのも否定するのもまずいので、星は突っ立ったまま黙っていた。

「まあいい」

　と、飯島は笑って話を進めた。「俺もな、野菜を売るのには反対だ。組のイメージってもんがあるし、なによりも実入りのいい話じゃねえからな」

「だったら、なぜ」

　星は飯島の向かいに座った。星のボディガードをもって任じる金井が、危なっかしい手つきでコーヒーを運んできた。巨体の金井が持つと、コーヒーカップがエスプレッソ用のカップに見える。

「うちの若頭(かしら)が、ナンパしてきちまったんだ」

　飯島はため息をついた。飯島の語ったところによると、いきさつはこうだ。

　拡声器を持って南口ロータリーに立つＨＨＦＡを、岡山組の若頭は苦々しく思っていた。素人とはいえ、こういう輩(やから)をのさばらせておくと、駅前の統制が取れなくなる。岡山組の目をかいくぐって、路上で物品を売る不届き者への示しがつかない。

　そこで若頭は、

「だれにショバ代を払ってるんだ」

　と、ＨＨＦＡのメンバーにすごんでみせたのだそうだ。

「もちろん、ポーズだけだ」

　と、飯島は言った。「素人さんにかかわると、昨今はすぐに警察を呼ばれちまうからな。びびって場所を移動するか、街宣活動をちょいと控えめにしてくれりゃあ、こっちとしてはメンツが立つ」

南口ロータリーに居合わせたＨＨＦＡのメンバーは、怯えたように黙るばかりだったそうだ。ところが、どこからともなく現れたＨＨＦＡの幹部を名乗る男が、けっこうなやり手だった。

「沢村とかいう、まだ三十になるかならないかの若造らしいが、若頭相手に一歩も引かない。それどころか、安全な野菜の生産販売が、商売としていかに将来有望かってことを懇々と説いてきやがったそうだ」

若頭は、ＨＨＦＡの意気軒昂な若者をおもしろがって、とうとう一緒に飲みにいく仲にまでなった。うまが合ったのだろう。若頭はふとした拍子に、岡山組の組長にも、「熱心に野菜を作ってるやつらがいますよ」と話したのだそうだ。

「そうしたら、組長が興味津々でな」

飯島は、またため息をついた。「沢村と喫茶店で会うことになったんだ」

「なんでまた」

星は顔をしかめた。小さい組とはいえ、ヤクザの親分がそこまでする理由がわからなかったからだし、ちょうど口にしたコーヒーが、苦すぎて飲めたものではなかったためでもある。

「学校給食だよ」

飯島が声をひそめて言う。「ＨＨＦＡは、学校給食用に野菜を卸したいと考えてるらしい。そうすれば、大量の野菜をさばけるからな」

「よく知りませんが、仕入れは当然、入札制になってるんでしょう」

「もちろん。だが、魚心あれば水心だ。うちの組長の娘婿の母方の叔父のいとこは、まほろ市議会議員なんでね」

「関係が遠すぎて把握が難しいですけど、入札に関して根まわしができるってことですか？」

そういうのは、「魚心あれば水心」とはちょっとちがうんじゃないか。と思いつつ、星は尋ねた。

「それじゃあ談合だろう。しょっぴかれちまう。ただまあ、そこはな」

飯島は悪人そのものの笑顔になった。「ロビー活動っていうのか？　『なるべく安価に、無農薬野菜を学校給食に導入しよう』と、道筋を作ることはできる」

「しかし、組にとっての旨味がありません。俺たちにとっても」

「そうなんだよ。だから俺も反対なんだが、組長が乗り気だもんで、しょうがない。組長の孫娘、この春から小学校に入学して、給食を食ってるんだよ」

あほらしい。星は肩を落とし、指さきで金井を呼んで、コーヒーを二つとも下げさせた。

「で？　飯島さんは、俺たちにどうしろと？」

「若頭は近々、おまえらに正式に依頼するつもりだ。依頼内容は二つ。一、ＨＨＦＡと組との取り次ぎ役。二、ＨＨＦＡとまほろ市側との交渉の補佐役。ヤクザが野菜売りしたんじゃ恰好がつかねえが、一応はカタギのおまえらなら、問題ないと踏んでのことだ」

「つまり、ＨＨＦＡの野菜が学校給食に採用されるよう動き、それによって生じた利益が確実にＨＨＦＡから組に上納されるよう監視すればいいんですね」

「若頭のメンツを立て、組長の希望にも沿うなら、そうなる。だがな……」

飯島は鼻の頭を掻き、金井が新たに運んできたコーヒーを飲んだ。星も念のため味見をしてみた。今度は薄い。しかし飯島は不満そうでもなく、すでにカップの半分ぐらいまで飲んでいる。湯に黒く色がついていれば、それでいいようだ。金井が不安そうに反応をうかがっているのを見て、星もこれ以上、コーヒーのいれ直しを命ずるのはやめておくことにした。

「俺はなあ、星よ」

カップを置き、飯島は慎重に切りだした。「組長の大事なお孫さんに、できることならうまくて安全な野菜を食ってほしいと思ってる。だがな、ＨＨＦＡの幹部のやりかたが、どうにも解せん。野菜を作ってるやつらが、どうして安易にヤクザと接触を持とうとする？　口利きを期待するような真似をする？　胡散臭くねえか」

「南口ロータリーでの様子を見るかぎりでは、飯島さんに同意しますね。あいつらはなんというか……、うつろだ」

星はソファの背もたれに身を預け、少々考えた。「じゃあ飯島さんは俺に、ＨＨＦＡ

が組に持ちかけてきた話を、なしにしてほしいんですね?」

「おまえは話が早くていい」

飯島は微笑んだ。「ただでとは言わん」

「うちへの薬の卸値を、一年間、五パーセント引きにしてもらいたいです」

「乗った」

星と飯島は握手を交わした。

「くれぐれも、ここだけの話にしてくれよ」

飯島は、そう念押ししてきた。「組の意向には反することを、おまえに頼んでるんだから」

「任せてください」

星は力強く請けあってみせた。「若頭や組長さんが幻滅するような、HHFAの裏の顔を暴いてさしあげますよ」

「裏がなかったら?」

飯島の問いかけに、星はちょっと肩をすくめた。

「悪評なんて、いくらでも作ることができます」

飯島が事務所を出ていったあとも、星はしばらくソファに座ったまま、考えをめぐらしていた。伊藤、筒井、金井は、岡山組が送ってきたHHFA印のトマトを、うれしそうに食べている。

「おい、洗ったほうがいいぞ」

星が言うと、筒井が「でも」と首をかしげた。

「無農薬なんすよね？」

「そんな売り文句、鵜呑みにしてどうするんだ。悪いやつが、夜中に畑に農薬撒いてるかもしれない」

「星さん、どう動くか決めたんですね」

伊藤が眼鏡を押しあげつつ言う。この事務所に出入りさえしていなければ、伊藤は「気弱な大学生」で通る風体だ。

「ああ」

と星はうなずいた。「飯島の要望をかなえる方法は、二通りある。地道にＨＨＦＡの評判を調べることと、ＨＨＦＡの評判を故意に落とすことだ」

「たとえば、野菜を無農薬じゃなくしてしまうとか？」

伊藤の言葉に、星は「シーッ」と人差し指を立ててみせた。

「滅多なことを言うな」

「すみません」

「前者のやりかたは根気がいるし、後者はバレると面倒なことになる。だが、飯島には恩を売っておきたい」

星は仲間の顔を見まわした。「さて、そこでおまえらの出番だ」

筋肉製の脳みそを持つ筒井と、無口な金井は、話をうまく飲みこめなかったらしい。困ったように視線を交わしている。伊藤だけが星の意を汲んで、二人にもわかりやすいように指示を出した。

「まずは、HHFAの内実を探るんだ」

「ないじつ?」

筒井は首をかしげすぎて、いまや上半身が傾いている。伊藤は嚙んで含めるがごとく教え諭す。

「敵対する組織の構成員や活動状況を、これまでにも調べたことがあるだろ? 同じようにやればいい」

「わかった」

筒井はようやく、朗らかな表情になった。「敵の組織について調べるのは得意だ」

星は急いで申し添えた。

「ただし、今度の相手はヤクザでもチンピラでも不良でもない。野菜を作ってるフツーのひとだ。だから、暴力をふるっちゃだめだぞ」

「なるべくそうするっす」

と、筒井はやや不満そうにしながらも了承した。

金井がなにか言いたげに星を見た。星の役に立ちたい、といつも思っている男だ。筒井にだけ役目が割り振られるのかと、気を揉んでいるのだろう。

「怖い顔すんなよ、金井」

星はソファから立ち、食パンみたいに盛りあがった金井の肩を、背のびして軽く叩いた。「おまえは俺と一緒に、HHFAの畑を見張る役だ」

金井はうれしそうに笑ってうなずく。笑うとますます顔が怖い。

「伊藤は早急に、HHFAに関係する土地や施設をリストアップしてくれ。通常業務の取り仕切りも、しばらくおまえに任せる」

「わかりました。でも、HHFAに本当に裏がなかったら、うちが手を汚すことになるんですよね」

伊藤は納得いかない様子で腕組みした。「飯島さんのために、そこまでしてやる必要があるでしょうか」

「うちは岡山組の下請けじゃない。そのときは、体よく仕事を押しつけりゃいいんだ」

「押しつけるって、どこに……」

「忘れたのか、伊藤」

事務用机に置きっぱなしだった携帯を手に取り、星は低く笑った。「まほろ市には、頼れる便利屋がいるじゃないか。困ったときは、多田便利軒にすぐ電話。そうだろ？」

多田はもちろん、星からありがたくない頼られかたをされているとは、知るよしもない。毎日、黙々と便利屋稼業に勤しんでいる。

季節はすでに梅雨に入った。夏になったらはるを預かることを、行天にはまだ打ち明けられていない。

多田は決して、手をこまねいていたわけではなかった。何度も行天に言おうとしたし、説得を試みようと隙をうかがってきた。

しかし、駄目だった。行天はなにかを察知したのか、絶妙のタイミングで多田の話の腰を折るのだ。

一日の仕事を終え、銭湯へ行き夕飯も食べたところで、「いまなら」と、はるのことを切りだそうとする。ところが行天は、いつも以上に熱心に就寝まえのトレーニングに励んでおり、あまりにも激しく腹筋背筋腕立て伏せを繰り返すので、とても話しかけられるムードではない。「行天、ちょっといいか」などと迂闊に声をかけようものなら、行天は汗みずくで、「『時そば』！」と返してくる。どうやら、「腹筋背筋腕立て伏せの回数を数えているのだから、邪魔するな」ということらしい。

せっかく風呂に入ったのに、そんなに汗をかくほど運動しなくても……。多田は気を揉む。トレーニングが終わるまで待つか、と思ううち、いつのまにか睡魔に襲われ、話はできずじまいだ。

行天はまた、常にない気働きを見せることで、多田を牽制している節もある。気働きをする行天など、真っ昼間に陽気に登場する幽霊のようなもので、どう受け止めればいいのか戸惑ってしまう。だが、戸惑う多田に気づいているのか否か、行天は率先して夕飯を作ったり、なにも指示されないうちから翌日の仕事で使う道具を軽トラックに積みこんだりと、これまでの常識を覆すような行動を取る。しかも、「俺もけっこう役に立つだろ？」と言いたげに、多田の反応を期待に満ちた表情で待っている。

電車内で老人に席を譲る不良を目撃すると、あたりまえの行為をしているだけにもかかわらず、その不良がとてもいいひとのように感じられる。それと同じで、多田はなんだかほだされてしまった。めずらしくがんばって働く行天に、隠しごとをしているのがうしろめたい。かといって、はるを預かるなどと言ったら、行天がどんなにいやがるだろうと思えば、ますます話を切りだしにくい。

結局なにも言えないまま、行天に煙草を一箱おごってやった。褒美を期待するような目に負けたのである。俺はなにをやってるんだと、多田は自分の煮え切らない言動にため息をつく。

とにかく、はるが来る日に備え、根まわしをしておこう。そう思った多田は、事務所に遊びにくる機会の多いルルとハイシーに、雨のなか事情を説明しにいった。

二人が住んでいるのは、まほろ駅裏の木造アパートだ。訪ねたのが昼過ぎだったため、ルルとハイシーは起きたばかりだった。それでも、多田の話を聞いて一気に目が覚めたのか、身を乗りだして質問してくる。

「えー、女の子を預かるの？」

「楽しそう。いくつ？」

ルルのすけすけのネグリジェ姿から微妙に視線をそらし、

「知人の子なので明確ではないですが、四歳ぐらいのはずです」

と多田は答えた。

「そっかー。あたしたちも、なるべく子守を手伝うわよぅ」

ルルは快く請けあい、

「おもちゃとか洋服とか、買っておいたほうがいいんじゃない」

と、ハイシーはさっそく算段しはじめた。ままごとか人形遊びの計画でも立てるみたいに、うきうきした様子だ。

妹ができるような感覚ではしゃぐハイシーを見て、多田は少し切なくなった。そうか、ハイシーはしっかりしているようでいて、まだ若いんだよなと思う。ハイシーの家族についてはなにも知らないが、家族に憧れているのだろうことは、なんとなく感じ取れる。同居人のルルのことも、チワワのハナのことも、ハイシーはこれ以上ないほど大切にしているからだ。

畳に正座した多田の膝もとに、チワワが寄ってきた。小さな頭を撫でてやりながら、多田は話をつづけた。

「まだ行天には、子どもを預かることは言ってないんです」

「どうして？」

ルルが首をかしげる。「一緒に暮らしてるんだからぁ、ちゃんと言っておかなきゃダメじゃなぁい」

「あいつは子ども嫌いなので、絶対に反対されますから。子守を手伝うと言ってもらえて心強いですが、お二人にはなによりも、行天のフォローをお願いしたいんです」

「フォローって、具体的には？」

と、今度はハイシーが首をかしげる。

「子どもを預かると知ったら、行天は十中八九、家出します。その場合、お二人の部屋に転がりこむ可能性が高い」

「説得して、多田便利軒に帰るように言えばいいのね」

とハイシーは納得し、

「ついでにぃ、子どものかわいらしさもアピールしとくわぁ」

とルルも言った。「それにしてもぉ、便利屋さんのオトモダチって、駄々をこねる子どもみたいねぇ。なんでそんなに、小さい子をいやがるの？」

「『知人の子』って言ったけど、いったいどういう知りあい？」

ルルとハイシーの疑問はもっともだが、多田は曖昧に言葉を濁した。説明する言葉を持っていなかったためだ。しかしそのせいで、ハイシーのなかではだんだん、多田の「知人」に対する疑念が高まってきたようだ。

「だいたいさ、いくら仕事の都合だからって、四歳の子を、ふつうはただの知りあいに預けないいんじゃない？　シッターさんを雇うとか、いくらでも方法はあるはずでしょ」

たしかに、と多田は思った。凪子から話を持ちかけられて以来、動揺し、どう行天を懐柔したものかと頭を悩ませるばかりだったから、こんな簡単なことも思いつかなかった。

なぜ、凪子はシッターを雇わないのだろう。凪子もパートナーも金銭的には余裕があるはずだ。なにもわざわざ、子守に不向きな多田を指名しなくてもよさそうなものを。

「もしかしてぇ、便利屋さんの隠し子ぉ？」

ルルがにんまりしながら聞いてくる。多田は慌てて「ちがいますよ」と言ったのだが、誤解を解くことはできなかったらしい。

「いいから、いいから」

「そういうことなら、協力する」

ルルとハイシーは勝手に訳知り顔になって、着替えをはじめたりチワワに餌をやったりしだした。しかたなく、多田はアパートから退散した。

ビニール傘を差し、駅前の事務所に戻る。

昼は好きに食え、と言い渡しておいたため、行天は囲炉裏屋の弁当をたいらげ、ソファで午睡中だった。ひとの気も知らないで、呑気なものだ。おまえのせいで、俺は隠し子疑惑をかけられているというのに。駅裏で多田便利軒の評判が下がったら、どうしてくれるんだ。

「起きろ、行天。午後の仕事をはじめる時間だ」

　畳んだ傘のさきで行天をつつきつつ、多田は改めて自分の心を検証した。

「はるを預かる」と行天になかなか打ち明けられないのは、「子どもにかかわる仕事は引き受けない」という、行天との約束を破ることになるのが心苦しいからだ。怒った行天に、タコ殴りにされるのがいやだからでもある。

　だが、一番の理由は。多田はため息をついた。はるが来たら、行天が事務所を出ていってしまうだろうからだ。出ていって、ルルとハイシーのもとに身を寄せるかもしれない。でも、それもたぶん一時的なことだ。本当の意味での行き場が、行天にはない。同じく行き場のない多田が住んでいる部屋だからこそ、行天は遠慮なく塒として使うことができたのだ。

　ここを出たら、たぶん行天は振り返りもせずに街角を曲がり、そのまま暗闇に溶けてしまう。この数年のあいだに、まほろ市で出会い、わずかながらも行天と親交を結んだ人々のまえに、二度と姿を現すこともなく。

　やっと見つけた居場所から行天を追いだし、さびしいところへ去っていかせるような真似を、多田はしたくなかった。

　傘をつたう雨の滴のように、ためらいが多田の心に染みを作る。

　午後の依頼は買い物代行だった。腰を痛めたという老婦人から財布とメモを預かり、指定されたスーパーで食材を買う。多田はメモを見ながら、カートを押して棚のあいだた。

を練り歩いた。祭りの山車に付き従う男衆のように、行天もカートのあとをついて歩いた。

行天はこういう細かい仕事に向いていない。メモには「低脂肪牛乳」と書いてあるのに、無脂肪牛乳を平然と籠に入れる。「ひきわり納豆を探せ」と言いつけたのに、小粒納豆を棚から持ってきたりもする。

手伝ってくれるのはありがたいが、かえって手間がかかる。多田はとうとう、「あっちで待ってろ」と行天を追い払った。行天はいま、スーパーの駐車場の隅っこで、傘を差してしゃがみこんでいる。窓ガラス越しに、キノコのようなうしろ姿が見える。煙草を吸っているらしい。白い煙が灰色の空に上っていく。

多田は買い物をつづけつつ、手早く携帯を操作した。凪子の勤め先の病院に電話をかけ、取り次ぎを頼む。

保留音は、おとぎの国のネズミのテーマ曲だった。病院の電話なのに、なぜこんなに浮かれた音楽を採用しているのか。多田はいらいらしながら、片手でシメジや豆腐をカートに入れていく。行天の動向をうかがうことも忘れなかった。

ネズミの曲が八回繰り返されたところで、ようやく凪子が電話に出た。

「診察の途中なので、手短にお願いします」

「お忙しいところをすみません。シッターさんを雇うというのは、どうでしょうか」

多田は低姿勢で提案した。

「その件については検討しました」

凪子が移動している気配がする。ひとけのないところで、心置きなく話すためだろう。

「でも、よく知らないひとに一日じゅう預けるのは不安です」

廊下にでも出たのか、凪子の声はわずかに反響して聞こえた。

「俺のことだって、三峯さんはよく知らないと思うんですが。そしてなにより問題なのは、俺も行天も、子どもの生態をよく知らないってことですよ」

「こわがらなくていいんです」

凪子は穏やかに言った。「多田さんも春ちゃんも、かつては子どもだったんですから。はると接するうちに、子どもがどんな生き物か思い出すと思います」

「しかしですね」

と反論しかけた多田をさえぎり、凪子はつづけた。

「多田さん。私はまえに言ったでしょう。春ちゃんは、子どものときに痛めつけられ、傷つけられたことを、忘れられずにいるひとだ、って。短いあいだでもはると暮らすことによって、もしかしたら春ちゃんは楽になるかもしれない」

凪子の言わんとするところは、多田にもなんとなくわかった。

自分が痛めつけられたからといって、必ずしもだれかを痛めつける存在になるとはかぎらない。

行天は、だれかを無闇に傷つけるような人間ではない。チンピラをタコ殴りにすることはあるが、たいていの場合、だれかを傷つけたりしないよう、極端に慎重になっているようにさえ見受けられる。凪子も、ルルやハイシーも、多田だって、そのことをちゃんと知っている。だが行天だけが、自身を信用していない。いつかひどいことをするのではないかと、自分に怯えている。

愛らしいはるを見れば、たしかに行天も気づくかもしれない。行天だって、暴力ではなく愛を言語に、だれかを大切にすることができるのだと。自分で気づいていなかっただけで、これまでもずっとそうしてきたのだと。

だが、裏目に出る可能性も高い気がする。行天がますます、過去に怯え、記憶を厭い、子ども嫌いに拍車をかけてしまったら、いったいどうするんだ。

というようなことを多田は言おうとしたのだが、

「まだ患者さんが待っていますので。それでは」

と、さっさと凪子に電話を切られてしまった。そこへ行天が濡れた傘を畳みながらやってきて、

「ねえ、まだ買い物終わらないのか」

と文句を言うので、凪子に電話をかけ直すこともできなくなった。

やはり、はるを預かる運命にあるらしい。

「あのばあさん、食いすぎじゃないかな。だから腰に負担がかかるんだ」

食料満載のカートを覗きこみ、行天はぶつぶつ言っている。それを聞き流し、多田は

とうとう腹をくくった。

こうなったらもう、言うしかない。

「行天、話がある」

「どうぞ」

「いや、ここじゃなく、どこか落ち着いた場所で……」

「プロポーズでもしたいのか？」

そんな冗談にいちいち反応してやっている場合ではない。多田は無言でカートを押し、会計をすべくレジへ向かう。頭のなかでは、どこで、どこまで、行天に打ち明ければ、自分に及ぶ被害が一番少なくすむかを算段していた。とはいえ、依頼人から預かったスーパーのカードに、ポイントをつけることも忘れない。

軽トラックで依頼人の家まで食材を運び、財布の残金に過不足がないか確認してもらって、買い物代行は終了だ。

まほろ駅前へ戻り、事務所の近所に借りている駐車場に軽トラを停めた。そのまま、傘を差してまほろ大通りを歩く。事務所で二人きりで話すのはまずい。人目があったほうが、行天にタコ殴りにされたときにも、だれかが止めてくれる可能性が高くなるだろう。

別れ話を切りだそうとしているみたいだなあ。多田は内心でげんなりしながら、内緒ごとを打ち明けるにふさわしい場所を探した。行天は黙って隣を歩いている。多田の緊張が伝わったのか、行天の横顔にも、心なしか影が差しているようだ。

多田は話し合いの場に、「コーヒーの神殿　アポロン」を選んだ。まほろ大通りに古くからある喫茶店だ。

店の真ん中に、なぜか西洋の巨大な甲冑（かっちゅう）が飾られている。壁からは鹿の首の剝製（はくせい）が突きだし、木彫りや陶製の人形が床のそこかしこに置かれ、窓にはステンドグラスを模したシールが貼ってある。

総体として、カオス的としか形容しようのない内装だが、「アポロン」は客に愛されていた。長居をしてもなにも言われないし、接客の距離感が適切なためだ。注文が決まった素振りを少しでもしようものなら、どこからともなく店員がやってくる。コップの水も気づくと注ぎたされているし、灰皿も満杯になるまえに新しいものと交換される。妖精か忍者のごとく気配を消した店員たちによって、すべてはさりげなく執り行われる。

多田が「アポロン」を選んだのは、ここの店員ならば話に聞き耳を立てたりせず、しかし火急の際にはすっ飛んできて、荒れ狂う行天を羽交い締めにしてくれるのではないか、という期待があったからだ。店じゅうに観葉植物の鉢が置かれているので、繁茂した葉によって、ほかの客の目を適度にさえぎることができるのもいい。

太陽ブレンドを注文し、多田と行天は煙草に火を点けた。コーヒーを運んできた店員は、小さなテーブルを挟んで座る二人のあいだに、なにやら緊迫した雰囲気を感じ取ったらしい。無言で会釈し、礼儀正しく去っていった。

「で？」

と行天が言い、陶器の灰皿に灰を落とした。灰皿は、カバが大口を開けた形をしている。なんでよりによって、こんなまぬけな灰皿なんだ。多田は隣のテーブルを盗み見た。そっちは、なんの変哲もないガラスの灰皿だった。

多田は遠慮がちに、吸いさしをカバの歯に引っかけた。空(あ)いた両手を膝のうえで軽く組み、思いきって告げる。

「子どもを預かることになった」

行天は黙ったまま、吸っていた煙草をカバの口内でねじ消した。煙草の葉が散らばるほど執拗に。ついで、多田の吸いさしの煙草もつまみ、カバの鼻の穴にぐりぐり入れて消した。吸い殻は惨死した蚕(かいこ)のようになって、テーブルのうえに放りだされた。多田はそれを拾い、カバの口に収めた。

「世話になったね。それじゃ」

と行天が立ちあがったので、急いで手首をつかみ止める。

「待て待て待て。どこへ行く」

「どこだっていいだろ。あんたは心ゆくまで保父さんをしてくれ」

「早まるな。子どもが来るのは来月だ」

「なんで止めるんだよ。いつも俺に、『早く出ていけ』って言ってたじゃないか」

「預かることを勝手に決めて、悪かったと思ってる。だが、やむを得ない事情があるんだ」

多田は必死に、元通り座ってくれるよう目でうながした。行天は渋々といった体で、再び布張りの椅子に腰を下ろす。

二人は新たな煙草をふかしながら、しばし互いの出かたをうかがった。

「預かるって、だれの子を」

「弟の子だ」

と、多田は嘘をついた。

「ああ。あんたの双子の弟の子どもってわけ」

と、行天が吐き捨てるように言った。

実際は双子どころか、単なる弟すら多田にはいない。どっから「双子」って発想が出てきたんだよ。多田はちょっと考え、思い出した。「おまえという居候の存在を、顧客にどう説明したらいいんだ」と嘆いた多田に対し、行天は以前、笑ってこう提案したことがあった。「そんなにお客さんの目が気になるなら、『実は生き別れになっていた双子の弟なんです』とでも言っておけば」。

それでいくと、多田の双子の弟とは、すなわち行天だということになる。多田が預かろうとしているのは、行天の娘のはるである。行天がどこまで察しているのか定かでないが、「双子の弟の子ども」とは、はからずも真相を言い当てている。

つくづく、妙に勘が働くやつだ。多田は少々空恐ろしい気持ちになった。かろうじて

表情を動かさずに、

「俺には双子の兄弟はいない」

と答える。

「あれ？　言ってなかったかな」

「そうだろうね。あんたに兄弟がいるってこと自体、初耳だ」

行天の冷たい視線に耐え、多田はなんとか口を動かした。「弟はいるよ。俺の二つ下で、小さいころはころころ太っててかわいかったんだ。『にいちゃん、にいちゃん』ってあとをついてきては、転んで膝を擦りむいたりして。いまは二メートル近くある大男だけど、好物はジャムパンで、週に八個は食べてるらしい。趣味は釣り、特技はひとの体重を当てること」

「なんか妙なプロフィールだね」

即興で必死にひねりだしているのだから、妙で当然だ。多田はもう引っこみがつかず、防具も持たずに本丸へ突入した。

「弟は単身赴任中なんだが、嫁さんが入院することになったらしい。それで、一カ月半だけ子どもの面倒を見てほしい、と頼まれた」

「ふうん」

「……そんな他人事（ひとごと）みたいな反応するなよ」

「正真正銘、他人なんだからしょうがないでしょ」

行天はあくまでつれない。このままでは、はるが来るまえに多田便利軒を出ていってしまうだろう。どうやら凪子は行天に対し、この機会にはると交流を持ってほしいと願っているらしい。行天に出ていかれては、凪子の意向に反することになる。現実問題として、便利屋の仕事をしながら、多田一人ではるの面倒を見るのは無理そうでもある。はると会えば、行天もなしくずしにほだされるのではないかと多田は踏んでいた。ここはなんとしても、行天を引き止めなければならない。

　多田は脅しと哀訴を組みあわせ、行天の説得を試みることにした。卑怯なのは重々承知のうえだ。この際、手段など選んでいられない。

「行天。俺はこれまで、なんだかんだ言いながらも、おまえに飯を食わせてやったよな。寝床も提供したし、バイト代だって払った」

「あの雀の涙について言ってんの？」

「涙もいつか川となり、大海へ流れこむ」

　気負うあまり、おかしな歌詞のような発言になってしまった。

「お脳の調子は大丈夫なのか」

と、行天に気づかわれる始末だ。

「おかげさまで」

　気まずい思いで、多田は煙草を消す。店員がやってきて、新しい灰皿と交換してくれた。今度は一般的な形状のガラスの灰皿だ。それに勇気づけられ、多田は一息に言った。

「とにかく、ヤクザですら一宿一飯の恩義を忘れないというんだから、おまえは俺に相当の借りがあるはずだろ。いまこそ返すときだ。返してくれても罰は当たらないと俺は思う。だから一緒に子どもの面倒を見てくれ頼む」

頭を下げる多田の向かいで、行天は短くなった煙草をドリルのように灰皿にこすりつけた。マントルまで届けと言わんばかりの勢いだ。

「俺はねえ、多田。『「キッチンまほろ」のシャチョーと一緒に住みたいから、出ていってくれ』って話をされるのかと思ってたよ」

「柏木さんと!?」

行天の奔放すぎる発想力に、多田は度肝を抜かれて顔を上げた。「なんでまた、そんなふうに思ったんだ」

「このごろ、昼にちょくちょく一人で出かけてたじゃないか」

それは主に、はるのことをルルとハイシーに根まわしするためだ。隠しごとがあるせいで、行天と顔を合わせづらかったためでもある。

多田はぶるぶると首を振った。

「俺と柏木さんは、そんな仲じゃない。俺は『キッチンまほろ』のただの客だ」

「あんたほんとに呑気だな」

行天はため息をつき、もうずいぶん冷めてしまったコーヒーを飲んだ。「わかってたけど、残酷でもある」

呑気の称号は遺憾ながらも受け入れるほかない多田だが、残酷とは心外だ。

「なんでだよ」

と反駁したら、行天はまたため息をついてみせた。

「知ってるだろ。俺は子どもが嫌いなんだ。どう接していいのかわからないから、あんたの弟の子の世話なんかできない。なのにあんたは、『子どもを預かる』なんて気軽に言う」

「基本的には、かわいがればいいんじゃないか」

多田は慎重に言った。「いけないことや危ないことをしたときは、叱る」

「そこがわからない」

行天は薄い笑みを浮かべた。「かわいがるのも叱るのも、俺にやらせたら『苦痛を与える』のと同じことになる」

行天の手が、水の入ったガラスのコップにのびた。しかし、行天はコップをつかむことができなかった。指さきが細かく震えていたからだ。多田はその指を、血の気の失せた行天の顔を、じっと観察した。そして、注意深く尋ねた。

「なぜ？」

「なぜって」

行天は両手をテーブルから下ろした。震えを隠すためだろう。

「俺がそうされてきたからだよ。それしか知らないからだ」

　ここまではっきりと、行天が過去について語ったのははじめてだ。踏みこむべきか退くべきか、多田は瞬時迷い、前進することに決めた。

「おまえは、自分がされていやだったことを、小さな子どもに対してしたりはしない」

「なにを根拠に、そんなふうに断言できるんだ」

「この二年半、おまえを見てきたからだ」

　多田は心の底から言った。「行天。おまえは子どもに苦痛を与えるような人間じゃない。絶対に」

「呑気なうえに楽観的だねえ」

　行天はしかたなさそうに笑い、うつむいた。「まっとうに愛されて育ったやつは、やっぱり残酷でいけない」

　行天の言うとおりかもしれない。

　親も含めた周囲の大人から、多田はふつうに愛されて育った。ふつうだと認識することもないぐらい、ふつうに。そのためなのか、行天の抱える怖れも戸惑いも、多田にはほとんど想像がつかなかった。

　愛情を知るものと知らないものとでは、目に映る世界がまるでちがうのだとしたら。たしかに、愛の持つ威力は残酷だ。

　だが一方で、多田はあいかわらず確信してもいるのだった。力のないものを暴力で抑えこんだり、無闇やたらとひとの心をいたぶったりするような真似を、行天は決してしない、と。

「苦しいなあ、行天」

多田はつぶやいた。ほかになんと言ったらいいのか、言葉が思い浮かばなかった。

「ああ、苦しい。もし、すべてを忘れて……」

行天も言葉を探しているようだった。「なんだろ」

「愛したり、つがったり？」

「うん、そうだね。そうできたらいいと思うこともある」

行天は少し黙った。なにか考えているようだったが、やがて首を振り、つづける。

「いや、ちがうな。忘れなくてもいいから、だれかを愛せれば楽だろうなと思うよ。でもだめだ」

「だめかどうかは、やってみなきゃわからん」

「やってみて、あんたの弟の子を殴り殺しちゃったらどうすんの」

行天があまりにも真剣な顔で言うので、多田は不謹慎だと思いつつも笑ってしまった。

「そうならないように、協力しあおう。子どもを預かるからには、俺には人手が必要だ。そして肝心なのは、おまえは俺に、九百宿二千七百飯ぐらいの恩があるってことだ」

「みみっちい計算をするね」

「子守を手伝ってくれるよな？」

実は義理堅いところのある行天は、諦めたようにうなずいた。首の骨が急に折れたのかと思うほど、力ないうなずきだった。

「話はついたか？」

突然、観葉植物の陰から声をかけられ、多田と行天はびっくりして振り返った。星が立っていた。ごついピアスをいくつも両耳につけている。

「おひさしぶりです」

と挨拶しながら、多田は煙草をポケットに収めた。店に星がいることに、不覚にも気づかなかった。どこまで話を聞かれていたのか気にはなるが、さっさとこの場から退散したい。星とかかわるとろくなことにならないのは、身に染みて知っている。

ところが星は、空いていた椅子に腰を下ろしてしまった。

「便利屋、隠し子でもできたのか？」

「そんなはずないでしょう」

「そうか？　ちらっと聞いたら、『だれの子』とかなんとか言って、修羅場らしかったから、話が終わるのをあっちでおとなしく待っててやったぞ」

あっち、と星は顎（あご）で禁煙席のほうを指した。

「それはどうも」

と多田は言い、伝票に手をのばした。行天はマルボロメンソールを盛大にふかす。煙草の煙が嫌いな星を、蚊遣り（かや）方式で追い払おうという作戦らしい。

星はめげない。行天の口から煙草をつまみ取り、コップの水に浸(ひた)して消した。

「ここで会えて、ちょうどよかった」

星はふやけた煙草を灰皿へ投げ入れる。「便利屋、頼みたいことがある」

「おかげさまで、予約でいっぱいでして」

多田はできるかぎり毅然とした態度で嘘を言い、行天は箱から新しい煙草を抜きだして火を点け、星はその煙草をつまみ取ってコップの水に浸した。

「たとえいっぱいであっても」

星は吸い殻を灰皿に放り、椅子の背に深く身をもたせかける。「俺の依頼を断らないほうがいい」

「念のためうかがいますが、なぜですか」

「言わせるなよ、便利屋」

星は唇の端を歪(ゆが)ませた。星なりの笑顔のようだ。

「ときとして、たいした根拠もなく悪い噂(うわさ)が流れることがある。そうなったら、おまえみたいに細々(ほそぼそ)と商売してるもんは、まほろで立ちゆかなくなるだろうなと心配してやってるんだ」

根拠もなく悪い噂を流すような所業を、だれが行っているかは明白だ。

「脅しですか」

「忠告だよ」

多田はそれでも、星とは距離を置きたかったので、沈黙で抵抗することにした。

行天がみたび煙草に火を点けた。星がバネのように体をしならせ、テーブルに身を乗りだした。煙草をつまみ取ってコップの水に浸し灰皿へ投げる、という一連の動作を、ものすごい早業(はやわざ)で律儀に実行する。

「なんで吸う。健康に悪い」

と、星は行天にすごんだ。

「俺は大丈夫」

行天は未練がましく、長いままふやけてしまった吸い殻の群れに目をやった。「病院でいろいろ検査してもらったんだけど、どこも悪いとこなかった」

「俺の健康に悪いって意味だ。とにかく、いまは吸うな」

強い調子で言い含める星を尻目に、行天は煙草の箱を手にした。星は箱をかすめ取った。しかしすでに、行天の指は煙草を一本だけ箱から抜きだしていた。

多田は慌ただしく、行天と星のあいだで視線を行き来させた。二人の動きが速すぎたため、なにがどうなって、煙草の箱が星の手に、一本の煙草が行天の手に渡ったのか、よくわからなかった。マジックでも見ている気分だ。

「吸うなよ」

星は行天を牽制した。「俺はおまえに筋トレ法を伝授してやったじゃないか。話の邪魔をするな」

「そんなつもりはない。ただ吸いたい気分なだけ」

行天は百円ライターの火を、くわえた煙草に近づけた。「多田に子守を強要されて、いらいらしてるんだよ」

「おい、便利屋！」

星は多田に向かって怒鳴りながら、行天の煙草をひったくった。「雇用主なら適材適所を心がけて、部下の能力をのばしてやらなきゃダメだ！」

点火されたばかりだった煙草は、コップから灰皿へとお決まりのコースをたどった。

「いや、行天は部下じゃなく、単なる居候……」

「言い訳するな！」

多田の言葉は、星の怒号でさえぎられた。店内が静まりかえる。居合わせた客の視線がいっせいに集まり、星ににらまれて散らばった。

星はついで、行天から最前奪った煙草の箱を開け、中身をすべて無理やりコップにねじこんだ。

「あー！」

行天が悲痛な声を上げる。「それはまだ火ぃついてないだろ！」

「俺の怒りに火がついてるんだ」

と、星は低く言った。店員がやってきて、灰皿を交換し、ふやけた煙草の詰まったコップを持ち去った。いつもと変わらぬ物腰だった。

それを契機に、店内に再び適度なざわめきが戻ってくる。

「ねえ、多田」

行天がため息をつき、両手を肩の高さに上げて「降参」を表明した。「このひと、次は俺たちを水没させそうなんだけど」

多田もいまの騒ぎで、星に抵抗するための最後の意欲を失った。行天に内緒ごとを半分ほど打ち明けるだけでも、気力を多大に消耗したのだ。このうえさらに、星を拒絶しとおせるほどのエネルギーは残っていない。

「依頼内容をうかがいましょう」

と、多田は諦めて言った。

「喫煙席は空気が悪くていけない。俺たちのテーブルへ来てくれ」

星は満足そうに笑い、多田の手から伝票を奪って席を立った。「おまえらの払いは、俺が持ってやろう」

一杯四百円のブレンドで恩着せがましい物言いをされるのは癪(しゃく)だったが、行天がなにやら目で訴えてきたので、多田は小銭を出すのをやめた。

わかったよ、行天。浮いた金で煙草を買おうな。

店で一番奥まった位置にある禁煙席に、星は陣取っていたらしい。四人掛けのテーブルでは、飲みかけのグリーンティーをまえに、眼鏡をかけた若い男が待っていた。

の席だ。


「うちの伊藤ってもんだ」

と、星は多田と行天に男を紹介し、壁を背にする形でソファに座った。伊藤の向かいの席だ。

多田は少々迷ったすえに、伊藤の隣の椅子を選んだ。星と並んで座るのは危険だと判断したからだが、すぐに後悔した。並んで座る行天と星を正面から見るほうが、よっぽど神経にこたえる。

多田は伊藤へと目線をそらした。

「便利屋の多田です。こっちは行天」

伊藤は愛想よく微笑み、メニューを差しだしてきた。星と行天を視界に入れないようにするため、多田は必要以上に熱心にメニューを眺めた。

「遠慮せず、なんでも頼めよ便利屋」

と、星が気前のいいところを見せる。

冗談じゃない。「アポロン」には千円を超える品はないとはいえ、星に借りを作るのはごめんだ。やってきた店員に、多田は無難にレモンスカッシュを注文した。

しかしもちろん、行天は遠慮や配慮という言葉を知らない。

「じゃあ、ビール二杯とナポリタンとクラブハウスサンド」

と言った。これ幸いと、星のおごりで夕飯をすませる魂胆らしい。

それにしたって食べすぎだ。多田は、注文を撤回しろ、の意をこめてにらんだのだが、

行天は素知らぬふりだ。星は機嫌よさそうに、
「ふだん、便利屋に飯食わせてもらってないのか？」
と笑った。星と伊藤は、グリーンティーのおかわりを頼んだ。
テーブルをしばらく沈黙が支配した。多田は星になにを依頼されるのかと警戒してい
たし、星は話を切りだすタイミングを余裕の態度で見計らっていたし、伊藤は星の意向
を細大漏らさず察知しようと神経を張りつめさせていた。そして行天は、「やっぱりチ
ーズトーストのほうがよかったかな」としつこくメニューを眺めていた。
四人それぞれの思惑が緊張となって膨らみきった瞬間、店員が銀の盆に飲み物を載せ
てやってきた。すぐに厨房に引っこみ、今度はナポリタンとクラブハウスサンドの皿を
両の手に持ってくる。
「サンドイッチは、こっちね」
と、行天が多田を指した。「ビールも飲みなよ」
多田のまえに、ビールのジョッキとクラブハウスサンドの皿が置かれた。俺は頼んで
ないぞ、と思ったが、腹が減っているのは事実だ。どうせ星に厄介事を押しつけられる
なら、夕飯代ぐらい浮かせたっていいような気もする。
多田は腹を決め、クラブハウスサンドにかぶりついた。どっちかといえば、ナポリタ
ンのほうがよかった。どうして俺の意見を聞かず、勝手に注文してしまうんだ。多田は
恨みがましく、向かいに座る行天を見る。行天はスパゲティを器用にフォークに巻きつ

け、口のまわりをケチャップで盛大に汚しながら、うまそうにナポリタンを食べていた。

多田と行天の胃に料理が半分ほど収まった頃合いで、

「実はな、便利屋」

と星は言った。いまさら料理を吐き戻せない段階まで待ってから用件を述べるあたり、さすがにぬかりがない。些細な貸しであっても、夢のなかまで取り立てにいくのが星である。

「俺たちはいま、HHFAについて調べているんだ」

また、あの妙な団体の名前を聞くとは。多田は軽い驚きと不審を覚えた。いったい、まほろはどうなってるんだ。野菜好きの市民がそんなに多いとも思えないのに。

「知ってるか、HHFA」

「ええまあ、見かけたことぐらいはあります。しかしどうして、星さんがかれらを調べる必要が?」

「もちろん、ビジネスだ」

星は唇の端を上げ、グリーンティーのコップを持った。「まっとうに野菜でも売ろうかと思ってね」

多田と行天はさりげなく視線を交わした。星の言葉を鵜呑みにはできない。まっとうな星なんて、都庁がまほろ市に引っ越してくるぐらい、ありえない話だ。

「それで?」

行天が紙ナフキンで口もとを拭いながらうながす。星はグリーンティーを飲み、つづけた。

「ＨＨＦＡは、無農薬栽培を謳っている。大事なセールスポイントだから、本当に実践してるのかどうか、独自に調べてみたんだ」

星は部下とともに、まほろ市内に点在するＨＨＦＡの畑を観察したのだそうだ。

「大小あわせて、約二十カ所も畑があるんですよ」

伊藤が書類をテーブルに出した。ＨＨＦＡの畑の所在地と規模がリスト化されている。

「一番大きな畑は小山内町にあり、ＨＨＦＡの所有です。ほかは、ほとんどが借りあげですね」

多田は書類を覗きこむ。山城町という地名も記載されていた。岡が貸している土地だろう。

「小山内町の畑は高い塀に囲まれていて、部外者はなかに入れない」

と星は言った。「ＨＨＦＡの本拠地みたいだな。塀の隙間から、宿泊施設らしきものも見えた」

星は、いくつかの小さな畑に狙いを定めることにし、ひそかに定点観測を試みた。

「梅雨どきだし、あまり長く一カ所にいると通行人にあやしまれるしで、大変だった」

近隣のマンションの外階段に陣取って、あるいは人待ち顔をしつつブロック塀の陰から、ときには道路を測量しているふりまでして、星と部下は畑を見張った。

「探偵みたいですね」

多田が感心して言うと、

「地道さに耐えられる精神力がないやつは、この稼業には向いてない」

と、星は少し笑った。

それでいくと、ＨＨＦＡのメンバーは裏稼業に向いているということになるかもしれない。星の観察によれば、かれらは雨が降ろうと肌寒かろうと、ほぼ毎日畑に現れては、農作業に勤しんでいるのだそうだ。

「草を抜いたり、葉についた虫を一匹ずつつまんで退治したり。熱心なもんだ」

ところが、ある夕方、青い軽トラックが畑に横づけされた。収穫物を積みこむのかと思ったのだが、そのわりには人手が少ない。作業をしていた人々はすでに帰ったあとで、畑にいるのは軽トラックから降り立った二人の男だけだった。

「そいつらは、荷台からボトルと小型のタンクみたいなものを下ろした」

「これが、そのときの様子です」

伊藤がテーブルに写真を出した。全部で六枚あった。遠くから隠し撮りしたため、男たちの顔ははっきりとはわからない。だが、作業着姿の二人の男が、畑の一角にある作業小屋まで、ボトルと小型タンクを運び入れるさまが写っている。どことなく、人目をはばかっているようにも見受けられた。

「そしてこっちが、作業小屋の内部」

伊藤が新たに提示した七枚目の写真を、多田は手に取って眺める。男たちが去ったあと、星は作業小屋に侵入してみたのだそうだ。ボトルと小型タンクが大写しになっていた。かたわらには、米が入っているような茶色い紙袋もある。

「農薬と噴霧器。紙袋のほうは、化学肥料」

と星が言った。「『安心、安全』と声高に唱えて割高な野菜を売る。ＨＨＦＡはとんだ詐欺師だ」

思いがけない事実が明らかになり、多田はビールで喉を湿らせた。

「しかし、手で虫を取っていたんでしょう。作業小屋にこんなものが置いてあるのに、ＨＨＦＡのメンバーが騒ぎたてないのはおかしいですよ」

「可能性はいくつか考えられる」

と星は言い、右手の指を順に立てていった。「一、農薬と化学肥料を使っていることを、メンバーは知っていて黙っている。二、ほとんどのメンバーには知らせず、一部の人間が農薬と化学肥料をこっそり使っている。三、作業小屋に置いてあるものがなんなのか、メンバーは関心がなく、自分たちが農薬と化学肥料を使っていることに気づいていない」

大勢が知っている秘密を外部に漏らさずにおくことも、大勢に対して秘密を保持することも、秘密を秘密と認識できぬほど物事に無関心でいることも、通常ならば難しい。星の言う「可能性」は、どれもありえないことのように多田には思える。

「ビールもう一杯」

と、通りかかった店員に行天が注文した。緊張感というものがまるでない。ちゃんと話を聞け、と多田はいらいらした。

運ばれてきたビールを、行天は一息に半分ぐらい飲んだ。ナポリタンはすでにたいらげている。

「それで？」

と行天は言う。「俺たちになにをさせたいの」

「ＨＨＦＡが農薬や化学肥料を撒いている、という証拠をつかんでほしい」

「そんなの、あんたたちでやればいい」

星の言葉を、行天は即座につっぱねた。いいぞ、行天。多田は内心でエールを送る。

星と行天は、正面に座っている多田に視線を固定させたまま、激しくやりあった。

「こっちとしても、できるかぎり調べたんだ。だが、やつらはなかなか尻尾をつかませ

ない」

「調べかたが悪かったんでしょ」

「いいや。ちゃんと交代で畑を見張っていた。ところが、この写真に写ってる農薬や肥

料は、いつのまにか作業小屋から消えてしまった。いつ使ったのかわからない」

「あんたたちがつかまえられなかった尻尾を、シロウトの俺と多田でつかめるとは思え

ないね」

多田はだんだん、居心地が悪くなってきた。行天と星は、なぜ俺を見ながら言いあうんだ。ふつう、視線をやったり体を向けたりするのは、言葉を交わしている相手に対してだろう。にもかかわらず、並んで座った行天と星は、体も視線も多田に向けたままだ。

これじゃあなんだか、俺が二人がかりで責められているようじゃないか。多田は落ち着かない気持ちで、ぬるくなったビールを飲む。

多田の困惑をよそに、行天と星の攻防はつづいていた。

「おまえらならできると踏んで、依頼してるんだよ」

と星は言った。

「なんで。根拠は」

「あれだけ見張ったのに、農薬を撒いてるところを確認できなかった。つまり」

星はようやく多田から視線をそらし、ソファの背に深く身を預けた。「やつらは夜、作業している」

「ちょっと待ってください」

耐えきれなくなり、多田は口を挟んだ。「さっき、『交代で見張った』と言ってたじゃないですか。もちろん、夜間もですよね？」

「いや、昼間だけ」

「どうして」

多田があきれて問うと、

「夜は寝るもんなんだよ、便利屋」

と、星は堂々と言い放った。「うちのやつらにも、早寝早起きを奨励している。夜更かしは健康に悪いし、頭もまわらなくなるからな」

裏社会で生きているくせに、そういえば星は極端な健康志向なのだった。多田はため息をつき、

「星さん、HHFAと気が合うんじゃないですかね」

とぼやいた。

星の形勢がやや不利だと見て取ったのか、それまで黙っていた伊藤が助け船を出した。

「『農作業は日のあるうちだけのはず』と思っていたので、昼間に限定して、見張り役のシフトを組んでしまっていたんです」

これを見てください。と、伊藤は持っていたボールペンで、HHFAの畑のリストを軽く叩いた。

「黒い丸がついているのは、作業小屋に農薬が運びこまれたのを確認したのに、撒くところを見逃した畑です」

五カ所ほどあった。そのなかには、岡が貸した土地も含まれている。

「一応、農薬が搬入された畑を重点的に見張っていたのですが、俺たちも人手不足なので。たまたま人員を割けなかった日の早朝にでも撒いたのかなと、最初は思っていました」

「それにしては、ハズレばかりなんでな」

と、星が伊藤のあとを引き取った。「どうやら撒いてるのは夜だと、こっちもやっと見張りの方針を転換しようとしてるところだ。夜間の見張りをおまえらに外注したいと思っていたら、折良くここで会えた」

「もしかして、この白い丸が」

と、行天がリストを覗きこむ。「農薬が搬入されたけど、まだ撒かれてはいない畑？」

「そのとおりです」

伊藤は、行天の察しのよさに満足したようにうなずいた。「峰岸町（みねぎしちょう）の、小さな児童公園の隣にある畑です。公園の植え込みに隠れることができるし、夜は人通りもありませんから、見張りやすい」

「いやいや、困りますよ」

多田は急いで首を振った。「たとえ農薬を撒いているところを目撃できたとしても、なにを証拠にするんです。夜じゃあ写真も撮れません」

「安心しろ。暗視機能のついたデジカメを貸してやるよ」

と星が言った。そんなものがあるのか、と多田は技術の発達を呪った。

「どうもあやしいな」

行天が腕組みをする。あいかわらず視線は多田に向けられているが、かといって多田の同意や相槌（あいづち）は求めていないようだ。勝手につぶやきつづける。

「俺たちに証拠写真を撮らせたいみたいだけど、農薬を撒いてるのが野菜売りの団体員だって証拠は、どこにあんの」

「どういう意味だ？」

と、星が低い声で問う。

「取り引き相手をそんなに調べるのは、ちょっと妙だ。あんたはなんらかの理由があって、本当は野菜売りの信用を失墜させたいんだろ？　だったら、あんたの手下が野菜売りのふりして、農薬撒いてたっておかしくない。そこを写真に撮らせようって腹なんじゃないのか。第三者である俺たちが撮った写真なら、証拠としての信憑性も増すしね」

こいつ、悪だくみに向いてるよなあ。多田は半ば感心し、自説を開陳する行天を見た。星と伊藤は素早く視線を交わし、しばし黙った。

「たしかに、そういう手を考えてもいた」

ややあって星が言った。開き直ったのか、おもねろうとしているのか、めずらしく明確な笑顔だ。

「だが実際は、こっちが小細工するまでもなく、やつらが馬脚をあらわしたんだよ」な？　星は目顔で、伊藤に話を振った。

「そのとおりです」

と伊藤はうなずく。「便利屋さんに証拠集めを依頼したいと思ったのは、ひとつには、星さんの早寝早起き方針があるから。もうひとつは、公正を期するために俺たち以外の

『目』が必要だったから。嘘はついてません」

「調べた結果、ＨＨＦＡには農薬以外の問題もあるようだと判断した」

「なんですか？」

「確定じゃないから、まだ言えない」

星はグリーンティーを飲み干し、伊藤からボールペンを受け取った。「でも、いずれ告発するにしても、俺たちみたいな人間じゃあ、だれも耳を傾けてくれないだろ」

「俺のような便利屋の言うことにも、耳を傾けるひとはいないと思いますが」

「そんなことはない。おまえはまほろ市民に愛されてるよ。自信を持て、便利屋」

もちろん、そんな心のこもらない励ましを受け入れるほど、多田もおひとよしではない。いろいろ裏があるようだから、この依頼はやはり断固として断ろう。そう思い定めて沈黙を守った。ジョッキをからにした行天も、手持ち無沙汰のようだ。「さっさと切りあげよう」と視線で言って寄越してくる。

星は紙ナフキンを一枚抜き取り、ボールペンでなにか書きだした。行天に見られないよう、手もとを腕で覆い隠している。

書き終えると、星は多田に向かって、ご老公様の印籠のように紙ナフキンを突きだした。そこには、
おまえが一人っ子だって、いまこの場で暴露してやってもいいんだぞ。

と書いてあった。

多田は急いで紙ナフキンを奪い取り、くしゃくしゃに丸めた。

「なんだよ」

と行天に怪訝そうに聞かれたが、毅然と無視する。卓球のボールぐらいに握り固めた紙ナフキンを、処分してくれるよう通りかかった店員に渡した。

それから多田は、星に向き直って言った。

「ご依頼、引き受けましょう」

「えぇー。なんでそうなるの」

行天が天井を仰いだ。


ビニール傘を差し、行天とともに事務所へ戻る。

雨をものともせず、まほろ大通りは夜が深まるにつれ賑わいを増していく。チェーンの居酒屋へなだれこむ学生の一団、早くもおぼつかない足取りの中年の酔っ払い男、ひっきりなしにしゃべりながらファーストフード店から出てくる女子高生たち。

かれらが活きのいい海の魚だとしたら、多田と行天は湖の底で息をひそめる黒っぽい魚だ。それぞれの物思いに沈み、言葉も交わさず歩いている。一応、並んで前進してはいたが、距離を微妙に空けているせいで、端からすると、「知人でもなんでもない、たまたま同じ方向へ行く二人」に見えたかもしれない。その証拠に何人もが、多田と行天のあいだを遠慮なく通り抜けていった。傘から飛んだ水滴が、多田の肩さきを濡らす。

多田は角の煙草屋に立ち寄り、マルボロメンソールとラッキーストライクを一箱ずつ買った。振り向きもせずさきへ行ってしまった行天に追いつき、マルメンを差しだす。

「コーヒーの神殿　アポロン」を出てから、行天はずっと不機嫌だったのだが、煙草を見てやや表情をやわらげた。

「あんた、バカなんじゃないか」

ポケットに煙草を押しこみながら、行天は言った。

「ああ。自分でも薄々そうじゃないかとは思っていたが、今日、それが確信に変わった」

多田は力なく答えた。

秘密は、複雑な織物にできた綻び(ほころび)のようなものだ。どれだけ丹念に、うつくしい模様を織りあげたとしても、小さな綻びをひとたび突かれれば、糸は際限なくほどけていってしまう。

多田は行天に対して秘密を持ったせいで、星につけこまれるはめになった。あっというまに、「はる」と「星からの依頼」をしょいこむという、厄介な事態に陥ってしまった。

「なにを脅しのネタに使われたのか知らないけど、自業自得だね」

行天はすげない態度だ。「ほいほい依頼を引き受けるなんて、ほんとバカだ。仕事を手伝うこっちの身にもなってほしい」

俺の仕事をまともに手伝ってくれたことなんてあったか。多田はそう言いたかったのだが、我慢した。厄介な事態が、もうひとつあったことを思い出したからだ。

そうだ、結局はるちゃんについて、行天には正直に告げていないんだった。

梅雨の夜に畑の監視をさせたうえに、預かる子どもの正体が明らかになったら……。考えるだにおそろしい。豆腐でも崩すように、多田の腹に包丁をぶちこむ行天の姿が容易に想像できる。

行天は、子どもに苦痛を与えたりはしない。しかし、成人男性には容赦なく拳をふるうこともあると、多田は残念ながら知っているのだった。

俺の命は風前の灯火ってやつだ。多田は思った。はるが来るまえに、お迎えが来てしまいそうだった。


暗視機能のついたデジカメは、すぐに送りつけられてきた。案外、小ぶりだ。軍隊で使用する、いかつい双眼鏡のようなものを予想していたため、多田は拍子抜けした。

説明書も同封されていたので、熟読する。

「だいたいわかった。とにかく、暗視モードにしてシャッターを押せばいいんだな」

夜になるのを待って、多田は事務所の電気を消し、通りに面した窓のカーテンも閉めた。このカーテンを開閉するのは、五年ぶりぐらいだ。布はまだらに日焼けしていたが、街灯の明かりを遮断する役には立った。

暗闇に目が慣れず、どこになにがあるのか、まるで見えない。ソファが置いてあるとおぼしき場所へ向かって、多田はカメラを構えた。

「撮るぞ。はい、チーズ」

シャッター音は通常のデジカメと同じだったが、フラッシュは焚かれなかった。これで本当に撮れたのかな。多田はデジカメの画面を見た。

「うわ」

ソファに寝そべり、鬼瓦そっくりの表情で威嚇する行天が写っていた。室内は真っ暗なのに、過たずレンズを直視しているのがまた怖い。

「どう？　撮れた？」

「ああ。なんだか縁起の悪そうなものが」

多田は何度か距離を変えて撮影を試し、手探りで部屋の電気をつけた。まぶしくて、まぶたの裏が鈍く痛む。

「だが、あんまり遠いとだめだな」

撮った画像をパソコンに取りこみ、多田はうなった。顔がなんとか判別できる程度の鮮明さを保つには、かなり近づいて撮影する必要がありそうだ。

「行天、畑と公園の距離はどれぐらいだ」

行天はまほろ市の地図を広げ、峰岸町の該当の番地を調べる。

「そうだねえ。植え込みのすぐ横が畑だから、公園寄りで農薬撒いてくれれば、二メートルもないんじゃない」

そんな近くで写真を撮ったら、夜間とはいえ、さすがに気づかれそうだ。しかしまあ、やってみるしかない。引き受けたからには、全力で仕事にあたるのが多田便利軒だ。

「さっそく、明日の夜から児童公園で張りこみをしよう」

峰岸町南児童公園は、ジャングルジムとすべり台とブランコと砂場のある、住宅街のなかの小さな公園だった。四角い灰色の箱といった感じの、公衆便所も設置されている。便所の入口には長細い外灯がついており、クモの巣を絡ませながらも、黄色い光を頼りなく闇に投げかけていた。その明かりをありがたがるのは、コバエと蛾だけのようだったが。

周辺の家々を見るに、このあたりが宅地造成されてから、十五年ほどは経っていそうだ。そのときに植えられたのだろう公園の木は、どれもけっこうな高さまで育ち、葉を繁らせている。近所の家の二階から丸見えだったら困るな、と思っていた多田は、ひとまず安心した。

まほろ駅前から峰岸町までは、バスだと二十分以上かかる。峰岸町には二つの大学のキャンパスがあり、道幅も広く、町並みは整然としている。逆に言えば、繁華な場所も目立った店もなく、夜は自宅でおとなしく眠るひとが多いということだ。バスもとうに運行を終えたいまの時間、広い通りに人影はひとつもなかった。

乗ってきた軽トラックは、公園から少し離れた道路脇に停めてある。小雨の降るなか、透明の安い合羽を着た多田と行天は、児童公園に足を踏み入れた。このところずっとつづく雨によって、地面はぬかるんでいた。

公園内を見てまわる。西側が、植え込みとフェンスを挟んでＨＨＦＡの畑。南側は、数軒の家がフェンス越しに接していたが、公園のほうを向いているのは家屋の裏手だ。トイレや浴室なのだろう、小さな窓しかついていないから、そうそう人目を気にする必要はなさそうだった。東側と北側は道路に面してひらけているが、その道路が広い。道を挟んだ向かいの家から目撃される可能性は、かなり低いだろう。住人が総じて午前様でないかぎりは、深夜の公園にいる男のことなど気づかないはずだ。

「さて、これから見張りをはじめるわけだが」

西側の植え込みのそばで、多田は行天に言った。「今夜はまず、おまえに頼む」

「一緒にやるんじゃないの？」

行天は早くもむくれている。合羽のフードを締めすぎのようだから、頬の肉が寄ってしまっているだけかもしれない。

「交代制に決まってるだろ。明日も朝から仕事が入ってるんだ。相手がいつ来るのか、本当に来るのかもわからんのに、二人も人手を割けるか」

「じゃあ、俺は明日は一日寝てていいんだね」

行天がうきうきして言うので、

「アホか」

と一喝してやった。「仮眠取ったら、一緒に仕事に行くんだよ。ただでさえ猫の手以下なんだから、きりきり働け」

「ひどい。あんたのとこの労働条件は、産業革命時代の炭鉱なみにひどい」

行天の戯言(たわごと)を聞き流し、多田は首に提(さ)げていたデジカメを、合羽の襟(えり)もとから引っ張りだした。

「とにかく、やつらが農薬撒いてたら、これでちゃんと写せ。夜明けには星の手下が交代要員として来るし、俺も迎えにきてやるから」

「えぇー」

気の進まなそうな行天に、無理やりデジカメを押しつける。星と伊藤が言ったとおり、搬入された農薬が作業小屋にあるのは確認ずみだ。多田はさきほどＨＨＦＡの畑に侵入し、念のため農薬入りらしきボトルを写真に収めた。

「あとは現場を押さえるだけなんだから、簡単だろ」

「待ってるあいだ、暇で死んじゃうよ」

「いつもの腹筋背筋でもしとけ」

多田は植え込みの陰に、持参したビニールシートを広げてやった。

「一晩じゅう？　筋肉がちぎれちゃうな。それに、便所行ってるあいだにやつらが来たら、どうすんの」

「おまえの小便は五分も十分も出つづけるのか？」

「多田。実は俺、腹具合が悪いんだ」

「おまえ、けっこういつも腹下してるよな」

行天の申告が本当か嘘か知らないが、多田はあきれて言った。

「腹筋鍛えても、内部までは強くなんないみたい」

行天はデジカメを懐にしまい、合羽を着たままビニールシートに寝そべった。「あーあ。俺を退屈させたら、気脈が乱れるのに」

もちろん、そんな戯言は再び聞き流し、多田は行天を置いて帰った。

腹筋背筋に伴う息づかいの聞こえぬ事務所で、多田はひさしぶりに一人でのびのびと安眠した。

公園で過ごす夜は、これ以上なくつらく退屈なものだった。多田も行天も、一回ずつ見張りをしただけで、すでに半ば音(ね)を上げていた。

まず、雨のせいもあって、じっとしていると体が冷えてくる。かといって、無闇に動きまわることはできない。明かりをつけられないから、新聞や雑誌も読めない。眠っていて現場を見逃しては、星に簀巻(すま)きにされて亀尾(かめお)川へ流される。

結局、ビニールシートに寝転がるか座るかして、ひたすら夜明けを待つしかないのだった。付近住民の目につき、通報でもされたら困るので、煙草も吸えない。できるだけ植え込みに埋没する形で、膝を抱える。小枝が頬に突きささって痛い。

多田が見張っているとき、ブチ猫が夜のパトロールにやってきた。野良猫らしい、ふてぶてしい顔つきのやつだ。猫は、思いがけないところに多田が座っていたのでびっくりしたようだったが、多田は退屈を紛らわす相手が現れてうれしかった。「来い来い」と手招きしたけれど、ブチ猫は「ふんっ」と鼻を鳴らし、さっさと通りへ出ていってしまった。

猫にすら馬鹿にされる。こんな見張り、もうやめたいが、星には前払いでたっぷりもらっている。亀尾川の藻屑になりたくはない。

見張りは三日目に突入した。盛大に渋る行天をしょっぴき、公園へ放りこんだ多田は、その足で「キッチンまほろ」へ向かった。日中は通常の依頼仕事で忙しく、まともに食事も摂れなかった。行天には、コンビニ弁当とビール、時間をつぶすための携帯ラジオまで渡したから、まあいいだろう。

まほろ街道沿いにある「キッチンまほろ」は、夜十一時閉店だ。ラストオーダーにぎりぎりまにあった多田は、ほっとしてソファ席に腰を下ろした。店内は明るく、空調は心地よく保たれている。暗くて、ぬかるんで、無為しかない児童公園とは、まさに雲泥の差だ。

悪く思うなよ、行天。多田は内心でつぶやき、ハンバーグセットを注文する。料理が来るのを待ちながら、ぼんやりと窓から表を眺めていたら、

「あら、多田さん」

と声をかけられた。スーツ姿の柏木亜沙子が、テーブルの脇に立っている。多田はとたんに心拍数を上げ、

「どうしたんですか、こんな遅い時間に」

と言った。

「毎日なるべく、全店をまわるようにしているんですが、今日はいろいろ立てこんでいて。ここに来るのがいまになってしまいました」

亜沙子は微笑み、「座ってもよろしいですか？」と尋ねてくる。多田は慌てて、向かいのソファを勧めた。社長業はなかなか忙しいようだが、亜沙子の濃紺のスーツに目立った皺はなく、ひとつにまとめた髪も、短く切りそろえた爪も、いつもどおり清潔そのものだ。

ちょうどハンバーグセットが運ばれてきた。店員は、社長である亜沙子が座っていることに驚いたようだが、親しげに二言三言、言葉を交わし、すぐにコーヒーを持ってきた。サービスということで、多田までコーヒーをもらってしまった。

多田は、音を立てないよう細心の注意を払ってハンバーグを切った。食事の邪魔をしてはと思ったのか、亜沙子が遠慮がちに話を振ってくる。

「多田さんこそ、この時間までお仕事だったんですか。大変ですね」

「いえまあ、仕事というか、はあ」

なんとも曖昧な返事になった。住宅街にある児童公園で、一日おきに夜明かししては畑を監視中です。そんなエセ探偵じみた行いをしているとは、亜沙子にはとても言えない。亜沙子は多田を、善良で信頼のおける便利屋だと思っている節がある。星のような裏街道驀進中の輩に弱みを握られたことを、多田は改めて後悔した。

「実はね、多田さん」

亜沙子は、カップのなかの黒い液体に向かって言った。「ＨＨＦＡという団体と、ちょっと困ったことになってるんです」

ちょうど畑を思い浮かべたところだったので、多田の心拍数は最高レベルにまで達した。

「どうしました」

「かれらの野菜販売車が、『ご家庭で手作りした料理を』とスピーカーで流しながら、うちのような店のまわりを走るんです。このことは、以前にもお話ししたかと思います」

「はい。たしか正月ごろにうかがいました」

多田は本当は、話を聞いた日付まで覚えていた。一月三日だ。今年はじめて亜沙子に会えた日だったので、うれしくて記憶していたのである。あえてぼかした返答をしたのは、亜沙子に気持ち悪いと思われたくない、という男心のなせる業だ。

「それが最近、ますます執拗になってきて。ＨＨＦＡの野菜を使ってくれと、しきりに営業もしてくるんです。まほろの外食産業に関係する経営者のあいだでも、かなり話題になっていて。それでおとなしくなるなら、ＨＨＦＡと取り引きしてみようかというかたも出てきました」

「柏木さんは、迷っているんですね」

「昔から契約している農家がありますし、ここだけの話……」

亜沙子は少し身を乗りだし、声をひそめた。「ＨＨＦＡって、なんだか胡散臭くないですか？」

「ここだけの話ですが、俺もそう思います」

亜沙子の長いまつげと、なめらかな頰からさりげなく目をそらし、多田は答えた。

「悪い噂もちらほら出ているようなので、当面、取り引きはせずに様子を見たほうがいいんじゃないでしょうか」

「悪い噂って？」

「調査中です」

「多田さんが？」

「まあその、いろいろありまして」

星の画策によってエセ探偵にならざるを得なかったことを、多田ははじめて天に感謝した。間接的にでも亜沙子の役に立てるかもしれないと思えば、公園での監視にも身が入るというものだ。

「なにかわかったら、お知らせします。しかし、どうして俺にその話を？」

「多田さんはお仕事柄、まほろで起きていることに詳しいからです」

亜沙子は笑顔で言った。「多田さんにご意見をうかがってみて、よかったです」

無意識の殺し文句って、破壊力あるなあ。ふいに食らった亜沙子の笑顔に衝撃を受け、多田の心はみるみるうちにハート型に変形した。ふだん、多田に頼ってくる相手といえば、まほろのじいさんばあさんか、極限まで腹をすかしたときの行天ぐらいだ。殺し文句に耐性がないのもしかたがない。

亜沙子がタクシーで帰宅すると言ったので、多田は家まで送ると申しでた。

「軽トラックでもよろしければ」

「ありがとうございます。助かります」

亜沙子はなんの警戒心もなく助手席に座り、シートベルトを締める。亜沙子が車内にいるだけで、おんぼろの軽トラックがどでかい外車に変わったような気がする。

下心などない。下心などない。心のなかでつぶやきつづけながら、多田はハンドルを握った。掌に異様に汗をかいて、ひどくぬめる。知られたら気色悪がられるだろうと思ったら、なおさら汗が噴出した。

松が丘町にある亜沙子の家のまえに軽トラをつけたときには、ハンドルは犬の鼻みたいに湿っていた。道中、亜沙子とは少しだけ話をした。失敗談や困ったエピソードなど、お互いの仕事に関する話ばかりだ。

「おやすみなさい」

と亜沙子は言って、助手席のドアを開けた。水色の傘を差し、門扉を開けて塀の向こうへ消える亜沙子を、多田はハンドルに手を置いたまま見送った。亜沙子が亡き夫とともに買った一戸建ては、その夜もすべての窓が暗く、水滴の向こうでもの悲しげにたたずんでいた。

事務所に帰っても、多田はなかなか寝つけなかった。あの大きな家で、一人で暮らす亜沙子のことを考えた。

深夜に一度、地震があった。震度2程度の揺れだったが、「俺を退屈させると気脈が乱れる」という行天の言葉を思い出した。いまごろ相当退屈してるんだろうなと思い、ベッドに横たわったままひそかに笑った。

まどろみを繰り返すだけの時間に疲れ、多田は夜が明けきらぬうちに起きだした。ちょっと早いが、行天を迎えにいこう。あまり退屈させて、大地震でも起こされてはかなわない。

雨は降りつづいている。合羽を着た多田は、軽トラックで児童公園へ向かった。まだ暗い公園に、行天の姿はなかった。植え込みの陰に敷かれたままのビニールシート。

あいつ、さぼってどこ行きやがった。

多田は盛大に泥を跳ねあげ、公園の隅にある公衆便所を覗いた。行天が洗面台に腰を引っかけ、煙草を吸っていた。

「そんなところにいたら、畑を見張れないだろう」

多田が低い声で言うと、行天は驚いたのか五センチほど飛びあがり、慌てて床で煙草を消した。

「だってさ、寒いし、ニコチン切れになっちゃったし」

「いいから、さっさと持ち場へ戻れ」

多田は吸い殻をつまみあげ、ちゃんと消えているか確認してから、かたわらのゴミ箱へ入れる。「おまえがニコチン摂取してるあいだに、とっくに農薬撒かれたんじゃないか？」

「えぇー。そんなことはないと思うけど」

多田と行天は連れだって公衆便所から出た。その瞬間、畑に黒い人影があるのを発見し、二人は咄嗟にしゃがみこむ。

「見たか？」

「見た」

しゃがんだままの姿勢で植え込みににじり寄り、そっと顔だけ出す。

人影は二つあり、作業小屋からなにかを引っ張りだしているところだった。いずれも男のようだ。

「おい、デジカメは」

「ここにある。あれ、紐が絡んじゃった」

「ちょっと多田、首が絞まるってば」

行天の首にかかったカメラを、合羽の下からなんとか取りだそうとするうち、二つの人影は畑のなかを歩きはじめた。それぞれ、小型のタンクのようなものを肩から提げている。二手にわかれ、畑の端と端から農薬らしきものを撒くつもりのようだ。

人影のひとつが、公園のフェンスのすぐ手前までやってきた。多田と行天は急いで身を伏せ、植え込みの陰に隠れる。ビニールシートが鳴らないようにするためには、腕立て伏せを途中でやめたような恰好でいるほかない。毎晩鍛えている行天はいいが、多田にとってはつらい姿勢だ。二の腕が早くも震えてきた。

「カメラの用意はできたか」

前歯のあいだから絞りだすように問う。

「うん、できた」

行天は両肘を支点にする形で、デジカメを構えている。そうか、そうすればいいのか。多田がそろそろとビニールシートに肘を突こうとしたところで、行天が囁いた。

「でもさ、シャッター音で絶対に気づかれると思う。だから逃げる」

「は？」

多田が問い返したときには、行天はすでに植え込みから顔を出し、デジカメのレンズを大胆にフェンスの編み目にねじこんでいた。そのまま連続してシャッターを切る。

「だれだ！　そこでなにをしてる」

人影に誰何(すいか)され、行天は立ちあがった。行天が足で押してくるので、多田は転がったまま、植え込みの根もとにはまりこむはめになった。湿った地面に頬がこすりつけられ、痛いうえに不快だ。

「決定的瞬間、撮っちゃった」

行天はデジカメの紐を指に引っかけ、ぐるんぐるんまわした。ついで身を翻(ひるがえ)し、公園から走りでる。

多田も呆気(あっけ)に取られたが、もっと驚いたのは農薬らしきものを撒いていた二人だろう。散布するためのタンクを抱えたまま、行天を視線で追っているようだった。薄暗いうえに死角になったためか、多田の存在には気づいていないらしい。

公園を出た行天は、わざわざ畑のまえの道路に立った。デジカメを高く掲げ、

「返してほしい？」

と言って笑うと、また走りだす。

「なんなんですか、あいつ」

「捕まえよう」

二つの人影はようやく我に返ったらしい。慌ててタンクを置き、行天を追って畑から道路へ飛びだしていった。

足音が遠ざかるのを待ち、多田は体を起こした。あたりにだれもいないのを確認し、

携帯ラジオを合羽のポケットへつっこむ。畳んだビニールシートを抱え、足早に公園を出た。行天が食べた弁当のパックを、くずかごへ捨てるのも忘れなかった。こんなときにゴミをきちんと始末する自分が、小市民じみていていやだ。

多田はほとんど小走りになって、無人となった畑のまえを通りすぎた。男たちが乗ってきたのだろう、青い軽トラックが路肩に停まっていた。暗がりで彼らがしていたことを思うと、なんだか禍々しいほど冷たい色に見える。

同じ軽トラックでも、俺のは純白だ。多田は自分の軽トラまで、さらに五十メートルほど走った。改めて愛車を眺めてみれば、ところどころ泥跳ねがついて茶色く薄汚れているが、それでも白は白だ。荷台にビニールシートを放りこむ。そのとき、荷台の片隅にデジカメがあることに気づいた。行天が逃げる際に、素早く入れていったらしい。

デジカメを手に、軽トラの運転席に座った。確認してみたところ、五枚ほど撮れていた。肩から提げた噴霧器の形も、驚いてこちらを見た男の顔も、ちゃんと写っている。あの状況で手ぶれも起こしていないのが、さすが行天だ。

暗かったため肉眼ではよくわからなかったが、写真の男に見覚えがある気がした。たしか、岡家のまえのバス停で会った、ＨＨＦＡの沢村とかいう男だ。多田は車内灯を消し、しばし考える。

沢村が行天の顔を覚えていたとしたら、少々厄介だ。岡家のまえで沢村に出くわしたのは、あくまで偶然だが、沢村のほうはそうはとらえないだろう。山城町につづき、峰岸町にも、同じ人物――つまり行天――が出没した。どうやら畑を見張られているようだ、とＨＨＦＡ側が警戒する可能性がある。

多田は合羽越しに作業着の尻ポケットを探り、携帯電話を取りだした。軽トラのシートは、合羽についていた水滴のせいで濡れてしまっている。携帯を耳に当てようとして、頬が泥まみれなことに気づいた。掌でこする。

三回のコールで、星が電話に出た。寝ていたようで、きわめて機嫌が悪い。

「べーんーりーやー。いま何時だと思ってる」

「こっちは非常識な時間から働かされてるんですがね」

すぐに脳が覚醒したらしく、星はいつもの明晰な口調に戻った。

「どうした。撮れたか」

「はい。ただ、撮影してるところを見つかりました。いま、行天が囮（おとり）になって逃げてます」

「その隙に菜っ葉を二、三枚持ってこい。こっちで農薬を検出する」

「しかし、行天を助けないと」

「あいつなら、自分でなんとかするだろう」

星は低く笑ったようだった。「なんだ、便利屋。助けてほしくて電話してきたのか？」

「交代の人員は必要ないとお伝えしようと思ったんです。じゃ、さよなら」

多田は通話を切った。腹が立ったので、以前に山城町で会ったことのある男がいた、と報告するのはやめておいた。たとえこちらの動きがＨＨＦＡに警戒されたとしても、知ったことか。

軽トラを降り、あたりをうかがいながら畑に侵入する。まったく腹立たしいかぎりだが、星の言うとおり、撒かれたのが本当に農薬なのかたしかめる必要があるだろう。引き受けた依頼は、最後まできちんとやり遂げるのが多田便利軒だ。

植わっているのは、ほうれん草のようだった。出荷するにはまだ小ぶりだが、緑の葉を元気よく繁らせている。多田は、さきほど農薬らしきものが撒かれていたあたりで、ほうれん草を数枚ちぎった。袋の持ちあわせがなかったので、携帯ラジオと入れ替わりに、合羽のポケットへつっこむ。念のため、畑の全景、ほうれん草をちぎるまでの過程、放置された噴霧器も、デジカメに収めておいた。

多田が軽トラに戻ってすぐ、沢村ともう一人の男が畑へ戻ってきた。多田は運転席に座った体勢のまま、なるべく座高が低くなるよう努めた。

二人はどうやら、農薬らしきもののつづきを撒いているらしかった。しばらくしてようやく畑から出てくると、からになった噴霧器と作業小屋にあったボトルを、青い軽トラックの荷台に積みこむ。ボトルの中身はずいぶん目減りしたようだ。

なるほど。ああやって、ほうぼうの畑をまわっているんだな。星に渡されたデジカメでは到底追いきれない距離だったので、多田はフロントガラス越しに観察するにとどめた。

青い軽トラックに乗り、沢村たちはまほろ街道のほうへ去っていった。小山内町にあるという、ＨＨＦＡの本部へ帰るのかもしれない。

さて、行天はどうしただろう。多田は車外に出てのびをした。雨は上がっていた。身につけたままの合羽をふるい、いまさらながら水滴を落とす。

ラッキーストライクに火を点けた。煙がやわらかくたゆたい、空へ上っていく。ずいぶんはっきり見えるなと思ったら、夜明けだ。東の空が明るくなり、家々の屋根に、児童公園に、ＨＨＦＡの畑に、ほの白い光が差した。

通りの角から行天が現れた。多田のまえまで飄然（ひょうぜん）と歩いてくると、急に膝に両手を当て、息を整えだす。相当走ったようだ。

「あいつら、行った？」

苦しいなら、苦しいなりの素振りで登場しろよ。多田はややたじろぎながら、

「ああ」

と答えた。「無事でよかった」

「あんなモヤシ野郎に捕まる俺じゃない」

行天はぜえぜえ言いながら、右手を差しだしてきた。「煙草」

多田はラッキーストライクの箱を向け、行天がくわえた煙草にライターで火を点けてやった。

「この町はどうなってんだかなあ」

軽トラックのかたわらに立ち、多田は慨嘆する。「無農薬を謳っておいて農薬撒いたり、ヤクザが畑の監視をしたり、なんだかあべこべだ」

「どんな町にも朝は来る」

と行天は言った。やっと息切れが収まってきたらしい。煙を深々と吸いこみ、目を細めた。

「それだけでいいでしょ」

明けゆく空を見上げ、たしかに、と多田は思った。

「あいつらに顔見られたか？」

「どうだろ。なんで？」

「まえにバス停で会った男がいた。ほら、作業着の胸に『沢村』と刺繍してあったやつだ」

「ありゃりゃ。だったら、囮になるのは多田のほうがよかったな」

「なんでだ」

「俺の顔は、見たひとに深い印象と感慨を残さずにはおかない」

行天は煙草をくわえたまま、片頬で笑ってみせた。

「言ってろよ」

多田はあきれ、携帯灰皿で煙草をねじ消した。「そういえばおまえ、沢村と面識があるんじゃなかったっけ？」

「ないよ、野菜売りと面識なんて」

「バス停であの男と会ったとき、なんかそんなようなことを言ってたぞ」

「うーん、そうだった？」

行天は中空を見上げ、首をかしげる。「忘れた。だいいち、野菜売りの顔自体をもう覚えてない。俺とちがって印象薄い顔だよね」

行天との会話を、いちいち心にとめておいた俺が馬鹿だった。多田は諦めて合羽を脱ぎ、軽トラックに乗る。行天も助手席のドアを開け、備えつけの灰皿に吸いさしを引っかけてから、もぞもぞと合羽を脱いだ。ヘビの脱皮みたいだ。

「あー、腹へった」

ぼやきながら助手席に収まった行天は、次の瞬間には眠りはじめた。多田は行天の吸いさしを消し、まほろの中心地へ向けて軽トラのハンドルを切った。

証拠写真が収まったデジカメとほうれん草の葉は、事務所までやってきた星の手下に、その日のうちに渡した。亜沙子の携帯にも電話し、「やはり農薬を使っているようです」と一応報告しておいた。

ＨＨＦＡの件は、これで落着だと多田は思っていたのだが、もちろんそううまくはいかないことが、あとになって判明する。

四、

梅雨も明け、蟬が競いあうように鳴いている。室温は上昇をつづけ、行天はソファでのびている。

多田は事務所の掃除に励んでいた。いよいよ明日、はるがやってくる。幼児を汚い部屋で過ごさせるわけにはいかない。ひさしぶりに掃除機をかけ、窓と床を磨き、安売り量販店で買ってきた子ども用のマットレスとタオルケットを窓辺に干した。

それだけで汗が顎から滴る暑さだ。やはり、事務所にエアコンを導入したほうがいい気がする。はるが汗疹だらけになったり、室内にいるにもかかわらず熱中症になったりしたら一大事だ。しかしエアコンの取りつけを頼もうにも、駅前の商店街にある電気屋は、すでに予約でいっぱいだろう。と思うのは多田の言い訳で、まず第一に、エアコンを買う金がないのだった。

多田は、事務所の奥から扇風機を引っ張りだした。かぶせてあったゴミ袋を取り、試しにスイッチを入れてみる。

湿度と温度の高い空気がかきまわされ、羽根に積もっていた埃が散った。タイミング悪く息を吸ったところだった多田は、埃も一緒に吸引してしまい、盛大にむせかえった。

「行天。俺は去年おまえに、『扇風機を掃除してからしまってくれ』と頼んだよな。ちゃんと拭いたのか、これ」

「大丈夫、その程度の埃で死ぬことはない」

行天は狭いソファのうえで器用に寝返りを打ち、うつぶせになった。窓から入るわずかな風を、腹と背に交互に当てる戦法らしい。

「ところで多田、なんで急に掃除魔になっちゃってんの?」

「は……」

はるちゃん、と言いそうになった多田は、「はくしょん」と、わざとらしいくしゃみで誤魔化した。

「いやその、なんだ、弟の子どもが明日来るから……」

「明日!?」

うつぶせの体勢から、行天は一瞬で床に直立した。背骨に強力なバネでも仕込まれているのだろうか。扇風機のまえでしゃがんでいた多田は、びっくりして行天を見上げた。

「どうしたんだ、突然」

「避難する」

行天は多田の脇をよぎり、事務所から出ていってしまった。止めるいとまもあったものではない。

あとに残された多田は、濡れ雑巾で扇風機の羽根を拭いた。ルルから携帯に電話があり、

「便利屋さんのオトモダチ、やっぱり家出してきたわょぅ」

と報告される。「いまぁ、うちでハイシーとアイス食べてるけどぉ、なんか怒ってるみたい。隠し子のことで揉めちゃった？」

隠し子疑惑を否定する気力も失せ、

「ええまあ、ちょっと」

と多田は言った。「早めに帰るよう、伝えていただけますか」

「うん、わかったぁ」

通話を終えた多田は百円ショップへ行き、赤い風鈴を買ってきた。帰り道、まほろ大通りで団扇を配っていたので、ぬかりなくもらっておく。

脳天が焦げそうなほどの日差しだった。なんで俺ばっかりが子どもを預かる準備に忙しく、種付けした当の本人は女とアイス食べてんだ。そんな不満がこみあげたが、行天の居所がわかっただけで、よしとすることにした。

事務所の窓辺に風鈴を吊す。

できるかぎりの暑さ対策を講じた多田は、銭湯へ行って念入りに髪と体を洗った。あ

んまりむさくるしい風体で出迎えて、はるを怖がらせてはいけない。

なんだか俺は浮かれている。明日からはじまるはるちゃんとの暮らしを思い描いては、行ったことのない国についてあれこれ夢想をめぐらすような気分になっている。

ちっとも眠たくなかったが、多田はベッドに横たわり、感情を鎮めるために目を閉じた。開け放したままの窓から夜風が入り、砂金をこぼすような音色で風鈴が揺れた。

その晩、とうとう行天は帰ってこなかった。


考えてみれば、行天が事務所にいないほうが好都合なのだった。万が一、行天と三峯（みつみね）凪子（なぎこ）が鉢合わせしたら、はるの正体が一気にばれる。はるを預かるどころの騒ぎではなくなってしまうだろう。

行天が家出しているうちにはるを引き取れば、あとはなんとかなるはずだ。はるが自分の子だと気づいても、行天だってまさか、幼児を追いだすような真似はするまい。

起床した多田は、丁寧にヒゲを剃り、鏡のなかの自分に向かってうなずきかける。こざっぱりした恰好をすれば、俺も十二分にまっとうな社会人に見える。どんな恰好をしても変人オーラが漏れいずる行天とはちがう。これなら、三峯さんも安心してはるちゃんを預けられるだろうし、はるちゃんも怯（おび）えずに俺と暮らしてくれるだろう。

洗いたての作業着に着替え、多田は溜まっていた書類仕事に取りかかった。通常の依頼予約は、昨日今日と受けずにおいた。はるを迎えることで頭がいっぱいで、掃除も芝刈りも買い物代行も、とてもじゃないがこなせる自信がなかった。

電卓を叩きつつ、何度も時計をたしかめる。凪子は昼すぎに、はるを連れてまほろへ来る予定だ。待ち合わせは、ハコキューまほろ駅の改札ということになっていた。事務所で行天と遭遇してはまずいと思ったからだ。

時間は遅々として進まない。ようやく十一時をまわったころ、事務所のドアがノックされた。すわ、行天が帰ってきたのかと思い、おそるおそる扉を開けると、凪子が立っている。

「ななな、なぜここに」

動揺する多田をよそに、「こんにちは」と凪子は落ち着いて挨拶を寄越した。

「ほら、はる。ご挨拶して」

声につられ、多田は視線を下げた。凪子と手をつないで、はるが立っていた。

袖なしのワンピースを着たはるは、すがるように凪子の手を握り、うつむいている。もう片方の手は、ウサギのぬいぐるみの耳をつかんでぶらさげている。記憶のなかにあるはるの姿より、びっくりするほど大きくなっていたが、それでも多田の腰下あたりまでしか背丈がない。視線の位置が合うよう、多田はしゃがんだ。

「こんにちは、はるちゃん」

はるがちらっと多田を見た。笑いたいのか泣きたいのか微妙な表情になって、はるは「こんにちは」と小声で返した。すぐに凪子のうしろに隠れてしまう。恥ずかしそうに、あるいはちょっとふてくされたように、所在なさげに体をよじるのがかわいらしい。凪子の陰から顔だけ出し、多田のほうをうかがっている。

切れ長の目を見て、行天に似ていると思った。はるに会ったら、行天も一発で気がつくのではないか。

これはまずい。俺の寿命は今日かぎりかもしれない。そう案じながらも、とりあえず二人を事務所へ招き入れる。

なるべく非難に聞こえないよう、多田は慎重に切りだした。

「どうしました。待ち合わせは駅だったはずですが……」

それに、予定よりも一時間ほど早い。凪子ははるとともにソファに腰を下ろし、

「ええ、実は」

と言った。そのとき、事務所のドアをノックするものがあった。すわ、行天が帰ってきたのかと思い、多田は覚悟を決めて扉を開けた。

立っていたのは宅配便屋だった。一抱えはある大きな箱を受け取り、多田は安堵の息をつく。

「実は」

と、凪子が話をつづけた。「はるの着替え一式を宅配便で送ったのですが、午前中指定にしてしまいまして。駅へ向かう多田さんと行き違いに荷物が届いてはと思って、早めに直接ここへ来ることにしました」

多田は抱えた箱を見下ろす。伝票の差出人名は、たしかに「三峯凪子」となっている。

「不在票ってもんがあるんですから！」

と、思わず大きな声で言ってしまった。

「そういえば、そうですね。でも、無事に受け取っていただけてよかったです」

凪子と行天を会わせないようにしようと、多田はいろいろ気をまわしているというのに、凪子はいつもながらマイペースである。

多田は箱を床に置いた。凪子がガムテープをはがす。なかには、はるの服や靴やサンダルやタオルが入っていた。お気に入りらしい絵本や、小花のついた髪どめもあった。はるはウサギのぬいぐるみを抱き、凪子の隣に立って、うれしそうに箱の中身を点検する。

そのぬいぐるみには見覚えがあった。ウサギだが、クマクマという名前だ。以前に会ったときも、まだ二歳ぐらいだったはるが抱いていた。クマクマは当時よりずいぶんくたびれた風合いになっていた。何度も洗濯しては、大事にしてきたのだろう。

多田はペットボトルのお茶をコップに注ぎ、凪子とはるに勧めた。はるは、まずクマクマの口もとにコップをあててから、お茶を飲んだ。すました顔で当然のことのように行うので、おかしくてならない。

「はるの身のまわりのものは、箱に入っています。いろいろとお世話をおかけしますが、どうぞよろしくお願いします」

凪子は深々と頭を下げ、バッグから封筒を取りだした。「はるの生活費です。たりないようでしたら、すぐに送金します」

ガラスのローテーブルに置かれた封筒を手に取り、多田は驚いた。

「ずいぶん厚いようですが」

「お収めください。アメリカでの私の連絡先と、保険証のコピーも入っています。丈夫な子ですけれど、急に熱でも出すことがあったら、病院に連れていってやってください」

凪子を安心させるために、ここは受け取っておいたほうがよさそうだ。多田は礼を言ってソファから立ち、封筒を台所の引き出しにしまった。あとで精算し、残金は凪子に返せばいいだろう。

ソファに戻ると、凪子が愛おしそうにはるの髪の毛を撫でていた。別れが迫っていることを知ってか知らずか、はるはクマクマの耳に髪どめをつけるのに夢中だ。凪子の手をうるさがる素振りすらしてみせる。

「はるちゃんへの説明は」

「しました。仕事で遠くへ行くから、便利屋さんのおうちで、いい子でいてね、と」

凪子は微笑んだ。「涼しくなったら迎えにくると言い聞かせましたが、泣いてしまうでしょうね。はるも、私も」

凪子の目は早くも潤んでいる。はるは無邪気に、髪どめをつけたクマクマを凪子に見せている。多田のほうが「おうおう」とむせび泣いてしまいそうになり、慌てて窓辺の風鈴へ視線を移した。

「出発はいつですか」

「今夜の便です。一度、家へスーツケースを取りに戻ってから、空港へ向かうつもりです」

それなら、まだ少し時間がある。

「よかったら昼を食べにいきませんか」

と、多田は提案した。いま行天が帰ってきたらと思うと、気が気ではなかったためだ。

凪子が返事をするまえに、事務所の電話が鳴った。

「はい、多田便利軒です」

「悪魔はもう襲来した？」

行天だ。電話になど出るのではなかった。油断した。

「いやまあ」

と多田は言葉を濁した。「おまえ、いまどこにいるんだ？」

「コロンビア人のとこ」

行天はルルのことを、コロンビア人と呼び慣わしている。ルルは化粧のせいで国籍不明な外見になっているだけで、たぶんコロンビア人ではなく日本人だろうと思われる。

「でもさあ、部屋にブラジャーとか干してあるし、コロンビア人は寝相が悪いし、その相棒は歯ぎしりするし。だいいち、なんで俺が悪魔のせいで家を追いだされなきゃいけないんだ」

ここはおまえの家じゃない、俺の家だ。それに、おまえが勝手に出ていったんだろ。多田はそう思ったが、

「もっともだ」

と無難に相槌を打った。

「そういうわけで、まだ悪魔が来てないんなら、帰って寝ようと思うんだけど」

「それはどうかな」

多田は慌てて言い訳を考える。「もう来てるし、子ども用品で事務所が散らかってるんだ。片づけがすんで、子どもも落ち着くまで、あと二、三日ぐらいルルのところで厄介になったらどうだ」

「えぇー」

行天は不満そうだ。「子守を手伝えとか、早く帰ってこいとか言ってたくせに、なんだよ。なにを隠してる」

「なんにも。とにかく、いまは帰ってくるな」

「いやだ。すぐに帰る」

「ブラジャーどころじゃない。おむつが事務所じゅう、鯉のぼりみたいに干してあるから！」

多田がそう言ったとたん、

「あたし、おむつなんかしてないもん！」

と、はるが抗議の声を上げた。多田は反射的に受話器を置き、ソファのほうを振り返った。はるは床に下り立ち、怒ったように多田を見ている。著しくプライドを傷つけてしまったらしい。

「ごめん。ああ言わないと、悪いやつがここへ来ちゃいそうだったから」

多田が謝ると、「わるいやつ？」と、はるはやや不安げに首をかしげた。

「どんな？」

「えーと、口と鼻から白い煙を出して、妙な声で笑って、自分の腹をカブトムシの腹みたいにしようと運動するやつだ」

「春ちゃんですね」

と凪子が言った。勘違いしたはるが、再び抗議の声を上げた。

「あたしはわるいやつじゃないよ！」

事態が混迷してきた。行天はきっといまごろ、こちらへ向かっている。

「さあ、早く飯を食いにいきましょう」

多田は凪子とはるを急かし、王妃と姫君を高い塔から救出するような勢いで事務所の階段を下りた。

内装が強烈すぎるので、まほろに来ていきなり「コーヒーの神殿　アポロン」では、子どもの情操によくないかもしれない。多田は思案した結果、まほろ大通りに面したカフェを選んだ。

一度も入ったことがない店だが、表に出ているメニューの写真は、なかなかおいしそうだ。なにより、全席禁煙を謳っており、道に面した部分はすべてガラス張りで、店の隅々まで明るい感じがする。口と鼻から白い煙を出す行天も、悪だくみに余念がない星のような輩も、この店には寄りつくまい。

看板には店名が書いてあったが、筆記体なうえに英語でもないらしく、多田には読めなかった。まあいい。ガラスの扉を押し、凪子とはるをさきに通す。昼どきということもあり、店内はほぼ満席だった。

テーブルも椅子も床も木製で、店員はみな白いシャツを着用し、黒くて長いエプロンを腰で巻いていた。通された四人がけのテーブルには、小さなガラスの器にツタのような植物が挿してある。「アポロン」の野放図に繁茂した観葉植物とは、ずいぶんなちがいだ。

多田はやや気圧されつつ、メニューを手にした。ランチセットはパスタが主体のようだが、ひとつだけ、「マグロとアボカド丼」というものがあった。飯粒を食べたい気分だったので、それを注文する。凪子は、「ペンネのラグー」を頼んだ。多田にはラグーがなんだかわからなかったのだが、運ばれてきた料理を見たら、ミートソースとのちがいがますますわからなくなった。

「ペンネのラグー」を、凪子ははると分けあって食べた。ついてきた小さなパンにも、はるは旺盛な食欲でかじりついた。「マグロとアボカド丼」は、わさびマヨネーズで和えてあった。多田はしょうゆ味でなかったことに衝撃を受けつつ、「カリフォルニアロールをひらいたものだと思えばいい」と自分に言い聞かせて食べた。

　多田にとっては尻の座りが悪い店だったが、女性客を中心に繁盛しているようだ。いまもまた、「いらっしゃいませ」と店員が言った。多田は、凪子とはるを壁際の椅子に座らせ、自分は出入り口に背を向ける形になっていた。だから、新しく入ってきた客が視界に入らなかったのだが、凪子とはるは食べる手を止め、怪訝そうに多田の背後を見ている。

　すわ、行天か。多田は急いで振り返った。

　立っていたのは柏木亜沙子だった。黒いスーツを着て、小脇に書類封筒と新聞を挟んでいる。席まで案内される途中らしい。

　なんという偶然だ。多田はそれまで、箸を使って「マグロとアボカド丼」を食べていたのだが、混乱のあまり思わずスプーンに持ち替えてしまった。

　亜沙子は多田の顔を見て、

「あら、やっぱり」

と笑顔になった。凪子とはるに向かい、「多田さんにはいつもお世話になっておりまこにこしている。

す」と挨拶する。凪子は戸惑ったように会釈を返した。満腹になったためか、はるはに

「いや、こちらは依頼人のかたです」

弁解じみて聞こえないよう、多田はできるだけさりげなく、しかし内心は必死に説明した。「俺は独身なので」と、聞かれてもいないのにつけ加える。多田に妻子がいても亜沙子は動揺しないのだと判明し、多田こそが動揺していた。動揺の内訳の大半は、落胆に占められていた。

「ごめんなさい、早とちりして」

亜沙子は恥ずかしそうに言い、カウンター席のほうへ去っていった。

「多田さんの恋人ですか」

凪子が尋ねてきたので、多田は飲もうとしていた水をあやうく噴きだすところだった。

「以前に依頼をいただいたかたです」

丼の残りをスプーンでたいらげつつ、多田は質問を返した。「そんなふうに見えましたか」

「いえ」

凪子は一言で、多田の儚い希望を打ち砕いた。「念のため、うかがったまでです。おつきあいしているかたがいらっしゃるなら、はるを預けるのは申し訳ないなと思いまして」

だったら最初から、女がいると言っておけばよかった。そうすれば、凪子の申し出をうまく断ることができたかもしれないのに。

いやあ、恋だの交際だのといった事象とあまりにも縁遠いおかげで、その手はまったく思いつかなかったなあ。多田は情けない思いで頰を搔く。

ランチセットについてくる食後のコーヒーも飲み終わった。はるは、単品で頼んだオレンジジュースを飲み、いまはストローで氷を突いている。凪子のコーヒーカップには、まだ半分ほど黒い液体が残っていた。とっくに冷めているだろうに、凪子は店を出ようとは言わない。うつむきかげんに、隣に座るはるを見つめている。

別れの時間を少しでも引き延ばしたいのだろう。多田は作業着の胸ポケットを探り、この店が禁煙だったことを思い出す。間がもたない。これから、はるちゃんと三峯さんの涙を見る可能性が高い。そう考えると、冷房は効いているのに、掌に汗がにじんだ。ズボンの膝で拭う。

こんなふうに黙りこくって向きあっていたのでは、ただならぬ関係だと亜沙子に誤解されるのではないか。多田は横目でカウンター席をうかがった。亜沙子は「マグロとアボカド丼」を食べながら、カウンターに置いた新聞を読んでいた。あまり感心できる行儀ではないはずなのに、熱心に文字を追う横顔は子どものように真剣で、かわいらしいほどだった。新聞は小さく畳まれている。左手にちゃんと丼を持ち、箸づかいもきれいだ。多田たちのほうを気にするふうはない。

少しがっかりしたところで、また店のドアが開いた。いつのまにか、二組ほどの客が席が空(あ)くのを待っている。

「出ましょうか」

と、ついに凪子が言った。「はる、トイレは？」

「いい」

会計は凪子がした。亜沙子は気配に気づいたのか顔を上げ、多田に会釈を寄越した。多田も軽く頭を下げ、はると一緒にさきに店を出る。

夏の太陽に照らされ、まほろ大通りは白く乾いていた。

「あついー」

はるは、額にかかった前髪をぐしゃぐしゃにかき混ぜた。多田ははるの顔のまえに両手をかざし、影を作ってやった。

財布を鞄にしまいながら、凪子が店から出てくる。薄々感じてはいたのだが、日常の動作がどことなく鈍(どん)くさいひとだ。多田はそう思い、笑いを嚙み殺す。病院に電話したときの印象からすると、医者としての凪子は颯爽(さっそう)と仕事をこなしているようなのに。

「ごちそうさまでした」

と多田は礼を言い、三人はハコキューまほろ駅へゆっくり歩きだした。はるは凪子と手をつないでいる。

地面に落ちる濃い影に向かって、凪子が言った。

「多田さん。さっきの女のかた、もしかしたら多田さんのことを憎からず思っているかもしれません」

「たしかに、憎まれてはいないでしょう」

多田は苦笑した。そこまで密度の高い感情が生じるほど、亜沙子と親しくはない。

「なぜ、そう思われたんです」

「ご飯を食べるあいだ、多田さんを気にしていました」

凪子は中学生の恋愛みたいな根拠を真面目に述べる。最前、多田が亜沙子を観察して出したのとは逆の結論だったが、

「そうだといいんですが」

と、なんだか素直な気持ちになって応じた。

「クマクマは？」

はるは相棒の不在を急に思い出したらしい。ベルを鳴らすように、凪子の手を引っ張った。

「クマクマは、多田さんの事務所でお留守番」

はるの乱れた前髪を、凪子は指さきで優しく直してやった。「私やっぱり、アメリカには行きたくない」

突然のつぶやきに驚き、多田は凪子を見た。凪子は唇を嚙み締め、泣くのをこらえているようだった。

「はるにさびしい思いをさせますし、多田さんにも迷惑をかけてしまいますし」

「いやしかし、先方は三峯さんを待っているんでしょう」

「ですが、多田さんがあの女のひとに妻子持ちだと誤解されたら、それでせっかくの出会いがだいなしになったら、私はなんとお詫びすればいいのか」

「いやいや、それこそ誤解です」

凪子がめずらしく混乱した調子で言いつのるので、多田は慌ててさえぎった。「さっきのひとと俺は、そんな仲ではないし、もし必要が生じたら、俺からちゃんと事情を説明します。心配無用ですよ」

「私ははるの親なのに、自分勝手な選択ばかりしていますね」

凪子は完全にうなだれてしまった。多田は言葉を探す。結局、

「勝手とは思いません」

としか言えなかったが、それは多田の本心だった。

凪子ははるの親であるまえに、一人の人間だ。はるが成人したあとにも、凪子の人生や仕事はつづく。だとしたら、本当に困っているときぐらい、子どもをだれかに託してもいいのではないか。悩み苦しんだ一カ月半から、凪子にとってもはるにとっても、そして多田にとっても、今後につながるような大きな喜びや楽しさが得られるかもしれない。

「俺に預けるのでは、不安もあるでしょう。でも、精一杯やりますから。一人で抱えこ

もうとしないでください」

「ありがとう、多田さん」

凪子はようやく笑顔になった。「親切にしてくださって」

「俺のは親切じゃなくお節介だと、行天にはいつも言われますけどね」

多田は気恥ずかしくなり、真っ青な空を見上げた。明るく澄み渡った空とは裏腹に、苦い思いが生じた。

俺は善意だけで、はるちゃんを預かると決めたんじゃない。本当は心のどこかで、「いいチャンスだ」と思っている。再び子どもと接することで、俺もなにかをやり直せるのではないか、胸に巣くう怖れと絶望をべつのものに転じられるのではないかと、かすかな期待を抱いている。

自分勝手というなら、俺のほうだ。子どもを失った過去は、なにをしたって忘れようもないものなのに。

駅構内へ通じる階段を下りる。エアコンの冷気が吹きあげてくる。すごくゆっくり歩いたつもりなのに、もう改札に着いてしまった。

凪子は通路の壁際に寄り、はるから手を離した。はるのまえにしゃがみ、穏やかな声で言う。

「じゃあ、私は行くから、はるは多田さんの言うことをよく聞いて、いい子にしていて」

はるは黙ってうなずいた。どうやら、ちゃんと事態を飲みこめているようだ。怒ったみたいな顔で、はるは壁に貼られたタイルへと視線をそらしている。そうすることで、泣いたりわがままを言ったりしそうになるのを、はるなりにこらえているらしい。

「はる、ごめんね。すぐに迎えにくる。すぐよ。待っててね」

凪子は目を真っ赤にし、はるの髪を、頰を、肩を撫でさすった。最後に強くはるを抱きしめてから、思いきるように凪子は立ちあがった。

「どうか、はるをお願いします。春ちゃんにも、よろしく伝えてください」

凪子は多田に深々と頭を下げ、次の瞬間には身を翻(ひるがえ)し、改札を抜けた。

「お母さん！」

耐えきれなくなったのか、はるが呼びかけ、あとを追おうとする。不安をそのまま形にしたような声だった。雑踏に突入しそうになったはるを、多田は急いで手をつなぐことで引き止める。

凪子は改札の向こうで振り返り、多田とはるに向かって手を振った。泣き笑いの表情だ。多田が手を振り返すよりも早く、凪子はまえを向き、ホームへの階段を上がっていった。必死の足取りだった。はるからのびる、何本もの透明な糸に絡め取られまいとするかのように。

かたわらのはるを見下ろす。はるは頰を赤くし、地面をにらみつけていた。多田とつながれていないほうの手で、ワンピースの裾を強くつかんでいる。

「パンツ見えるぞ」

　多田はつないだ手を軽く揺らした。「さあ、事務所へ帰ろうか」

　地上への階段を上がり、さえぎるもののない真昼の日差しの下、今度は二人でもと来た道を戻る。

「多田便利軒には、白い軽トラックがあるんだ。それに乗って、明日からはるちゃんも一緒に仕事にいこう。あ、チャイルドシートがないな。だれかに借りられるといいんだが。行天は……、まあ荷台に乗せときゃいいか」

　はるが黙ったままなので、多田は思ったことを全部声に出した。

「はるちゃんは、食べ物はなにが好きなんだ。ハンバーグとか、どうかな。うまい店を知ってる。俺は料理は下手くそだけど、いろいろ取り組んでみるから」

　はるはあいかわらず一言も発さない。多田はだんだん気まずくなってきた。俺たちは周囲から、「誘拐犯と連れ去られる女児」だと思われているんじゃないか。心もち早足になって、やっとのことで多田便利軒のある雑居ビルのまえまで着いた。

「俺は便利屋をやってる。掃除とか買い物とか、いろんなひとの手伝いをする仕事だ」

　薄暗い階段を上り、二階の事務所のドアを開ける。

「ここが多田便利軒。さっきも来ただろう。事務所と家を兼ねてる。はるちゃんも今日からしばらくここで暮らす」

　多田の手を振り払うようにして、はるは室内に駆けこんだ。ソファに置いたままだったクマクマを抱き、座面に突っ伏してしまう。

多田は窓を開け、扇風機をつけてソファの近くに運んだ。風鈴は微動だにしない。扇風機が熱い空気を攪拌(かくはん)する。

「トイレはそっちのドア。喉が渇いたら言ってくれ」

はるのことは、しばらく放っておいたほうがよさそうだ。多田は買っておいたマットレスを、自分のベッドの横に敷いた。シーツと夏掛けもセットする。

仕切りのカーテンの向こう、事務所の応接スペースをうかがう。はるはソファに完全に乗りあげ、クマクマとともに横になっていた。背もたれのほうに顔を向けているので、表情は見えない。悲しむのに疲れ、眠ってしまったのかもしれない。

多田はそっとはるに近寄り、行天が使っているタオルケットをかけてやった。はるからの反応はなにもなかった。

ため息をつき、今度ははるの荷物の整理に取りかかる。段ボールに入っていた衣類を畳み直し、多田のベッドのそばにある棚に収めた。応接ソファのあいだにある、ガラスのローテーブルにおもちゃを並べる。

それだけでずいぶん、子どものいる部屋らしくなった。こそばゆく落ち着かない感覚を味わいつつ、多田は箱の底のタオル類を取りだした。写真立てがタオルにくるまれていた。凪子と、パートナーらしき女性と、はると、三人で写っている写真だ。

凪子のパートナーの顔を見るのは、はじめてだった。凪子と同じく化粧っ気はあまりないが、ひとの目をそらさぬ魅力がある。ゆるくウェーブした髪を無造作に束ね、はるの頭を抱えるようにして、明るい笑顔だ。凪子とパートナーのあいだにいるはるも、多田が見たこともないような朗らかな顔で笑っていた。凪子だけが、噴きだすのをこらえているみたいだ。ちょっとすましてカメラのほうを見ている。

いま、この写真をはるに見せたら、泣いてしまうかもしれない。迷ったすえ、とりあえず写真立てはタオルでくるみ直した。

はるは凪子のことを「お母さん」と呼んでいるようだが、凪子のパートナーのことはなんと呼ぶのだろう。「お父さん」じゃないのは、たしかだしなあ。「ママ」かな。

タオル類も棚にしまい、手持ち無沙汰になった多田は、益体もないことを考える。はるは本格的に眠ってしまったようだ。起こさないと、夜に寝られなくなってしまうかもしれない。

はるの小さな肩に手をかけ、顔を覗きこんだ。頰に涙の跡がついている。かわいそうなのか、かわいいのか、多田は自分が感じた気持ちをうまく把握できなかった。胸に生じた小さな嵐にせっつかれるまま、

「はるちゃん」

と呼びかける。そのとたん、事務所のドアが勢いよく開いた。

「いま、なんて言った?」

行天が、金剛力士像もかくやという形相で立っていた。ソファで眠るはるをちらっと

見やり、すぐに多田に視線を戻す。

「この子を呼んだだけだ。その……、『はるかちゃん』って」

よりによって、最悪のタイミングで帰ってきやがって。多田は狼狽し、

「そうか。俺はまた、多田が俺を名前で呼んだのかと思って、毛虫百匹に這いのぼられた心地がした」

行天はそう言い、うしろ手でドアを閉めた。しかし部屋の奥までは入ってこず、戸口に立ったままだ。用心深い猫みたいに、ソファとの距離を測っている。

「改めて目の当たりにしてわかったんだけど」

と、行天は言った。「俺には、それの世話は無理だ」

「それじゃない。はるかちゃんだ」

ところが、これまた最悪のタイミングで、はるがソファに身を起こした。目もとを手でこすりながら、堂々と宣言する。

「あたし、はるかじゃない。みつみねはるだよ」

空気が凍るとはこのことか。夏なのに南極なみの体感温度だ。多田はぎこちなく、はるから行天へと視線を移動させた。行天はドアに背中を貼りつけるようにして、はるを凝視していた。「信じられない」といった風情だ。

「表に出ろ」

と、行天が唇だけ動かして言った。

「断る」

と多田は言った。

「なにがジャムパン八個食べる弟だ！　なに考えてんだよ！」

行天は怒鳴り、多田に突進してこようとした。驚いたはるが顔を歪め、いまにも泣きだしそうになる。それを見て行天はひるんだようだ。拳を振りあげた恰好のまま、再びドアまで後戻りした。

「とにかく、それを凪子さんのところへ返せ」

「無理だ。今夜の便でアメリカへ発つ」

「なんで」

「仕事だ。一カ月半、はるちゃんは俺たちと暮らす。これはもう決まったことだから」

「俺たち？」

行天は皮肉な笑みを浮かべた。「俺は出ていく」

「待て待て待て待て」

野生動物に対するように、多田は慎重に行天との距離を縮めた。ここで取り逃がしたら人手がたりず、明日からの仕事に支障が出てしまう。

「そんなにいやがって、はるちゃんが気にしたらどうするんだよ」

多田は小声でたしなめ、ソファのほうをそっと視線で示す。「よく見てみろ。かわいいじゃないか」

行天は一瞬だけはるを見、すぐに不快そうに目をそらした。

「あんたは、俺の顔をかわいいと思うのか？」

「思うわけないだろ。なんだその素っ頓狂な質問は」

「あれの顔、凪子さんより俺に似てるみたいだから。もし多田の好みなんだったら、あれも俺も、住むところを一考しなきゃならない」

それとかあれとかおれとか、うるさいやつだな。多田はあきれたが、行天が自分の遺伝子の影響を認めたのは、大きな一歩だ。この機を逃さず、丸めこむべし。

「そりゃあ親子なんだから、似てて当然だよな」

多田はもっともらしくうなずいてみせる。「おまえがいたからこそ、はるちゃんは生まれてくることができたんだ。彼女の幸せな成育のために、一肌脱ごうって気にもなるだろ？」

「ならないよ」

「そう言わず、ちょっと留守番していてくれないか」

と、多田は下手に出て頼んだ。「夕飯の食材やチャイルドシートを見つくろってきたいんだ」

「夕飯？　あんたが作るのか」

「最初の日ぐらい、手料理でもてなしたいじゃないか」

「無難に外食にしといたほうが、もてなしの心が伝わると思うけど」

多田と行天のやりとりをよそに、はるはクマクマを手にソファから下り、事務所内の探検に取りかかっていた。仕切りのカーテンをめくり、多田のベッドを眺めたり、トイレのドアをおそるおそる開けてみたりしている。

「じゃ、行ってくる」

行天の脇をすり抜け、多田は事務所を出ようとした。

「ちょっと待て」

と、今度は行天がとどめた。「あれはどうすんの。連れていけよ」

「あんまり連れまわして、疲れさせてもいけない。手早くすませて帰ってくるから、ちゃんと面倒を見てろ」

多田の答えを聞き、行天は即座に右手を差しだしてきた。

「……握手か？」

「ちがう。財布貸して。買い物には俺が行ってくる」

目論見（もくろみ）どおりにことが進み、多田は内心でほくそ笑んだ。行天をパシリに使えるなんて、夢のようである。すべては、はる大明神のおかげだ。

「卵とか牛乳とか買うんだぞ。今夜はカレーにするつもりだから、甘口のルーと……」

「わかんなきゃ店員に聞くよ」

行天は、もう一刻たりとも事務所にいたくないようだ。早くもドアのノブに手をかけている。

「チャイルドシートは、軽トラにもくっつけられるものを……」

「わかったって」

多田の言葉をさえぎり、行天は憤然と出ていった。

「おまえが帰ってこないと、はるちゃんも俺も飢え死にだからなー！」

ドアの向こうへ消えた行天に、多田は大声で念を押す。すっきりした。

「タダサン」

と、はるが呼ぶ。凪子に呼ばれたのかと思い、多田はびっくりして振り返った。仕切りのカーテンの隙間から、はるが顔だけ出している。凪子の口調を聞き覚え、大人ぶって真似したようだ。預かっているあいだ、迂闊なことは言えないな。多田は思った。あまり下品な言葉は口にしないようにしよう。はるちゃんの教育上よろしくない。

「いまから、おもしろいことしてあげるね」

はるはうきうきした様子で言った。多田は、意味がわからない、と思いつつ、

「うん、頼む」

とうなずく。

はるはカーテンの陰に全身を隠し、ついで、再び隙間から顔だけ出した。くすくす笑いながら、「ね？」と満足そうに同意を求めてくる。多田は、ますます意味がわからない、と思いつつ、

「ああ、おもしろい」

とまたうなずく。

いないいないばあの一種なのか？　困惑する多田をよそに、はるは八回ほどその行為を繰り返しては、くすくす笑った。多田は毎回律儀に、「おもしろい」と称賛した。

ようやくいないいないばあ遊びをやめたはるは、クマクマに向かって語りかけだした。唐突にままごとがはじまったらしい。クマクマになにか食べさせる真似をしたり、クマクマの言葉に耳を傾けてみせたりする。多田には無論、ぬいぐるみの発言は聞こえなかった。

四歳児の思考と行動は謎だ。

まあ、母親を恋しがって泣くよりはいいか。多田は気を取り直し、シンクの下の棚で埃をかぶっていた鍋を引っ張りだす。多田便利軒でほとんど唯一の、大ぶりの鍋だ。たしか、ルルから譲り受けたんだっけかな。そのあたりの記憶は曖昧だが、多田が使ったことは一度もないのはたしかだ。

丁寧に二度洗いし、今度は炊飯器を探す。目的のものは多田のベッドの下にあり、なかを覗いてみたら、洗濯したのかどうか定かでない靴下が五つ入っていた。五足ではなく五つ、色も柄もてんでばらばらだ。見なかったことにし、今後白米を食べたくなったら、すべてレトルトのチンご飯ですませようと決める。そういえば、どうせ買い置きの米もないのだった。

そうこうするうち、午後四時だ。行天は帰ってこない。よもや遁走（とんそう）したのではあるまいな。多田は不安になってきたが、携帯電話を持たぬ行天とは連絡の取りようがない。

「はるちゃん、銭湯に行こう」

「せんとう？　なに？」

「大きなお風呂があるところ。行ったことあるか？」

「ない」

「じゃ、行こう。楽しいぞ」

洗面器に必要な品を入れた多田は、はると一緒に事務所を出た。着替えは下着しか持たなかった。はるのワンピースに鼻を近づけ、においを嗅いだところ、明日も着られそうだったからだ。はるは、「やーだー」と身をよじって笑った。

ハコキューの踏切を越え、銭湯「松の湯」へ向かう。暖簾(のれん)をくぐるとき、

「あたし、こっちだよ」

と、はるは赤いほうを指したが、

「そっちは駄目だ。大人の女のひと専用だ」

と多田が言うと、納得したらしかった。

昔ながらの下足箱と、番台に座ったおじさんを、はるは興味深そうに眺めた。多田がワンピースを脱がせても、視線は番台へ向けたきりだ。万歳をして、されるがままになっている。こんなに警戒心がなくて大丈夫なのか。この年ごろの子どもは、みんなこんなものなのか。

多田は心配になり、はるをじろじろ見るような不逞の輩がいないか、必要以上に人間観察をしてしまった。脱衣所には、一番風呂目当ての年寄りが数人いるだけだ。みな、自分の衣服を脱ぐのにいっぱいいっぱいで、はるに注目するものはいない。

安堵したとたん、

「トイレいきたい」

と、はるが小声で言った。きみ、もうすっぽんぽんなんだが……。と多田は思ったが、脱衣所の隅にあるトイレへ連れていく。便座の位置がやや高かったけれど、多田が少し手伝うと、全裸のはるは自分で用を足し、ちゃんと拭いた。

さて、いよいよ浴場へ足を踏み入れる。壁に描かれた雄大な絵を見て、

「ふじさん！」

とはるは喜んだ。「すごいねえ。どうしてふじさんがあるの？」

「どうしてかな」

改めて考えたことがなかったので、多田は首をひねる。「いい景色を見ながら風呂に入ると、気持ちいいからかな」

はるはもちろん、多田の答えなど聞いちゃいない。はじめての銭湯に興奮し、洗い場を走りまわろうとする。だんだん地が出てきたようだ。「すべったら危ないだろ」「ほかのひとの迷惑になるから、静かに」と、多田は必死ではるをとどめた。石鹼を泡立てたタオルで、はるの体をこする。シャンプーするのは「いや！」だそうなので、洗髪は諦

めた。

ついで多田は、自分の頭と体を洗おうとしたのだが、これが難しかった。少しでも目を離すと、はるが勝手に湯船に入ろうとするためだ。溺れては一大事だから、鏡に向かって腰掛けた多田の、脚のあいだに立たせることにした。逃げようとしたら、両膝で軽く挟んで動きを封じる。くすぐったいのか、はるは声を出して笑った。リラックスしてきたようで、なによりだ。

泡を流し、湯船に浸かった。はるは座ると顔まで湯に沈んでしまうので、直立不動だ。やはり直立不動だった行天の入浴作法を思い出し、親子って空恐ろしいなと思った。両掌で湯をすくい、はるの肩にかけてやる。ついでに手で水鉄砲を作り、お湯をぴゅっぴゅと出したら、「どうやるの？」と、はるが覗きこんできた。その顔に、お湯攻撃をお見舞いする。はるは掌で顔を拭い、「やめて」と不機嫌そうに言った。お詫びに水鉄砲のやりかたを教え、しばらく二人で遊んだ。

帰り道、はると手をつないだ。小さな掌は汗ばんでいる。お湯の温度をそのまま吸収し、長く熱を宿す体。若いという言葉がそぐわないほど若い、はるの生命。

かつて失ってしまったものを思い出し、多田は急いで記憶を振り払った。

事務所のまえで、ちょうど行天と鉢合わせした。スーパーのレジ袋を両手に提(さ)げた行天は、

「車のキー借りた。チャイルドシート、つけておいたから」

と言った。はるの視線を避けるようにして、行天は階段を上がっていく。

多田ははるとともに、駐車場へ軽トラックを見にいった。

「俺の愛車だ。かっこいいだろ？」

「かっこいい」

助手席を覗くと、たしかにチャイルドシートがついている。やればできたんだな、行天。

事務所では、行天がソファに寝転んでいた。はるが駆け寄り、行天の背中を無言で押す。行天は渋々と場所を譲り、床に座りこんだ。多田は、ローテーブルに放置されていたレジ袋を手に、冷蔵庫のまえにしゃがむ。食材を収納しつつ尋ねた。

「チャイルドシート、買ったのか？　金たりたか？」

「砂糖売りのところへ行って相談したら、すぐにどっかから持ってきて、取りつけもしてくれた」

行天は妙な呼び名をひとにつける。砂糖売りとは、星のことだ。

「あんなやつに借りを作るなんて」

と、多田は抗議した。

「しょうがないだろ。どこで売ってんのか、どうやって装着すんのか、まるでわからなかったんだから」

前言撤回。やっぱり行天は、やってもできない。それ以前に、やろうともしないやつだ。

とはいえ、食材だけは遺漏なく買ってきたようだ。多田はタマネギやらジャガイモやらを切った。作業に慣れていないせいで、時間がかかる。

「おてつだいする？」

はるが気を利かせて、多田のそばにやってきた。その隙に、行天がちゃっかりソファに座る。

「ありがとう。でも、踏み台がなくて届かないだろ？　あとで抱っこするから、ルーを入れてくれ」

はるは納得し、ソファへ戻った。行天が座っているのを見て、腕のあたりをぐいぐい押す。クマクマが半分、行天の尻の下敷きにされたため、はるは義憤を感じているようだ。しかたなさそうに、行天は床へ戻った。

「扇風機をはるちゃんに向けてやってくれ」

と、多田は指示した。行天は無精して、足でボタンを操作し、首振り機能に切り替えた。無駄に器用だ。

夕方の風が流れこみ、窓辺の赤い風鈴を鳴らす。昼間はうだるような暑さだったが、少し気温が下がったようだ。

「お母さんは？」

急にはるが言った。おたまで鍋をかきまぜていた多田は、はるを振り返る。うずくまっていた行天が、うんざりした様子で顔を上げた。

「お母さんはお仕事だ。俺たちと留守番しよう」

多田が言い聞かせても、はるは激しく首を振る。

「やだ。お母さんは？　お母さんは？」

とうとう顔をくしゃくしゃにし、ひーと細く高い声でしゃくりあげはじめた。クマクマもかたわらに放りだし、もはや凪子のことしか考えられないようだ。多田は急いでガスの火を弱め、タオルにくるんでおいた写真立てを取りだした。ソファに座って泣いているはるのまえに、膝をつく。

「ほら、お母さんだ。迎えにくるまで、いい子で待っていよう」

はるは写真を一瞥(いちべつ)し、さらに大声で泣く。行天が立ちあがり、ものも言わずに事務所を出ていった。乱暴にドアが閉められる。

怯えたように身をすくめるはるを、多田はためらったすえ、精一杯優しく抱きしめた。

「大丈夫だよ。お母さん、すぐに来てくれるから」

「すぐって、いつ？」

「一カ月半経ったら」

と多田は答えたが、はるには意味が通じていないようだったので、「あと四十回ちょっと寝たら」と言い換えてみた。はるは数の概念もあやふやなようで、「よんじゅう？」

と首をかしげている。

「えーと」

多田はどうしたものかと困惑し、両手を広げた。「これで十。十が四回で、四十だ」

とにかくいっぱいだ、ということがわかったらしい。はるは顔をしかめ、また声を上げて泣きだした。

一カ月半など、多田にとってはすぐに過ぎる。せっかく草取りの依頼をもらったのに、うっかり後回しにしていたら草が枯れていた、という事態になってもおかしくないぐらい、あっというまの時間だ。

でも、幼いはるにとってはちがう。一カ月半は永遠と同義だ。母親が迎えにくることは永遠にないのではないかと、はるは絶望的になって泣いている。

はるの気を紛らわすため、多田は鍋にカレーのルーを投入することにした。多田に抱きあげられたはるは、えぐえぐ言いながら、ルーを割って鍋に落とした。涙も一緒に落ちたみたいだが、多田は見なかったことにした。

おたまで鍋をかきまわす。はるもやりたがったのだが、ドロッとしたカレーは手に余るようだ。一人ではうまくおたまを動かせなかった。多田は片手ではるを抱え、片手はおたまの柄に添えて、かきまぜるのを手伝ってやった。

「タダサン」

黒く渦巻く鍋の中身を見つめ、はるは言った。「お母さん、おむかえにくる?」

「もちろん、来るさ」

多田はここぞとばかりに、盛大に請けあった。「どうしたんだ。急に心配になっちゃったのか？」

「すずしくなったら、おむかえにくるっていったのに、お母さんこなかった」

そうか。多田はようやく合点した。夕方になって、気温が少し下がった。扇風機にもあたった。つまり、涼しくなった。それなのに凪子が現れないので、はるは不安になり、泣きだしてしまったのだろう。

この子はわりと賢いぞ。数は数えられないみたいだが。

多田ははるを床に下ろし、クマクマのいるソファへ連れていった。こういう子に、安易な誤魔化しはきかない。「いい子にしていたら、お母さんはすぐに来るよ」などと、まちがっても言ってはいけない。

ソファに並んで座り、クマクマをはるの膝に載せてやる。

「はるちゃん。お母さんの仕事が終わるまで、俺と一緒にここで暮らそう」

「どれぐらい？」

「十が四回。はるちゃんにとっては、けっこう長いあいだだ」

「ながいの……」

はるはうつむいてしまった。多田はクマクマを手に取り、はるの頬に軽く押しあてる。

「でも、大丈夫だ。待っていれば、お母さんは必ずはるちゃんを迎えにくる」

「ほんとう？　ぜったいに？」

「ああ。絶対だ」

「わかった。やくそくね」

はるが小指を突きだしてきたので、多田ははると指切りをした。写真は電話台に飾っておくことにした。

事務所のドアが開き、行天が戻ってきた。煙草をくわえ、手にはコンビニの袋を提げている。

「終わった？」

泣きやんだはるを一瞥してから、行天は多田に尋ねた。「カレーのにおいがしたから、そろそろいいかなと思ったんだけど」

そうだ、カレー！　多田は慌てて台所へ戻った。鍋の底が少し焦げてしまっていた。

行天はコンビニの袋からカップアイスを取りだし、ローテーブルに並べた。五個もあった。はるの視線はアイスに釘付けだ。

「だめだぞ、はるちゃん。カレーを食べてから、一個だけだ。あと行天。今後、煙草は換気扇の下で吸え」

多田が注意しても、はるはアイスを見つめたままだし、行天は知らん顔で煙草を吸いつづけている。似たもの親子だ。今後待ち受けるであろう試練の多さを思い、多田はなにやら暗澹(あんたん)たる気持ちになった。

三人そろってカレーを食べ、はるはアイスも食べた。行天はカレーが甘すぎると文句を言い、はるは食後の歯磨きをいやがって事務所じゅうを逃げまわった。

行天とはるのあいだに、あいかわらず会話はなかった。視線もほとんど合わせない。テリトリーに侵入した異物として、お互いを遠巻きに観察しているような感じだった。歯ブラシを持って走りまわりながら、「野獣の掟ってやつなのか？」と多田は思った。

なんとか就寝に漕ぎつけられそうな頃合いに、凪子が様子うかがいの電話をしてきた。飛行機に搭乗する直前のようだ。はるが心配なのはわかるが、タイミングが悪い。多田が電話を替わると、はるは照れくさいのかふてくされたのか、凪子に対して言葉少なに応答した。しかし通話が切れたとたん、またしくしく泣きはじめる。

多田との同居を納得し、「わかった」と言ったはるだったが、もちろんわかってなどいなかったらしい。母親と話すときは、心配をかけまいと見栄を張るのに、離れていることをちょっとでも思い出すと、哀しくてたまらなくなってしまう。複雑な乙女心だ。

多田は半ば強引に、はるを寝床に横たわらせた。一時間ほどして、はるはようやく泣き疲れて眠りについた。そのあいだずっと、多田ははるのおなかを軽く叩いてやっていた。優しいリズムをつけ、睡魔が一刻でも早く訪れるように。マットレスのかたわらの床に座りこんでいたため、しまいには尻と背筋が痛んできた。

この状態が一カ月半つづいたら、俺は筋肉痛でロボットみたいな動きしかできなくなるぞ。

立ちあがって体をほぐしながら、多田はため息をつく。仕切りのカーテンをめくると、行天はさっさとソファで寝ていた。よく見たら、両耳につまみのピーナッツを詰めている。はるの泣き声を徹底遮断するつもりらしい。

おまえの子じゃねえか。自分で子守を引き受けておきながら、多田はやはり腹が立ってしまい、ピーナッツをより深く行天の耳の穴へ押しこんだ。

気分転換に煙草でも吸おう。でも、換気扇の音ではるが目を覚ますといけない。そっと事務所を出て、階段を下りる。

ビルのまえの歩道に、マルボロメンソールの吸い殻がたくさん落ちていた。夕方、行天はここで煙草を吸いつつ、はるが泣きやむのを待っていたのだろう。なるほど、カレーのにおいにもすぐ気がついたはずだ。多田は低く悪態をつき、吸い殻を拾い集めた。

まほろ駅前は、喧噪とともに夜を深めていた。

翌朝、行天がやけに大きな声で「おはよう」と言った。耳にピーナッツが詰まったままだったからだ。

一騒動あったのは言うまでもない。最終的には、多田が事務所じゅうをひっかきまわしてピンセットを探しだし、行天の耳から苦心してピーナッツを抜き取った。

行天は二つのピーナッツをしばし掌のうえで転がしたのち、ひょいと口に入れた。

「真似しちゃだめだぞ」

と多田は言った。はるは、行天の行動に畏怖とも尊敬ともつかぬ眼差しを注いでいたが、「しないよー」と笑った。

「タダサン、あのひと……」

「行天だ」

「ギョーテンって、おかしいねえ」

残念ながら、きみの父親なんだ。多田は心のなかだけで答えた。


はるは夜になると母親を恋しがって泣き、気がすんだら早々に寝る。朝は遅くとも六時半には目を覚まして、「ねえねえ、起きて」と多田の腹にまたがって騒ぐ。三食を欠かさず摂り、出勤時と帰宅時には電話台の写真立てに向かって挨拶する。多田便利軒の生活は、なんだかんだではる中心のリズムに変わった。

日中は、はるも一緒に仕事に行く。はるの指定席は、助手席のチャイルドシートだ。行天のことは、荷物番という名目で荷台に追いやった。夏はちょうど、荷台の荷物が多くなる時期だ。抜いた草や剪定した庭木の枝を袋に詰め、当面は軽トラックの荷台に積んでおくからだ。一定量が溜まったら、まほろ市郊外のゴミ処理場へ持ちこむ。行天はゴミ袋のあいだに埋まるようにして、日差しの直撃を受けながら荷台で揺られる毎日だ。

本日は、山城町の岡からの依頼が入っている。また横中バスの監視か、と多田はげんなりしたのだが、依頼内容は意外にも、「庭の草取りをしてほしい」というものだった。

常識的な岡など、岡ではない。いったいどうしたんだ。好奇心半分、恐怖心半分で、多田は山城町へ向けて軽トラックを走らせた。

軽トラごと庭に乗り入れ、まずははるを降ろしてやる。荷台にまわりこんだはるが、

「ギョーテンがいない！」

と言った。

「あいつ、また逃げやがったか」

首にタオルを巻きながら、多田はため息をつく。

行天が脱走するのは、今日にはじまったことではなかった。荷台に乗るようになってから、赤信号で停まった隙に遁走するのだ。夕飯の時間になると、渋々といった体で事務所に帰ってくる。仕事もせず、一日じゅうぷらぷらしているらしい。そんなにはると顔を合わせたくないのかと、多田はもはやあきれるばかりだ。

物音を聞きつけ、岡が庭に出てきた。

「ひさしぶりだな、便利屋。元気でやってたか」

いままでになく機嫌がよさそうだ。はるに目をとめ、「おや、その子はなんだ？」と聞く。

「三峯はるちゃんです。夏のあいだ、うちで預かってまして」

「こんにちは」

と、はるが挨拶した。仕事先では礼儀正しく、と多田が言い聞かせたのを、けなげに

実践しているのである。

「へえ、こりゃこりゃどうも、こんにちは。かわいいねえ」

頑固な岡も、さすがに相好を崩した。「あとでうちのやつに、菓子でも出すよう言っておかないとな」

「あっちをみてきてもいい？」

はるが庭の奥を指して言った。

「かまわんが、植木の根っこはあまり踏まないように」

岡の許しを得て、はるは庭の探検に繰りだしていった。

「車をできるだけ端っこに停め直してくれ」

と、岡は多田に言った。「今日は来客があるんだ」

だったら、もう少し早く家から出てきて、指示してくれりゃいいのに。多田はそう思ったが、岡の言いつけどおりに軽トラを移動させた。岡は客を迎えることに神経を傾注しているためか、いつも以上に気力がみなぎっているように見受けられる。元気そうでなによりだ。横中バスから関心がそれたのなら、それに越したことはない。

軍手をはめ、多田は草取りを開始した。岡家の庭は、なかなかの広さだ。作業を一日で終わらせるには、千手観音なみに働かねばならない。持参した二リットルのペットボトルで水分補給を心がけつつ、多田は黙々と草を抜きつづけた。青くさい草の葉のにおい。根っこについた土の湿ったにおい。

庭の探検を終えたはるが、多田のそばにしゃがんだ。多田が抜いた草を、拾い集めてはちりとりに載せる。ちりとりが草でいっぱいになったら、ゴミ袋まで運んでいく。行天よりもよっぽど手伝ってくれるし、役に立つ。

「はるちゃん、帽子は。荷台に麦わら帽子があるぞ。取ってこようか」

「いらない。おぼうし、あつい」

「水は？　はるちゃんのぶんもあるから」

多田は、はる用のペットボトルを庭石に載せた。「ちゃんと飲まないと、倒れるぞ。まえに、俺がバス停で倒れてたら、はるちゃんとお母さんが来て、助けてくれただろ。覚えてるか？」

「おぼえてない。なんでたおれたの？」

「暑いのに水を飲まなかったから」

なんだか堂々めぐりの会話だな、と多田は思ったが、効果はあったようだ。はるは怖くなったのか、「のむ」と宣言してから、ペットボトルの水を飲んだ。

午前中いっぱい働き、昼は濡れ縁に腰かけて、岡の奥さんが作ってくれたおにぎりをご馳走になった。具は、昆布とおかかと鮭だった。はるのぶんの皿にも、小ぶりのおにぎりがちゃんと三つ並んでいる。

「おいしい！」

と、はるは喜んだ。俺のところにいたんじゃ、夕飯はいつもレトルトのカレーかハヤシかシチューだもんな。多田ははるが不憫になった。ルーでカレーを作るのは面倒で、初日のみで断念したのだ。はるちゃんのために、食生活をなんとか改善しなきゃいかん。

岡の奥さんは冷たい麦茶も用意してくれていた。お盆に載ったガラスコップが二つ、仲良く並んで汗をかいている。はるのコップは、レトロな花柄だ。岡家の子どもたちがかつて使っていたものを、奥さんはわざわざ戸棚の奥から出してきたのだろう。

はるはコップに指を差し入れ、四角い氷をつまんでは嚙み砕く。

蟬が近くで鳴きだした。家の外壁にとまっているようだ。こめかみを伝った汗を、多田は首にかけたタオルで拭った。青い空に、輝く白い雲が浮かんでいる。

岡家のまえの道にも、その向こうにあるＨＨＦＡの畑にも、人影はない。キュウリだろうか、支柱に沿って繁った葉が青々と風に揺れるばかりだ。

「はるちゃん、日に焼けたなあ」

多田は、はるのＴシャツの袖をちょっとめくった。くっきりと色がわかれている。はるはくすぐったそうに笑った。

こんなに平和な気持ちの夏は、何年ぶりだろう。

子どもがそばにいるから、心が安らぐのではない。むしろ、はると暮らしだして以降、多田の疲労は増した。

はるは眠くなればぐずるので、作業中であっても昼寝をさせる必要がある。今日は岡の奥さんの好意で、風通しのいい座敷を貸してもらえた。昼を食べて少しすると、はるは持参したタオルケットを腹にかけ、掃き出し窓の近くで横になった。多田は、はるの姿を常に視界の隅に入れつつ、庭で草取りを続行する。

岡ほど親しくない客が相手の場合は、はるを軽トラックの荷台で昼寝させることもある。荷台の床に段ボールを何枚か敷き、日よけになるよう、はるのかたわらに黒いこうもり傘を置く。最初は、荷台に幌を張っていたのだが、そうすると異様に蒸し暑くなってしまい、はるにも行天にも不評だった。行天は出勤時に荷台で運ばれるだけのくせに——しかも途中で脱走することも多々あるくせに——、幌を張れとかはずせとか注文だけは一人前なのである。

もちろん、はるを連れていけない仕事もあった。庭木の剪定や粗大ゴミの運搬といった、多少の危険が伴う作業の場合だ。

そういうときは、ルルとハイシーにはるを預かってもらっている。はるは二人によくなついているし、ルルとハイシーもチワワと一緒になってはると遊んでくれているようだ。

「はるちゃん、今日はうちに来ないのぉ？」

「はるちゃんに似合いそうな服を見つけたんだけど、買っていいかしら」

などと、ルルとハイシーはしょっちゅう多田に電話してくる。二人にとって、はるはアイドル。かわいくてたまらない存在らしいのだった。

だが、ルルとハイシーの出勤時間までには、駅裏のアパートへはるを迎えにいかなければならない。結局、多田は夕方以降は思うように働けないことが多かった。行天がはるの子守をしてくれれば問題は解決なのだが、まるで役に立たないので、しかたがない。

そんなこんなで、多田は気疲れもしていたし、体力的にもきつかった。特に、持病の腰痛が勃発しつつあった。はるを抱きあげることが多いためだろう。腰痛ベルトを巻いて就寝し、なんとか誤魔化している状況だ。

にもかかわらず、心は凪いでいた。胸のうちに充足感と、幸せと言ってもいいようなぬくもりを感じる。

顎まで流れてきた汗を、多田は軍手をはめた手で拭った。草取りをしばし中断し、しゃがんだままの体勢で掃き出し窓のほうを見る。はるは両腕を頭上へ投げだし、万歳の恰好で昼寝している。

いま、俺が平和な夏を感受しているのは、子どもと暮らしているからじゃない。多田は思う。その証拠に、行天だって子どもと同じぐらい手がかかるが、俺は行天といても特に幸せって気はしない。

はるちゃんと俺の相性が、案外いいからだ。

はるは四歳児だが、行天よりもずっと手がかからない。一人で遊ぶのも苦にならないらしく、たとえば抜いた草を集めるという単調な行為すら、楽しめてしまうようだ。

作業に飽きると、はるは蟻の行列をしゃがんで眺めたり、葉っぱや石ころを使ってままごとをしたりする。そういうときは、軽トラの助手席にいるクマクマの出番だ。多田

が取ってきてやったクマクマを相手に、

「ごはんをたべましょうね。のこしちゃだめよ」「さかなはやだなあ。ハンバーグがいい」「わがままいわないの」

と、はるは声色を駆使して一人二役をこなした。多田は笑いを噛み殺すのに苦心する。うっかり噴きだすと、

「タダサン、あっちいって」

とはるが怒るからだ。

はるは多田に、新しい世界を教えてくれる。喜びや腹立ちや楽しさやさびしさ。なんの変哲もない日常に、豊かな感情が宿っている事実を、改めて気づかせてくれる。

多田にとって、はるは輝かしい相棒だった。行天のことも、まあ一応は相棒と認定してやってもいいが、両者はまるでちがう。はるが日だまりで丸くなる愛らしい子猫だとしたら、行天は夜に蠢くオオトカゲだ。

さて、オオトカゲの遁走中に、かねてより考えていたことを実行に移そう。

昼寝から起きたはるは、岡の奥さんに棒つきアイスをもらった。多田が礼を言うよううながすと、

「ありがとう。いただきます」

と、はるはちゃんと挨拶した。ふだんは保育園で友だちと声を合わせているせいか、「いただきマス」と、語尾が尻上がり気味だ。

「おやつ休憩のあいだ、ちょっと近所を散歩しないか」

多田ははるに持ちかけた。はるはソーダ味らしき水色のアイスをかじっていたが、

「まだたべてるの」

と困惑したように言う。「いそいでたべると、あたまいたくなる」

「ゆっくりでいい」

とはいえ、あまり長く休憩はできない。「歩きながら食べよう」

「いいの？」

はるの目がきらきらしはじめた。「お母さんは、すわってたべなさいっていつもいうよ」

「今日は特別だ。走っちゃだめだぞ。転んで喉を突いたら大変だ」

「わかった」

たかが歩き食いだが、禁じられたことをするとあって、はるは浮き立っているようだ。片手で棒アイスを持ち、空いた手を多田の掌のなかにすべりこませてきた。

子どもの手は、なぜいつも湿ってべたついているんだろう。アイスだろうか、汗だろうか。はると手をつなぎ、多田は岡家の敷地を出た。

ちょうどいい機会だから、行天のかつての家へ行ってみよう。行天の両親はすでに引っ越したそうだし、その後べつのひとが住んでいるとも聞いたことがある。だが、近所のひとはもしかしたら、行天の子どものころの様子を知っているかもしれない。

勝手に過去をほじくりかえすのは気が進まないが、はるも一時的にまほろで暮らしだしたことだし、多田としては、改めて行天家の事情を把握しておきたい気持ちがあった。もし、行天の両親にはるをさらわれでもしたら、洒落にならない。

なぜ、行天は親とまったく没交渉なのか。遺伝子上は明確に娘であるにもかかわらず、はるを頑固に避けようとするのか。いや、行天だけではない。行天の両親もまた、息子をおそれているようだ。そうでなければ、慌てて引っ越しなどしないだろう。

行天の住んでいた家が、岡家の裏手にあたる丘のうえにあることは、なんとなく見当がついていた。多田とはるは、細くゆるやかな坂を上った。坂の両側はちょっとした雑木林になっており、大きな木が道にも枝を広げている。日陰に入ったおかげで、風が涼しく感じられた。

はるが持つ棒の根もとから、残っていたアイスの塊が落ちた。

「あー」

はるは残念そうな声を上げ、道端にしゃがむ。さっそく蟻がやってきて、甘い水たまりに顔をつっこんだ。

雑木林の切れ目に、小さな墓地があった。近くの家の墓らしい。同じ名字が彫られた墓石が十数基、新旧入り混じって並んでいる。盆にはまだ間があるせいか、墓地には青々とした夏草が生えていた。

はるをうながし、再び歩きはじめる。行天の家はすぐにわかった。買い物帰りらしき初老のご婦人に尋ねたところ、「そこよ」と教えてくれた。

前庭のある、大きな家だった。古くからこのあたりに住んでいたのだろう。家屋の外壁は石でできており、洋館風のつくりだ。鎧戸(よろいど)はすべて閉まっているようだったが、よく見えない。庭は高い塀で囲まれ、木々も葉を繁らせていたからだ。身の丈ほどある青銅製の門も、固く閉ざされている。

「行天さんのご夫婦は数年まえに引っ越したし、そのあと借りていたかたも、今年の春に出ていったみたい。いまはだれも住んでないの」

と、ご婦人は言った。ご婦人の家は、行天の家のはす向かいだそうだ。はるがにこにこと愛想を振りまくおかげで、ご婦人は足を止め、家を眺める多田につきあってくれているのだった。

ご婦人は、重そうな買い物袋を道路の縁石に下ろした。会話に応じるつもりがあるようだと踏み、多田はさりげなく尋ねた。

「息子さんもいたはずですよね？」

ご婦人が怪訝そうに多田を見るので、唐突すぎたかと慌ててつけ加える。「いや、まほろ高校で同級生だったんです。娘と一緒に、仕事でひさしぶりにまほろへ来たから、会えればなと思って訪ねてきたんですが」

こういう聞き込みは、行天のほうが向いている。多田は腋(わき)の下に汗をかいた。はるが不満そうに多田を見上げる。たぶん、「タダサンのむすめじゃないよ」と言いたいのだろう。幸いにもはるは黙ったまま、行天の家の塀をアイスの棒で引っかきだした。

「あら、残念ねえ」

ご婦人は警戒を解き、話に乗ってきた。子ども連れだと、こういうときに得だ。

「でも、行天さんちの息子さんは、大学生のころから一人暮らししてたみたいよ。帰省もあんまりしてなかったんじゃない？　そういえば私も、もうずっと息子さんの姿は見てないわね」

「そうですか」

多田はあえて沈鬱な表情を作った。「高校を卒業してから、俺もいつのまにか行天とは疎遠になってしまって……。あいつ、親とうまくいってないみたいだったからな」

独り言を装い鎌をかけると、ご婦人は手持ちの情報を惜しみなく開陳してくれた。

「まあね。行天さんのご夫婦、ちょっと躾に厳しいかただったもの」

ご婦人は顔をしかめる。「私にも子どもはいるけど、厳しきゃいいってものでもないでしょ。ねえ？」

厳しい躾の結果、あんな奔放な行いをする大人に育つとは、どういうマジックだ。成育過程のどこかで宇宙船に吸いあげられて、なにか妙な手術でもされたんじゃないのか。

多田はそんな考えにふけっていたので、ご婦人の言葉への反応が遅れた。自分がはるの親だと見なされていることに気づき、

「はい」

と急いで同意する。「厳しいって、体罰とかですか？」

「そこはよくわからないけれど……。家もちょっと離れてるし、息子さん、小さいころからおとなしくて、近所の子らと遊ぶってこともなかったし」

いまの行天は「おとなしい」の対極にいるような性格だが、たしかに高校時代もほとんどしゃべらなかった。唯一の例外は、工芸の時間に裁断機を使っていて、小指がちょんぎれたときだ。行天は、「痛い」と言った。高校三年間を通して、多田が行天の声を聞いたのは、その一回だけだ。

多田にとっては、苦さを伴う記憶だ。行天が怪我をした原因は、多田にあると言ってもいい状況だったからだ。小指は無事にくっついたが、行天の右手にはいまも傷跡が残っている。白い糸を結んだように、傷は小指の根もとを一周している。それを目にするたび、多田は自分のなかの悪意を、考えなしに残酷な行いをした愚かさを、何度も何度も噛み締めずにはいられないのだった。

多田が黙ってしまったせいで、ご婦人は居心地の悪さを感じたらしい。

「虐待なんて言葉もない時代だったから、近所のひともあまり気にしてなかったのよ。ちょっと噂になるぐらいで」

と、気まずそうに言い訳した。多田は内心で、「虐待」という響きにたじろいだ。それは、「躾に厳しい」なんて範囲を超えていたってことじゃないか。行天の親は、いったいどんなひとたちなんだ。

「どういう噂があったんですか」

多田はわざと朗らかに、好奇心旺盛な旧友を演じた。ご婦人は話し相手を欲しがっているようなので、これぐらい俗っぽく振る舞ったほうが、心の枷もはずれて口が軽くなるだろう。

「奥さんが宗教にはまってる、って」

思ったとおり、ご婦人は声をひそめて言った。「なんていう宗教か知らないけど、変わっててねえ。『子どもはみんな神さまになる可能性がある。うちの子は特に見込みがあるって言われてるから、親が厳しく導いてあげないと』って、奥さんいつも言ってた。真面目なかたほど、妙な方向へ行っちゃうものなのかしら」

私なんかちゃらんぽらんだけど、と言い添え、ご婦人は笑った。多田は笑いたい気分ではなかったが、なんとか頰の筋肉を動かした。

行天の過去をわずかながら垣間見、知るのではなかったという思いが萌した。少なくとも、行天に隠れて嗅ぎまわるような真似はするべきではなかった。

だが、知ってしまったからには、もうあとには引けない。知らなかったふりで、平然と行天と接することはできそうにない。

「ねえ、いこう」

飽きてきたのか、はるが多田の腕を引っ張った。

そうだな、行こう。

ご婦人の家の門口まで、多田は買い物袋を運んであげた。それから、はると手をつないで坂を下りた。

岡家へ戻る。おやつ休憩を取っているあいだに、客が来たようだ。庭に面した掃き出し窓の下に、何足かの靴や健康サンダルが並んでいる。多田の軽トラックの隣には、軽自動車が二台停まっていた。あまり運転技術が高くないらしく、スペースに無理やり斜めにつっこんでいる。

おいおい、ぶつけてないだろうな。多田は心配になり、車体の具合を見にいった。多田の軽トラもそんなにきれいなものではないが、大事な商売道具にへこみやこすれを作られたらたまらない。便利屋は信用第一だ。傷だらけの軽トラックで乗りつけては、顧客に悪印象を与えてしまう。

はるは元気よく岡家の庭を走りまわった。地面に落ちた影を相手に、鬼ごっこをしたり珍妙なステップを踏んだりと、お得意の一人遊びに興じだす。

「道路へ出ちゃだめだぞ」

と声をかけてから、多田は軽トラックの側面へまわりこんだ。幸い、無事のようだ。ほっとして顔を上げる。

ちょうど、庭に面した座敷を覗ける位置だった。窓のカーテンは開け放たれており、庭と室内とをさえぎるものは網戸一枚だけだ。部屋のなかのほうが暗いため、細かいところまでは見えなかったが、五人ほどが集まっているようだった。

晴れ渡った空、日差しとともに降る蟬の声。曖昧さが一点もない夏の午後だというのに、座敷の面々は声をひそめて話し合いの最中だ。あやしい。

多田は職業柄、好奇心はなるべく抑えこむよう自分を律していた。仕事で見聞きするあれこれに、いちいち首をつっこんでいては、便利屋は商売上がったりだからだ。日常に追いまくられ、気疲れの連続で、抑えこむまでもなく好奇心が枯渇気味だ、という事実もあった。しかし、そんな多田もさすがに、岡家の座敷でなにが行われているのか気になった。いやな予感を覚えもした。

軽トラのそばで腰をかがめていた多田は、そのままそっと顔だけ出し、座敷内の様子をうかがう。

かすかに漏れ聞こえる声からして、座敷にいるのはいずれも老年の男女らしかった。男は岡も含めて三人。女性も二人はいるようだ。台所にでも引っこんでいるのか、岡の奥さんの声はしない。庭に脱いである靴や健康サンダルから推測するに、改まった客とも思えない。近所の住民が寄り集まって、気楽に茶でも飲んでいる感じだった。

だが、それにしては雰囲気が妙だ。あいかわらず、ひそひそ声で話している。そしてそのわりに、網戸越しに見える人影はしきりに腕を振りまわす。興奮を必死に押し殺し、小声で盛んに意見を交わしているもようだ。

いったいなんの会合なんだ？

　多田が軽トラの陰で首をひねったとき、岡が声を大きくした。身の内で高まる感情に、とうとう抗いきれなくなったらしい。

「とにかく、俺はこれ以上、横中バスの横暴を許しておけない。あんたたちだって同じ気持ちだろう」

　なんと。横浜中央公通に対し、岡は未だに憤りを感じていたのか。多田は驚いた。もういいかげん、間引き運転などしていないと納得したか、納得しないまでも、真相究明は諦めたのだろうと思っていたのに。執念深いなあ、岡さんは。

　多田をさらに驚かせたのは、

「もちろんだ！」

「断固抗議すべし！」

と、座敷に集まった面々が同意の声を張りあげたことだ。岡の暴走を諫めるどころか、一緒になって気勢を上げてしまっている。まほろの老人たちは、理性や忍耐をどこに置き忘れてきたのだろうか。

　もちろん、尻込みしたり懸念を表明したりする声も、少数ながらあった。

「だけど、うまくいくかしらねえ」

「まわりに迷惑をかけることになったら……」

　ところが、善良なる常識人の発言を、岡がまたもや驚異的な馬力で粉砕した。

「そんな弱気なことじゃあ、だめだだめだ！　いいかい、バスは我々老人の大切な足ですよ。それを勝手に減らしておきながら、何回抗議しても聞く耳持たない横中バスは鬼ですよ」

畳みかけるような口調だ。語尾が丁寧だからなおさらこわい。岡は茶でも飲んで喉を湿らせたのか、少々の沈黙ののちにつづけた。

「迷惑かけることになろうが、知ったこっちゃない。どうせこっちは、そろそろお迎えが来る身なんだ。怖いものなんかなんにもない。我々の要求を通すべく、いまこそ行動あるのみ！」

「そうだ！」

「岡さんよく言った！」

座敷は賛同の声と拍手に満ちた。満ちたといっても、この秘密会合に参加しているのは、岡家の近所の住民数人のみのようだったが。

多田は察した。かれらは横中に対して決起しようと、集会を開いているらしい。どうやって決起するつもりなのか、詳細は謎のままだけれど。

また、多田は咄嗟に判断を下しもした。この件に関しては、聞かなかったことにしよう。好奇心は便利屋を殺す。

岡をはじめとする山城町の一部老人たちは、横中バスに対し、はたしてなにを企んでいるのか。おおいに気になるところだが、その詳細は、できるなら永遠に謎のままにしておきたい。多田はあえて、秘密会合目撃の事実自体を忘れることにした。岡は放っておくのが一番だ。気を揉んでいては、多田のほうが心労でどうにかなってしまう。

多田は腰をかがめたまま、しずしずと後退を開始した。ところが運悪く、座敷で拳を振りあげた岡と目が合ってしまった。網戸越しなので、本当のところはよくわからないが、たぶん合ったと思う。多田も岡も、車のヘッドライトに照らされた猫のように、びくっとして動きを止めた。

「便利屋」

岡が室内から、かすれ声をかけてきた。「おまえ、さっきからそこにいたか？」

「いえ。いま来たところですが」

と、多田はしらばっくれた。岡はぎこちなく首をめぐらし、座敷の面々に向けて言う。

「ようし、次はなにを歌う？　俺が歌っていいか」

秘密会合などやっていませんよ、カラオケ大会のために集まっているだけですよ、と装う戦法に出たようだ。岡は座敷に設置してあるカラオケ機材の電源を入れ、率先してマイクを持つと、『孫』を大音声で歌いだした。呆気に取られていた面々も、岡の真意を察し、慌てて手拍子と歓声を送った。

幼い孫への愛情を、岡はたっぷりと歌いあげる。マイクを持っていないほうの手が、「しっ、しっ」と多田を追い払う仕草をした。多田はこれ幸いと、秘密会合には気づかなかったふりで座敷のまえから退散した。

岡家の庭の草取りは夕方には終わった。抜いた草をゴミ袋に詰め、軽トラックの荷台に積む。そのころには、座敷に集っていた老人たちも、車に乗って、あるいは徒歩で、それぞれの家へ帰っていった。

多田は庭の水道を借り、はると一緒に手を洗った。はるの手をうしろから包みこむようにして、泥をこすり落としてやる。最初はぬるかった水が徐々に冷えていくのを、はるはじっと感じているようだった。

きれいになった手でクマクマを抱き、はるは助手席のチャイルドシートに座った。西の空は薄いオレンジに染まっている。

「はるちゃん、おなかすいただろう」

「すいたー」

多田は一応、事務所に電話をしてみた。逃亡犯行天は、まだ戻っていないらしい。もういい。あいつは抜きで、どこかで夕飯を食べて帰ろう。

川の流れに乗るように、多田の運転する軽トラは「キッチンまほろ」の駐車場にたどりついた。

はるが多田便利軒に来てからも、この店はすでに何度か利用している。はるは「キッチンまほろ」の外観を見ただけで、

「おこさまハンバーグセット！」

と、気に入りのメニューを叫んだ。

「うん、まだ駐車場だから。店員さんに言おうな」

クマクマを抱いたはるをうながし、多田はガラスのドアをくぐった。店内は家族連れで混みあっていたが、さほど待つことなく席に通された。

「お子さま用の椅子を用意しましょうか」

案内した店員とはべつの人影が、テーブルに近づき声をかけてきた。多田はどぎまぎしながら顔を上げる。柏木亜沙子だ。

もちろん多田は、亜沙子に会えるかと期待して「キッチンまほろ」を選んだ。しかし、会えなくても落胆しない気構えができてもいた。はるとともに来店した何回かで、亜沙子と会えたためしはない。そのたびに多田は、自分がさしてがっかりしていないことを確認しては、「よし、その調子だ」と高望みしない己れの精神を褒めていた。

実際に亜沙子が現れると、自分がいかに期待していたかを思い知らされ、なんだか胸苦しいほどだった。子どものころ、どきどきしながら窓を開けて、願ったとおりに雪が積もっているのを発見した朝のように。「そんなものは買えない」とつっぱねていた父親が、多田の誕生日に、夢見たとおりのラジコン・カーをプレゼントしてくれたときのように。かえって哀しみを感じるぐらいに、うれしい。

エプロン姿の亜沙子ははるに向かって、「こんばんは」と言った。はるも「こんばんは」と言い、つづけて主張した。

「あのねえ、あたしねえ、いすいらないよ」

はるの「椅子いらない宣言」は、いまにはじまったことではない。「お子さまハンバーグセット」は喜んで頼むのに、子ども用の丈の高い椅子に座るのは、なぜか屈辱だと感じられるらしい。

外食するたびに繰り返されるやりとりに、多田は半ばうんざりしながら言った。

「そうは言ったって、テーブルに届かないだろう」

はるは多田の隣の椅子に腰かけていたが、顎がテーブルにようよう載る位置だ。向かいのソファに置いたクマクマの耳が、テーブルからちょっと突きでている。

亜沙子は店の出入り口付近から、子ども用の椅子を抱えて持ってきた。

「これは骨董品なんだよ」

と、亜沙子ははるに囁(ささや)いた。

「こっとうひん?」

「古くて価値があるものってこと」

見るからにふつうの、子ども用の椅子だ。はるの疑惑の眼差しに応え、亜沙子は自信たっぷりにつけ加えた。

「むかしむかし、フランスの王女さまがお城で使っていた椅子なんだって。私、すごく気に入っちゃって、わざわざ船でこのお店まで運んだの。特別に座ってみない?」

「すわってみる」

亜沙子が設置した子ども用の椅子に、はるはいそいそとよじ登った。まんざらでもなさそうな顔で座る。亜沙子はすましてはるの行動を見守っている。多田は噴きだしそうになった。

しばらくして、亜沙子がお子さまハンバーグセットのプレートを運んできた。湯気の立つ料理を載せた、丸っこい新幹線型のプレートだ。

「先日、お会いしましたよね」

亜沙子は、はるを視線で示しながら多田に尋ねる。

「はい。うちで預っている、三峯はるちゃんです」

行天の子です、と念押ししたいところだったが、はるのまえで言うのはまずいだろう。

「『キッチンまほろ』が気に入ったみたいで」

「ありがとうございます」

亜沙子は笑顔になった。「店にいらしてくださってたんですね。このところ、営業時間内になかなかこっちへ顔を出せなくて」

知ってます、とは言えなかった。足繁く来店していたと思われては、ストーカーだと警戒されるかもしれない。そんな愚にもつかないことまで考えてしまう。恋心から来る自意識過剰で、多田は黙りこんだ。

多田の心情には気づかなかったようで、亜沙子は朗らかにつづけた。

「今日はひさしぶりに、閉店まで店頭で働くつもりです」

「柏木さんは、現場に出るのが好きなんですね」

「慣れない社長業なんてやってると、『これでいいのかな』とどんどん不安になってきてしまって。そういうときは、お店でお客さまの顔を見ながら仕事するのが一番です」

　はるはハンバーグに刺さっていた小旗を、プチトマトやらキュウリやらにいちいち移動させながら、楽しそうにお子さまセットを食べている。多田のまえにも、デミグラスソースのかかったオムライスが運ばれてきた。薄い黄色をした卵を、スプーンでそっと崩す。

　亜沙子は忙しく立ち働いていたが、おかわりの水が入ったポットを持って、多田たちのテーブルにもやってきた。

「ＨＨＦＡの件ですけれど」

　隣のテーブルに聞こえないよう、亜沙子は抑え気味の声で言う。「最近は少し静かになりました。多田さんがおっしゃったとおり、農薬や化学肥料を使っていたことが判明したようです」

「そうでしたか」

　多田はなにも知らぬふりでうなずいた。そういえば南口ロータリーでも、このごろＨＨＦＡのメンバーを見かけない。

「検査でも入ったのかな」

「密告というと言葉が悪いかもしれませんが、だれかが証拠をそろえて告発したみたいですよ。市民団体も動いたって噂です」

なるほど、と多田はうなずいた。星が陰で手をまわしたにちがいない。「風林火山」の行動原則そのままに、疾きこと風のごとくな星なのだ。

夕食を終え、銭湯にも寄って、多田とはるはようやく事務所に帰ってきた。ドアの鍵を開け、室内の電気をつけた多田は、

「うおっ」

と驚いて声を上げる。「いたのか」

行天がだらしなくソファに座っていた。「おかえり」と言うでもない。多田とはるのほうへ、恨みがましげな一瞥を寄越しただけだ。

はるがこわごわとソファに近づいた。クマクマの定位置は、ちょうど行天が座っている隣あたりだ。はるは子どもながら律儀なところがあり、帰宅するとまず、クマクマをソファに座らせたがる。

行天を横目でうかがいながら、はるはクマクマをソファに置き、急いで多田のもとに戻ってきた。それでも行天は身じろぎもしない。

「飯は食ったのか？」

多田が尋ねても、行天は不機嫌そうに黙ったままだ。行天のことはひとまず放っておいて、多田ははるの世話を焼いた。手洗いとうがいをさせ、パジャマに着替えるのを手伝う。

はる用のマットレスを敷き、

「もう寝なさい」

と勧めたが、はるはふくれっ面になった。

「いやだなあ。あたし、ねむくない」

岡の家で昼寝をしすぎたようだ。

「明日の朝、起きられなくなるぞ。そうしたら、ここで一人でお留守番だ」

「やだ！」

はるはしゃがんでいた多田に飛びついてきた。多田が抱きとめると、腕のなかから期待に満ちた目で見上げてくる。「でもねでもね、クマクマとちょっとあそびたい。ちょっとだけ。ね、だめ？」

かわいいなあ。自分がかわいいことを、ちゃんと知ってるんだろうなあ。多田はやにさがる。

「じゃあ、十分だけだぞ。十分経ったら、ちゃんと『おやすみなさい』をすること」

「けっ」

と言ったのは、もちろんはるではない。多田とはるが振り返ると、ソファに座った行天がクマクマの両足をつかんで逆さ吊りにし、股裂きの刑に処そうとしていた。

「やめて！」

はるは叫び、行天に突進した。行天からクマクマを奪い取り、「よしよし」と撫でる。

クマクマを抱いたはるは、涙のたまった目で行天をにらんだ。

「ギョーテン、きらい」

行天は無言のまま手をのばし、クマクマの目をチョキにした指さきでぐいぐい押す。

「やめてってば！」

はるの悲痛な訴えに、推移を見守っていた多田も行動を起こした。行天に歩み寄り、その脳天に拳を落とす。

「好きな子をいじめる幼稚園児か、おまえは」

「好きじゃない」

ふてくされた様子で、行天はやっと発言した。「多田こそ大丈夫なの」

「なにがだ」

「『若い愛人にねだられて毛皮のコートを買ってやるときのヒヒじじい』みたいな顔になってた」

「そんなじいさんを見たことあるのか」

「テレビのドラマで」

行天は、お昼のドラマをかなり視聴しているもようだ。多田の仕事にはるが同行する日を狙い、ルルとハイシーのアパートに入りびたっているにちがいない。多田はため息をつき、まずははるを行天から隔離させることにした。

「クマクマとは、こっちで遊びなさい」

と、行天の向かいのソファへとうながす。「時間が来たら、ちゃんと寝るんだ」

「はーい」

はるはクマクマの耳にリボンを結びだした。小さな手ではうまく結べないらしく、ものすごくもたついている。この調子では、あっというまに十分が経ってしまいそうだ。

だが、はるは多田に助けを求めようとはせず、頑なにクマクマとリボンに視線を注ぎつづけた。顔を上げたら、向かいに座る行天が自動的に視界に入ってしまう。それがいやなのだろう。クマクマに無体なことばかりする行天を、なにがなんでも無視したい、という思いがあるようだ。

多田は台所に立ち、プラスチックのコップに麦茶を、ガラスのコップにウィスキーを注いだ。どちらのコップにも氷を入れる。

「まあ飲めよ」

応接スペースへ戻り、ローテーブルに二つのコップを置く。

行天は自分のまえに置かれたウィスキー入りのコップを眺め、怪訝そうに言った。

「あんたは？」

「俺はいま、飲みたい気分じゃないから」

多田はそう答え、はるの隣に腰を下ろす。尻ポケットに入っていた煙草と軽トラックのキーを、ローテーブルに投げだした。煙草を吸いたかったが我慢する。はるはクマクマの口にコップをあてがってから、麦茶を飲む。

「俺はな、行天。親なんだから子どもを愛せ、と言ってるわけじゃない」

　行天は麦茶のようにウィスキーをあおっていたが、全身に警戒感をみなぎらせ、コップをローテーブルに置いた。そのまま前屈みの姿勢で、両手を軽く組む。

「なんの話？」

「さあ」

　と、多田は首をかしげた。このごろずっと考えていたことを、行天に伝えようと思っている。だが、いざとなると、どうやったら伝わるのか、伝えたいことが実際のところなんなのか、言葉は急に靄（もや）のようになって、多田の体内を漂うばかりなのだった。

「苦しみについての話かな。自分でもよくわからないんだが」

「じゃあ、話すのやめれば？」

「やめない。俺は、おまえがもっとはるちゃんと向きあえばいいのにと思う。最初から逃げ腰になるんじゃなく。試してみるだけでいいんだ」

「断る」

　行天の意思表示を聞かぬふりで、多田はつづけた。

「たとえ、おまえと彼女のあいだに血のつながりがなかったとしても、俺はそれを勧めただろう。行天、おまえが苦しそうだからだ」

　多田と行天はローテーブル越しににらみあった。ふだんの距離を超えて踏みこもうとする多田と、踏みこませまいとする行天のあいだで、間合いを計る数瞬が過ぎた。

「そのガキ、眠そうだけど」

と、行天が言った。

たしかに、はるはいつのまにか静かになっていた。クマクマを抱いたまま、まぶたが半分閉じている。多田ははるを抱っこし、マットレスまで連れていった。タオルケットをかけ、腹のあたりを軽く叩いて寝かしつけてやる。

応接ソファのほうで、氷がガラスに触れる音がした。

はるが本格的に寝入ったのを見届け、多田は再びソファに腰を下ろした。

「今日、おまえが住んでいた家を見にいった」

「はあ!?」

行天はコップをローテーブルに戻し、ソファから立ちあがった。「なに考えてんだよ! ガキが連れ去られることにでもなったら、凪子さんになんて言うつもりだ!」

「落ち着け」

多田は、座るよう手で示した。激昂の反動か、行天は膝の力が抜けたみたいに、ソファの座面に尻をつけた。

「おまえの両親は、もうあの家には住んでない。知ってるだろ? あそこにはだれもいなかった」

「だけど、どこからガキの情報が伝わるかわからない」

「近所のひとと少し話したが、おまえの両親の行方は知らないようだった。それに、俺の子だって言ったから大丈夫だ」

行天は苛立たしげに膝を揺すった。

「で？　どんなにおかしい家だったか、探偵よろしく嗅ぎまわってきたわけか」

「躾が厳しかったことと、母親が宗教にはまってたことを聞いた」

多田が静かに答えると、行天は諦めたように小さく息を吐き、片頬にひきつった笑いを浮かべた。

「そうだよ。あれが躾だっていうなら、とてもひとには言えない躾をさんざんされた。どうしてだかわかるか？」

多田の反応を待たず、行天はつづける。なにかに追い立てられるように。

「俺を特別な子どもだと信じてたからだ。風邪引いたって病院にも連れていかなかったし、薬も飲ませない。俺の『大切な体』を科学で汚染しちゃいけないから。わけわかんないだろ」

行天は低い声でしゃべっていたが、どこかヒステリックなにおいが感じられた。「『大切』なわりに、少しでも親の意に反することをすると、俺を痛めつける。そんなことじゃ、神さまの声が聞こえなくなるわよってね」

どんなふうに痛めつけられたんだ、とはとても聞けなかった。ありとあらゆる方法で、と行天の目が雄弁に語っていたからだ。

「まわりの大人は、決して気づかない。父親もなにも言えない。むしろ一緒になって

「……」

「行天、もういい」

「よくないよ。知りたがったのはあんただろ?」

行天は嗤った。「俺は一度も、カミサマの声なんか聞いたことがない。あたりまえだよな。だけど母親は言うんだ。春彦は教主さまの跡を継いで、神さまのおそばへ行くの。そのためにママ、こんなにがんばってるのよ、ってさ。俺の母親はアタマがおかしいと思うか?」

なんと答えていいかわからず、多田は黙っていた。行天は少し気が鎮まったのか、多田がローテーブルに置いた煙草の箱から、ラッキーストライクを一本抜き取った。震える手でライターを握り、火を点けて深く煙を吸う。

「おかしかったなら、どんなに楽だろうと何度も考えたよ。うちの母親はアタマがおかしいんだから、しょうがない。そう自分を慰められたら、どんなに楽で、納得がいっただろう」

煙の向こうで、行天が目を細めた。微笑んだようにも、痛みをこらえているようにも見えた。「でも、そうじゃないんだ。母親はただ、信じてただけだ。カミサマを、子どもを、自分の行いを。それを狂気と言うなら、この世界は狂気にあふれてるってことになる」

多田はうつむいた。はるが飲み残した麦茶が目に映る。氷がゆっくりと溶けてゆく。

室内が暑いことに、ようやく思い至った。窓からはかすかな喧噪が流れこんでくる。赤い風鈴が揺れた。

行天の過去の一端を知り、ひるむ気持ちもあった。だが、多田のなかの確信が消えなかったのも事実だ。

行天は、行天の親とはちがう。

その確信を、もしかしたら行天は嗤うかもしれない。あんたも同じだ。カミサマと子どもと自分の行いを闇雲に信じた、俺の母親と同じだ、と。

だが、そうではないことを多田は知っている。たぶん、行天だってわかっている。

この世界は狂気にあふれてなどいない。愛と信頼が、なぜかときとしてひとを誤らせ、他者を傷つける凶器に変わることもあるという、残酷で皮肉な事実が存在しているだけだ。その事実のみをもって、愛と信頼のすべてを否定し、世界を嘲笑し、自分のなかの善と美を希求する心を封印してしまうのは愚かなことだろう。刺しこまれた凶器を引き抜き、もう一度自分の傷口をえぐるようなものだ。

多田は、思い定めていたことを実行に移すときが来たのを感じた。

「行天。今夜一晩、はるちゃんと二人で過ごしてみないか」

突然の申し出に、行天は驚いたようだ。指から落ちそうになった煙草を慌てて挟み直し、

「みないに決まってるでしょ」

と言った。

「そうか。だがすまん。デートの約束が入ってるんだ」

「まさか、アサコさんと？」

「そうだ」

軽トラのキーを取ろうと、多田はローテーブルに片手をのばした。察知した行天が、煙草を持っていない左手で阻もうとする。多田はもう片方の手で、行天の左手をはたきのけた。行天が素早く煙草を灰皿で消し、空いた右手でキーを死守しようとする。小さな銀色の金属のうえで、多田と行天は互いの手をばちばちとはたきあう形になった。『アルプス一万尺』とか『みかんの花咲く丘』とか、小学生のころに女子が歌いながらしていた手遊びみたいだ。

「いいかげん、わかれ。こわいからって目を背けてたら、おまえのなかの恐怖はいつまでも居座りつづけるぞ」

「なにわかったふうに言ってんだよ。覚悟はできてんのか、多田。あのガキと俺を残してくっていうなら、明日の朝、おまえはビービー泣いてる痣（あざ）だらけのガキを救急車に乗っけることになるぞ」

「だから、そんなことにはならないって。とにかくキー貸せ」

「いやだ。俺が軽トラで出ていく」

そのあいだも、ばちばちとはたきあいがつづいたため、多田はさすがに手の甲がしびれてきた。

「ちょっと待て。休戦しよう」

「そうだね。ガキよりも俺の手が痣だらけになりそうだ」

ひとまずキーをそのままにして、両者は自分の手を膝に下ろした。

多田は、行天の右手の小指に残る傷跡を見た。

「なあ、行天。おまえはまえに言ってくれたよな。『こわがらなくていい。元通りにはならなくても、修復することはできる』って」

「そうだったっけ？」

「今度は俺が言う。こわがらなくていいんだ。はるちゃんを見てみろよ。あんなに小さくて、俺たちを疑うことも知らない存在を、おまえほんとに痣だらけになんてできるのか？」

この騒動の最中にも、はるは安らかな寝息を立てている。大の字になった姿が、仕切りのカーテンの隙間から見える。

行天ははるをちらっと見やり、

「できちゃうと思うな」

と言った。

「じゃあ、試してみよう。俺は、おまえはできないと思う」

「だから、なにを根拠に」

「愛されなかったとしても、愛することはできる」

行天は多田をまじまじと見た。

「それ、言ってて恥ずかしくないのか？」

「大変恥ずかしい。なので俺は、この部屋を出てデートに行く」

多田はキーを取ろうとした。

「おっさんのくせにデートって、それも充分恥ずかしいだろ」

行天は即座に阻止しようとした。

再び、ばちばちばちばちがはじまった。

「そもそも、デートを理由に育児放棄するってどうなの」

「おまえに言われたくない。年がら年じゅう、はるちゃんをほっぽらかしてプラプラしやがって」

「あんたが勝手にいい顔して預かったんだろ。それに、なにが年がら年じゅうだ。まだ預かって半月ちょっとのくせに音を上げくさって、子育て中の世の人々に謝れ」

「種付けしたきりのおまえに言われたくないっての！」

このままでは埒があかない。不毛なばちばち合戦に疲れた多田は、切り札を出すことにした。大きく息を吸いこんでから告げる。

「だいたいおまえ、軽トラでどこへ行こうっていうんだ。飲酒運転はまずいだろう」

虚を衝かれたように、行天の動きが止まった。その隙に多田は、素早くキーをかすめ取った。

「汚いぞ」

と、行天が向かいのソファからにらんでくる。

「これが深謀遠慮というものだよ、行天くん」

めずらしく行天の裏をかくことができ、多田はほくそ笑んだ。鼻歌のひとつでも歌いたい気分だ。

ふだんの行天だったら、多田が酒につきあわなかった時点で、もっと警戒しただろう。なにしろ、飲酒欲にかけては人後に落ちない二人だ。はるが事務所に来るまでは、ほとんど会話もないまま、各々がコップを傾けていることがよくあった。

「勘と判断力が鈍ったんじゃないか？」

キーを指に引っかけてまわしながら、多田は行天をからかった。

「あのガキが俺のペースをかき乱すんだよ」

行天は腹立たしそうに言った。

多田はソファから立ち、ベッドのそばへ移動した。はるを起こさないように、作業着からシャツとジーンズに着替える。

床にしゃがみ、しばらくはるの寝顔を眺めた。人差し指の節で、軽くはるの頬を撫でる。触れるか触れないかぐらいの距離で、そっと。なめらかな頬に、とても細くてやわらかな産毛が生えているのが感じられ、多田は微笑む。はるは気づかず眠っている。

多田は両膝に手を当て、立ちあがった。

「じゃあな、行天。留守番頼む」

「ほんとにデートなのか？」

「そうだよ。なにかあったら、携帯に電話してこい」

「俺も歩いてどっか出かけようかな」

行天がソファから腰を上げかけたので、

「どうぞ」

と多田は落ち着いて言った。「そのあいだにはるちゃんになにかあったら、俺は死ぬことにする」

行天は多田を見た。多田は平然と、しかし覚悟をもって行天を見返した。負けたのは行天だった。多田が本気であることが伝わったのだろう。ふてくされたようにソファに横たわり、タオルケットをかぶった。

多田は事務所を出て、近くに借りている駐車場まで歩いた。

俺は相当、恥知らずだ。粉薬を飲みそこねたときみたいに、苦さが舌の根から喉まで広がる。過去を盾に、行天に脅しをかけるなんて。

多田が子どもを失ったことを、行天は知っている。ああ言われれば、行天はどんなにいやでも、はるから目を離すことはできない。はるになにかあれば、多田が本当に命を絶ちかねないとわかっているからだ。

軽トラックの運転席に座った多田は、シートベルトを締めるまえに、煙草を一本吸った。

はるを一人にしたくないなら、多田こそデートなんか行かなきゃいい。子どもを預かっておいて、無責任に夜ふらふら出歩くな。

そう反論すればいいだけなのに、行天はなにも言わなかった。多田に対し、居候の負い目があるのだろう。亜沙子とのデートを邪魔したら悪いと、黙って引きさがった。

行天は多田のことを、お節介だとかおひとよしだとか言う。押しに弱いやつ、と馬鹿にしているのかもしれない。

だけどな、行天。それは本当は、おまえのことだ。

多田はうっそりと笑い、備えつけの灰皿で煙草をねじ消した。エンジンをかけると、埃っぽいにおいとともにエアコンがぬるい風を吐きだす。

さて、どこへ行こう。

多田は軽トラのハンドルを握り、朝まで時間をつぶすため、あてどなく町を走りはじめた。

まほろ市郊外の丘陵地帯に、市営墓地はある。ヘッドライトだけを頼りに、軽トラックは曲がりくねった坂道をゆっくり上っていく。

ようやくたどりついた墓地の門は、閉ざされていた。

「そりゃそうか」

多田はエンジンをかけたままの軽トラから降り、門まで歩いていった。門は胸の高さぐらいしかない。乗り越えることはたやすいが、多田はそうはしないで突っ立っていた。黒い影となった木々がざわめく。

盆に備え、墓の草取りでもしようと思ったんだが。多田は一人で笑い、煙草に火を点けた。こんな夜に草取りなんて、我ながらどうかしている。

ここに眠っているのは、多田の幼い息子だ。

たまに多田は、自分がどうして正気でいられるのかわからなくなる。同時に、痛みが、記憶が、どんどん自身のなかへ埋没していくのも感じる。時間という土をかぶせられ、かつてたしかに聞いたはずの悲鳴も泣き声も、だんだんかすかに、間遠にしか届かないようになった。

けれど、それは芽を出すことのない硬い種に似て、いまもたしかに多田のなかにひそんでいる。忘れ去られることも消え去ることもなく。

冷たく凝った種がもっともっと深く埋まるように、多田は必死に土を踏み固める。その土のうえで、過去などなかったみたいな顔をしてだれかを好きになり、これ見よがしに過去をふりかざしてだれかを従わせようとする。

勝手なものだ。

「また来るよ」

小さくつぶやき、多田は門から離れた。

丘を下り、市の中心部へ向かってまほろ街道を戻る。こういうとき、どこにも行き場がない自分ってもんを思い知らされるな。多田はため息をついた。

ラジオをつける気分でもなかったので、車内は静かだ。街道を走る車も、この時間になるとさすがに減る。コンビニやガソリンスタンドの明かりが、顔の横を流れ去っていく。

行天はどうしているだろう。はるちゃんがもし、夜中に目を覚ましてぐずったりしたら……。

なんだかんだで、行天は子守を遂行するはずだ。そう信じて多田は事務所を出てきたのだが、黙って車を走らせていると、不安がどんどん膨らんだ。

行天に留守番役を命じたのは、よかれと思ってのことだ。獅子が我が子を崖から突き落とすように、多田もあえて、行天に子守をさせるという思いきった策を打った。行天が「我が子」だなど、たとえであってもぞっとしないが。これではると打ち解けるにちがいないと、晴れやかな気持ちすら覚えていた。

しかし、大きなまちがいだったのではないか。行天のみならずはるをも崖から突き落とすような、とんでもない暴挙に出てしまった気がしてきた。

帰ろうかな。気弱な考えが浮かんだ多田だが、さらなる問題も到来した。

俺は眠い。

猛烈な睡魔が、運転中の多田を急に襲った。そういえば炎天下に、朝から岡の家で草取りをしたのだった。そのあいだもはるから目を離せず、気が休まるときがなかったし、行天の話を聞いて少なからず衝撃を受けもした。疲労がピークに達しても不思議ではない。

このままでは事務所に帰りつくまえに、居眠り運転で事故を起こしてしまう。ひとまず路肩かどこかに軽トラを停めよう。

多田は必死に、まぶたが半分下りた目をさまよわせた。「キッチンまほろ」の看板が、ひときわ光り輝いて見えた。

ええい、ままよ。本日二回目となる「キッチンまほろ」の駐車場に、多田は軽トラックで乗り入れた。なんとか白線の枠内に車を収め、窓を開けてエンジンを切る。

そこで力尽きた。リクライニングもできない窮屈な運転席で、多田はあっというまに眠りに落ちた。

少し涼しくなった夜風が頬をかすめる。なにか夢を見たようでもあるが、覚えていない。

だれかに呼ばれた気がして、多田は身じろいだ。いつのまにか上半身が横倒しになっており、助手席のチャイルドシートを枕に寝入っていた。ねじる形になった腰が痛い。ぎくしゃくした動きで身を起こした多田は、狭い車内で精一杯のびをした。どれぐらい眠っていたのか、頭はすっきりしている。凝りをほぐそうと首に手を当てた多田は、そこで動きを止めた。

運転席のドアの外に、亜沙子が立っていた。エプロンは取っているが、白いシャツに黒いズボンという、夕方に働いていたときの恰好のままだ。ちがうのは、髪をほどいていることだ。まっすぐで艶やかな黒髪が、亜沙子の顔の輪郭を縁取り、シャツの肩へとこぼれていた。

多田は動揺し、ハンドルに腿を打ちつけた。

「いてっ」

「大丈夫ですか？」

亜沙子が近づき、開いた窓から覗きこんでくる。

「はい。ええと」

多田は咄嗟に自分の髪を整え、さりげなく口のまわりをこすった。よだれを垂らした跡でもあったらと、心配になったからだ。

「ごめんなさい、急に声をかけて。よく眠ってらしたみたいだったんですが、そろそろ駐車場を閉める時間で……」

俺を呼んだのは、柏木さんだったのか。多田は「いえいえ」と首を振り、あたりを見まわした。「キッチンまほろ」の看板はすでに電気が落とされ、店の窓も暗くなっていた。

「いま何時ですか」

慌てて尋ねると、

「日付が変わったところです」

と、亜沙子は多田を急かすでもなく答えた。

「すみません。すぐどきます」

多田は軽トラのキーをひねり、エンジンをかけた。店にも入らず、駐車場でぐーすか寝ていた男を、亜沙子はどう思っただろう。蒸し暑さはやや和らいでいたにもかかわらず、多田は額にじっとりした汗をかいた。

「いいですよ、ゆっくりで」

ドアに隠れていた亜沙子の手が、多田の視界に入る。亜沙子は銀色の水筒を掲げてみせた。

「よかったら、一緒にコーヒーでもいかがですか。よく冷えてます」

「いや、しかし……」

「どうせ私、急いで家に帰る理由もないんです。ご存じでしょう」

亜沙子は薄く笑った。その顔に、自分と同種の疲労がにじんでいるように思え、多田は腕をのばして助手席のドアを開けた。ついでにチャイルドシートを手早くはずし、一度車外へ出て荷台に載せる。多田が運転席に戻るのを待って、亜沙子はフロントガラスのまえを横切り、助手席へ乗りこんできた。

「コップもちゃんとあります」

座席に腰を落ち着けた亜沙子は、持っていたビジネスバッグから、蛇腹で折りたためるプラスチックのコップを取りだした。「いつでもどこでも歯磨きできるように、持ち歩いているんです」

多田さんはこっちを、と亜沙子は言い、水筒の蓋を渡してくれた。銀色の蓋はひやりとした感触で掌に収まる。

多田は迷ったすえ、涼しさよりも静けさを選んで、再びエンジンを切った。亜沙子が注いでくれたアイスコーヒーを飲む。亜沙子も隣で、おもちゃみたいなコップを傾けている。車内は狭く、肩が触れあいそうだ。

二人は暗い駐車場から、街道をときおり走る車を眺めた。

「多田さん、お疲れみたいですね」

ややあって、亜沙子が言った。強いて明るさを装う口調だったため、かえって、亜沙子の魂がつい最前までどこか遠くを浮遊していたのだとわかった。

柏木さんはいま、亡くなった夫のことを考えていた。多田はそう推測し、こちらもあえて明るく答えた。

「子育てに慣れていないもので、すっかりグロッキー気味です」

「はるちゃんでしたっけ。かわいいですよね」

亜沙子は少しさびしそうに微笑んだ。「それでも一日じゅう過ごしたら、大変なんでしょうけれど」

「悪魔みたいに見えることもありますよ」

「いまはどうしてるんですか。まさか一人でお留守番？」

「いえ、行天がついてます」

そうだと願いたい。多田はコーヒーを飲み干し、蓋を拭うものがないかとポケットを探った。ハンカチ一枚入っていない。

「いいですよ、そのままで」

亜沙子は快く蓋を受け取り、水筒にかぶせる。「多田さんは、どうしてここに？」

ついに核心部分に質問が及んだ。睡魔に襲われて、と答えようとして思い直す。

「気づいたら来ていました」

あまり正確ではない。多田は考え、言葉をつけ足した。

「いまだけではなく、この店へ来るときはいつもそうです」

亜沙子は黙って蛇腹のコップをぺしゃんこにし、鞄に収めた。多田は、反応が得られず落胆したが、まあそうだよなと納得もした。気味悪がられたふうではなかったので、それだけが救いだ。

「コーヒーごちそうさまでした。家まで送ります」

エンジンをかけ、ゆっくりと車を前進させる。駐車場を出たところで一度停まると、亜沙子は黙ったまま車を降り、出入り口にチェーンを張ってから、また助手席に乗りこんだ。道でタクシーを拾ったりせず、亜沙子が戻ってきてくれたことに、多田は安堵した。

深まる夜のなか、軽トラックはまほろ街道からはずれ、住宅街のほう――松が丘町を指して走った。

「知っていた気がします」

と、亜沙子が小さな声で言った。

住宅街の道は細く暗い。何度も角を曲がり、大きな家のまえに着いたが、亜沙子は助手席に座ったままだった。

お屋敷ばかりであるためか、あたりはとても静かだ。エンジンの音が気になり、多田はキーをまわした。ヘッドライトも消してしまったため、ほとんどなにも見えなくなった。隣にいる亜沙子の横顔が、街灯に照らされてほのかに浮かびあがる。

多田は運転席から身を乗りだし、亜沙子の唇に唇でそっと触れた。逃げたかったら逃げられるよう、すべての動作をできるだけゆっくり行ったが、亜沙子は動かなかった。

多田は運転席に体を戻し、再びまえを向いた。

「帰ります」

と多田が言ったのと、

「寄っていきますか」

と亜沙子が言ったのとは、ほぼ同時だった。「え？」と思わず顔を見合わせる。

「お帰りになるんですか」

「いや寄ります」

多田の前言撤回が必死の色を帯びていたためか、亜沙子が噴きだす。緊張が解け、あまりに情けない自分が滑稽で、多田も笑った。

「どうぞ」

亜沙子にうながされ、はじめて柏木邸の門内に入った。軽トラックはぎりぎりまで塀に寄せ、路上駐車した。近所のひとの目につき、柏木さんの悪評が立ったらどうしよう。多田は心配になったのだが、

「夜も遅いですし、このあたりはもともと、おまわりさんも路上駐車の摘発にあまり熱心ではないみたいですから、大丈夫です」

と、亜沙子はやや見当ちがいなことを言って、多田の躊躇を一蹴した。

門から玄関まではちょっとした庭になっており、さまざまな木が白い花をつけていた。たぶん、植木屋が入っているのだろう。便利屋の出る幕がないほど、手入れが行き届いている。ムクゲはわかったが、鞠状に小さな花を咲かせている木の名前を、多田は知らなかった。亜沙子に聞いてみようかと思ったが、やめた。頰に緊張を漂わせながら、玄関の鍵を開けているところだったからだ。泥棒だって、こんなに真剣な顔で鍵穴と対峙しないだろう。

玄関を入ってすぐは吹き抜けになっていた。広い。多田便利軒の半分ぐらいは、玄関

ホールに収まってしまいそうだ。しかも薄暗い。亜沙子が電気をつけても、廊下の奥にまだ闇がにじんでいる。銭湯に寄って服も着替えてきたことをなにものかに感謝しながら、多田は靴を脱ぎ家へ上がった。床板はぴかぴかに磨かれ、塵ひとつ落ちていない。

亜沙子はスリッパを履かず、多田に勧めることもなく、階段を上っていった。居間や台所は一階にあるようだが、と怪訝に思いつつ、多田も亜沙子のあとに従う。

連れていかれたのは二階の寝室だった。話が早すぎる。さすがにためらい、多田は寝室のドアロで立ち止まった。亜沙子は窓のカーテンを閉め、部屋の明かりとエアコンをつけた。

寝室にはシングルベッドが二つ、あいだを空けて並んでいた。ひとつは、亡くなった夫のベッドだろう。紺色のベッドカバーがかけてある。布団はそのままにしているらしく、カバー越しにもなだらかな隆起がうかがえた。

亜沙子は自分のベッドに腰かけ、隣のスペースを掌で示した。

「どうぞ」

再びうながされ、多田はうしろ手に寝室のドアを閉めた。距離を取って、亜沙子の隣に腰を下ろす。亜沙子の亡き夫のベッドに向かい、亜沙子と並んで座る形だ。なんだか壮絶なことになってきた。

「すみません、お茶もいれないで」

亜沙子が急に立ちあがった。とはいえ、ベッドのあいだの通路は狭く、多田の脚をまたぎ越さないことには、寝室のドアまでたどりつけない。

「いえ、お茶はいいですから」

落ち着いて、と言いたいのをこらえ、多田は亜沙子をとどめた。「そうですか?」と、亜沙子は元通りベッドに座った。距離はなかなか縮まらない。二人のあいだには、掌三つぶんぐらい空間がある。

「あの、やっぱり気になりますよね」

亜沙子は小さな声で言った。多田が向かいのベッドを眺めていることに気づいたのだろう。

「一階の居間にソファがあるんです。わりと大きいですから、そっちにしましょうか」

提案を受け、多田は隣に座る亜沙子へ視線を移した。うつむいた横顔は、緊張と混乱のためか怒っているようにすら見える。

かわいいなと唐突に思った。

「場所はあまり問題ではありません」

と、多田は言った。「ものすごくひさしぶりなので、どこであっても、うまくできるかどうか」

「私だから駄目ということではないんですね」

「まさか」

亜沙子はなにやら考えていたが、多田の背後をまわりこむ形で、四つん這いになってベッド上を移動し、床へ下り立った。

「お風呂に入ってきます。多田さんは？　気になるようなら入りますが」

「いえ、俺は銭湯に行ったので」

亜沙子は微笑み、寝室を出ていった。

「二階にも洗面所がありますから、手を洗いたければ使ってください」

階段を下りていく足音がする。

一人残された多田は、大きく息を吐き、改めて室内を見まわした。ベッドのほかには、ほとんどなにもない。窓辺にシンプルなスタンドが置いてあるぐらいで、柏木氏の遺影もなければ、スーツなどの衣類がかかっていたりということもない。

多田は寝室から廊下へ顔を出し、手探りで明かりをつけた。廊下にはいくつかドアが並んでいる。とても静かだ。こんな大きな家に一人で暮らしていたら、朝が来るまでが途方もなく長く感じられるのではないか。

ここかなと思うドアを開ける。多田は洗面所で手と顔を洗い、うがいをした。鏡に映しだされた自分の顔は、予想に反していつもどおりのものだった。目が血走っていたり鼻の穴が膨らんでいたりということはない。こんなに平静で大丈夫かと、かえって不安になった。

寝室に戻ってしばらくすると、シャワーを浴びた亜沙子がやってきた。いきなり裸で登場されたらどうしようと思っていたのだが、亜沙子はちゃんと、白いTシャツとスウェットの黒いズボンを身につけていた。パジャマがわりにしているらしく、布は少しへたった感じだ。それすらもかわいい隙のように見えて、多田はさすがに我が目に疑いを抱かざるを得なかった。

亜沙子はベッドに上がり、多田のすぐそばに座った。おじさんみたいに、首にタオルをかけている。髪の毛は濡れたままだ。

「考えたのですが」

と亜沙子は言った。「自転車に乗るのと似たようなものじゃないでしょうか。自転車は一度乗りかたを習得すれば、どんなに長く間が空いても、すぐに苦もなくコツを思い出せます」

亜沙子が多田の心を軽くしようとしてくれているのはわかる。わかるが、亜沙子は自転車ではない。人間だ。しかも、多田が好ましく感じる相手だ。だからこそ、失敗したくないと思うし、傷つけたくないと慎重になるのだ。

多田は苦笑し、亜沙子にそっと手をのばした。首のタオルを取り、亜沙子の髪を優しく拭いてやる。亜沙子も体の力を抜き、多田に身を預けてきた。座っている亜沙子をうしろから包むような体勢で、多田はタオルを動かした。

「柏木さん。ずいぶんまえのことですが、俺には家族がいたんです。赤ん坊だった息子は死に、妻とは別れましたが」

多田の腕のなかで、亜沙子の頭がかすかに動いた。うなずいたようにも、多田の顔を振り仰ごうとしたようにも取れる動きだった。多田はかまわず、言葉をつづけた。

「なにがあったのか、いや、俺がなにをして、なにをしなかったのか、あなたに伝えないのはフェアじゃないと思うんです。でも……、うまく言えないな」

「これまで、だれかに言ったことはありますか？」

「行天には、勢いで」

「だったらかまいません」

タオルの下で、今度ははっきりと亜沙子がうなずいた。「無理して私に話す必要はないです。行天さんは、多田さんの話を聞いたうえで、多田さんと友だちのままでいる。私の判断の材料としては、それだけで充分です」

行天は俺の友だちってわけじゃないんですが。多田はそう言いたかったが、うれしくもあった。

俺はだれかに、こういうふうに言ってもらいたかったんだ。

亜沙子の言葉は、多田の心の底にある冷えた石を砕き、行天をも救う力を秘めたものだった。彼女の言葉を行天にも聞かせたいと多田は思った。

俺は行天と二年以上も一緒に暮らしてきた。今夜、はるちゃんを行天に託すことまでした。俺がどんなにおまえを信じているか、その事実をもって証（あかし）としてほしいんだ。おまえは決して暴力の淵（ふち）に沈むことはないと、だれが否定しようと、俺だけは知っている。

亜沙子本人は、自分が発した言葉の威力にまるで気づいていないようだ。細い首すじを多田にさらし、おとなしく座っている。多田はゆるく亜沙子を抱きしめた。二人ぶんの鼓動が、互いの体のなかで響く。

「多田さん。私は亡くなった夫を忘れられないと思います」

亜沙子はつぶやいた。「彼を本当に好きだった。でも、裏切られたという思いもどこかにあって、憎んでいるのか怒っているのか哀しいのか、ぐちゃぐちゃなこの気持ちをずっと抱えていくんでしょう」

俺もです、と多田は声には出さず答える。俺も、失った家族に対して同じ思いを抱いている。そして、泥のように堆積した気持ちのなかから、まただれかをいとしいと思う心が芽生えてきたことに驚いてもいるんです。

「私は生きたい」

と亜沙子は言った。「夫との記憶も、憎しみも、全部抱えてもう一度」

愛したい。

その思いだけは、何度傷ついても埋没することもかすれることもなく魂に刻まれて、生命活動をつづけるかぎりひとを突き動かす。見つめあう目、結ばれる手と手、言葉を囁くためにある唇。理解したい、求めたい、愛しあいたいと願う気持ちは、息をしたりものを食べたりするのと同じように、本能としてインプットされているとしか思えない。

「どうです、大丈夫そうですか」

と尋ねられ、多田は亜沙子の肌にすべらせていた手を止めた。真っ裸でベッドに横たわっているのに、ムードもへったくれもない。

「たぶん。コツを思い出しつつあります」

「ゆっくりどうぞ」

亜沙子は悪戯っぽく笑い、夏掛けの布団のなかに潜っていった。「私もできるかぎり協力します」

多田も思わず笑ってしまい、笑ったことで気が楽になった。それからは隣のベッドを気にすることもなく、行為に没頭した。

最初は少し違和感があった。お互いの体に染みついた些細な癖やタイミングのずれから来るものだろう。多田は力で押すことはせず、両腕をシーツに突いて自分の体を支え、ちょっと待つことにした。多田の下で、亜沙子のまぶたがゆるゆると開く。部屋の電気を消していても、亜沙子の目は潤んで光り、多田をまっすぐに見上げた。

しなやかな腕が多田の首にまわされ、優しく引き寄せられる。あたたかく包みこまれ、多田は小さく息を吐いた。違和感はもうどこにもなく、はじめからこういう形状であったかのように、二人は肌という肌を重ねあって動いた。

ひさしぶりすぎて記憶が定かじゃないが、こんなに疲れるものだったかな。多田はベッドに身を起こし、呼吸を整えた。炎天下の草取りよりも、氷点下の窓拭きよりも、疲労度が高い。しかし充足度は、きれいになった庭や窓を眺めるときとは比べものにならないほどだった。

亜沙子が台所から、ペットボトルの水を持ってきてくれた。亜沙子の足取りも、なんだかふらふらしている。

「年なんでしょうか」

亜沙子はぼやきつつ多田の隣に戻り、夏掛けを腹まで引っ張りあげて座った。そうですねとも、俺が張り切りすぎたせいかもしれませんとも、答えにくい。多田はペットボトルから直接水を飲んだ。質問には質問で返すことにする。

「いつから気づいてました」

「なにに？」

「俺の気持ちに」

「それはまあ、気づきますよね」

亜沙子はちょっと困ったように笑った。「ですから、わりと最初から」

「じゃあ、応えようという気になったのはどうしてですか」

「質問ばっかり。なんとなくいいと思ったから、じゃだめですか」

多田は自信が持てなかったので、黙って明確な答えを待った。することをしたくせに、なにをいまさら、と亜沙子は思ったようだったが、しまいには笑って首をかしげた。

「そうですねえ。強いて言えば、多田さんのまえで大泣きしちゃったからでしょうか」

「はい？」

「夫の遺品整理をお願いしたとき、私わんわん泣いたでしょ」

子どものように悲しみを迸らせた亜沙子を見て、多田は恋に落ちたのだった。

「私はプライドばっかり高いので、あんなに泣くなんて自分でも驚きました。多田さんのまえだと、装うってことをしなくなるみたい」

あのときは行天もいたはずだが、亜沙子がいま、多田だけを見てにこにこしているので、それでよしとすることにした。

多田と亜沙子は再びベッドに横になり、互いの体温を感じながら眠りについた。

「装うのを忘れて、私がどんどんずうずうしくなったら、どうしますか」

と、亜沙子が聞いた。ずうずうしさの権化といえば行天だ。

「慣れてるので、かまいません」

と、多田はうとうとしながら答えた。

目が覚めたのは、多田の顎さきに亜沙子がくちづけしたからだ。薄く目を開けると、寝室のカーテンの隙間から朝日が差しこんでいる。

亜沙子は唇で、無精髭の生えた多田の顎を優しくたどっていたが、多田が起きていることに気づき、恥ずかしそうに枕へ頭を戻した。

「おはようございます」

二人は同時に言った。だが、ベッドから出る気にはならず、しばらく夏掛けのなかでごろごろしていた。多田が亜沙子の髪を撫でると、亜沙子は心地よさそうに目をつぶった。

楽しく幸せな夢を見ているみたいに。

本心がつい口をついて出てしまうことはあるものだが、鼻をついて出る歌を抑えようがないというのははじめてだ。「ふぁんふぁーん、ふふーふーん」などと、薄ぼんやりした雲のごとき旋律となって、ひっきりなしにあふれるのだから困る。

多田は朝の光のなか、自作の鼻歌とともに事務所へ帰った。階段を上りきったところで、かろうじて立ち止まる。頬を触ってにやけていないか確認し、「ふぁんふぁーん」を咳で払い消すだけの理性は、さすがに残っていた。

通常モードに態勢を整え終わり、

「ただいま」

と多田は事務所のドアを開けた。

こんなときにかぎって行天は早くも起きだしており、しかも驚いたことに台所のガス台でフライパンを振るっていた。なぜか右膝を折り曲げ、足の裏を背後へ向けて突きだす恰好だ。その足の裏は、行天のうしろに立つはるの腹に押し当てられている。

多田はぎょっとした。行天がはるにうしろ蹴りを食らわせた瞬間を目撃してしまったのかと思った。しかし、そうではないことはすぐにわかった。はるがくすぐったそうな笑い声を上げていたからだ。どうやら行天は、火に近づこうとするはるを足でとどめているようなのだった。はるはもちろん、遊びの一種だと解釈し、勢いこんで行天の足の裏に挑みかかっていた。

行天が早起き。行天が料理。行天がなんだかはると仲良し。予想外の出来事が重なり、多田は動きを止めた。多田に気づいた行天が、フライパン片手に振り返る。

「ひとに子守を任せて、なにを呑気に朝帰り……」

そこで言葉は途切れた。行天はめずらしく驚きを露わにし、持っていたフライパンをすっと多田に向けた。これがバットだったら、ホームラン予告そのもののポーズだ。

「あんた、ヤったな」

なんでわかった。と言いそうになるのをこらえ、多田はなんとか平静を保った。

「なんのことだ。下品な言いまわしをするな」

「いやーっ」

行天はわざとらしく甲高い声を上げ、はるを見下ろした。「ちょっと奥さん、とんでもないですよこの男」

なんだその口調。まだ戸口に突っ立ったままだった多田は、にわかに頭痛を覚えてこめかみを揉んだ。最前までのさわやかさも幸福感も、まさに薄雲のごとく吹き散らされ、気分は早くもだいなしだ。

奥さんと呼びかけられたはるは、わかっているのかいないのか、

「なあに？」

と無邪気に多田と行天を見比べた。

「一回目のデートで、さっそくヤりやがったんですって。破廉恥ねえ」

「だから、はるちゃんのまえで下品な物言いはやめろって」

本当はデートの約束すらなかったのにやりました、とはまさか言えない。多田はうしろ手に事務所のドアを閉め、憤然と室内に入る。行天はフライパンをガス台に置き、はるの目を両手でふさいだ。

「見ちゃいけません。あのおじさん、性器そのものって顔してますからね」

どんな顔だよと口を挟むのもばからしく、はるが「性器」なんて単語を覚えてしまったら一大事でもあるので、多田は行天を無視してソファに腰を下ろした。「ご近所の噂の的ごっこ」にも飽きたのか、行天はガスの火を止め、フライパンを持って多田に近づいてきた。

「焦げた」

縁が茶色くなった目玉焼きが二つ、フライパンの端っこにこびりついている。

「なにやってんだ。油は引いたのか？」

「真ん中に。でも、卵の狙いがそれちゃったんだよね」

しかたなく多田が台所に立ち、焦げた目玉焼きをこそげ取ることになった。はるのぶんの目玉焼きを作り直す。焦げた二つは、多田と行天でたいらげるしかあるまい。

三枚の食パンに目玉焼きをそれぞれ載せ、多田はソファに戻った。自分のぶんの食パンは、目玉焼きごとくわえて運んだ。

「おあ」

両手に持った食パンを行天とはるに渡す。クマクマとともに行天の隣に座っていたはるは、

「いただきます」

と行儀よく言い、目玉焼き載せ食パンを食べはじめた。行天は自分で作った目玉焼きをかじり、

「体に悪そうだよ、これ。しびれるほど苦い」

と評した。

「いいから黙って食え」

三人はしばし食事に集中した。たまにだれかが台所へ行っては、冷蔵庫から牛乳やら麦茶やらを取ってくる。はるは多田便利軒に来て以来、自分のことはなるべく自分でやると決めているようだった。気の利かない男二人が相手では、待っていても要望どおりにことは運ばないと察したのだろう。いまも、牛乳パックを抱えて持ってきた。

「ああ、気づかなくてごめん」

多田は急いで、台所へはるのコップを取りにいった。ソファに戻り、牛乳を注いで、ローテーブル越しにはるに手渡す。ついでに自分のぶんのコップも持ってきて、麦茶を飲んだ。行天は文句を言ったわりに、食パンと焦げた目玉焼きをあっさり食べ終え、一

人だけ麦茶を飲んでいたのである。

はるは朝食を終えると、ソファで丸くなってしまった。熱でもあるのかと多田は慌てたが、ただ眠いだけのようだ。寝入ってしまったはるの口に歯ブラシをつっこみ、形ばかりの歯磨きをしてから、タオルケットを掛けてやった。そのあいだ、行天ははるの隣でふんぞり返って座っていた。

「それで？」

多田は向かいのソファに戻り、一息ついたのち行天に尋ねた。「留守番はどうだった」

待ちかねていたように、行天が身を乗りだす。

「このひとさあ」

と、眠るはるを顎で示した。「夜中に突然起きだして、俺の腹のうえでトランポリンをはじめたんだよ。夜行性の生き物？　それとも徘徊の癖でもあんの？」

「いや、ふだんは朝までぐっすりなんだが」

異変を察知し、起きてしまったのだろうか。俺の不在が、はるちゃんにそんな影響をもたらしたとは。多田はまんざらでもない思いがした。

「俺が金剛力士像なみの腹筋を備えてなかったら、いまごろぺしゃんこにされてソファで冷たくなってたところだ」

行天はさりげなく肉体自慢をした。「俺は飛び起きて、このひとの足をつかんだね。その後の惨劇については、多田の想像に任せる」

「仲良く朝まで遊んだんだろう」

「それは昨夜のあんたのことでしょ」

行天はせせら笑った。「ハリケーンなみにこのひとをぶんぶん振りまわして、窓から放り投げた。でも、そこで終わらせないのが俺だ。即座に階段を駆け下り、表の道路に倒れてたこのひとを、今度は窓めがけて蹴り入れた。再び階段を駆けあがって、ここでのびてたこのひとを血みどろになるまでぶちのめし、ようやく朝までの安眠を得たってわけだ」

多田は寝息を立てるはるをちらっと見た。

「傷ひとつないようだが」

「丈夫なんだろ」

期せずして凪子と同じことを言っているのがおかしい。多田は、

「まあ、はるちゃんもおまえも無事でよかった」

とだけ言った。

行天は少し眠そうで、しかしどこかうれしそうでもあった。きっと、嫌々ながらも行天なりに、機嫌を取ったり適当にあしらったりと、朝まではるの相手をしたのだろう。はるとの留守番を成し遂げたことで、行天は自分自身に対する自信と信頼を取り戻しつつあるようだった。ふだんの行天のはた迷惑なペースが戻ってきたということでもあるので、その点は多田としては痛し痒(かゆ)しだが。

子どもに無闇に暴力をふるうような輩とはちがうんだ、と行天が自己を確認できただけで、ひとまずはよしとしよう。はるはまだ、あと一カ月は多田便利軒にいる。そのあいだにもっと、行天とはるの交流は深まっていくはずだ。

計画の成功を多田がひそかに喜んでいたら、行天が遠慮がちに尋ねてきた。

「あのさ。俺、出ていったほうがいい？」

「なんでだ」

「アサコさんとヤったんだろ？　これからは、ここが二人の愛の巣になるんじゃないのか」

ものすごい豪邸がある柏木さんが、こんな小汚い事務所に来てくれるはずないじゃないか。そう言おうとして、やめた。今朝ぐらいは現実を直視したくない、という思いがあったからだ。

「やるとか愛の巣とか、どうかと思うような言葉づかいは慎め」

多田は厳重に抗議した。「柏木さんとは、そんな関係じゃない」

「じゃあ割り切った大人のおつきあい、いわゆるひとつのセックスフレンドってやつ？」

「馬鹿なこと言うな。俺は真剣に……」

そこまで言って、まんまと行天の罠にはまったことに気づく。多田は黙った。行天はにやにやした。

「おめでとう、多田くん」

行天はにやにやしたまま言った。「さあ、お祝いにお赤飯炊かなきゃね」

「さっきからおまえ、どういうキャラなんだ。だいいち、なんで赤飯なんだ。目玉焼きも焦がしたのに赤飯炊けるのか」

動転した多田が畳みかけるのを、行天は余裕のうなずきで受け止めた。

「いまのは『保健室の女の先生』を狙ってみたんだよ」

多田便利軒に、はるの小さな寝息だけが漂った。多田と行天はそれぞれの物思いにふけりつつ、向かいあってソファに座っていた。

「俺がまただれかを好きになるなんて、自分でも驚くよ」

と多田は言った。「妻子をまともに幸せにすることだってできなかったのに、ずうずうしいとも思う」

「俺はそうは思わない」

と行天は静かに言った。「よかったな、多田」

街が活動しはじめる気配がする。

午前中に窓拭きの依頼が入っている。多田は眠るはるを抱き、行天とともに事務所を出た。

五、

ゲームセンター「スコーピオン」の二階では、とぐろを巻く一物を腹に抱えた男が二人、表面上は穏やかに対面していた。

「困りましたね。どうあっても、組長さんには取り次いでいただけないとおっしゃるんですか」

星を訪ねてきた男が言った。細身で一見インテリ風だが、作業着を着ている。胸には「ＨＨＦＡ　沢村」と縫い取りがある。

「ご足労いただいたのにすみません、沢村さん」

星はにこやかに答えた。「岡山組のかたがたは最近忙しいそうで、沢村さんにはもうお会いできないとのことです。この件に関しては、俺が組から対応を一任されてますんで」

「ご存じのとおり、我々の団体はいま、存亡の危機に立たされています。せっかく収穫のときを迎えた野菜も、消費者のみなさまにうまくお届けできない状態です。なんとか販路を確保していただけないでしょうか」

「何度も申しますが、そちらと取り引きはできかねる、というのが組の出した結論です。『無農薬』『有機栽培』と謳っておられたのに、そうではないとわかったからには、どうにもね……」

星はもったいをつけてコーヒーをすすった。今回は濃くも薄くもない味だったが、異様にぬるい。いま応接テーブルまで運ばれてきたばかりなのに、なぜだ。星は壁際に立つ金井をにらんだ。金井は星の視線の意味を察し損ね、おたおたするばかりだ。

「ヤクザは究極の信用商売なんですよ」ぬるさの原因追究は諦め、星は話をつづけた。「半端な品を扱ったら、指が飛ぶ。下手すりゃ山んなかに埋められます。申し訳ないが、ＨＨＦＡさんとの話はなかったことにさせていただきます」

「知ってますよ、星さん。市民団体にタレこんだのは、あなたでしょう」

沢村は微笑を絶やさずに言った。星はコーヒーカップをソーサーに戻し、ソファの背もたれに悠然と身を預ける。効きすぎたエアコンのせいだけでなく、冷え冷えとした空気が流れた。

「沢村さん。あんたは俺のことを、身に覚えのない難癖つけられて黙ってるような相手だと思ってんのか？」

星は静かに恫喝した。しかし沢村も負けてはいない。

「我々の畑に、うるさい犬を何度もけしかけたのも、あなたですね」

「なんのことです」

「山城町と峰岸町の畑ですよ」

沢村はますます微笑を深くした。「おかげさまで、なつかしい顔を見ることができましたが」

うちのやつらは、ヘマはしてないはずだぞ。星は一瞬考え、「べーんーりーやー」と内心で怒声を上げる。峰岸町の畑でＨＨＦＡに見つかったとは聞いていたが、山城町ってなんだ。頼んでもないのに、ちょろちょろしたのか。

それにしても、「なつかしい顔」とはだれのことだ。

「昔のお知りあいでも？」

しらを切りつつ探りを入れた星を無視し、沢村は歌うように、

「あなたには、畑で腐っていくしかない野菜たちの叫びが聞こえないのですか」

と言った。「我々の団体は、これまで汗水垂らして労働してきた。ここで『うん』と言っていただけないなら、わたしはもう、うちのメンバーの怒りを抑えきれる自信がありません」

「トマト爆弾でもナス手裏剣でも作れよ」

つきあってられん。星は座ったまま壁際を振り返った。

「金井、お帰りだ」

金井は、星のボディガード役を自身に任じている。巨体が音もなく近づいてきて、沢村を無理やり立たせようとした。沢村は金井の手を振り払い、自分から立ちあがった。

「残念ですよ。体に悪いものをたくさん売っていらっしゃるあなたが、ごくごく微量の農薬をそこまで気になさるとはね」

沢村はゆっくり戸口まで歩いていく。「そんなものは、我々の作る野菜の栄養価で充分浄化できるというのに。小者は小者らしく、せいぜい長生きを心がけられるといい。病に倒れてから泣きついてきても、あなたがたには我々の野菜はお分けしません」

金井が突進するまえにドアは閉まり、沢村は事務所から出ていった。

「放っとけ」

星は憤る金井をなだめ、首の骨を鳴らした。「腐った野菜の叫びが聞こえるやつは、さすがに言うことがちがうな」

「なんだかおかしなやつでしたね」

それまで事務机に向かっていた筒井が、やれやれというようにのびをする。「あいつの脳みそのほうが、この暑さで腐っちまってるんじゃねえのか」

「腐ってるんじゃなく、宗教にはまってるのさ」

パソコンの向こうから、伊藤も会話に参加してくる。「星さん、ＨＨＦＡの裏、取れましたよ。あいつら、以前まほろでそこそこ信者のいた新興宗教団体の残党らしいです。

十年ほどまえに教主を名乗る男が老衰で死んで、教団は空中分解したみたいなんですが」

「なんていう教団だ」

「『天の声教団』。通称『声聞き教』とも言ったそうです。年齢からして、たぶん沢村は親が『声聞き教』にはまっていて、その影響から抜けだせないまま、いまに至るんでしょう」

「十年まえに空中分解したなら、自分の意志で教団に入ったとも考えられるじゃないか」

「まずありえません。最末期の『声聞き教』は、信者の新規獲得にそれほど熱心じゃなかった。むしろ、家族ぐるみで入会させた子どもを、『声聞きの民』として育てあげることのほうに腐心していたようです」

「こえききのたみぃ？」

筒井はせせら笑ったが、星は真剣な表情を保ったまま腕組みした。

「宗教絡みだとしたら、ちょっと厄介だぞ」

「なんでです」

筒井は納得がいかなそうだ。「いまじゃ野菜を腐らせるしかないやつらですよ」

「筒井。おまえは俺を信じてるだろう」

と、星は言った。

「もちろんです」

「ほらな。おまえとあいつらのちがいはなんだ？　『信じる』って気持ちは、だれでも持ってる。だから扱いが難しくて、厄介なんだ」

　愛や夢や希望と同じように。それはうつくしいものとしてだれの胸にも芽吹くが、どす黒いものにたやすく変じもする。

　星の説明を聞いても、筒井はピンと来ないようだった。金井はといえば、はじめから「信じる」だなんだといったことには興味がないらしく、再び壁際で佇立している。目だけは星の動向を熱心に追っており、まさに星への信仰に近い信頼を体現した形だが、本人にその自覚はないもようだ。

　筒井と金井が話し相手にならないのはいつものことなので、星は唯一の頭脳派である伊藤に向かって言った。

「その『声聞き教』とやらは、いまは実体はないんだな？」

「はい。教団は解散していますし、ＨＨＦＡが宗教法人として登録されているという事実もありません。あくまで、野菜の生産販売をする団体として活動していますね」

　ただ、と伊藤はつけ加え、ＨＨＦＡの活動に参加しているもののリストを差しだした。

「ご覧のとおり、ＨＨＦＡの趣旨に賛同し、家族で野菜づくりに参加するケースが多いようです。沢村をはじめとするＨＨＦＡの幹部数名は、幼いころに『声聞き教』に出入りしてたわけですからね。そこで見覚えた信者獲得のノウハウを、ＨＨＦＡの活動にも応用してるんでしょう」

星はリストを手に取って眺めた。「まほろでフツーに暮らしてると、そんなに野菜が不足した食生活に陥るのか?」

「教育熱心な親が多いんですよ」

伊藤は苦笑した。「食育にも積極的に取り組もうとする。HHFAはそこにうまく目をつけた商売をしている、とも言えます。でも、苦情もちらほら出てるようですね」

「どんな」

「親がHHFAの活動にのめりこむあまり、畑仕事を過剰にさせられた子どもがふらふらになっている、と。市内の小中学校から教育委員会に、報告と疑問の声が上がってきているみたいです」

「なるほど」

星はリストを机に放り、また腕組みした。「しばらくはHHFAを監視したほうがよさそうだな。資金的に追いつめられて、妙な行動を起こさないともかぎらない」

「便利屋には、『気をつけろ』って言ってやらなくていいんすかね」

筒井がおずおずと提案した。「野菜のやつらは、畑を見張られてた、って気づいてたみたいだし。便利屋のことも、調べはついてるんじゃないすか」

おお、筒井が物事の裏を読んでいる。世の親は我が子がはじめて「マンマ」と言った

とき、このような感動を覚えるものでもあろうか。筒井の成長がうれしく、星はうんうんとうなずいた。うなずいたがしかし、

「必要ない」

と提案は一蹴した。「便利屋は放っておいても大丈夫だ。なにしろ、厄介事に巻きこまれるのが仕事みたいなやつだからな」

盆休みも近くなり、まほろ市の大通りは少し人出が減ったようだ。みんな暑さに辟易(へきえき)して部屋に籠もっているか、早めの夏休みを取って行楽へ出かけたか、どちらかだろう。

事務所にいてもエアコンがなく、かといって行楽するだけの金も時間もない多田(ただ)は、夏の盛りにも連日働いていた。本日は松丘町(まつおかまち)にある豪邸の庭で、彫刻磨きの仕事だ。

数日まえに、庭の石像をきれいにしてほしいと、はじめての客から依頼の電話が入った。そのときは地蔵のようなものを想像したのだが、実際に赴(おもむ)いてみたら、大理石の白い裸婦像だった。しかも、等身大以上のものが庭に十体近く点在している。

庭自体も広く、青々とした芝生で覆われていて、円形のプールまであった。家は洋風でバルコニーが張りだしており、それを支える柱は真ん中あたりが優雅な膨らみを帯びている。

「パルテノン神殿？」

と、家を見た行天(ぎょうてん)が首をかしげた。

この家の主は有名な彫刻家で、美大で教えてもいるらしい。とはいえ、主一家はイタリアへ遊びにいって不在だった。依頼人の情報は、留守番をしていた住みこみの家政婦から得た。

老年の家政婦は、多田と行天を胡散臭そうに一瞥したが、はるに目をとめると、急に相好を崩した。

「プールに入ってもかまわない、と旦那さまはおっしゃっていました。でも、そんなものはすぐにしまってください」

多田が持参したタワシを、おぞましい毒虫であるかのようにびしりと指す。「旦那さまの大切な作品です。乙女の柔肌を撫でるように、スポンジで優しくこすらなければ」

家政婦は家のなかから台所用のスポンジを取ってきて、多田に押しつけた。

「作業がすんだら、声をかけてください。水道やホースは、庭にあるものをどうぞご自由に」

窓だかドアだかわからないガラス張りの出入り口から、家政婦は土足のまま室内へ入っていった。スポンジを手に庭に残された多田は、気を取り直して裸婦のそばに脚立を設置する。行天が庭の蛇口からホースを引っ張ってきて、多田に手渡した。

「よかったな、多田。柔肌を撫でるのは得意とするところだろ」

セクハラ発言はやめてほしいものだ。

「おい、水が出ないぞ。蛇口を開けたか？」

「あ、忘れた」

多田ははるに向かって、

「あそこにある水道の蛇口をひねってきてくれないか」

と頼んだ。はるは芝生を駆けていき、言いつけどおりにした。行天よりも、四歳のはるのほうがよっぽど役に立つ。多田の手もとからシャワーのように水があふれ、虹を作った。

「はるちゃん、プールで遊んでていいぞ」

多田はスポンジで女の胸をこすりながら言った。「行天、溺れないようにちゃんと見てやれ」

ところが、背後でドボンと水音がし、振り返ると行天がプールで泳いでいる。いつのまにかパンツ一丁になり、はるのことなどそっちのけで、マグロのように円形プールを回遊する。

近ごろようやく、行天もはるに慣れ、少しのあいだなら子守ができるようになったと思ったのに。多田はため息をついた。脚立の脇に立っていたはるは、多田と行天を見比べ、

「あたし、ここにいる」

と言った。「およげないから、プールはいい」

こんな幼い子に遠慮をさせてしまうとは。多田は万感胸に迫り、天を仰いだ。裸婦の

鼻を下から覗き見る体になった。鼻の穴がない。

「はるちゃん。行天が脱いだ服をプールに落としてやりなさい」

「そんなことしていいの?」

「いいんだ。ちょうど洗濯する頃合いだ」

はるはプールサイドへ走っていって、行天のシャツとズボンを水に落とした。

「ちょっとこのガキ、なにすんだ! 丸めて沈めるぞ!」

「はるちゃんに汚い言葉づかいをするな」

「ボール状にして永遠に水のなかに潜っていただきますよ」

と、行天は言い直した。行天がはるの存在に慣れたように、はるも行天の悪口雑言に慣れている。きゃっきゃと笑いながら多田のもとに駆け戻ってきた。

「あのね、ギョーテンのおようふく、びしょびしょになっちゃった」

と、得意げだ。

「よしよし、よくやった。ちょっと手伝ってくれるか?」

「うん!」

多田ははるに布を渡し、彫刻の足のほうを拭いてもらうことにした。行天は濡れた洋服を絞ってプールサイドに並べ、懲りずに回遊をつづけた。

午後三時には、すべての裸婦がつやつやときれいになった。多田は掃除道具を軽トラックに積み、彫刻のある豪邸を辞した。濡れた服を纏った行天は、全身から河童のように水を滴らせている。

「アサコさんちも、この近くだったよね。やっぱり悪趣味な家なのか？」

「いいや。彫刻もプールもなかった」

と多田は答える。「さっさと荷台に行け」

「こんな濡れ鼠で風に当たったら、風邪引いちゃうよ」

「おまえが勝手に泳ぎだすのが悪いんだろ」

助手席にはるを、荷台に行天を乗せ、多田は軽トラで駅前へ戻った。赤信号に引っかかり、交差点で停まっていると、まほろ大通りを歩く人波のなかに田村由良を見つけた。多田は以前、由良の母親に依頼され、塾への迎えを請け負っていたことがある。出会ったころは幼さもあった由良だが、いまは小学六年生になり、しばらく見ないあいだに背ものびていた。

「由良公！」

運転席の窓を開け、身を乗りだして呼びかける。由良も多田に気づき、手を振った。そのまま通りすぎるかと思ったら、横断歩道を渡って立ち止まり、多田のほうを見ている。

多田は信号が変わったのを機に、交差点を過ぎたところへ路上駐車した。運転席を出て助手席側へまわり、はるをチャイルドシートから抱え下ろす。その隙に行天が荷台から飛びだし、跳ねるような足取りで由良のもとへ走っていった。

「ユラコー、ひさしぶり。元気そうだね」

「あんたもね」

由良は、行天を上から下まで眺めて言った。「なんでびしょ濡れなの？」

「最近、多田んとこに悪魔が棲みついたんだよ。そいつの仕業だ」

悪魔はどっちだ、と多田は思いながら、由良に歩み寄り、はるを紹介した。由良は小さな女の子にどう接したらいいのかわからないらしく、「ふうん」と言っただけだった。はるは多田の作業着のズボンをつかみ、恥ずかしそうに由良を見ている。

「由良公、今日も塾なのか？」

由良が背負ったリュックに気づき、多田は尋ねた。

「夏期講習に行ってきたとこ。六年生の夏休みは、『天下分け目の戦い』って言われてるんだ。毎日気が抜けないよ」

中学受験をする由良は、勉強に勤しむ日々を送っているらしい。どこか得意そうな由良を見て、俺よりよっぽど忙しいみたいだな、と多田は苦笑いした。

「それで？」

と、行天がうながした。「あんたがわざわざ立ち止まった理由は？　俺たちになんか用があったんじゃないの」

「そうだった」

由良は顔の向きをわずかに変えることで、自分の背後を示した。「こいつ、俺の同級生」

　そこではじめて、多田は由良のうしろにいる小学生男子を認識した。いや、最前から存在に気づいてはいたのだが、由良とは微妙に離れて立っていたし、なんだかおとなしそうなタイプに見えたので、由良の友だちだとは思っていなかった。

「なんだ、ユラコーの背後霊なのかと思ってたよ」

　行天も失敬な印象を朗らかに述べる。

「松原裕弥です」

　背後霊認定にもめげず、裕弥少年は細い声で名乗った。襟ぐりがのびたTシャツと、半ズボン。膝小僧にはひび割れたような傷がある。小学生なのに、どことなく疲れた風体だった。

「裕弥はさ、いま悩んでるんだって」

　挨拶したきり黙りこんでしまった裕弥に焦れたのか、由良が言葉を添えた。「それで俺、多田さんたちに相談してみよっかなと思ってたところだったんだ」

「悩みって？」

　多田は少し腰をかがめ、裕弥の顔を覗きこんだ。由良が脇から手をのばし、裕弥の手を軽くつかんで多田のほうへ向けた。

「これ見てよ」

　裕弥の手には、細かい切り傷や擦り傷があった。「無理やり農作業をやらされて、でも塾にも行かなきゃならなくて、裕弥はへとへとなんだ」

農作業と聞いて、多田はもちろんまっさきにＨＨＦＡを連想した。もう少し詳しく事情を知りたい。せっかく由良に頼りにされたこともあり、裕弥を放っておけない気持ちになった。小学生からお代をもらうわけにはいかないが、しがない便利屋にだって、話を聞くぐらいはできるだろう。

「ジュースでも飲むか？」

多田は由良と裕弥に持ちかけた。「『コーヒーの神殿　アポロン』っていう、ちょっとおもしろい喫茶店があるんだ。おごるぞ」

由良と裕弥は興味を引かれたようだが、

「えぇー」

と異を唱えたのが行天だ。「俺はやだよ。服が濡れてて、店の椅子に座れない」

「新聞紙でも敷けばいいだろ。荷台に積んであるはずだ」

「濡れた服でジュースなんか飲んだら腹が冷える」

「じゃあ、おまえだけ帰れよ」

多田はため息をついた。「ちょうどいいから、軽トラ運転して、駐車場へ戻しておいてくれ」

「俺は前進あるのみの男だよ」

行天はもっともらしく述べた。「右左折もバックもできないけど、いい？」

いいはずあるまい。

「すまないが」

と、多田は改めて由良と裕弥に持ちかけた。「一緒に事務所まで来てくれるか。ジュースを出すから」

小学生二人はおとなしく納得してくれたが、

「多田、哀しいお知らせがあるんだ」

と行天が水を差した。「俺は今朝、事務所の便所を詰まらせてしまった。ユラコーたちとジュースを飲むより、便所の詰まりを解消させることを優先しないと、早晩、俺たちは膀胱炎になってしまうだろう」

「なぜ、詰まらせたときにすぐ言わない」

「あんた、このひとの世話で忙しそうだったから」

と、行天ははるを指さした。トイレの話題を耳にしたためか、

「おしっこいきたい」

とはるが小声で言った。由良と裕弥の目があるので、いつもよりおしとやかに振る舞っているようだ。

「わかった」

多田は結論を出した。「行天、三人を『アポロン』へ連れていってくれ。『アポロン』ではるちゃんのトイレに付き添い、由良公と裕弥くんの好きな飲み物を注文すること。

いいな？」

「えぇー」

行天は心底気乗りしない様子である。「多田はどうすんの」

「軽トラを置いてくるついでに、事務所に寄って便所の詰まりを直す。そのあとすぐ、おまえの着替えを持って『アポロン』へ行くから」

「そのあいだ俺は、子守をしながら突っ立ってなきゃいけないのか？　喫茶店で？　ガキどもは座ってジュース飲んでんのに？　変だろ、そんなの」

「いつも変だろ、気にするな」

多田は渋る行天に子どもたちを託し、一人で軽トラックに乗りこんだ。

事務所のトイレは詰まってなどいなかった。詰まり解消の道具――多田便利軒では、「カッポン」と呼び慣わしている――を持って便器に臨んだ多田は、拍子抜けした。本当になんなんだ、行天のやつ。嘘をついてでも、裕弥の話を聞きたくなかったということか。

行天の着替えを紙袋に入れ、多田は「アポロン」へ向かった。

由良と裕弥はテーブル席につき、店内の装飾を興味深そうに見まわしているところだった。はるは向かいの椅子に座り、テーブルに置かれたカバの灰皿の口に指をつっこんでみている。行天はというと、はるの隣に立っていた。しかも、わざわざテーブルと椅子のあいだに、だ。もっとさりげなく、壁際に寄るなどしてもいいものを。先生の質問に答えられず立たされている、できの悪い生徒みたいだ。

当然ながら、行天は周囲の客から注目を浴びていたが、由良と裕弥は、行天を気にしないことに決めたらしい。自分たちの正面で直立する男を無視し、「あっちの壁に鹿の首が飾ってある」「すごいねえ。ジャングルみたいだ」などと楽しそうに話していた。はるはカバの灰皿を手に取り、行天の腿に嚙みつかせた。

「がおー。むしゃむしゃ」

「はいはい。いいからジュース飲みな」

おお、行天がひとなみの態度ではるの相手をしている。いや、子どもたちが広い心で行天を受け止めてやっている、と言ったほうがよさそうだ。かれらにばかり行天のお守りを任せるわけにはいかない。客の視線のなか、多田は勇気を奮ってテーブルに近づき、行天に紙袋を渡した。

「どうも」

と言って、行天は着替えのために「アポロン」のトイレへ消えた。嘘がばれたことはわかっているだろうに、悪びれるでも気まずそうにするでもなく、片頰でちょっと笑っただけだった。

多田は店員に追加でコーヒーを頼み、空いた椅子に座った。四人がけのテーブルだったので、はるを抱えて自分の膝に座らせる。はるはカバの灰皿に飽きたのか、多田の膝から身を乗りだしてオレンジジュースを飲みはじめた。由良と裕弥も店内の観察をようやく終え、レモンスカッシュとオレンジジュースで喉を潤す。

乾いた服に着替えた行天が戻ってきて、さきほどまではるが座っていた椅子に腰を下ろした。やっと落ち着いて話を聞ける態勢になった。

「それで?」

と、多田は切りだす。「農作業をやらされてるって、いったいだれに?」

「親だよ。決まってるだろ」

裕弥に尋ねたつもりだったのだが、答えたのは由良だった。裕弥本人は恥ずかしそうにうつむいている。農作業が恥ずかしいのではもちろんなく、親に強いられていること、それを拒めずにいることが恥ずかしくつらいのだと、全身で物語るかのようだ。繊細で優しい子なんだなと多田は感じた。

「『疲れてるからいやだ』って、はっきり言えって言ったんだけど」

由良も友だちが気がかりでならないようだ。「裕弥は気の弱いところがあるからさ」

「母は俺のためを思ってくれてるんです」

裕弥は多田に向かって弁解した。「『野菜は健康にいいし、お日さまの下で働くと元気になるから』って」

「一理ある」

裕弥を傷つけたくなかったので、多田はうなずいた。

「でも、肉だって食いたいだろ」

由良が反論し、行天は裕弥に、

「肉、全然食わないの？」

と聞いた。

「はい。給食でも肉は残すようにって、母が言うので」

「どしぇー」

行天は驚いたようだ。「奇遇だねえ。俺も多田に、『焼肉食いたい』って言ってるんだけど、連れていってくれたためしがないんだよ。ひどいだろ？『働かせるなら肉食わせろ』って、文句のひとつも言っていいよね」

なぜ俺がおまえを焼肉屋に連れていかなきゃならないんだ。肉代ぶんの働きを見せたためしがあるのかおまえは。多田は文句の三つ四つも言いたかったが、ぐっとこらえた。行天の相手をしていたら話がさきに進まない。

裕弥もそう思ったのか、肉については、

「たまには食べたいです」

とコメントするにとどめた。だが、農作業についてはいろいろと思うところがあるようで、岩を割る水のように言葉をあふれさせる。

「あと、ナスのへたにはトゲがあるんです。収穫するとき、けっこう痛いです。三カ月に一度、小山内町（おさないちょう）の本部で泊まりこみの錬成会に参加しなきゃいけないのもつらいし……」

多田はさりげなく、傷だらけの裕弥の手に視線を移した。まだ細い手首。よく日に焼けているが、肌はどこかかさついて見えた。

「裕弥くんが働いているのは、もしかしてHHFAの畑？」

「どうして知ってるんですか？」

裕弥はちょっと驚いたようだったが、すぐに昏く笑った。「そりゃ知ってますよね。南口ロータリーにいるおかしな団体なんだから」

「裕弥が一番いやなのは、南口ロータリーでの宣伝活動なんだって」

と、由良が補足した。裕弥がうなずく。

「『広報』は重要な作業だと大人は言うんですが、俺は南口ロータリーになんて立ちたくない。でも母は、野菜のよさをみんなに知らせなきゃいけないって……。友だちに見つかっちゃってから、学校でも塾でもからかわれまくりで、ふつうに話をしてくれるのは田村ぐらいです」

「ねえ、多田さん。なんとかならないかな」

由良は真剣な顔つきだ。多田は困惑した。

「なんとかと言われても……」

「今度また、南口ロータリーで広報しなきゃいけないんです」

裕弥がすがるように訴えた。「まだ日にちははっきり決まってないみたいだけど、その日が来たら、たとえば学校か塾の先生のふりをして俺を呼びだしてくれませんか？

そうすれば、母もさすがに諦めると思うんです」

「俺を先生だと信じてもらえるかな」

多田は無精髭の生えた顎をさすりながら言った。裕弥は多田を眺めたのち、

「電話をかけてきてくれればいいです」

と言った。

しばらく黙っていた行天が、

「あんたの父親は、なんて言ってんの？」

と聞いた。

「たまに電話してきて、『母さんの言うとおり、野菜をちゃんと食べなさい』って。単身赴任中だから、よくわかってないんだと思います」

ふと気になり、多田は尋ねた。

「裕弥くん。HHFAは、いまもたくさん野菜を収穫してるのか？」

「はい。最近あんまり売れないみたいですけど。畑に来てる子が、大人がこっそり野菜を捨ててるところを見たって言ってました」

「でも、きみの家ではHHFAの野菜を料理に使ってるんだね？」

「はい、もちろん」

どうしてそんなことを聞くんですか？　と、裕弥は首をかしげてみせた。人体に悪影

響があるほど、大量の農薬を使っているわけでもないだろう。多田は迷ったすえ、

「野菜はちゃんと洗ってから使ったほうがいいと、お母さんに伝えて」

とだけ言った。

はるは多田の膝に座ったまま、うつらうつらと眠りだした。額がテーブルに激突しそうになったので、多田は慌ててはるの頭を支えた。

「多田がせんせーのふりしても、無意味だと思う」

行天はすげない口調で裕弥に言った。「父親に事情を話して、助けてもらいなよ。そのほうが早い」

「なんで？」

由良が不満そうに食い下がった。「ふりをするのは、ギョーテンでもいいんだ。ギョーテン、そういう演技うまいだろ？」

「無駄だってば」

行天は冷たく断じた。「親は子どもをいくらでも好きに扱えるんだ。親がこうと決めたら、せんせーがいくら呼びだしをかけても意味ないよ。たとえ本物のせんせーであってもね」

裕弥は再びうつむいてしまった。はるを抱っこしながら、多田は片手で作業着のポケットから名刺を取りだした。

「うまくいくかわからないが、日にちがわかったら連絡してくれ」

裕弥は慣れない手つきで、大切そうに名刺を受け取った。行天が非難の眼差しを寄越す。お節介だと言いたいのだろう。自分でもそう思う。しかし多田は、しょげた裕弥をどうしても突き放せなかった。裕弥の話を聞いて、行天の子ども時代の境遇が連想されたからだ。「おまえのためだ」と言いながら、子どもを傷つけ、なにかを強要する親。いま、裕弥から多田に救援信号が発せられている。無視はできない。

「すまないが、そろそろいいかな」

多田が伝票に手をのばすと、由良と裕弥は眠るはるを見て、素直にうなずいた。

会計をすませた多田に、「ごちそうさまでした」と二人は礼儀正しく言った。礼儀を知らない行天は、さっさと「アポロン」を出て、まほろ大通りを歩きはじめている。

少年たちと別れ、多田は行天を追った。振動で目を覚ましたはるが、ぐずって身をよじる。行天に追いついたところで、はるを地面に下ろしてやった。はるは多田と手をつなぎ、少し長くなった影を踏みながら歩いた。行天は濡れた服の入った紙袋を片手に、あとからゆっくりついてくる。

「せっかく俺が、厄介事から遠ざけようとしてやったのに」

と、行天はつぶやいた。「なんで自分から飛びこんでいくんだよ」

「性分としか言いようがないな」

「悪い性分だよ、それ」

行天は心底あきれているようだ。「せんせーの真似なんかできんのか？　どうせ、『ゆ、ゆうやくんの成績が落ち、落ち気味でして、そのー』とか、嚙み嚙みで言うんだろ」

多田は、道にのびる自分たちの影を眺めた。はるが空いた手を中空に差しのべ、なにかを探すように軽く揺らすのを、行天がしかたなさそうにその手に応え、指さきだけ握らせてやったのを、影を通して眺めていた。


裕弥から事務所に電話があったのは、お盆の前夜だった。

「明日です」

と、裕弥は小さな声で言った。自分の部屋から、携帯を使ってかけてきているらしい。

「さっき母に、『明日は大事な日だから』と言われました」

「お盆だという意味じゃないかな」

と多田は推理してみせたのだが、裕弥は引きさがらなかった。

「うちはお盆に旅行とか墓参りとかしないんです。父がお盆休みには帰ってこないので。母は、『単身赴任先で浮気してるんでしょ』っていつも言ってます」

松原家はなかなか大変な状況のようだが、はたして裕弥は意味がわかって言っているのだろうか。多田は受話器を持っていないほうの手で、眉間を揉みほぐした。

多田は、お盆には市営墓地へ行く。今年もそうするつもりだった。赤ん坊のときに死んだ息子が眠っているからだ。

しかし、依頼は極力引き受けるのが多田便利軒だ。電話してきたのが、たとえ小学生であろうとも。

「何時ぐらいまでに裕弥くんを家から連れだせば、南口ロータリーに立たなくてすむんだ？」

「ええと……」

裕弥は口ごもった。「朝の五時ぐらい？」

いくらなんでも、そんな早朝から呼びだしをかける教師がいるわけがない。多田の心中を察したのか、

「早すぎますよね」

と裕弥が困ったように言った。「でも、明日は朝から畑で作業があって、母も一緒に行くんです。作業が終わったら、昼まえにはみんなで南口ロータリーに移動することになっちゃうと思います」

「まいったな」

多田はこめかみを掻いた。墓参りとはべつに、明日は午前中に一件、依頼が入っている。まほろ市民病院に入院中の、曽根田のばあちゃんの見舞いだ。ばあちゃんの息子夫婦は、盆暮れになると、うしろめたさを感じる傾向にあるようだ。ばあちゃん抜きで家族旅行に出かけるからだろう。

行天ははるを太腿に座らせて床に寝そべり、日課の腹筋をしているところだったが、

「なになに？」

と話に割りこんできた。多田は受話器を手で覆い、あらましを手早く伝える。行天はふんふんと耳を傾けたのち、

「そんなの簡単だよ。畑に迎えにいけばいい」

と断じた。

だれが行くんだ。俺もおまえも、どう逆立ちしたって先生には見えないのに。

多田は人材不足を嘆きつつ、ほかに方策もないので、とりあえず裕弥に畑の場所を聞いた。

「明日の作業は、山城町の畑です」

「それって、バス停の近くにある畑か？」

「はい」

よりによって、岡家の真ん前だ。岡もさすがに横中バス告発を諦めたのか、恒例の間引き運転調査の依頼は、今年の盆は入っていない。だが、うかうかと岡家に近づくのは、なんとなく験が悪い気もする。

「わかった」

と、多田は裕弥に言った。「こっちで作戦を練って、午前中になんとか畑へ迎えにいくようにするよ。でも、あまり期待しすぎないでくれ」

ろくでもない作戦しか実行できない予感がする。多田の念押しにもかかわらず、

「待ってます」

と、裕弥は期待に満ち満ちた声で言った。「ありがとうございます、多田さん」

電話を切った多田は、換気扇の下でラッキーストライクを吸い、三つのコップに氷を入れた。二つにはウィスキーを、残りのひとつには麦茶を注ぐ。

「行天、作戦会議だ」

行天ははるを背中に乗せ、腕立て伏せへと移行していた。

「重いよ、このひと」

「おもくないよーだ。ギョーテンがよわいんだよ」

はるは身軽に床へ下り立ち、ソファに座った。クマクマを腕に抱き、多田が渡した麦茶をもったいぶって飲む。コップを揺らして氷を鳴らし、どうやら酒をたしなむ気分に浸(ひた)っているようだ。

はるに弱いと言われたからなのか、行天はいつもより多く回数をこなすつもりらしい。アホか。と思いつつ多田もはるの隣に座り、行天の気がすむのを待った。

「で？」

ようやく腕立て伏せを終えた行天が、向かいのソファに腰を下ろした。汗を拭(ぬぐ)いもせず、さっそくウィスキーを飲みはじめる。

「どんな背後霊救出作戦を考えてんの？」

「背後霊とか言うな。傷つきやすい年ごろなんだから」

「大丈夫大丈夫。それで行くと、俺は地縛霊だから」

行天はふんぞり返って言った。「多田便利軒に取り憑いている」

頼むから成仏してくれ。多田はため息のかわりにウィスキーを飲み下す。

「裕弥くんは明日の午前中、岡さんちのまえの畑で作業するそうだ。連れだす役目はおまえに任せる」

「なんで俺？　せんせーっぽい服なんか持ってないよ」

「俺はちょっと用がある」

「デートか」

「なぜお盆の朝からデートするんだ」

多田は低く言った。亜沙子とは、あれ以来一度も会っていない。お互いに仕事が忙しいこともあるが、電話すらかけそびれているのは、多田に勇気がないからだ。もしかしたら、亜沙子は多田との持続的なつきあいを望んでいないのではないか。あの一晩はほんの出来心で、なにかこう、いい運動になったとか、ストレス発散ができたとか、そんなふうにとらえているのではないか。

亜沙子をそういう人間だとは思っていないにもかかわらず、多田はどうも自信が持てず、結論を先送りにしたいがために、恋する相手の声も聞けないという悪循環に陥っているのだった。

「とにかく畑に行け」

精一杯の威厳をもって、多田は命じた。「服なら俺のを貸してやるから」

「多田、スーツ持ってんの？」

「黒だったら」

「それ、葬式用だろ。そんなの着て背後霊を迎えにいったら、大騒動になっちゃうよ。『お盆の奇跡!? あの世とまほろがつながった』って、テレビのレポーター来るよ」

「来ねえよ」

「えぇー」

「スーツじゃなく、白いシャツとなんか適当なズボンでいいんだ。いいから行け。あ、はるちゃんも一緒にな」

「やだ。あたしはタダサンといく」

推移を見守っていたはるが主張した。行天と行動をともにするのは危険だと、幼心にも感じるところがあったのだろう。

「ごめんな、はるちゃん。俺の用事が終わったら、すぐに合流するから。午前中だけ、行天をよく見張っておいてくれ」

多田が言い聞かせると、はるは不承不承といった様子でうなずいた。行天も強硬に反論はせず、作戦を受け入れた。多田が墓参りに行くつもりだと、ちゃんと察していたからだろう。

行天は他人に興味がないようでいて、実はなんでもお見通しだ。多田は苦く笑う。そう、俺ははるちゃんを市営墓地に連れていきたくないんだ。あの小さな墓石のまえで、はるちゃんとしゃべったり笑ったりなどできない。

年に一度、多田は息子と二人きりの時間を過ごす。はるを寝かしつけてすぐ、翌日に備えて多田もベッドに横たわった。だが、睡魔はなかなか訪れなかった。夏は毎年そうだ。事務所にエアコンがないためだけでなく、記憶が多田を苦しめる。それでも、明日は墓参りだと考えると、眠りが遠のく。今年ははるがいて、慌ただしい毎日だったせいか、例年よりはましなほうだ。

行天は銭湯に行ったまま、まだ戻らない。多田はしばらく団扇ではるに風を送っていたが、とうとう諦めて携帯電話を手にした。はるが起きそうにないのをたしかめ、事務所を出る。

雑居ビルの階段を下りたところで、亜沙子の携帯へかけてみた。呼びだし音は二回で途切れた。

「こんばんは」

と多田は言った。「まだ起きていましたか」

「ちょうど家に帰ったところでした」

亜沙子の声は、少し緊張をはらんでいた。多田になにを言われるのかと怯えるように。それで多田は、怖かったのは自分だけではないのだとようやく悟った。

「明日、息子の墓参りに行ってきます」

無言の亜沙子にかまわず、多田は言葉をつづけた。「こんなことを言っていいのかわかりませんが、そのあと、柏木さんに会いたい」

「私も明日、夫の初盆があります」

「夜でもかまわないんです。顔を見たら、すぐに帰ります」

「夫を亡くしたばかりなのに、さっさと心変わりする、とあきれられたのかと思っていました。連絡もないし、店にもいらっしゃらないから」

亜沙子の夫が死んだのは去年だが、そのまえから夫婦は別居していた。さしたる理由もなく夫に出ていかれ、亜沙子は深く傷ついていた。多田はそういう事情を知っていたのに、いままた亜沙子を不安にさせてしまった。

俺はいつも、大切なひとに対して怠慢なんだ。

多田は遅まきながら思いをこめて言った。

「会いたいです。ずっとそう思っていましたが、その……。いい大人が会いたい会いたいと言うのもおかしいかと、妙な遠慮というか恥ずかしさがありまして」

亜沙子がようやく微笑んだ気配が、掌に収まる機械から伝わってきた。

「明日の夜、お待ちしています。おやすみなさい」

「おやすみなさい」

多田は通話を切り、にやけそうになるのをなんとかこらえた。

「恥ずかしいのはこっちだよ」

と、背後から声をかけられたのはそのときだ。振り返ると、銭湯帰りの行天が立っていた。

『おやすみなさい、おやすみなさい！　別れはこんなにも甘い悲しみだから、朝までおやすみを言いつづけたい』

行天は歌うように言い、うやうやしく手で携帯電話を示した。「まあ遠慮せず、朝までおやりなさい」

「もう切った！」

「ひゃひゃひゃひゃ」

多田の抗議をものともせず、行天は笑って首を振った。濡れたままの髪の毛から、生ぬるい水滴が散る。

「拭けよ。犬かおまえは」

「ひゃひゃひゃひゃひゃ」

行天のあとにつづき、多田は事務所へと階段を上った。

六、

　翌日の朝、多田は軽トラックで市営墓地へ向かった。五時とはいわないまでも、かなり早くに事務所を出た。別れた妻と鉢合わせするのは、お互いにとってよくないからだ。お盆ということもあってか、墓地のまえの花屋はすでに店を開けていた。手ぶらで墓参するのが常の多田だが、ふと気が向いて小さな花束と線香を買った。

　墓地の入口で桶に水を汲み、ゆるやかな斜面を登る。墓参りに来たひとが、すでにちらほらいた。今日も暑くなりそうだ。蟬が鳴きだし、朝の太陽が草むらを照らす。

　多田は墓石に少々の水をかけ、まわりの草を抜いた。花を二つに分けて供える。焚きつけになるものを持ってこなかったので、ライターで線香に火を移す際、指が焦げそうになった。

　花や線香を見て、あとで墓参に来るにちがいない元妻は、どう感じるだろう。多田の痕跡を苦々しく思うのか、忘れられずにいるのは自分だけではないと心を慰めるのか。

負担に感じることがないといいのだが、と多田は思い、そう思う自分に少し驚いた。自分と同じかそれ以上に苦しめばいいと、ずっと願っていたはずなのに。

ひさびさに「甘い悲しみ」を味わったおかげで、もう都合よくだれかを思いやる気持ちになったのか。幸せのお裾分けとばかりに。勝手なもんだと、多田は自分の心の移り変わりを嗤った。

私は生きたい。

亜沙子の言葉がよみがえる。そうだ。勝手さも苦しみも記憶もすべて抱え、それでも俺は生きたい。

多田は小さな墓石のまえで、しばらくしゃがんでいた。生きたいと願うこともできないほど幼く、しかし生きるということをこれ以上なく体現していた息子のまえで。多田はいつも、どうしても手を合わせることができない。息子が生きていたときと変わらず、ただ見つめてしまう。いま目の前にあるのは、単なる石だというのに。

「今朝はおかしかったんだ」

気がつくと墓石に向かって話しかけていた。こんなことははじめてだ。自分でも驚いたが、言葉は止まらなかった。それこそ生きた人間を相手にするように、多田は語りかけた。

「行天が、アイロンのあたったズボンを穿いたんだ。もちろんジーンズじゃなく、スラックスだよ。俺のを貸した。白いシャツも」

アイロンは多田がかけてやった。事務所の隅で埃をかぶっていたアイロンを引っ張りだし、台はもともとなかったため、ローテーブルにタオルを敷いて代用した。

「ちゃんと髪の毛も撫でつけたんだが、どうにも珍妙なんだ。先生には全然見えない。あれはなんていうか……」

詐欺師っぽい。子どもを教え導く立場とは真逆の、胡散臭さに満ちた扮装になっていた。行天は、「靴がいけないんだよ」と主張したが、スニーカーを革靴に代えたところで、たいした効果があるとも思えなかった。だいいち、多田もまともな革靴を持っていないのだから、どうしようもない。一足だけある革靴を棚から引っ張りだしたら、盛大にカビが生えていた。

「そういうわけで、行天は胡散臭さ全開の恰好で出かけることになった」

行天が身仕度するのを見て、はるも対抗心を燃やした。凪子に連れられてきたときの、よそゆきのワンピースを着ると言い張った。しかも、クマクマも同行させるという。

多田ははるの髪の毛をとかし、花のついたピンで前髪をとめてやった。慣れないので時間がかかったが、はるはおしゃれができて満足そうだった。行天はそのあいだ、ズボンに皺ができないように突っ立っていた。目玉焼きを載せた食パンも、立ったまま食べた。

「おぎょうぎわるい」

とはるに指摘されても、聞こえないふりだ。

あの二人のみで外出し、しかも裕弥からの依頼に応えるなどということが、はたして本当にできるのだろうか。多田はおおいに不安だった。曽根田のばあちゃんを見舞ったら、すぐに山城町の畑へ向かおう。

「また来るよ」

緑に覆われた墓地をあとにし、多田は軽トラに乗って丘を下りた。窓を閉めエアコンを入れても、蟬の声はにぎやかに追いかけてきた。

松原裕弥がのちに語ったところによると、その日、行天は朝の九時半に畑へやってきたのだそうだ。

山城町二丁目のバス停に降り立った行天は、つづいてはるがステップから地面にぴょいと飛び降りるのを、手を貸すでもなく眺めていた。

行天とはるは、畑のまえの道に並んで立った。バスが走り去る。二人に気づいたのは、バス停のほうを気にしていた裕弥だけのようだった。

なんていうか、すごくまずいんじゃないかな。と裕弥は思った。行天とはるが、周囲の風景から浮いていたためだ。畑や山城町、もっと言うと日常とか生活とかいったものから、二人はまったくかけ離れた存在に見えた。

もちろん、行天もはるも常識的な恰好をしていた。「ちょっとおめかしして、お盆に祖父母の家を訪ねようとしている父親と娘」に見えなくもなかった。だが、にじみでる違和感は否定できないところだ。

髪を撫でつけ、白いシャツを着た行天は、塾や学校の先生というより、言葉巧みに年寄りに羽毛布団や象牙の印鑑を売りつけたり、結婚をちらつかせて中年に差しかかった女の貯金を全額引きだしたりする人物のようだった。

ワンピースを着て前髪をピンでとめたはるはといえば、すまして微笑んでいる。幼いながらに裕弥の事情を察し、気合いを入れて「かわいいお嬢さん」を演じているらしかったが、その微笑みがこわい。先日テレビで見たギャング映画に、こういう女が出てきたっけ、と裕弥は思う。ボスの隣であやしげな笑みを浮かべる、でも目は笑っていない女。はるの持つウサギのぬいぐるみまでもが、口もとを血で濡らしているように錯覚された。

多田さんはどうして来てくれなかったんだろう。裕弥は急いで二人から目をそらし、こっそりため息を漏らした。周囲の大人に気づかれないよう、ナスへの水やりを続行する。

大きなバケツに水を汲み、柄杓で丁寧に根もとへ水をかけていく。長いホースがあれば簡単なことなのに、ＨＨＦＡでは子どもには使わせない。「労働の大変さを知るのはいいことよ」と母親も言う。くたくたになるまで働かされ、塾や学校でいい成績を取らないと怒られて、友だちには馬鹿にされる。「いいこと」なんか全然ない。収穫した野菜はけっこうな高値で直販しているのに、アルバイト料や小遣いがもらえるわけでもない。やっぱりこの組織はなんだかおかしいと思う。

ロボットみたいに正確に柄杓を振りながら、裕弥は再び道のほうを見やった。行天とはるはまだ突っ立っていた。行天は裕弥と目が合うと、大きな声で呼びかけてきた。

「あれ、マツバラくんじゃないか」

裕弥の母親も含め、畑に居合わせた大人五人と子ども二人が、いぶかしげに振り返った。裕弥は咄嗟に目を伏せたのだが、行天がなおも、「おーい、マツバラくーん」と呼ばわりつづけるので、しかたなく顔を上げる。

行天は裕弥に向かい、道から盛大に手を振っていた。歯磨き粉の宣伝かアメリカの通販番組みたいにさわやかな笑顔だ。

う、胡散臭い。

裕弥は柄杓を取り落としそうになり、急いでバケツにつっこんだ。農作業で顔なじみの小学生男子が、

「……だれ？」

と裕弥に囁く。

だれという設定なんだろう。裕弥は答えに詰まり、「うん、ええと」と言葉を濁した。

若干の警戒と困惑のムードをものともせず、行天は畑に入ってきた。はるもあとにつづく。

「おはよう、マツバラくん。なんとも素晴らしい天気だ」

「はあ……」

さわやかさを装う行天、というのがどうにもむずがゆく、裕弥はいたたまれない思いがした。喫茶店で相談したときは、突拍子もないことを言うか不機嫌な老猫みたいにそっぽを向いているかだったのに、このひと二重人格なんだろうか。

「裕弥、どなた？」

母親が近づいてきて、不審そうに行天を見た。あせる裕弥をよそに、行天はプラスチックのような笑みを絶やさず、

「瀬川です」

と言った。「塾で算数を担当しております」

そうだったのか。設定を飲みこんだ裕弥は、慌てて言い添えた。

「うん、陽成進学塾のセガワ先生だよ。田村くんも教えてもらってるんだけど、先生の授業はすごくわかりやすいって、いつも言ってる」

「ありがとう」

行天は行儀よく応じた。「立派な畑だね。朝から手伝いをしてえらいな。でも、もうそろそろ塾へ行ったほうがいいんじゃない？　特講の時間にまにあわなくなるよ」

「あの……」

母親が口を挟んだ。「とっこうって？」

「今日は特別講習があるんです」

行天は母親に向き直り、堂々と言った。「あれ？　マツバラくん、お母さんに伝えてなかったの？　だめじゃないか」

「でも」

と母親は食い下がった。「今日はこのあとも予定があるんです。すみませんが、裕弥は欠席ということで……」

「いけません、お母さん」

行天は真剣な表情になり、母親を正面から見つめた。「小学六年生の夏休みは、天下分け目の戦いですよ。注意一秒、怪我一生。ぼんやりしていたらマツバラくんがおくれを取ります。せっかく頭のいいお子さんなのに、そんなことになってしまってはもったいない」

よくこんなにさらさら嘘がつけるなあ。裕弥はあきれて行天を見上げていた。行天は裕弥の腕を軽くつかみ、

「さあ、先生と一緒に塾へ行こう」

と道に向かって歩きだした。

「そんな、これからですか？　困ります」

母親が追いすがる。「なんにも用意をしていないし、先生だって娘さんが」

「はるだよ」

と、はるが無邪気に名乗った。「あたしギョーテンのむすめじゃ……」

「いいから」

行天は低い声ではるを制し、すぐに笑顔になって母親に弁明した。「うちでは『パパ』や『お父さん』ではなく、名前で呼ばせているんです」

セガワギョーテンって、どんな名前だよ。易者みたいだ。裕弥はめまいがしてきた。だいたい、塾の先生がなぜこの場に登場したのか、冷静に考えれば理由がわからない。たまたま裕弥と出くわしたという設定なのか、わざわざ裕弥を迎えにきたという設定なのか曖昧なまま、行天は強引にことを進めていく。

「この子の母親は、お盆で里帰りしてましてね。置いていかれて、娘は昨日から拗ねてるんですよ。あ、うちの塾は託児ルーム完備なので、子どもと一緒に出勤しても問題ありません。マツバラくんの準備が、とおっしゃるなら、筆記用具もテキストもすべて貸します。そうまでしたいと思わせる逸材なのですマツバラくんは！」

母親やほかの大人が気圧されているのをいいことに、行天はピントのはずれた説明を繰りだしながらどんどん畑を進み、裕弥を引きずる形でついに道まで出た。

道路を挟んだ反対側には、広い庭と高い木のある大きな家が建っている。家のまえには、バス停がある。あそこからバスに乗れば、まほろ駅前へ行ける。母親からも畑からも離れ、今日の南口ロータリーでの広報活動を免れることができる。

早く向こう側へ渡って、バス停へ。目の前の道が、裕弥には大河のように見えた。

そのとき、件の大きな家から老人の一団が出てきた。男女合わせて十数名はいるだろうか。磨いたように光る禿頭の男を先頭に、ボストンバッグや紙袋を持った老人たちはバス停に並ぶ。

「げっ」

と、行天が小さく声を上げた。禿頭の老人も、道を挟んで行天がいることに気づき、いやそうな顔をした。どうやら知りあいらしい。裕弥が行天と老人とを見比べるうち、ゆるやかなカーブを曲がってバスがやってきた。

客はだれも乗っていない。バスの前面についた行き先表示板は、「横浜中央交通」となっており、運賃が後払いか先払いかを表示する小窓には、「貸切」の文字があった。車体の形や色や模様は、ふだん町を走っている路線バスと同じだ。

バスは向かいのバス停に停まった。車体にさえぎられて見えないが、老人たちが乗車しているようだ。

「裕弥」

背後から母親に呼ばれ、裕弥は軽く体を震わせた。このままでは畑の作業に、南口ロータリーでの広報活動に、引き戻されてしまう。

「走って」

行天が言い、ウサギのぬいぐるみごと素早くはるを抱きあげたかと思うと、率先して駆けだした。「乗りまーす！」

大声で主張しながら、道を渡っていく。裕弥も瞬時に迷いを捨てた。

「お母さん。やっぱり俺、特講に出るよ。天下分け目の戦いだから」

言うが早いか行天のあとを追い、道を渡ってバスの前方ドアへとまわりこむ。

「裕弥！」

母親が苛立ったように叫んだが、裕弥は振り返らなかった。

ドア口では行天が運転手と押し問答をしていた。

「お客さん、このバス貸切ですよ」

「いいから、いいから。よう、じいさん」

運転席のすぐうしろに座った禿頭の老人に、行天は気安く片手を挙げて挨拶した。

「なんでおまえが乗ってくる！」

「緊急事態なんだよ。ほらほら、さっさと出して」

車内にちらばって座る老人たちは、びっくりしたように行天を見ている。その視線を無視し、行天は裕弥を片手でステップから引っ張り入れ、運転手と禿頭の老人を急かした。

なかなか発車しないバスに焦れたのか、うしろに停まった車がクラクションを鳴らす。

「ええい、やむをえん」

と、禿頭の老人が言った。「出発だ」

ドアが閉まり、バスはゆっくりと走りだした。裕弥はポールにつかまり、窓から外を見た。母親が怒りながら畑へ戻っていく。ほかの大人たちも、顔なじみの小学生も、した。

「なんだったんだ」という表情でバスを見送っている。裕弥は小さく手を振った。清々

行天は抱えていたはるを優先席に座らせた。バスのなかほどにある、横向きの三人掛けの座席だ。

「背後霊も座りなよ」

と言われたが、裕弥は最初、自分への言葉とは思わずに立っていた。行天に軽く背中をつかれ、「背後霊って俺のことか」と気づく。なんでそんな妙なあだなをつけられなきゃいけないんだ、と腹が立ったけれど、無事に畑から逃げだせて気が抜けたためもあり、おとなしくはるの隣に座った。

行天は裕弥とはるのまえに立ち、上半身をひねって禿頭の老人に言った。

「で？　じいさん、どこ行くの。年寄りばっかでバス借りて、極楽ツアー？」

「さっきまでそういう気分だったが、いまじゃ地獄行きのバスだ。おまえみたいな疫病神が乗りこんできたからな」

老人は憤然とした様子で言った。

「へえ、そりゃ穏やかじゃないね」

行天はまったく意に介さず、鼻で笑い飛ばした。さっきまでの嘘くさい笑顔とは全然ちがう、リラックスした表情だった。

後部座席に座っていた老人が、バスの揺れに翻弄されながらやってきた。

「どうするんだ、岡さん」

と、禿頭の老人に話しかける。「予定外の乗客だぞ」

「しかたあるまい。せっかく計画を立てたんだ。実行に移そう」

「そうは言っても、小さな女の子までいるのに……」

「林さん。あんた、ここまで来てひるんだんじゃないだろうな」

「なんだと。あんたの知りあいのようだから、心配してやってるんだ」

禿頭の岡と、足もとの危うい林は諍いをはじめた。どうしよう、と裕弥は気を揉む。せっかくの団体旅行を邪魔するつもりはなかった。どこか適当なところで降ろしてくれれば、それでいいのだけれど。すがる思いで行天を見上げたが、行天はおもしろそうに老人の口げんかを眺めるばかりだ。

後部座席に座っていた白髪のおばあさんが、これまたゆっくりと車内を移動してきた。裕弥は急いで尻の位置をずらし、おばあさんが座れるスペースを優先席に作った。おばあさんは裕弥の隣に腰を下ろし、

「お菓子お食べ」

と、ティッシュの塊を手渡してきた。「仲良くね」

裕弥とはるを兄妹だと思っているようだ。はるが興味津々で裕弥の手もとを覗きこんできた。裕弥はしかたなく、ティッシュをおそるおそる開いた。なかから白い落雁が現れた。

「これ、おかし？」

はるは落雁をつまみ、首をかしげた。「きれいね」

「そう。甘いよ」

おばあさんはうれしそうににこにこする。はるは、「いただきます」と落雁を口に入れた。

「ほんとだ、あまい」

裕弥はあまり食べたい気持ちにならなかった。湿気ていそうだし、甘いものはそんなに好きじゃない。しかし、おばあさんが期待に満ちた目で見ている。勇気を出してひとつだけ食べた。

落雁は口内の水分を吸収し、舌に張りついた。甘いけれど、かすかに簞笥みたいなにおいもした。どうして、お年寄りがくれるものって簞笥のにおいがするんだろう。しばらく会っていない祖父母のことを、お年玉が入ったポチ袋のにおいを、裕弥は思い浮かべた。

「おいしいです。ありがとうございます」

やっと落雁が溶けて消えたので、裕弥はおばあさんに言った。おばあさんは、「もっとお食べ」と言ったけれど、ぜひとも遠慮したい。裕弥は落雁をティッシュで丁寧にくるみ直した。

はるは膝に載せたウサギのぬいぐるみを、

「クマクマだよ」

と、落雁のおばあさんに紹介した。おばあさんはクマクマの手を軽く握り、「はじめまして」と挨拶する。変な名前をつけるなあと思いながら、裕弥は二人の様子を眺めていた。もちろん、クマクマに声をかけたりはしなかった。大人の男はぬいぐるみ遊びなどしないのだ。

正真正銘、大人の男であるはずの行天はといえば、優先席のまえのつり革につかまり、風にはためく洗濯物みたいに体を揺らしていた。落ち着きがないうえに視界をふさがれるので、鬱陶しくてかなわない。空いてる席があるんだから、どこかに座ればいいのに。そう思ったけれど、口に出すことはできなかった。畑から連れだしてくれたのは行天なのだし、老人ばかりの妙なバスに乗ってしまって、心細いせいもあった。いま行天の機嫌を損ねるのは、得策ではないだろう。

「悪いんだけどさあ」

と、行天は岡と林の口げんかをさえぎった。「俺たち、多田の事務所に行きたいんだよね。まほろ駅前で降ろしてくれない」

「だめだ」

と、岡は申し出を一蹴する。ちょうど赤信号で停まったところだったので、運転手が見かねて提案してきた。

「あのー。みなさま、まほろインターから高速に乗るご予定ですよね？　どうせ駅前を通るんですから、三人さまをそこで降ろしますが……」

運転手は四十代半ばぐらいの、穏やかそうな男だ。運転台には、「笑顔で安全運転に努めます　中野修二」というプレートが掲げられている。

「ほら、ナカノさんもこう言ってくれてるし」

行天が持ちかけるも、

「だめだ」

と岡はなぜか納得しない。「中野さん、こいつに言って聞かせなきゃいかんことがあるから、どっかにバスを停めてくれ」

「そりゃ無理ですよ、お客さん」

行天と岡から、旧知の間柄であるかのようになれなれしく呼ばれ、中野はあきれたように首を振ってみせた。「そんじょそこらの乗用車じゃないんですから、道端にそうそう駐車できる場所はありません」

「いたしかたない。じゃあ走ったままでいい」

信号が青に変わり、バスはまほろ街道を進んだ。岡は林を自分のうしろの席に座らせ、立ったままの行天に向かって厳かに言った。

「我々は、大きな目的を持って行動しているのだ」

「目的って？」

「説明しよう。そのまえに、中野さんや」

「なんでしょうか」

中野はギアをローに入れ、なめらかなブレーキングを見せながら、ミラー越しに車内のほうへちらと視線を寄越した。

「このバスには、無線やらGDPやらはついているかい」

GPSのことだろうな、と裕弥は思った。中野もそう判断したらしく、淡々と答えた。

「ついてませんねえ。一時期、社内でそういう話も出たんですけど、携帯が普及したでしょ。道路の混雑状況なんかは、いざとなったら携帯で運行センターと連絡取ればいいか、ということになって。ま、タクシーじゃないので、運行センターって言っても、まほろの営業所の、ふつうの事務室ですけどね」

「それを聞いて安心した」

岡は禿頭を撫であげ、なにやら腹黒い表情になった。「便利屋の助手、よく聞け。我々の目的地は、横浜駅前にある横浜中央交通本社だ！」

「えぇー」

行天は胡乱（うろん）な目になった。「なんで？」

「ちょっと待ってください」

と、驚いたような声を上げたのは中野だ。「みなさまは箱根に行かれると、わたしは聞いていたんですが」

「箱根で行楽なんぞしてる場合じゃない！」

岡は急激に気持ちが高ぶったらしく、声をうわずらせる。「そんなもんは、カマフラージュに決まっているだろう！」

カモフラージュのことだろうな、と裕弥は思った。なんだか雲行きがあやしくなってきた。隣に座っている落雁のおばあさんをそっとうかがうも、おばあさんは岡の高揚などちっとも気にせず、はると一緒にクマクマで遊んでいる。林も、後部座席にいるほかの老人たちも、「うむうむ」といった感じで、動揺するでもない。それが余計に不安をかきたてる。手汗がにじみ、ティッシュにくるまれた落雁がますます湿気てしまいそうだ。

「困りましたねえ」

中野は制帽を取り、額を袖口でこすった。「行き先を変更されるのなら、それこそ営業所に連絡しないと」

「聞かなくてもわかるような気がするけど」

行天はつり革を支点にぐるりと体を回転させ、岡の顔を見た。「なんのために、横中の本社へ行くの」

「間引き運転に対する抗議だ！　横中の横暴、許すまじ！」

ぱちぱちぱちと、車内の老人たちからまばらな拍手が起こった。

「間引き運転？　うちの会社は、そんなことはしてませんよ」

中野は反論し、しかしすぐに、岡を刺激してはまずいと思い直したようだ。「とにかく、箱根なのか横浜なのか決めてください。わたしは黙ります。運転中の私語は禁じられているので」

「そのほうがいいだろうな」

岡はもっともらしく言った。「中野さんに危害は加えたくない。携帯電話もしまっておくのが身のためだ」

「えーと」

行天が首をかしげた。「もしかしてこれ、バスツアーじゃなくバスジャック？」

「ようやくわかったか」

岡は笑い、膝に抱えていた紙袋からシーツのような布を引っ張りだした。「抗議の旗と横断幕も作ってきた。我々は断固として正義の実現を要求する。行き先は横浜だ！」

おー、と車内の老人たちが弱々しく拳（こぶし）を上げた。

「お盆休みで、本社にはだれもいないと思うんですが……」

中野がおずおずと言い、

「あんた、黙るんじゃなかったのか」

岡にぴしゃりとさえぎられて、慌てて口を閉じた。

中野にすがるような眼差しを送られ、しかたなさそうに行天が説得役のバトンを受け取った。

「じいさんの奥さんには、今回の決起を伝えてある？」

「まさか。あいつは頭が固いから、言ったところでたしなめられるだけだ」

「だろうね」

行天はため息をついた。「いい年して、ばかなことはやめとけば？　バスなんて、来なけりゃ次のを待てばいいじゃない」

のちに顚末を聞いた多田は、「行天がそんな常識的な発言をするとは」と驚いたのだが、裕弥はまだ行天の変人ぶりをよく知らなかったので、「そのとおりだ」と思うにとどまった。バスジャックなんて、不穏きわまりない。こんな騒ぎに巻きこまれてしまって、これからどうなるんだろう。行天がなんとか事態を打開してくれることを期待し、祈るように推移を見守るしかなかった。

「いい年だからこそ、我慢に我慢を重ね、ついに実行に移すことにしたんだ」

岡は堂々と言い放った。「この年になったら、捕まっても痛くも痒くもない。死刑になったって、執行されるまえに寿命でお迎えが来るぐらいだ」

運転席で中野はすくみあがったようだが、それは身の危険を感じたというより、岡の理性の強度に疑念を覚えたためらしかった。無論、岡はすこぶる正気だ。

「横中が間引き運転するせいで、我々は病院への足がなくて不自由しているんだ。薬をもらいにいけずに体調が悪化するのを黙って見ているか、行動に移して捕まって下手したら死刑判決を受けるか、おまえだったらどっちを選ぶ」

体調が悪いようにはとても見えない。どうしてそんな究極の選択をしなきゃいけないのかな、と裕弥は内心でつぶやいた。岡に問われた行天も、同じ気持ちだったようだ。

「えぇー」

と顔をしかめる。「俺なら、家で寝てるな。どうせいつかは死ぬんだから、それまで、できるだけのんびり暮らしたほうがいいでしょ」

「そんな志の低いことだから、おまえはうだつのあがらない助手どまりなんだ」

岡はおかんむりだ。行天はへらへら笑い、岡を放って中野に頼んだ。

「ねえ、俺たちのこと、どっかで降ろしてよ」

「このひとたちのなかに、わたし一人を置いていこうっておっしゃるんですか。降ろしません。お願いですから一緒にいてください」

混乱と困惑と不安が内心でせめぎあっているためか、中野までもが無茶苦茶なことを言いだした。涙目になりつつも、運転に専念しているのはさすがだ。

「まいったね」

行天は裕弥とはるを見下ろしてきた。「しょうがないから、飛び降りようか」

とんでもない、と裕弥は首を振った。スピードはそんなに出ていないとはいえ、はるはまだ幼児だ。信号で停まっている隙に手動でドアを開けようにも、老人一味はぬかりなく車内にちらばり、裕弥たちの動向をうかがっている。菓子を食べたり、水筒のお茶を飲んだりしながらだが。

どうにも緊迫感がない。ここはやはり、もう少し様子を見るのがいいのではないか。

そのうち老人たちも、横浜で抗議するより箱根で行楽したほうがいいと思い直してくれるかもしれない。ＨＨＦＡの広報活動から逃げだした裕弥としては、今日は一日暇なのだ。

岡と林は、横断幕をいますぐバスの車体に取りつけたほうがいいのではないか、と相談しはじめた。行天は二つのつり革に左右の手首を預け、磔（はりつけ）になったみたいにうなだれて大きなため息をついた。

「背後霊、携帯持ってる？」

多田はそのころ、まほろ市民病院の喫煙スペースにいた。

市民病院の面会時間は、平日なら午後一時から、休日なら午前十一時からと決められている。これはあくまで建前で、実際のところ時間外でも入院病棟に潜りこみ、見舞いをすることができた。特に多田は、曽根田のばあちゃんのおかげで看護師にも顔見知りが多い。事情を知っているから、仕事の合間に病院へ寄る多田のことを、見て見ぬふりしてくれるのが常だ。

ところが今日は、ばあちゃんと同室のひとの血圧が上がったとかで、ちょうど医師が病室に来ていた。点滴やらなんやらで慌ただしそうなところへ、部外者かつ面会時間を無視した多田が顔を出すわけにもいかない。気を利かせた看護師の須崎（すざき）に、「三十分ぐらいで落ち着くと思いますから」と耳打ちされたので、多田は煙草を吸いながら時間をつぶすことにしたのだった。

喫煙スペースは、病院の裏口を出たところにあった。目の前は駐車場で、来院者の車の屋根が日の光を反射している。午前中だというのに、照りつける日差しでアスファルトが溶けだしそうだ。

この隙に、ばあちゃんの好物のカステラでも買ってこようかな。多田は冷たい缶コーヒーを飲み干し、ぼんやり考えた。いつもは前日までに用意しておく手土産を、今回にかぎって忘れてしまった。病院に来る途中で、まほろ街道沿いの菓子屋に立ち寄ってみたのだが、朝早いせいか盆休みなのかつぶれたのか、シャッターが閉まっていた。しょうがないから手ぶらで来たが、甘いものの好きなばあちゃんががっかりするだろうと思うと、申し訳ない気持ちになってくる。駅前まで出てデパートが開くのを待つか、病院の売店でなにか見つくろうか……。

空き缶をゴミ箱に捨て、暑い空気に脳天をなぶられながら、多田は二本目の煙草に火を点けた。あまりに気温が高く、なにかを判断するのが億劫だった。灰皿のまわりには、入院着を着たおじいさんや足にギプスをはめた若者が集まっており、所在なさげに煙を吐きだしている。

行天はうまく裕弥を畑から連れだせただろうか。成功していれば、そろそろ事務所に戻っているころだが。そう思ったとき、ちょうど携帯が鳴った。裕弥の電話番号が画面に表示されている。

「はい、多田です」

「俺、俺」

と行天の声が聞こえた。恰好だけじゃなく、電話のかけかたまで詐欺師めいている。

多田は眉間を揉み、

「おう、いまどこだ」

と尋ねた。「首尾よくいったか」

「背後霊は連れだせたんだけど、乗ったバスがバスジャックされちゃったんだよ」

あまりにも軽い口調だったので、意味が脳みそを素通りした。数瞬置いて、

「なんだって!?」

と多田は言った。自分で意図したよりも声が大きかったのか、居合わせた人々の視線を集めてしまった。喫煙スペースから炎天下の駐車場へと足を踏みだす。

「バスジャックって、そりゃ大事だろ。俺に電話するまえに警察に通報しろ。もうしたのか？　犯人はどんなやつだ」

動転した多田が矢継ぎ早に問いかけると、

「ひゃひゃ」

と行天は笑った。「ふつうはまず、『本当か』って聞くと思うんだけど」

「なんだ、冗談か」

「いや、ほんと。バスジャックっていうか、デモ隊の決起に巻きこまれたっていうか」

「おい、行天。もうちょっと小さい声で話したほうがいいんじゃないのか。どういう状況なんだ。犯人に見つかったら……」

電話の向こうから、「えい、えい、おー」と、間の抜けた勝ち鬨のようなものが漏れ聞こえた。

「なんなんだ、いったい」

多田は思わず、耳から離した携帯電話をまじまじと眺めてしまった。「もしもし？」

行天はバスジャック犯（？）となにやらやりとりしているようだったが、

「はいはい、もしもし」

と、多田との会話を再開した。「まいっちゃうねえ、じいさんが横断幕つけろって言うんだ。ちょっと手を貸さなきゃいけないから、また電話する」

「待て待て待て」

いまにも通話を切りそうな行天を、多田は慌てて止めた。「じいさんって、だれだ」

「ほら、ハゲの。山城町の」

「岡さんか!?」

「うん。『横中の本社へ抗議に行く』って、じいさんがバスを貸切にして年寄り連中と決起した」

行天の説明を聞いても、多田にはほとんど意味不明だった。いや、正確に言うと、不明のまま放置しておきたかった。しかし、そういうわけにもいかない。

「警察に通報しろ」

多田は今度はなげやりに言った。

「してもいいけどさ」

と、行天は軽い口調で受け流した。「数少ない顧客が捕まっちゃったら、あんた困るんじゃないの」

日差しのせいか心労のせいか、多田はこめかみが鈍く痛んできた。

岡家の座敷での秘密会合。なんらかの決意を秘め、ぬめりを帯びていた岡の目。あのときもう少し話を聞いておけばよかったと思っても、すでにあとの祭りというものだ。

「わかった」

とうとう観念し、多田はため息とともに言った。「いま、どのあたりにいる?」

バスジャック老人一行と裕弥たちを乗せた貸切バスは、まほろ駅前方面へ向かって、まほろ街道をまだまだひた走っていた。

多田との電話を終えた行天に、岡がさっそく、紙袋から引っ張りだした布を押しつけた。

「さあ、これを車体に結びつけてくれ」

携帯を裕弥に返した行天は、布に書かれている文字を読んだ。裕弥もズボンのポケットに携帯をしまい、布の端を持って、広げるのを手伝う。

「じ、ま、す……？」

「『横中の横暴、許すまじ！』だ！」

「そっか。逆から書いてあるからさ」

行天は布を引きずり、車内を移動した。花嫁の長いベールを捧げ持つように、裕弥も行天に合わせて動く。

岡が場所を空けたので、行天は運転席のすぐうしろの席に片膝を載せた。窓を開け、車外へ首を出す。

「一回、車を停めない？　外から取りつけたほうが楽だと思うんだけど」

行天の提案を、岡は受け入れなかった。

「我々には前進あるのみだ」

行天はしかたなさそうに裕弥に指示した。

「じゃ、背後霊は真ん中へんの窓で待機して。そうそう、そのへん。行くよー」

行天は前方の窓から、岡手製の横断幕を突きだした。風に煽（あお）られ、細長い布は鯉（こい）のぼりのように車体に沿ってなびく。

「背後霊、そっちの端っこをつかむんだ！」

そんな無茶な。布の端は活きのいい魚さながらに揺れている。裕弥は途方に暮れた。動いている乗り物の窓から身を乗りだすなんて、これまで一度もしたことがない。危ないからしちゃいけないと、母親や先生に言われてきた。

ところが、このバスに乗りあわせた大人ときたらどうだ。行天は「早く早く」と急かす。岡をはじめとする老人たちはといえば、バスの中央部分に集まってきて、行天と裕弥の背後を半円状に取り囲み、「若いのに非力だなあ」「ほらチビッコも、便利屋の助手をさっさと手伝わんか」などと言いたい放題だ。

なびく横断幕は空気をはらみ、けっこう重いらしい。行天はものすごい形相で布の端を握り、窓から半身を乗りだして必死に踏ん張っている。大凧揚げかマグロの一本釣りかという気合いの入りかただ。裕弥は生来の気弱さに後押しされ、ついついバスの窓から両手をのばし、はためく布の端をつかんでしまった。

布の重みがずっしりと腕にかかる。対向車に乗ったひとが、なにごとかとバスを見上げ、あっというまにすれちがっていく。

「よーし、そのまま持ってて」

行天が車内に頭を引っこめ、布の端についていた紐を窓の取っ手にくくりつけた。小型のホッチキスのような形をした取っ手だ。ついで、裕弥のもとにやってきて、同じように紐で固定する。

バスは車体の右側面に、「横中の横暴、許すまじ！　間引き運転反対！」と書かれた横断幕を提げる形になった。横断幕の下半分はどこにも結びつけられていないため、布は常に大きく風を受け、ちゃんと字が読める状態で静止することがあまりなかったが。

老人たちは窓に鈴なりになって、車内から満足そうに横断幕を見下ろした。行天とはるも一緒になって窓から顔を突きだしている。

「危ないよ」

裕弥ははるのワンピースの背をつまみ、軽く引っ張った。はるはうれしそうに裕弥を振り仰ぎ、

「かっこいいねえ」

と言った。「うんどうかいみたい」

運動会？　そうだね、そう言われてみれば、そうかもしれない。裕弥ははためく横断幕を、老人のあいだから眺め下ろした。岡はがんばってレタリングを心がけたらしく、中途半端に活字風の文字だ。それがますます、脅迫状めいた鬼気迫る風情を醸しだしている。

運転手の中野は、バスに取りつけられた布をサイドミラーで確認し、やれやれと首を振った。

「危ないですから、座席にちゃんと座ってください」

裕弥とはるは優先席に、ほかの老人たちももとの席に戻った。行天は裕弥とはるのまえのつり革につかまる。落雁のおばあさんは、横断幕取りつけ騒動のあいだも泰然と優先席に座ったままだった。

「さて、我々の主張も明確になったところで」

と、岡が車内後方へ向かって身をひねった。「堂々と横浜へ乗りこもう！」

「いや、岡さん。ちょっと待ってくれ」

そう言ったのは、後部の二人掛けの座席にいた男だ。白髪はまだまだ豊富な量があり、いかにも紳士然とした風体だった。オカさんとはそりが合わなそうだな、と裕弥は思った。計画を止めてくれるといいのだけれど。

「横中の本社へ行っても、無駄足ではないかな」

「いまさらなにを言いだすんだ、山本(やまもと)さん」

憤(いきどお)る岡を掌(てのひら)で制し、

「まあ聞いてくれ」

と、山本という男は言った。「運転手の中野さんによると、盆休みで本社にはひとがいないそうじゃないか」

ハンドルを操りながら、中野が激しくうなずいてみせた。山本は発言をつづける。

「道路事情も含め、まほろのことは、やはりまほろの横中営業所が一番よく知っているはずだ」

「あのー、営業所も盆休みです」

中野がおずおずと言った。

「それでも、だれかしらいるだろう。乗車勤務はシフト制のはずだ」

岡が運転席の背後のボード越しに言うと、中野は亀のように首をすくめ、再び運転に専念しだした。

「問題は」

山本はいっそう声を大にして言った。「横中の営業所やまほろ市民病院があるのは、いったいどこかということだ。横浜市か？　否！　東京都まほろ市だ！　営業所や病院を管轄しているのは、まほろ市なのだ！　市民税を長年にわたり納めてきた我々が、堂々と抗議に乗りこむべきは、まほろ市役所ではないのか！」

「市役所こそ盆休みじゃないの？」

行天が疑義を呈したが、

「だったら、『いますぐ担当職員は役所に来い。さもなくば、バスに乗っている老人を一人ずつ殺す』とでも言えばいいんだ」

と、山本は外見に反して過激である。自分も「老人」に含まれる年齢だということを、はたしてわかっているのだろうか。さすがオカさんの仲間だ、と裕弥はがっかりした。

車内には、「なるほど、市役所か」「それもありかな」といった空気が流れた。裕弥は内心で、「バスの運行を管轄してるのは、市役所じゃなく国土交通省のはずだし、市民病院にはとっくに民間の運営会社が入ってるよ」と反論したが、余計な口出しができるムードではなかったので、もちろん黙っていた。

バスはちょうど、まほろ街道にある「キッチンまほろ」の角を折れたところだ。ここから駅前までは、片側二車線の広い道路になる。

「どうする？」

岡は車内を見わたした。「横浜の横中本社かまほろ市役所か、どちらに行くのが効果的か、決を採りたい」

「私は市役所がいいです」

最後部の横長の座席にいた老婦人が言った。まだ決を採っていないのに、勝手に手を挙げている。白髪をお団子に結った小柄な女性だった。

「あ、花村(はなむら)です。よろしくお願いします」

老婦人は発言の途中で唐突に名乗った。裕弥は思わず会釈を返したが、岡をはじめとする老人たちは、「知ってる」という顔をしていた。近所の住民同士で結託して決起したらしいのだから、顔見知りに決まっている。

「なぜ市役所がいいのか、考えを聞かせてくれ」

岡にうながされ、花村は頰に軽く手をあてた。

「そうですねえ。強(し)いて言えば、近場だから？　今日は天気がいいでしょう。私、洗濯物を干してきちゃったんですよ。横浜まで行っていたら、帰りが夕方になって、せっかく干した洗濯物が湿っちゃうかもしれないので」

車内には、「そんな理由で！」「しかし、衣類が湿るのはたしかにいやなものだ」といった空気が流れた。裕弥は、「バスジャックするまえに洗濯物を干したんだ……」と半ばあきれ、半ば畏(おそ)れをもって花村を見た。花村は、「いかがかしら？」と、にこやかに首をかしげている。

「では、横中本社かまほろ市役所かで決を……」

岡が改めて言いかけたところで、背後からクラクションが聞こえた。中野がミラーに視線をやり、それ以外の面々はいっせいに振り返る。

白い軽トラックが、バスを猛追してきていた。

「多田だ！」

つり革にぶらさがっていた行天が生気を取り戻し、横断幕がかかっているほうの窓に駆け寄った。開いた窓から上半身を出し、「たすけてー」と手を振る。

軽トラはバスの横にぴったりつき、併走しはじめた。助手席の窓が閉まっているため、内部がうかがえないが、たしかに多田便利軒の軽トラックだ。

裕弥のズボンのポケットで、携帯電話が鳴った。

「はい」

「裕弥くんか？　便利屋の多田だ」

「多田さん、いま隣を走ってますよね」

「ああ。行天の話じゃ、いまいち要領を得なかったんだが、どんな状況だ？　危害は加えられてないか？」

「それはないです」

裕弥は行天の隣に立ち、窓から軽トラを見た。「精神的なダメージが大きいですけど」

こんなことなら、南口ロータリーで広報活動をしたほうがましだった。裕弥は、わけのわからないバスに乗りあわせたことを後悔しはじめていた。

「はるちゃんはどうしてる?」

多田に問われ、裕弥は優先席を見た。はるはクマクマを抱き、おばあさんと一緒に落雁を食べていた。大物だ。

「おとなしくしてます」

おとなしくしていないのが岡だ。会話から察しをつけたらしく、座ったまま頭を車外に出し、

「便利屋ー! 邪魔するな、しゃらくさい! しっ、しっ」

と軽トラを威嚇しだした。

「これはもう、荷台に飛び移るしかないね」

行天が真剣な表情で裕弥に持ちかけてきた。

「無理ですよ、そんなこと。ハリウッド映画じゃないんだから」

「えぇー。じゃあ俺たち、このまま会社か市役所に突入すんの? それこそやだよ、映画じゃないんだから」

「裕弥くん?」

携帯の向こうで多田が呼びかけている。大人たちに翻弄され、裕弥はてんてこ舞いだ。

「大丈夫か?」

「ええ、まあ」

と裕弥は答えた。「ちょうどいま、突入場所を市役所にするか横中本社にするか、多数決で決めようとしていたところです」

「どっちもやめろと岡さんに言ってくれ」

言って聞くようなら、こんなことにはなっていない。そうこうするうちに、多田の軽トラは右折レーンに差しかかり、直進するバスと行き先が分かれてしまった。

「多田さん！」

呼びかけた裕弥の手から、岡が携帯をもぎ取った。

「ようし、決めたぞ」

岡はわざとらしい口調で言った。「行き先はまほろ市役所だ！　聞こえたか便利屋」

裕弥が携帯に耳を近づけると、

「聞こえましたよ」

という多田の声が漏れてきた。「また連絡します」

その言葉を最後に、通話が切れる。軽トラックは角を曲がって姿を消した。再びバスを追いかけてくれるつもりだろうが、裕弥は心細くなった。岡から返された携帯を、大切にポケットにしまう。いまやこの小さな機械が、常識的な外界との唯一の接点だ。

「市役所に行くのか」

林が岡に尋ねる。岡は「ふっふっ」と腹黒く笑った。

「ああ言っておけば、便利屋は裏をかいたつもりで横浜へ向かうだろう。ところが、我々はさらに裏をかいて、市役所を目指すというわけだ」

「ややこしいね、おい」

と、林は岡の戦略に首をひねった。

「どうなのかなあ」

行天も同意しかねるようだ。「多田は単純だから、市役所と言われれば、それを素直に信じちゃう気がするけど」

なにをもっともらしくオカさんに助言してるんですか。裕弥は慌てて、「黙って」という視線を行天に送った。行天はちっとも裕弥の意図を汲まず、

「え、なに？　トイレ休憩は無理そうだよ」

と、てんで見当ちがいなことを言った。

岡は判断に迷いが出てきたらしい。

「じゃあ、今度こそ決を採ろうじゃないか」

と、車内の仲間に持ちかけた。「近場のまほろ市役所がいいか、当初の予定どおり横浜の横中本社がいいか。一分だけ待つから、みんなよく考えてくれ」

「すみませんが、わたしは棄権させてもらいます」

私語厳禁の戒めを破り、またも中野が口を挟んだ。「選択肢に箱根がないじゃないですか。困りますよ」

中野さんはもとから、採決に加わる立場にないと思う。裕弥はげっそりし、優先席へ

戻って背もたれに深く身を預けた。はるはなんだか落ち着かない様子で、クマクマの耳をいじくっている。

中野の発言は無視され、車内の老人たちは熟考しはじめた。だいたい一分が過ぎたかなという頃合いに、厳かに岡が切りだした。

「まほろ市役所がいいと思うものは、挙手を」

岡、山本、花村を含め、老人の過半数にあたる七名が手を挙げた。よかった、と裕弥は思った。高速に乗ってしまったらどうしようもないが、行き先がまほろ市役所なら、いずれバスを降りるチャンスもあるはずだ。

ところが、岡はなぜかつづけて、

「じゃあ、横中本社がいいと思うもの」

と言う。手を挙げたのは、林と落雁のおばあさんのほかに三人の老人。そして行天と、行天につられて採決に参加したはるだった。

「ふうむ。七対七か……」

岡は思案に暮れているが、「ちょっと待って！」と裕弥は内心で叫んだ。なんでギョーテンさんとはるちゃんが、なに食わぬ顔で手を挙げてるんだ。車内のお年寄りたちもそれを当然のように受け止めてるし、しかもなんで、俺に視線が集まってるの。

もしかして、俺の決断にすべてが委ねられているのか……？　横浜かまほろか、俺が意思を表明したほうが行き先になっちゃうの？

「ギョーテンさん」

裕弥はたまりかね、小声で抗議した。「どうして手なんか挙げたんですか」

行天はやっぱり、裕弥の意図など全然汲まない。

「どうしてって、ここは絶対に横浜にすべきでしょ」

と、平然と返してきた。「多田は裏をかくなんてできないから、市役所に向かうはずだよ。賭けてもいい！」

あんた、だれの味方だ。裕弥はやけになり、

「まほろ市役所がいいと思います。市役所に行きましょう！」

と挙手して言った。そのほうが多田が来てくれる確率が高そうだったし、あまり行ったことのない横浜よりはまだしもましだ。

「決まりだな。我々の行き先は、まほろ市役所だ！」

岡が高らかに宣言し、老人たちは全員、「じゃ、そうするか」といった感じでうなずく。

「えぇー。横浜がいいと思うけどなあ」

行天だけがぶちぶち言ったが、強く反論するでもなく、窓の外を眺めている。まほろ中心地のビル群が前方に見えてきたところだ。

裕弥は動悸がし、頬が熱くなった。学校でも塾でも、大きな声で発言したことなどなかったからだ。でも、なんだか爽快感もあった。自分の意見が大人に取り入れられるな

んて、はじめての経験だった。多分に非常識な、「大人」と言っていいのかわからない大人たちではあるが、それでもうれしい。同時に、「俺の発言でなにかが決まるなんて」と怖くもあった。これで俺も、バスジャックの一味と見なされてしまうんだろうか。

「さあさあ、市役所に進路を取れ」

運転席との仕切りのボードを揺らし、岡は中野をせっついた。

「夏の箱根はいいんですけどねえ。涼しいし、景色もきれいだし」

中野は本来の目的地への未練を垣間見せつつ、ハンドルを切った。まほろの繁華街は歩行者天国や一方通行が多く、道も狭いので大型バスは入っていけない。駅から歩いて十分ほどの距離にあるまほろ市役所へ、中心地を迂回するルートでバスをつけるつもりらしかった。

はるはちゃっかり採決に参加したあと、またもクマクマの耳を結んだりほどいたりしていたのだが、思いつめた表情で言った。

「あのね、おしっこしたい」

行天は最初、聞こえないふりをしていた。でも、はるが何度も、「おーしっこ、おーしっこ」と言いだすに至り、とうとう無視しきれなくなったようだ。

「いますぐ？　漏れそうなのか？」

と面倒くさそうに応じた。「さっきトイレ休憩とか言っちゃったからかな。このひとトイレの話をすると、すぐにおしっこしたくなっちゃうみたいなんだよ」

優先席のまえにかがんだ行天は、「参るよね」と裕弥に話を振ってくる。そんな情報をもらっても、俺のほうが参る。裕弥は困惑し、泣きそうなはるが心配でもあったので、隣に座る落雁のおばあさんに目で助けを求めた。

おばあさんは行天とはちがい、即座に裕弥の意図を汲んでくれた。

「あらあら、大丈夫よ」

身を乗りだして優しくはるの肩をさすり、「市役所へ行くまえに、どこかで少し休みましょう」

と提案する。

「バスに乗ってから、まだ三十分も経ってないけどね」

行天は渋々といった様子で、おばあさんに同意した。

小さい子がぐずったり、唐突な主張をしたりするのは、あたりまえのことだ。HHFAの畑では、年少の子どもたちも一緒に作業するので、裕弥はよくわかっていた。はるは聞き分けがいいほうだろう。にもかかわらず、はるに対する行天の態度は、ちょっと素っ気なさすぎる。父親じゃないのかよ、と裕弥は苛立ちを覚えた。だが、黙っていた。最前の行き先最終決断で気力を使い果たしたためもあるし、はるをかばうのが照れくさかったためもあるし、「もしかしたら、俺のお母さんが過保護なだけで、親ってこんなものなのかもな」という迷いもあったためだ。

「子どもと老人はトイレが近いもんだ」

早々と休憩を取ることに、岡も同意した。「一時、行き先変更。中野さん、どこかのトイレに進路を取れ」

「はいはい」

中野はため息とともにうなずいた。「お客さまがおっしゃる場所へ、どこへでも参ります。『みなさまの頼れる足　横浜中央交通』ですから」


そのころの多田はといえば、行天が推測したとおり岡の言葉を鵜呑みにし、まほろ市役所に向かわんとしていた。推測とちがったのは、右折してバスと進路が分かれてすぐ、開いている菓子屋を発見し、軽トラックを路肩に停めたことだ。

バスジャック犯は岡だと判明している。近所の住人同士で誘いあわせたのか、秘密会合時より参加者が増えていた気がするが、いまのところ犯罪の域には達していないようだし、はるや裕弥に差し迫った危険はないだろう。認めるのは癪だが、野性の危機回避能力を備えた行天もついている。

となると、バスのほうはひとまず行天に任せ、俺は土産のカステラを買うべきなんじゃないか？　多田は運転席でしばし考え、結論を出した。うん、そうだ。カステラを買い、まずは曽根田のばあちゃんの見舞いをするべきだ。

これまでなら、なにがなんでもバスの追跡を続行したところだろう。俺も心に余裕が出てきたということか。いや、ただ単に、いろいろとゆるくなっただけかもしれない。

「まあいいか」と「なんとかなるさ」で、すべてに対処しようとする傾向にある。

軽トラを降り、間口は広いが薄暗い菓子屋に足を踏み入れた多田は、ショーケースを覗きこんだ。涼しげな和菓子やら羊羹やらイチゴのショートケーキやらモンブランやら、和洋を問わず、いろんな菓子が並んでいる。若者は好みそうにない、どでかく無骨な「一昔まえの菓子」だったが、洒落た甘味に縁のない多田は気にしなかった。紙箱に入ったカステラを見つけ、「よかったよかった」と購入する。自家製ではなく、どこかの業者から卸された品のようだったが、「その店独自のスイーツ」か否かは、多田にとってまったく興味のない事柄だ。包装も紙袋も断り、箱のまま大切に抱えて軽トラへ戻った。

駅前や市役所とは反対方向、まほろ市民病院を目指し、まほろ街道を後戻りする。新しく建てられた病棟の窓が、道の向こうで白く日差しを弾いているのが見える。

病院の駐車場に乗り入れたところで、携帯電話が鳴った。裕弥からかと思い、シャツの胸ポケットから携帯を取りだした多田は、画面の名前を見て眉をひそめた。

「はい、多田便利軒」

「いまどこだ」

星はいつもどおり、挨拶もなく話しはじめた。

「市民病院ですが」

「すぐに事務所に戻ったほうがいいな」

「なぜです？」

駐車場の隅に邪魔にならぬよう軽トラを停め、多田は眉間を揉んだ。

「話があるんだ」

「今日は忙しいんですが」

「俺が、おまえに、話があると言っている」

星は声に苛立ちをにじませた。「同じことを二度言わせるな。わざわざ出向いてやってるんだから、すぐに事務所に戻って茶ぐらい出せよ」

「いや、しかし……。このあと行かなきゃいけないところもあるんです」

星のため息につづき、か細い声が聞こえた。

「多田さん、たすけて……」

由良（ゆら）の声だった。

多田は舌打ちし、

「由良公に手出ししたら、絶対に許さねえぞ、おい！」

と怒鳴った。それには答えず、星は電話を切った。

どうして星が由良と一緒に多田の事務所に来ているのか、わからないことだらけだったが、いまは星の言うとおりにするしかない。多田はアクセルを踏み、急いで病院の駐車場から出た。カステラの箱が助手席で揺れている。

曽根田のばあちゃんを見舞えるまで、まだまだ道のりは遠いようだった。

はじめて訪れた多田便利軒の事務所で、田村由良は身を縮こまらせていた。向かいのソファには、耳にびっしりピアスをつけた若い男が、自宅であるかのようにリラックスして座っている。

「俺を知ってるか？」

通話を終えたばかりの携帯をもてあそびながら、男は尋ねた。

「知らないです」

「俺はおまえを知ってるよ」

男の唇の端に冷たい笑みが浮かんだ。「砂糖を売りきらなかった、悪いガキだ」

それで由良も、男がだれなのか悟った。まほろでクスリを売っている組織の、たぶんボスだ。多田から聞いたことがある。たしか、星とかいった。由良は以前、星の手下に持ちかけられ、五千円をもらうかわりにクスリの受け渡しに協力した。怖くなって、途中で多田に助けを求めた。

どうしてこんなことになっちゃったのかなあ。由良は掌に汗をかきつつ、室内をこっそり見まわす。戸口には屈強そうな男が立っており、由良と目が合うとにらみつけてきた。とても逃げられそうにない。

お盆の今日も、由良の両親は会社へ行った。八月のすえにまとめて休みを取るから、そのときに旅行でもしましょうね。いまはどうせ、どこへ行ったって一番混んでる時期だから。そう言って、由良に昼食代の五百円を渡して出かけていった。八月のすえになったら、「急な仕事が入っちゃったの」と言うんだろう。いつものパターンだ。

　両親と過ごす夏休みなど、由良はとうに諦めていたから、特にがっかりもしなかった。塾の自習室へ行って勉強するかと、マンションを出たのだが、駅前まで来たところで気が変わった。裕弥がどうなったか心配なので、多田便利軒を訪ねてみることにしたのだ。まえにもらった名刺は、いつも大事にパスケースに入れてある。お守りみたいで恥ずかしいので、だれにも内緒にしているけれど。一度、パスケースを落としてしまったのだが、そのときは多田が交番に掛けあってくれて、無事に手もとに返ってきた。

　名刺の住所を頼りに、由良は多田便利軒の事務所を探し当てた。事務所は、駅前の古い雑居ビルの二階にあった。由良は階段を上りながら、なんの気なしに段数を数え、十三段だったことにそこはかとない不吉を感じた。そこで引き返せばよかったのに、おそるおそるドアを開けたのがまちがいだった。

　室内にいたのは多田ではなく、星と屈強そうな男だったのである。

　由良はもちろん、即座にまわれ右したのだが、屈強男にあっさり首根っこを捕まえられてしまった。無理やりソファに座らされ、星と向かいあう気まずさに耐えつつ、いまに至る。

「そうびくつくな」

と星は言った。少しひしゃげたような声をしているのが、静かな迫力を感じさせてまた怖い。

「五千円ぽっち、いまさら返せとは言わない。小遣いだと思えよ。な？」

「はい」

「小遣いをくれる相手には、おまえだってちょっとは打ち解ける気になるだろ」

今度は、素直に「はい」とは言いかねる。汗のせいで、いまや沼のようになった掌をもてあましつつ、由良はがんばって無言を貫いた。

由良が緊張と怯え（おび）で漏らさんばかりなのを見て取ったのか、星はつまらなそうに鼻を鳴らした。

「レンジで解凍する必要があるみたいだな」

彫像のように戸口に突っ立っていた屈強男が、急に動いた。勝手に仕切りのカーテンを開け、居住スペースにある冷蔵庫の中身を確認しはじめる。

「金井（かない）」

星はソファに座ったまま、屈強男に呼びかけた。「一応聞くが、なにを探してるんだ」

「卵しか入っていません」

と、金井という屈強男は答えた。「卵をレンジでチンすると爆発すると聞いたことがありますが、どうしますか」

「どうもするな。座れ」

星は拳を握り、自身のこめかみを指の付け根で揉んだ。ごつい指輪をはめているから、すごく痛そうだ。それでも星は、強く押し揉む。痛み以外に苛立ちを抑える術がない、とでもいうように。

金井はしずしずと由良の隣に腰かけた。重みで座面が傾き、転がりそうになった由良を、金井が支えてくれた。案外いいやつだ、と由良は思い、小声で礼を言った。塾でさんざんハッパをかけられている「天下分け目の戦い」には、到底勝利できそうにない人材だけど。

「遅いな、便利屋」

電話をしてから五分と経っていないのに、星は携帯で時間を確認した。独り言のようだったので、由良も金井も黙っていた。話しかけるに値する相手はこの場にいない、と星は判断したのかもしれない。大変気詰まりな沈黙が二分ほどつづいた。「多田さんお願い早く来て」と、由良は心のなかで三百十二回ぐらい唱えた。

「なあ、ガキ」

星は再び対話を試みることにしたらしい。膝に腕を置き、前屈みになって言った。

「HHFAって知ってるか。野菜を作って売る団体だ」

なにかの罠だろうか、と由良は考える。あまりにタイミングがいい。しかし、嘘をついてものちのち面倒なことになりそうだったので、

「知ってます」

と答えた。「俺の友だちが入ってるから」

「へえ」

星の目が不穏な光を宿した。「その友だちってのは、いまどこにいる？」

「俺も、裕弥に会いにここへ来たんです」

星がまたもやこめかみをぐりぐりしはじめたので、由良は慌ててつけ加えた。「裕弥っていうのが、友だちの名前です。南口ロータリーに立たなきゃいけないのを、裕弥はすごくいやがっていて。それで、多田さんに依頼しました。畑から裕弥を連れだしてほしいって」

「便利屋が、おまえの友だちを畑から連れてくるのか？　今日？」

「たぶん。昨日の夜、そういうふうに裕弥から電話があったから」

「ほらな」

と、星は金井に向かっておもしろそうに言った。「放っておいても、便利屋は厄介事に巻きこまれてるだろ？」

「いつだって星さんの言ったとおりになる」

金井は尊敬の念に堪えぬ様子でうなずいた。

心からの賞賛ですら、星は受け流すことにしているようだ。金井の発言などなかったみたいに、由良との会話をつづけた。

「じゃあ、もうすぐ多田と一緒に、おまえの友だちもここへ来るだろう。そうしたら言ってやれよ。『親がなんと言おうと、ＨＨＦＡからは距離を置いたほうがいい』ってな」

「……どうしてですか？」

「単に野菜を作って売るだけの団体じゃないからだ」

そのとき、階段を荒々しく上がってくる足音がした。金井がソファから立ち、身構える。事務所のドアが開き、多田が駆けこんできた。

「由良公、無事か！」

「多田さん！」

由良はうれしさに飛びあがり、金井を大きく迂回して多田に走り寄った。

「おいおい、俺をどんな悪党だと思ってるんだ」

星が微笑み、ソファの背もたれに優雅に身を預ける。「ガキを痛めつけたりはしない」

「そうだといいんですがね」

多田は用心深く由良を背後にかばい、星に対峙した。「どうやって入りこんだんですか」

「鍵、開いてたぞ」

ぎょうてんめ、と多田が歯ぎしりしたのを、由良の耳はキャッチした。

「ご用件は」

「ガキのお友だちはどうした、便利屋。連れてくるんじゃなかったのか？」

それは由良も気になるところだ。多田の横顔を見上げる。多田は少し困っているようだ。

「行天に迎えにいかせたんですが、不測の事態が起きたらしく、到着は少し遅れるでしょう」

「不測の事態ってなんだ」

「いやまあ、いろいろと」

と、多田は口ごもった。「裕弥くんになにか用ですか」

「べつに。おまえの相方といるんなら、それでいいんだ。とりあえずは安全だろうからな」

星はソファから腰を上げ、ゆっくりと多田のまえにやってきた。「HHFAのやつらが、今日、南口ロータリーで大規模な集会をするという情報が入った」

「広報活動をする、とは聞いていますが」

「ふだんよりも、もっと大々的にやるらしい。そこで依頼だ。集会の邪魔をしろ」

多田は驚きを露わに、

「どうして。どうやって」

と言った。

「個室ビデオやらなんやらの看板持ちにも、声をかけている。おまえも南口ロータリーに行って、適当な看板を持って立ってろ。HHFAのやつらが来ても、場所を明け渡すな」

「断る。俺は忙しい」

多田はきっぱりした口調で告げた。「だいいち、南口ロータリーでの集会や宣伝は、本来は禁止されているでしょう。看板持って、HHFAと悶着を起こしたら、ふだんは目こぼししてる警察もさすがに動く。しょっぴかれるのはごめんです」

がんばれ、多田さん。由良は内心で声援を送った。星の悠然とした態度を、なんとか突き崩してやりたかった。

「便利屋。おまえ最近、『キッチンまほろ』の女社長と親しいらしいな」

多田がわずかに体を揺らす。星は平板な声音のまま、目には見えないパンチを続々と繰りだした。

「あんな大きな家に女一人じゃ、なにかと物騒なこともありそうだ」

由良にはなんの話かよくわからなかったが、多田の形勢が不利なのは察せられる。

「汚いぞ」

多田は体内の老廃物を絞りだすような声で言った。

「俺は汚い悪党だよ。知ってるだろ、便利屋」

星は笑った。とても楽しそうに。多田が南口ロータリーに行くことが決定した瞬間だった。

由良はため息をついた。不本意な決断をさせられて、多田さんはものすごく落ちこんでるっぽい。励ますためにも、俺が一緒に行ってやるしかないのかな。裕弥とはいつ会えるんだろう。

小六の夏休みは「天下分け目の戦い」らしいのに、本日の由良は自習室までたどりつけそうになかった。

岡が率いるバスジャック団、もとい、「横中の横暴許すまじの会」は、トイレ休憩を取っていた。

「まほろ自然の森公園」は、JRまほろ駅から歩いて十五分の距離にある。二つの丘は深い緑に覆われ、谷間には小川が流れている。敷地内には市営の美術館が建っており、大型バスを何台も停められる駐車場も完備されていた。

その駐車場の縁石に座り、裕弥と行天とはるはペットボトルのお茶を飲んでいた。山本が哀れんで買ってくれた。裕弥は携帯電話しか持っておらず、行天はバス代しか持っておらず、はるはクマクマしか持っていなかったからだ。

駐車場にある公衆トイレに、老人たちが代わる代わる入っていく。用をすませたものは、両手を振りまわして独創的な体操をしたり、広げたハンカチのうえに座って菓子をつまんだりと、思い思いに休息している。運転手の中野は岡に携帯を取りあげられ、ふてくされたようにバスの周囲をぶらついていた。たまに立ち止まり、横断幕の皺をのばす。意に染まぬ布きれとはいえ、バスの一部となったからには、少しでも見栄えよくあってほしいのだろう。

駐車場は緑と蟬の声に包囲されている。木々の向こうに、水車ふうのモニュメントが見える。銀色の巨大な二本の樋が回転し、十字になったり重なりあったりしながら、泉の水を汲みあげる仕組みだ。

裕弥の隣で行天が煙草をふかしだした。一応、裕弥やはるの風下に座ってはいるが、それもしかしたら、たまたまかもしれない。煙草を吸う大人が身近にいないので、裕弥は興味深く眺めた。

白い煙は魂みたいに、行天の口から空へと上っていく。煙草の先端は人魂みたいに、オレンジ色の熱を宿す。

これも植物でできているんだよな、と裕弥はふと思う。母親は、HHFAのひとたちは、いまごろどうしているだろう。もう南口ロータリーに移動しただろうか。

「いまのうちに走って逃げませんか」

裕弥は行天に持ちかけた。

「暑いからやだ」

行天は煙草を消し、少し迷ったすえに箱と包装フィルムのあいだに吸い殻をねじこんだ。「逃げて、どこ行くの?」

「多田さんも心配してると思いますし、事務所へ行くとか」

「多田ねえ」

行天はため息をついた。「俺たち、多田に見捨てられたんじゃないかな」

「どうしてですか」

「だって、電話をかけてこないでしょ。俺に子守を押しつけて、市役所でボーッと待ってるのか、これ幸いとべつの仕事に取りかかってるのか、どっちだろう」

はるが心配そうに、

「タダサン、あたしたちをいらないって？」

と尋ねた。ちょっと涙ぐんでいるようだ。裕弥は急いで、

「そんなはずないですよ」

と行天に言った。「電話してみましょうか」

「いいよ、放っておいて」

行天は冷たく言い放った。放っておいていいのは、多田なのかはるなのか。裕弥はドキッとして行天をうかがった。裕弥の視線に気づいたのか、行天はめずらしく弁解するようにつけ足した。

「多田がいたって、べつに状況がよくなるわけでもないからね」

蟬の声だけが響く。アスファルトから陽炎（かげろう）が立ち、老人たちの動きがやけにゆっくりしたものに見える。はるは唇を噛み、クマクマに視線を落としていたが、ややあって言った。

「ギョーテンは、あたしがきらいなの？」

「好きでも嫌いでもない」

「あの！」

裕弥はこらえきれず、行天に食ってかかった。「そんな言いかたはないんじゃないですか」

「どうして？」

「だって、この子の父親なのに」

「変なこと言わないでほしいな」

裕弥を横目で見て、行天は薄く笑った。「このひとの親はべつにいる。夏のあいだ、多田が預かってるだけだ」

本当に？　裕弥は行天とはるを見比べた。すごくよく似ている気がするけど、本当に血のつながりがないんだろうか。

離れて暮らす親を思い出したのか、はるが声を出さずに泣きはじめた。裕弥は動揺し、どうしたらいいかわからなかったが、とりあえずはるの背中をさすってやった。それで少し気持ちが落ち着いたのか、はるはクマクマの耳で涙を拭いた。

「背後霊はさ」

行天が二本目の煙草を吸いだした。「まだ親を信じてんの」

「どういう意味ですか？」

「無理やり労働させられて、おかしいと思ってるんでしょ。なのに、俺がこのひとに素っ気なくすると、『親らしくない』って言う」

俺はただ、なんだか腹が立っただけだ。裕弥はそう思い、しかしうまく伝えられず黙っていた。行天は容赦なく裕弥の気持ちに踏み入ってくる。

「本当はここから逃げて、多田の事務所じゃなく、南口ロータリーに様子を見にいきたいと思ってるんじゃない?」

怒りと悲しみが急激にこみあげてきた。図星を指されたからだ。裕弥はたしかに、南口ロータリーへ行きたかった。裕弥が広報活動に参加しないせいで、母親が周囲にどう思われるか心配だったし、母親にどう思われるか心配だった。母親の期待に背くのが、失望されるのが、こわかった。母親のことが好きだからだ。できれば愛してほしいと願っているからだ。

いや、ちょっとちがうな、と裕弥は思う。お母さんはいまだって俺を愛してくれている。いつだって俺の健康を気づかってくれるし、畑で働けと言うのも成績を落とすなと言うのも、すべて俺のためを思ってのことだ。わかっている。でも、そうじゃなくて……。裕弥はしっくりする言葉を見つけるべく、心のなかを探る。

俺はお母さんに、ふつうに愛してほしいんだ。でも、「ふつう」ってどういうことだろう。

「そうです」

なにもかも行天に見透かされているようで悔しかったが、裕弥はうなずいた。「南口ロータリーに行きませんか。HHFAはいやだけど、でも……。このまま畑に行けなくなったら、俺の居場所はどこにもなくなっちゃうんです。俺、学校でも浮いてるし、母だってがっかりするでしょう」

「俺も昔、似たようなこと考えてた」

　行天は鋭く煙を吐いた。「苦しくて、居場所がなくて、どうしていいかわからなかった。でも、なんとかなるもんだよ」

「どうやって、なんとかしたんですか？」

　裕弥はすがりつく思いで身を乗りだした。助けてくれる大人がいたんだろうか。親がまちがいに気づいて、「いままでごめんなさい。明日からはもう畑にも広報活動にも行かなくていいから」と言ってくれる日が来るのだろうか。

「うーん、特にどうもしなかった」

　指で挟んだ吸いさしに視線を落とし、行天は答えた。「諦めたから。諦めてるうちに大人になって、家を出て自分で暮らしていけるようになって、結果オーライ」

　裕弥はがっかりした。大人になるまでなんて、あと何年かかるんだろう。永遠に近いほど長い年月に感じられる。それに、ギョーテンさんはちっとも「オーライ」に見えない。便利屋の多田さんと住んでいるみたいだけど、会うたびに子守しかしてないし、その子守だってけっこういいかげんだ。こういうの、「自分で暮らしていける大人」って言うんだろうか？

　裕弥の落胆を見て取ったのか、行天はちょっと笑って煙草をふかした。

「大事なのはさ、正気でいるってことだ。おかしいと思ったら引きずられず、期待しすぎず、常に自分の正気を疑うってことだ」

「自分の正気を？」

「そう。正しいと感じることをする。でも、正しいと感じる自分が本当に正しいのか疑う」

行天の言うことはよくわからなかった。正しいと感じることをした結果が、バスに嬉々として横断幕をつけることなのかよ、とも思った。でも裕弥はなんとなく得心し、膝を抱えて空を見上げた。

木々の葉の隙間から、まぶしい夏の日差しが落ちてくる。並んで座る裕弥と行天とはるの服や肌のうえで、黒い葉影が揺れては光に溶け、光のなかからまた浮かびあがる。

「ギョーテンさんの親は、どんな親だったんですか？」

裕弥は小声で聞いた。「俺みたいに、畑で働かされたりした？」

そうだよ、と言ってほしかった。裕弥はずっと恥ずかしかった。ほかの多くの家の親と、自分の親はなんだかちがう気がしたから。ちがうと薄々気づいていたけれど、どうしても期待し求めずにはいられない自分を、とどめることができないでいたから。

「それはなかったけど」

と、行天はあっさり言った。そりゃそうだよな。裕弥は唇を噛み締める。農家じゃないのに異様に根を詰めて畑仕事をさせる親なんて、そうそういない。しかもすべて手作業で、無農薬にとことんこだわり、駅前で広報活動までしなきゃならないんだから、やっぱりちょっと変だ。そんな親を持った気持ちなんて、なかなかわかってもらえないだろう。

親の趣味が殺人だとか、そこまで極端じゃなくても、親に毎日殴られるとか、そういう状況だったら、と裕弥はよく考える。とてもつらいだろうけれど、ほかのひとから、「それはおかしい」「大変だね」「一刻も早く逃げだしたほうがいい」と、まだ理解を示してもらえるはずだ。でも、「畑仕事をさせられる」と言っても、あまりインパクトがない。むしろ、「子どもにいろんな体験をさせようとしている、いい親」と思われることが多い。HHFAという団体に妙にはまっているんだということも、かぶせられた真綿が汗だかなんだかわからない液体で湿って、だんだん重く冷えてくるみたいに苦しくて息もできない気がするんだということも、周囲にはいまいち伝わらない。すぐにピンときて、「お互い苦労するよな」と言ってくれたのは、いままで由良だけだった。

そうか、と裕弥は思った。俺はお母さんに、俺がなにを望んでいるのか、ちょっとでもいいから考えたり聞いたりしてほしいんだ。お母さんが「いい」と思うことをいくらされても、俺はなんだかつらくてたまらなくなる。そうじゃなく、俺は、俺がなにをしてもらいたいと願っているかを、お母さんに知ってほしかったんだ。

相手の求めるものがなんなのか、想像し、聞き、知り、応えようとすること。「ふつうに愛する」とは、そういうことではないか。裕弥は自分のなかで渦巻いていた思いを、ようやく明確に把握した。

　行天はしばらく黙っていた。もうずいぶん短くなった煙草から、薄く白い煙が流れる。消えない記憶のように、飲みこんだまま体内に溜まっていた言葉のように、あふれてどこかへ流れていく。裕弥ははじめて気づいたのだが、行天の右手の小指には傷跡があった。指輪みたいに、白い線が根もとを一周している。

　はるはクマクマの鼻を押し、一人でなにやらしゃべっていたが、置いてあったペットボトルを両手でおもむろにつかみ、喉をそらしてぐびぐびと茶を飲んだ。横目で観察していた裕弥は、おじさんみたいだなあと小さく噴きだした。

「俺の親はさ」

　やがて、行天が静かな声で言った。「俺をカミサマの子だと信じてたんだよ」

「え？」

　大切にしていたという意味だろうか。裕弥はそう考えたのだが、行天の昏い目が「ちがう」と告げていた。

「そう信じる母親独自の、奇妙な風習っていうか習慣が、うちにはいっぱいあった」

「たとえば？」

「おかずは俺のほうが父親より一品多い。でも、父親は特に文句は言わない。母親の味付けがしょっぱかったからかな。飯を食うまえに、俺に向かってか、俺のうしろに置いてあった祭壇に向かってかわかんないけど、ひとしきり呪文みたいなものをつぶやく」

　たしかに奇妙な習慣だ。笑っていいのか同情すればいいのか判断がつかず、裕弥は困惑した。

「学校でクラス替えがあるたびに、母親は教主のところへ行って、『カミサマからの預かりものである息子にふさわしい友人をお教えください』と名簿を見せる。教主のじじいは、たぶん適当な名前を指すんだろう。俺はもちろん、だれとも親しくなんかしなかった。たとえそいつと本当に気が合ったとしても、言われたとおりにするのはいやだったし、言いつけに背いたら背いたで、呪文をつぶやかれる時間が長くなって面倒だから」

とうとう燃えつきた煙草を、行天は再び箱とフィルムの隙間にねじこんだ。ため息をつき、言葉をつづける。

「それに、俺と親しくしようとするやつもいなかったしね。うちがちょっと変なのは、近所じゅうが知ってたから」

「俺とおんなじだ」

裕弥は胸もとに膝を引き寄せ、背中を丸めた。

「過保護ってのとも、なにかがちがう」

行天の指さきが細かく震えていた。「自分で箸を使う必要もないぐらいちやほやされるんだけど、次の瞬間には厳しく冷たく突き放されもする。小さなことで痛めつけられる。すべては母親の気分次第だ。俺はカミサマの子なんかじゃないし、教主にだってなりたくないのにさ。『これって、王位継承権第一位のひとの育てられかたを、より過激かつ過剰にした感じじゃないかな』と、よく想像した」

「痛めつけられるって、どんなふうに？」

「いろいろと、子どもには言えないような方法で」

行天はうっすらと笑った。「高校生になるころには、俺は夜もおちおち寝られなくなった。自分の家のはずなのに。部屋に内側から鍵をいくつもつけた。そうしないと母親が入ってくるから」

意味わかる？と行天に尋ねられ、よくわからなかったが裕弥はうなずいた。とてもおそろしいことから、行天が懸命に身を守って暮らしていたのだということだけが察せられた。

「ま、そんな感じだった」

行天は震える指を誤魔化すように、また新しい煙草を箱から取りだした。今度は火を点けず、唇の端にくわえて揺らす。

「俺に話してくれたのは、どうしてですか」

子どものころの話を、行天がだれにでもしているとは思えなかった。俺はそんなにかわいそうに見えるんだろうかと、裕弥は恥ずかしいような腹が立つような気持ちになった。

「なんでかな」

首をかしげ、行天は中空をにらんで考えこんだ。「背後霊が俺にとって他人ってのもあるね。年も離れてるし、依頼が終わったら、たぶんもうあんまり会わないだろうし」

そう言われると、それはそれで腹立たしい。王さまの秘密を封じて地中に埋めるための、壺になったみたいな気がする。

「もしかしたら、多田のお節介菌が移ったのかもしれない」と、行天は言った。「ものすごく感染力が強いんだよ。水垢みたいに、音のない屁みたいに、ちょっと油断してるとブワッと広がる」

身を震わせてみせた行天が、いかにも「おぞましい」と言いたげだったので、裕弥は思わず笑ってしまった。同情されたのでも壺扱いされたのでもないことも、なんとなく伝わってきた。

相手が俺だったから、ギョーテンさんは話してくれたんだ。似たにおいを嗅ぎとったのか、俺の気持ちを少しでも軽くしようと思ったのか、単なる気まぐれか、それはわからないけれど。

「決めました」

裕弥は立ちあがってズボンの尻をはたき、座ったままの行天とはるに向き直った。

「俺、やっぱり南口ロータリーに行きます。広報活動に参加するためじゃなくて、母が心配だから。様子を見にいきます」

「ちょっと待って」

歩きだそうとした裕弥の手首を、行天がつかみ止めた。そこを支点に、「よっこいしょ」と立ちあがる。

「俺も一緒に行く」

「じゃあ、あたしもいく！」

はるもぴょんと立った。

「一人で大丈夫です」

裕弥が固辞しても、行天は聞く耳を持たない。

「歩くと駅前までけっこう遠いからさ。バスに乗っていこう。暑いし」

と、駐車場の真ん中へ向かってすたすた進む。裕弥は戸惑った。この近くにバス停はなかったはずだ。

「バスって、まさか、あのバスですか？」

「もちろん！」

行天はうやうやしく、横断幕のかかった貸切バスを右腕で示した。「俺たちの『横中横暴』号で、南口ロータリーに向かおうよ」

いやだ。そう言いたかったのだが、行天は早くも岡のもとへ駆けだしている。跳ねるような、変な走りかただ。

「じいさん、ちょっと相談」

バスの横で仲間と立ち話をしていた岡が、

「なんだ！」

と振り返った。「そろそろ出発しようかと思ってたんだ。乗れ」

「うん、そのことなんだけどさ。行き先を変更しない？」

「なんで！」

どうしていちいち喧嘩腰なんだろう。はるを気づかいながら行天を追いかけた裕弥は、岡の無駄な剣幕というか迫力がおかしくてならなかった。

「この少年がね、母親に会いたいって言うんだよ」

隣に立った裕弥の肩に、行天が軽く手を載せてきた。物思わしげな表情を作っている。

「父親が飲む打つ買うのひどい男で、借金の形に母親は畑で働かされてるんだって。ほら、じいさんが貸してる畑だよ。ＨＨＦＡの」

「なに？」

岡は禿頭を光らせた。「あれは、無農薬栽培をしている人畜無害な団体だろう。あんたの母親は、稼ぐために自主的に働いているだけなんじゃないのか」

最後のほうは、裕弥に対しての問いかけだ。働いても特にお金は出ませんけど、自主的なのはまちがいないです。と、うなずこうとした裕弥の首筋を、行天が肩に載せた手をすべらせて固定した。

「ところがどっこい。ＨＨＦＡのうしろにはヤクザがついている」

初耳だ。「多田が調べたからまちがいない。背後霊も背後霊の母親も、くたくたになるまで働かされてるってわけ」

「なんと、そうだったのか……」

岡は気の毒そうに裕弥を見た。背後霊という単語は聞き流し、勝手に納得しているようだ。裕弥はいろんな意味で、「ちがいます」と首を振りたかったが、あいかわらず身動きが取れなかった。

「さっき、背後霊だけは畑から救出できたんだけどさ。母親のほうは南口ロータリーで、HHFAの広報活動をさせられるんだって。じいさんも見たことあるだろ？」

「ああ。幟を立てて、メガホン持って、なにかやっているな」

「それそれ。背後霊が、残してきた母親を心配してるんだ。市役所に向かうのは、ちょっとだけ南口ロータリーの様子を見にいってからでいいでしょ」

「そういうことなら」

と、岡は行き先変更を了承した。「どうせ、バスは一日借り切っているんだしな」

岡のそばにいた林も山本も、「うんうん」とうなずいている。

耳が遠いものもいるらしく、駐車場に散らばった老人を全員呼び集めるまでに少々かかった。中野は運転席に座り、冷房を作動させる。

「じゃ、またまた行き先が変わって、今度は南口ロータリーなんですね」

「うん、お願い」

行天はさっさとバスに乗りこみ、優先席のまえのつり革にぶらさがった。吹きだしてくる涼しい風を顔に受け、心地よさそうに目を細めている。朝には整えてあった髪の毛が、すでに乱れて跳ねまくっている。

裕弥とはるも、一足さきに優先席に座った。落雁のおばあさんも一緒だ。おばあさんがステップを上がるとき、裕弥はさりげなくお尻を支えてあげた。

窓越しに、駐車場にいる岡の点呼の声が聞こえてくる。

「全員いるかー」

「ちょっと待て、花村さんが電話中だ」

「ごめんなさいね、洗濯物の乾き具合を聞いてたの。うちの嫁、気が利かないから心配で」

駅前まで歩いたほうが早かった気がする、と裕弥は思った。ふと重みを感じて隣を見ると、はるが肩に寄りかかって眠っていた。寝たいときに寝る。奔放だ。

落雁のおばあさんがバッグから薄手のカーディガンを出し、はるにかけてやった。落雁と同じように、なつかしい簞笥のにおいがした。

多田は由良とともに、金井という屈強男に引っ立てられるようにして、南口ロータリーへ向かっていた。

多田便利軒の事務所の階段を下りたところで、

「じゃ、頼むぞ」

と、星はまほろ大通りの雑踏へ消えた。

「どこ行くんですか、ちょっと星さん！」

多田が呼びかけても足を止めず、ひらひらと右手を振っただけだった。残された多田は、金井に向かって文句を言った。

「あんたらのボスが看板持てばいい。この炎天下に、ひとをなんだと思ってるんだ」

金井はちょっと肩をすくめてみせた。

「星さんは忙しい」

「俺だって忙しいんですがね」

それでも金井に腕を取られ、引きずられていくしかない。由良は重そうな足取りで、すでに諦念漂う表情だ。

南口ロータリーは、ＪＲまほろ駅のまえにある。円形の広場からは、ハコキューまほろ駅への連絡通路がのびており、まわりを取り囲む商業施設にも、広場に面した出入り口が設置されていた。そのため、南口ロータリーは買い物客や通勤通学の人々でいつも賑わっている。

広場の中央には、柵で囲われた巨大モニュメントがある。歪んだ滴のような形をした金属の輪で、以前はメリーゴーラウンドのようにゆっくりと回転していた。とはいえ、当然ながら人間が乗れるつくりにはなっていない。乗っているのは鳩だ。南口ロータリーに集う鳩は、なぜかこの巨大モニュメントが大好きで、つるつるした金属にうまくとまっては、輪と一緒になって回転するに身を任せていた。

そのうち、市の職員かだれかが、「べつに、まわす必要はないんじゃないか」と気づいたらしい。モニュメントは回転をやめ、ただ佇立するだけになった。それでもいまも、モニュメントは鳩を鈴なりにし、駅前の待ち合わせ場所として人々に活用されている。

多田と由良は金井に連行され、南口ロータリーまでやってきた。日差しをさえぎるものもない広場は、今日もひとでごったがえしていた。銀色に輝く中央のモニュメントには、やはり鳩がとまっている。

モニュメントの柵のそばに立つ男が、金井を見つけて軽く手をあげた。以前に「コーヒーの神殿　アポロン」で会った、たしか伊藤という男だ。

「おひさしぶりです」

と伊藤は言った。「こちらは、看板持ちのおじさんたち」

伊藤のかたわらには、浮浪者すれすれの中年男が二人立っていた。二人とも、片手に個室ビデオ、もう片方の手にキャバクラの看板を持っている。由良はちょっと怯えたように多田の背後に隠れたが、多田は彼らのうちの一人に見覚えがあった。まえに行天が、看板持ちのコツを指南してもらったり、鳩に餌をやりながら話したりしていた男だ。

多田が軽く会釈すると、看板持ちの男もうなずいてみせた。

「星さんに招集かけられたから、手持ちの看板をとりあえず持ってきたけど。こんなんでよかったかな」

男たちは手にした看板のうち、個室ビデオのほうを多田と金井にそれぞれ寄越した。

「充分です」

と伊藤が言い、全員に向かって申し渡す。「もうすぐ、ＨＨＦＡが来るはずです。みなさんの役目は、『仕事中だから』と言って、かれらに場所を譲らないことです。南口ロータリーで集会を開かせないようにしてください」

「はいよ」

と答え、看板持ちの男二人はモニュメントの向こう側へまわった。多田と金井は柵を背に、個室ビデオの看板を掲げて立つ。由良は多田の隣で恥ずかしそうにそっぽを向いた。伊藤は金井としゃべりながら、広場の様子に目を配っている。

「あーあ。こんなとこ、友だちに見られたらハメツだよ」

多田を横目で見上げ、由良がため息をついた。「個室ビデオって……、これならＨＨＦＡの活動に参加したほうがましだ」

もっともだと多田も思ったので、

「由良公、帰ってもいいんだぞ」

と持ちかけた。「裕弥くんには、由良公が心配していたって伝えておくから」

「いいよ」

由良は生意気にも、大人びた風情で首を振ってみせた。「多田さんを一人にしておいたら、どんどん事態が悪いほうへ行っちゃいそうだもん。俺がついてないとね」

小学生にまで心配されるとは情けないかぎりだったが、多田は感謝の意をこめ、看板を持っていないほうの手で由良の頭を撫でた。「なんだよ、やめろよ」と由良はむくれて多田の手から逃げる。

「そうだ、裕弥に電話してみればいいんだ」

多田と少し距離を置いた由良が、ズボンのポケットから携帯電話を出した。「いまどこにいるのか聞いてみる」

バスジャックされている最中に電話をかけるのはどうだろう。多田は少し迷ったが、もうとっくに市役所に着いているはずだし、行天たちの動向は把握しておきたかったので、由良の好きなようにさせることにした。

電話で話しだした由良を視界の隅に入れつつ、多田は最前から気になっていたことを伊藤に尋ねた。

「どうして、HHFAの集会を邪魔する必要があるんです」

「南口ロータリーは、岡山組のショバですから」

伊藤は微笑んで答えた。「なんの断りもなく営利目的の活動をする輩は、排除しないとメンツが立たない。組からのお達しなんです」

「しかし、いままでは目こぼししていたのに、なぜいまさら」

「多田さんに調べていただいたおかげで、HHFAが野菜の品質を偽装していたことがわかった。それで、岡山組は怒っているんですよ。銃でもヤクでも、偽って粗悪品を商うのは、ヤクザの世界では大きな裏切りですから」

「HHFAはヤクザじゃないし、商ってるのもヤクじゃなく野菜でしょう」

「そこはまあ、組長の孫娘が危うく健康被害を受けるところだったので」

多田は首をかしげた。HHFAは、「無農薬」「有機栽培」が謳い文句にもかかわらず、農薬や化学肥料をこっそり使っていたまでであって、人体に悪影響のある量や種類の農薬を使用したわけではないはずだ。

「被害って、いったいどんな。HHFAの野菜は、そこまで危険なものだったんですか」

「そうではなく、給食問題とでも言いますか……」

「給食？」

「くだらない事情ですよ」

と伊藤は笑って話を終わらせた。

時刻はすでに昼をまわっている。早朝から動いていたため、多田は空腹を感じた。太陽は照りつけるし喉は渇くしで倒れそうだ。黙って突っ立つ金井の影に入るよう、少し位置を移動する。はるちゃんは大丈夫だろうか、と心配になった。行天が気を利かせて、水分を摂らせたり昼飯を食わせたりしているといいのだが、あまり期待はできない。

「星さんはなにをしてるんですかね」

多田は苛立ちを抑え、再び伊藤に尋ねた。「自分だけどこかへ行っちゃいましたけど、炎天下に立たされて、あなたたちは不満じゃないんですか」

「日焼け止めを塗りましたから」

伊藤は飄々としたものだ。金井は日焼け止めなどと洒落たものは塗らなかったようで、すでにして肩が茹でエビみたいな色になっている。だが、星に対してではなく、星を批判した多田に対して義憤を感じたらしく、にらみつけてきた。看板で頭をかち割られそうだ。

なんて忠実な僕たち。多田は嘆息する。

「星さんも、あれでいろいろ大変なんですよ」

伊藤が言った。「今日は母親に呼びだされたようです。『お盆なんだから、一緒にお墓参りをしましょうよ』って。それで、市営墓地に行ってます」

多田は一瞬、墓参りという言葉の意味を見失いそうになった。星が先祖の供養や母親の言いつけといったものを大事にするタイプとは、到底思えなかったからだ。

「ピアスを武器みたいにつけた、あの恰好で墓参りですか」

「不思議なことに星さんの親は、息子をまっとうな人間だと信じて疑っていないんです」

伊藤は笑いを噛み殺す表情になった。「星さんも母親には愛想よくしていますからね」

愛想のいい星をうっかり思い浮かべてしまい、多田は身震いした。

「少し涼しくなりました」

「それはよかった」

と、黙ってやりとりを聞いていた金井が、多田と伊藤の会話に参入してきた。「母親を大事にしていることを、だれにも知られたくないと思っている」

「うん、たしかにそういうところはあるね」

と、伊藤も同意する。

「星さんは」

「ちょっとかわいい」

金井はそうコメントしたのを最後に、「個室ビデオの看板を持った彫像」に戻った。多田は、星を「かわいい」と評する金井の感性がわからず、無骨そのものの金井が「かわいい」という単語を発した事実も受け止めきれず、のけぞった。

「おまえ、そんなこと言ったのが星さんにばれたら、大変な目に遭うよ」

伊藤は楽しそうに金井の腕を小突く。なんだかんだで星の手下は仲がよく、星を慕っているようだ。多田はなんとか衝撃から立ち直り、のけぞっていた背筋をもとの位置に戻した。

「今回の件で星さんが動いたのは、岡山組に言われたからだけじゃないんです」

伊藤は静かにつけ加えた。「HHFAの幹部には、まほろ発祥の『声聞き教』という新興宗教の信者だったものがいる。いまは解散していますが、行き過ぎた躾をしたり、子どもを無理やり布教活動に駆りだしたりして、少々問題のあった団体だそうです」

多田の脳裏に、行天の姿が思い浮かんだ。行天の親が入っていたという宗教団体は、もしかして『声聞き教』ではないだろうか。

行天はＨＨＦＡの沢村(さわむら)について、「どこかで会ったことがある気がする」と言っていた。それは案外、勘違いではないのかもしれない。子どものころ、行天と沢村が『声聞き教』の集まりかなにかで顔を合わせていたとしたら？

今日、行天と別行動を取ってよかった。行天がこの場にいなくて本当によかった。多田はそう思った。ＨＨＦＡが南口ロータリーで行う予定の「大規模な集会」に、沢村が参加する可能性は高い。

宗教にはまっていた母親。それに対してなにも言えなかった父親。行天はあまり語りたがらないけれど、かれらと暮らした子ども時代が、本人にとって幸せとは言いがたいものだったことはまちがいない。行天と沢村が本当に顔見知りかどうかはわからないが、会わせずにすむなら、それに越したことはない気がする。

「そういう理由もあって」

と、伊藤は説明をつづけた。「星さんはこの機にＨＨＦＡの勢力を削(そ)ごうとしています。子どもを抑えつける親が、星さんは嫌いだから」

なるほど、星も親には苦労させられているのかな、と多田は勝手に推測した。

「ＨＨＦＡが来たぞ！」

と大声で言いながら、いかにも武闘派っぽい男が広場に姿を現した。伊藤は男に向かってうなずき、多田に手短に紹介した。

「筒井(つつい)という、俺たちの仲間です」

筒井の背後に、HHFAの幟が見えはじめた。南口ロータリーを目指し、一団が近づいてきているようだ。

シャツの裾を引っ張られ、多田は振り返った。通話を終えた由良が、困ったように多田を見上げている。

「いま、裕弥と話したんだけどさ」

と由良は報告した。「南口ロータリーに向かってるところなんだって。ギョーテンと、はるちゃんだっけ？　あの子も一緒に、もう近くまで来てるらしいよ」

なぜ来る！　多田はこめかみを揉んだ。由良は首をかしげる。

「バスジャック犯も一緒だとか、なんかわけわかんないこと言ってるんだけど」

「バスジャック犯ってのは、端的に言えば近所の老人のことだ」

「飛んで火に油を注ぐ行天」という言葉が脳裏をめぐっていた多田は、とりあえずそう答えるのが精一杯だった。

HHFAのメンバーが、筒井を押しのけるようにして広場の隅に集結した。多田がざっと眺めたところ、沢村はいないようだ。南口ロータリーに行天という台風が接近しつつあるいま、それだけがわずかな救いだ。多田はひそかに安堵のため息をついた。

熱風に幟がはためく。HHFAのメンバーが持つ旧式の大きなラジカセから、平板な声が繰り返し流れていた。

「ご家庭で手作りした料理を食べれば、家族は健康、みんな笑顔。ＨＨＦＡ、家庭と健康食品協会です」

まほろ自然の森公園を出発した「横中の横暴許すまじ」号は、バス通りからまほろ大通りに差しかかったあたりの路肩で停車した。五十メートルほど前方に南口ロータリーが見える。いつもながら、多くのひとが行き交っているようだ。

「いっそのこと、あそこで我々の主張を訴えるのはどうだ」

雑踏を見てテンションが上がったのか、岡がそう提案した。

「それはいい。盆休みの市役所よりも、よっぽど効果的だろう」

山本が重々しく同意し、

「なんで最初に思いつかねえんだよ」

と、林がだれに対してともなく悪態をついた。「年を取ると、発想力ってもんが衰えていけない」

「三時までには帰れるかしら」

花村はあいかわらず洗濯物の心配をしているもようだ。

同志の賛同を得て、岡は紙袋からまたもや布を引っ張りだした。林の差しだす釣り竿を受け取ってのばし、さきっぽに布をくりつける。どうやら旗まで自作してきたらしい。

釣り竿を手に、岡はバスから降りた。竿の先端についた布が風になびいた。旗には、「時刻表遵守（じゅんしゅ）！」と大書（たいしょ）されていた。

「ものども、つづけぃ！　南口ロータリーで、我々の憤怒（ふんぬ）と悲しみを人々に訴えるんだ！」

　車内の老人たちも、あるものは機敏に、あるものは関節痛をかばいながら、行動に移った。次々にバスから降り、車体につけていた横断幕をはずす。横並びになり、横断幕を持って行進するつもりらしい。

　裕弥ははると落雁のおばあさんに手を貸し、外へ出た。冷房の効いた車内とちがい、蒸し暑い空気に押し包まれるようだ。はるは羽織っていたカーディガンを不器用に畳み、おばあさんに返した。最後に降りることになった行天が、乗降口から車外へ顔を出して岡に尋ねる。

「ナカノさんはどうすんの？」

「無論、一緒に来るんだ」

「いやですよ！」

　運転手の中野は抗議の声を上げた。「わたしは横浜中央交通の社員なんですから、そんなデモ隊に加わるわけにいきません」

　残念ながら、中野の言いぶんは聞き入れられなかった。岡が顎（あご）をしゃくったのに応え、行天が運転席の仕切りのポールをはずし、中野を無理やり連れだした。

このなかで憤怒と悲しみを一番感じているのは、中野さんだと思う。意気軒昂な老人たちと、悄然とした中野を見比べ、裕弥はため息をついた。

「帽子を取っちゃえば、横中の運転手だってことはばれないよ」

行天は無責任に断じ、中野の頭から脱がせた帽子を、無人のバスのなかへ投げ入れた。

こうして、「横中の横暴許すまじの会」の行進がはじまった。横断幕を前面に、老人たちがぞろぞろ歩く。裕弥のすぐ横で、釣り竿につけた旗をぴょんぴょん揺らして岡が叫んだ。

「間引き運転、はんたーい！　横浜中央交通は老人を見殺しにせず、時刻表遵守を約束せよー！」

道行くひとが、なにごとかと視線を寄越す。裕弥は身を縮めた。はるは、老人たちの高揚を感じ取ったらしい。落雁のおばあさんと手をつなぎ、不器用なスキップで前進している。行天はといえば、シャツの胸もとをつまんで風を入れながら、片手で煙草に火を点けた。常軌を逸したデモ隊に加わっているのに、困惑も羞恥もなく、ふだんと変わらぬ風情だ。

堂々と声を張りあげる岡に導かれ、一行はいよいよ南口ロータリーへと突入した。HFAの幟が立っているのが見える。

お母さんたちは、もう広報活動をはじめてるんだ。裕弥は唾を飲みくだした。塾に行ったはずの俺が、謎の老人集団と一緒に広場に現れたら、きっと驚き怒るだろう。見つからないようにしなくっちゃ。裕弥は行天のうしろに身を隠し、あたりの様子をうかがった。

南口ロータリーでは、予想外の光景が繰り広げられていた。個室ビデオやキャバクラの看板を持った男が数人、広場中央に設置された柵を背に立っている。HHFAのメンバーが、場所を空けてほしいと頼んでいるようだが、頑として応じない構えだ。柵に囲まれた巨大モニュメントが、南口ロータリーで起こった小競り合いを悠然と見下ろしている。モニュメントにとまった鳩たちは、不穏な空気を察知して億劫そうに羽を揺すった。

看板持ちの男の一人は、なぜか多田だった。多田はHHFAのメンバーに詰め寄られ、困惑気味のようだ。十人ほどいる大人のメンバーが、静かだが有無を言わせぬ口調で、「健康のための活動なんですよ」「野菜のよさを知っていただきたいんです」と迫ってくるのだから、対応に困るのも当然だ。メンバーが持つラジカセから、HHFAの謳い文句が単調に流れつづけているのが、また怖い。

裕弥はメンバーのなかに母親の姿を見つけた。作業着のまま、畑から南口ロータリーまで来たらしい。自宅から参加したメンバーは、質素だが身ぎれいな恰好だ。HHFAはイメージアップを図るため、広報活動をする際の服装を、「勤労を印象づけるもの、または、華美でないものを着用のこと」と定めている。

親に連れてこられた子どもも数人いた。裕弥と一緒に畑で作業していた小学生もいる。

子どもたちは居心地悪そうに、やや遠巻きに騒動を眺めていた。裕弥の母親が、そのうちの一人を多田のまえに引っ張りだした。

「ほら、子どもだってこの暑いなか、活動に参加しているんですから」

「こっちも仕事ですので」

と、多田は穏やかに答えている。裕弥はいたたまれず顔を伏せた。お母さんの子どもは俺なのに、よそのうちの子をダシにして場所を譲らせようとするなんて。悲しく、恥ずかしくてならなかった。

多田のほかにも、筋骨たくましい男が看板を持って立っている。ちょっと小突かれても微動だにせず、表情も変えない。もう一人、いかにも喧嘩っぱやそうな男もいた。そいつは、ＨＨＦＡのメンバーに向かって獣みたいに歯を剝いた。「あっちいけ」と拳を振りあげてみせたところで、慌てた多田に止められている。

「なんだか活気づいてるな」

デモ隊を先導する岡は、南口ロータリーを見わたして言った。「俺たちも負けてられん。行くぞ！」

「横中の横暴許すまじの会」は、旗を振り横断幕を掲げて、多田やＨＨＦＡのメンバーがいる広場の中央へ突進していった。

多田も行天同様、岡と知りあいのようだ。岡と、岡に引きずられる形で歩を進める裕弥に気づくと、漬けすぎた梅干しを食べたみたいな表情になった。ＨＨＦＡのメンバーは、攻め寄せてきた老人集団を見て、「なんですか、あなたがたは」とたじろいでいる。老人たちは、「間引き運転はんたーい！」とシュプレヒコールを上げる。岡は、「野菜を間引いてもバスは間引くな！」と即席の標語をがなる。

三つ巴の場所取り合戦がはじまり、事態はますます混迷の度合いを深めた。

南口ロータリーを行き交う通行人も騒ぎに気づき、さすがに足を止めるものが出てきた。看板持ちと野菜を販売する団体と謎の老人集団という、奇妙な三者の攻防を遠巻きに眺めている。

行天が、裕弥とはるをさりげなく広場の端っこへ誘導してくれた。

「なにがどうなって、多田はここにいるのかな」

そうつぶやき、行天は置いてあった灰皿に吸い殻を投げこむ。「市役所と南口ロータリーをまちがえるなんて、タヌキにでも化かされないかぎりありえないと思うんだけど」

視界が少しひらけたせいで、円形の柵に沿って、看板持ちの男が等間隔に立っていることが見て取れた。ぼさぼさの髪をした中年の看板持ちが、行天に気づいて笑顔で手を振る。行天も軽く手をあげ、中年男に挨拶を送った。

子守ばかりしてるのかと思ったけど、ギョーテンさんは案外顔が広いんだな。感心していた裕弥は、ふいに察した。看板持ちの男たちは、偶然あそこに立っていたんじゃない。ＨＨＦＡの広報活動を妨害しようとして、だれかが配置したんだ。

不安と怖れが湧いてきた。裕弥の母親が熱心に参加し、裕弥自身も畑仕事に駆りだされている団体を、快く思っていない人物が確実に存在する。お母さんも今日のところは諦めて、おとなしく家に帰ってくれるといいのに。

だれかに呼ばれた気がして、物思いに沈んでいた裕弥は顔を上げた。騒動の中心を迂回する形で、由良が手を振りながら駆け寄ってくるところだった。

うれしくなって、裕弥も手を振り返した。由良のあとから、眼鏡をかけた男も歩いてくる。男は南口ロータリー内を移動しがてら、見物人に素早くビラを配ってまわっているようだ。

「バスジャックとか言うから、心配してたんだぞ」

由良が頰を紅潮させて言った。裕弥は由良になんと説明したものか迷った。正体はただの迷惑な老人なんだとも言えず、

「うん、大丈夫」

と答えるにとどめる。「田村はどうしてここへ？」

今度は由良が、困ったように背後に視線をやった。眼鏡の男が近づいてきて、主に行天に向かって名乗った。

「以前にお会いしましたね。伊藤です」

行天はちょっとうなずき、

「この騒ぎは、砂糖売りの陰謀？」

と尋ねた。伊藤は微笑んで答えず、通りすがりのひとにビラを渡した。裕弥がチラッと覗いたところ、ＨＨＦＡを非難する内容が書かれていた。

子どもたちの健康と給食を、農薬から守ろう！
ＨＨＦＡの野菜は安心でも安全でもありません。わたしたち市民団体が独自に調査したところ、ＨＨＦＡが耕作する畑の約八割で、農薬の使用が確認されました。

本当なんだろうか、と裕弥は思った。ＨＨＦＡの子どもたちのあいだで、「化学肥料の入った袋を畑で見かけた」とか、「夜中に幹部が農薬を噴霧しているらしい」とか、まことしやかに噂は流れていた。本当だったのだとしたら、遠慮なんかせず、もっと農薬を撒いてほしかった。そうすれば、草取りも虫をつぶすこともしなくてすんだのに。

ビラをすべて配り終え、今度は伊藤が行天に質問した。

「あのお年寄りたちは、なにものなんでしょう」

「ピクニック中の無害な老人だから、気にしなくていいよ」

「うまい具合にＨＨＦＡの邪魔をしてくれてますね」

伊藤は広場の中心を見やる。「想定したよりも早く警察が来そうだ。引き際を見誤らないようにしてください」

「平気でしょ、俺たちは関係ないもん。ただ見てるだけ」

と言い、行天は再び煙草をふかしだした。

歓声とも悲鳴ともつかぬどよめきが、見物人のあいだで起きたのはそのときだ。ＨＨＦＡの若い男が、ついに実力行使に出た。多田から看板をもぎ取り、自分の膝に叩きつけるようにして二つ折りにする。まわりにいたメンバーは控えめに拍手し、多田は抗議の声を上げた。

「なにするんですか、借り物なのに！」

多田の代わりに喧嘩っぱやそうな男が、看板を折った男の胸ぐらを横合いからつかむ。

「いけない、筒井！　金井、止めろ！」

と、伊藤が叫ぶ。筒井と呼ばれた男は、胸ぐらをつかんだままためらうように動きを止めた。その瞬間を逃さず、看板を持った筋骨たくましい男が、筒井の首根っこをつかんでＨＨＦＡの若い男から引き離した。

これで騒動も沈静化するかと思いきや、一触即発のムードは緩和されなかった。今度は岡が老人連中に合図をし、多田たちとＨＨＦＡのあいだにいっせいに割って入ったのだ。

「野菜もビデオもどうでもいい！　俺たちの話を聞けぃ！」

「バスが、バスが来ないんだー！」

南口ロータリーに集まっていた見物人は、「なに、喧嘩？」「もっとやれ」などと、眉をひそめたり無責任に囃(はや)したてたりしはじめた。伊藤に渡されたビラを、熱心に読むものもいる。裕弥は由良と身を寄せあい、はらはらしながら事態の推移を見守った。筒井に食ってかかった裕弥の母親が、老人たちによって押しやられた。岡に発見された多田は、手製の旗を無理やり持たされそうになり、必死で拒否している。そんな多田に、ＨＨＦＡのメンバーが足払いをかけようとする。

いい年をした大人たちが、互いをはたきあったり突きのけあったり、めちゃくちゃな混戦状態だ。

「多田さん、うしろうしろ！」

「やっちゃえー！」

裕弥と由良は次第に興奮し、手を叩いて声援を送った。

「なあに、なあに。みえない！」

はるはクマクマを抱え、人垣の向こうを見透かそうとジャンプする。

蟬の声。バス通りを行く車の排気ガスのにおい。夏の空には白い雲がもくもく湧いている。鳩は日に照らされながら、あきれ顔で地上の騒ぎを眺めている。裕弥はわけもなく愉快な気持ちになり、由良と顔を見合わせて笑った。

「筒井、金井！　用はすんだ、撤収しよう！」

伊藤がうながしても、筒井も金井とやらも乱闘の渦に巻きこまれ、もはや聞こえていないようだ。

行天はにやにやしながら、多田がＨＨＦＡのメンバーや老人たちに小突きまわされる

のを眺めていたが、

「あ、まずい」

　と急にしゃがみこんだ。

「どうしたんですか、貧血？」

　裕弥は心配になり、行天を助け起こそうと手を差しだした。裕弥も朝礼の際に、校庭でくらくらすることがよくあったからだ。

「ちがうちがう」

　行天はしゃがんだまま裕弥の手を握り、上下に振ってから放した。結果として二人は、端から見たら「熱烈に握手するひと」になった。

「背後霊、あの男を知ってる？」

　行天が指すほうを振り返る。ちょうど、ＨＨＦＡの作業着を着た男が、南口ロータリーに新たに走りこんできたところだった。

「たまに畑で一緒に作業をするひとです」

　裕弥は記憶を探った。「たしか、幹部の沢村さんといったはず」

「あー、そうだった。サワムラさん」

　行天は腕だけのばし、煙草を灰皿に捨てた。「やっぱりどっかで会った気がするな。印象薄い顔で、よくわかんないけど」

「沢村さんと会ってたとして、なんでそれがまずいんですす」

「なんかこう、サワムラさんの顔を見ると、もやもやーっとしてくるから」

「それ、貧血じゃないんですか」

あきれと心配がないまぜになった気持ちで、裕弥は指摘した。

「えぇー、そうなのかな。貧血になったことないから、貧血だと気づいたことなくてさ」

行天は、聞くものの脳みそが混乱するような発言をした。

そうこうするうち、沢村は騒動のただなかに飛びこみ、HHFAのメンバーになにやら言い聞かせだした。「警察が来るから」と、この場から退くように説得しているようだ。

事態が収まりそうなのを見て取り、伊藤もまた、小走りで広場の中央へ向かった。筒井と金井を連れ、一刻も早くトンズラせねばならないからだろう。

看板持ち、HHFA、老人集団は、にらみあったまま徐々に距離を取った。

しかし争いの熱は、身の内でまだくすぶっていたらしい。伊藤に肩をつかまれた筒井が、HHFAのメンバーになにか言った。HHFA側も、もちろん黙ってはいない。またもや三者は入り乱れ、怒声が飛び交った。伊藤や沢村がなだめようとしても、もはや手がつけられない。

落雁のおばあさんがつまずき、地面に倒れこんだ。助けようとしてもみくちゃにされた多田が、HHFAの若い男によって柵に押さえつけられるのが見えた。さきほど、多田が持っていた看板を折った男だ。

「タダサン！」

はるが叫び、広場の中央めがけて駆けだした。裕弥も思わず体が動いていた。はるを追って走りだす。由良もついてきた。

「ガキども、戻れ！」

行天が声を荒らげたが、もう止まらない。母親に見つかったら、と怖れる気持ちも忘れ、はるに追いついた裕弥は、落雁のおばあさんのそばに膝をついた。

「大丈夫ですか」

おばあさんに肩を貸し、なんとか立たせようとする。由良はおばあさんのバッグを拾い、腕を取って体を支えてあげている。

「すごい騒ぎ」

おばあさんは首を振り、裕弥を見上げて困ったように笑った。「足をひねっちゃったみたい」

はるはかたわらで、多田のほうを一心に見ていた。周囲では小突きあいどころか殴りあいがはじまっており、多田に近づこうにも近づけない。

「タダサン、タダサン！」

泣きそうになりながら、はるは必死に呼びかける。クマクマを強く抱きしめている。

「はるちゃん、危ないから下がるんだ」

殴りかかってくるＨＨＦＡの若い男を、多田がなんとか受け流す。「俺は大丈夫だから」

見物人が口々に、

「警察だ！」

と言った。だれかが通報し、交番から警官が駆けつけてきたのだろう。すごく長く感じられたが、小競り合いが高じて乱闘状態に陥ってから、五分と経っていなかった。

全員が動きを止め、瞬時ののちそれぞれの行動に移った。

伊藤、筒井、金井は南口ロータリーから逃げようと走りだし、看板持ちの中年男はなにごともなかったかのようにキャバクラの看板を掲げ直した。

老人たちは広場中央からの離脱を試み、人畜無害な通行人を装おうとする。岡は無論、いの一番に南口ロータリーの端まで逃げていった。

ＨＨＦＡのメンバーも、子どもを抱えて走りだそうとするものあり、警察に事情を説明しようと踏みとどまるものありで、さすがに統率が乱れた。最前、多田を柵に押しつけ、殴ろうとしていた若い男は、なおも「タダサン！」と呼ぶはるのほうに向き直った。

「うるせえなあ、ガキ！　おまえもこのおっさんや年寄りの仲間か！」

若い男は、泥で汚れた作業着を着ていた。熱心に畑仕事をしている証だ。にもかかわらず広報活動を邪魔され、ＨＨＦＡだけでなく自分自身をも否定された気がしたのだろう。すこぶる腹を立てている様子だったが、それにしても穏やかでないのは、ベルトに挟んであった小ぶりの鎌を抜いたことだ。

鎌はよく研がれており、夏の光を弾いた。

「大木くん」

と、沢村が若い男の背後から慎重に呼びかけた。「そんなもの出してどうする。しまいなさい」

大木は呼びかけに応えず、ぶんと鎌を一振りした。

「こっちは必死でやってんのに、どいつもこいつも胡散臭いもん見るような目ぇしやがってよお！」

目が血走っている。さきほどからの騒ぎのせいで、大木は興奮状態にあるらしい。人々があとじさり、大木のまわりに空白の輪ができた。裕弥は由良と協力し、落雁のおばあさんを引きずるようにして大木から距離を取った。はるは驚いてしまったのか、大木のまえで立ちすくんだままだ。

裕弥はおばあさんを由良に託し、はるを引き寄せようとした。大木ががむしゃらに鎌を振りまわす。

まにあわない……！　はるに向かって手をのばしたまま、思わず目を閉じた。

頬に生ぬるい飛沫がかかった。大木の鎌がはるの脳天に突き刺さったにちがいない。

裕弥は悲鳴をこらえた。目を開ける勇気がない。貧血になりそうだ。

「行天ー！」

多田の怒声が聞こえた。裕弥はおそるおそるまぶたを上げた。

最初に視界に入ったのは、地面に転がったクマクマだった。間の抜けたクマクマの顔に、赤い血が点々と飛び散っている。

ゆっくりと視線を上方へ移す。

はるを背中にかばい、行天が立っていた。やや前屈みになり、苦痛をこらえるような表情だ。白いシャツの腹あたりが血に濡れている。刺されたんだろうか。裕弥はふらふらと行天に近づいた。

行天が、左手で右手を包むように握っているのが見えた。血は、右手の小指から滴(したた)っていた。正確に言うと、小指があった場所から。

なにかに吸い寄せられるように、裕弥は再び地面へ視線をやった。白い芋虫(いもむし)みたいなものがいる。赤い目をした虫。いや、ちがう。あれは血がついた行天の小指だ。

視界が急激に暗くなった。

「裕弥！」

と叫んだ由良に腕をつかまれたが、とうとう貧血を起こした裕弥は両膝をつき、その場にくずおれた。

一部始終を見ていた多田は、それでも眼前の光景が信じられず、一瞬呆然としてしまった。

行天の右手の小指が、宙を飛んだ。

「行天ー！」

多田が半ば無意識に叫んだのと、「きゃー」とも「ひー」ともつかぬ悲鳴をはるが上げたのとは、ほとんど同時だった。

糸のように細い、哀切な悲鳴を耳にし、多田の体はようやく動いた。老人たちやHHFAのメンバーを押しのけ、多田は行天とはるのほうへ駆けつけた。駆けつけて一番最初にしたのは、はるを抱きしめることでも行天を支えることでもなく、なぜか行天の小指を地面から拾うことだった。それはまだほのかなぬくもりを残し、しかしすでに切断されたときの形のまま強張(こわば)っていた。

小指をつまみあげた多田は、

「救急車！」

と、だれにともなく怒鳴った。「それから氷を！　早く！」

南口ロータリーにいた人々が、いっせいに動きだした。沢村をはじめとするHHFAのメンバーと、交番から来た二人の警察官が、大木に飛びかかって羽交い締めにした。血のついた鎌を持った大木は、もう暴れることもなく、されるがままだった。

多田は知るよしもなかったが、騒動に巻きこまれるのを避けるため、運転手の中野は当初から、南口ロータリーの外縁に立って推移を見守っていた。それが功を奏した。広場に隣接した商業施設の出入り口に、一番近い位置にいたのだ。中野は氷を求める叫びに応じ、総菜を売る店へ駆けこんでいった。

倒れてしまった裕弥を、由良が苦労して仰向けに寝かせた。裕弥と由良に助けられたおばあさんが、足をひきずりながらはるに近づき、「大丈夫よ」と肩を抱いた。片手でバッグを探り、薄手のカーディガンを取りだす。

「これで止血を」

礼を言うことも忘れ、差しだされたカーディガンを受け取った多田は、行天のかたわらに膝をついた。行天は地面に尻をついて座りこんでいた。額に脂汗がにじんでいる。

「すっごく痛い」

と行天は言った。

「あたりまえだ」

多田は拾った小指のやり場に困り、とりあえず自分の胸ポケットに入れた。灼けた地べたよりましだろうと思った。ついで、血まみれの行天の手をそっとつかむ。右手を固く包んでいる左手を、指を一本一本引きはがすようにして開かせる。ようやく現れた行天の右手は、血みどろでなにがなんだかよくわからなかった。肌は冷えている。血がたりなくなってきたようで、行天は震えている。

小指の根もとだろうと思われる部位にカーディガンを押し当て、多田はできるかぎりの止血を試みた。

「こんなに痛かったかな」

行天が歯をがちがち鳴らしながらぼやいた。「忘れてたよ。まえに小指が飛んだのは、もう二十年ぐらいまえだから」

「同じ指を二度も切断するやつなんて、そうそういないぞ」

行天の気を紛らわせたくて、多田はあえて明るい調子で応じる。「いくらはるちゃんを守るためといっても、なんで刃物のまえに立ちはだかったりしたんだ」

「考えるな、感じろ」

と行天は言った。非常事態だというのに、多田は思わず噴きだしてしまった。

「だれの真似だよ」

「だれの真似でもない、俺の正直な心境。咄嗟に体が動いちゃったんだよ」

沢村が近づいてきた。大木は完全に落ち着いたらしく、警察官に手錠をかけられ、もとの場所に立ったままうつむいている。多田は行天の肩を支え、沢村を見上げた。

「我々のメンバーが暴力をふるったことをお詫びします」

沢村は淡々とした口調で言った。謝られたからといって、行天の小指が生えてくるわけではない。多田は黙っていた。多田がかねてより沢村の存在を認識してきたように、沢村もこちらの素性を把握していることが、揺るぎない視線から察せられた。

多田の無言の返答を受け、

「おひさしぶりですね」

と、沢村は少々場ちがいと思える言葉を発した。多田は眉をひそめ、しらを切った。

「どこかでお会いしましたか」

「あなたに言ったのではありませんよ、便利屋さん」

沢村は微笑んで行天を見た。「神の子にご挨拶したのです」

行天の肩が一瞬大きく震えたのを、多田は掌から感じた。行天は貧血で青ざめた顔で、沢村を振り仰いだ。

「わたしを覚えていますか？」

「覚えてない」

行天は素っ気なく言った。

「そうでしょうね」

沢村は笑みを深くする。「あなたはいつも、ひとの輪の中心にいた。大人たちから神の子だと大切にされ、教主さまにかわいがられ、ほかの子どものことなど、あなたの視界の片隅にも入らなかったでしょう」

「あんただけじゃなく、視界に入ってくるもんなんかなかったよ」

行天は細く息を吐いた。「目を閉じてやり過ごそうとしてたから」

「わたしはずっと、あなたに会いたいと思っていた。大人になった神の子に」

血にまみれた行天を、沢村は冷静な観察者の目で見下ろした。「外の世界は生きづらくはありませんか？」

「そうかもね。でも、目を開けていられるぶんだけましだ。怪我をしなくてすむ」

いや、大怪我してるだろ。多田はそう思ったが、もちろん黙っておいた。行天の肩をつかんだ手に、かすかに力をこめる。引き止めるように。自分の熱を分け与えるかのように。

「サワムラさん」

と、行天は呼びかけた。どんどん血の気が失せているらしく、絞りだすような声だった。

「あれはクソッタレな場所だったね。でも、あんたと昔の話をしたいとは思わない。俺はもう、全部忘れた。忘れることにした。まほろに帰って、多田のところへ転がりこんだ夜から、そう決めてるんだ」

「残念です」

「悪いね」

行天はちょっと笑った。「あんたは野菜を作れば。俺は多田を見習って、不健康な生活をする」

おまえ、うちへ転がりこんでくるまえから飲んで吸っての生活だったんだろ。どうして俺が、「神の子を堕落させた悪魔の手先」みたいな扱いをされなきゃならん。多田はそう思ったが、今度ももちろん黙っておいた。

哀れんでいるとも、得心がいったとも取れる表情で、沢村は苦しそうに息をする行天を見ていた。ややあって、沢村はなにも言わず背を向け、ＨＨＦＡのメンバーのほうへ戻っていった。

行天はとうとう姿勢を保てなくなったらしく、座ったまま多田のほうへ上半身を傾けてきた。多田は行天を抱きとめる形になった。カーディガンは血を吸いつづけている。行天は痛みで意識が朦朧（もうろう）としはじめたのか、呼びかけても反応がない。かすかに呼吸するだけだ。

肩で行天の額を支え、多田は空を見上げた。白い雲が流れていく。

パトカーと救急車のサイレンが、二重奏となってあたりに響く。横中の制服を着た男が走ってきて、プラスチックのカップに入った氷を手渡した。多田は行天を抱えたまま、シャツの胸ポケットを探って小指を手にした。少し迷ったすえ、「ままよ」とカップの氷の隙間に小指をつっこむ。

不思議と、気色悪いとは感じなかった。行天の体の一部を、なんとか元通りにくっつけてやらなければいけない。それしか考えられなかった。

パトカーで加勢にきた警察官たちによって、大木が連行されていく。沢村は通りかかったタクシーを停めて乗りこみ、大木を乗せたパトカーを追うように駅前から走り去った。HHFAのほかのメンバーは、所在なさげに広場に残っているものもいれば、素早く立ち去ったものもいるようだ。

裕弥は意識を取り戻したらしい。母親もさすがに息子に気づいたようで、由良と一緒に裕弥を日陰へ誘導している。

伊藤、筒井、金井が、ビルの陰から行天の様子をうかがっていた。多田が、「心配ない」と手を振ってみせると、伊藤は恩に着るとばかりにうなずき、筒井と金井をうながして足早に去っていった。

「どうしました」

駆けつけた救急隊員に問われ、多田は小指入りのカップを掲げてみせた。

「さっき連行された男に、鎌で小指を切られました。このなかに入ってます」

横中の男は青ざめながらも、律儀に多田のそばにとどまっていた。多田は小声で男に尋ねた。

「岡さんにバスジャックされた運転手さんですよね」

「不本意ながら」

と男は答えた。

「もう大丈夫ですから、おばあさんをお願いします。岡さんにも、なにごともなかった顔で南口ロータリーを離れるように、と伝えてほしい」

「わかりました。わたしが責任を持って、お年寄りたちをバスでお送りします」

横中の運転手は、ちょっと誇らしげにつけ加えた。「『みなさまの頼れる足　横浜中央交通』ですから」

足を捻挫したおばあさんに手を貸し、運転手が南口ロータリーを横切っていく。広場の端にいた岡たちも、二人に合流する形で、路肩に停めたバスへ向かう。岡は心配そうに、多田と行天のほうを何度も振り返りながら、南口ロータリーから退場した。

多田のもとに警察官がやってきて、地面に散った血痕を確認しだした。多田はなにを聞かれても、「俺はここで看板持ちをしていただけだし、行天はたまたま居合わせたんです」と答えた。警察官は行天にも事情を聞きたそうだったが、完全に気絶してしまっていたので無理だった。

応急処置を終えた救急隊員は、小指入りカップと行天を担架に乗せて運んだ。

「まほろ市民病院へ搬送します。付き添われますか」

救急隊員に問われた多田は、

「すぐに車で追いかけます」

と答えた。「子どもがいますし、あいつの着替えなんかも持っていってやりたいので」

急に搬送先が変更になるかもしれない。念のため、携帯電話の番号を救急隊員に伝えた。警察官も、多田の連絡先を知りたがった。こっちには教えたくなかったが、しかたなく免許証を提示した。行天の怪我絡みで警察沙汰になるのは、これがはじめてではない。多田としては、もはや諦めの境地だった。

サイレンを鳴らして救急車が走り去ると、南口ロータリーにいつもどおりのひとの流れが戻った。

多田はクマクマを拾い、はるのまえにひざまずく。

「怖い思いをさせて悪かった」

はるは顔をくしゃくしゃにし、多田に抱きついてきた。多田はクマクマを持った手で、はるの背中を強く抱きしめた。

「ごめんな、はるちゃん」

多田はもう一度謝り、汚れていない指ではるの涙を拭(ぬぐ)ってやった。

「ギョーテン、ちがいっぱいでてた」

「これから病院へ行く。はるちゃんも一緒に来てくれるか？」

「いく」

涙と鼻水を流したまま、はるは力強くうなずいた。

多田ははると手をつなぎ、事務所へと歩きだした。はるは躊躇(ちゅうちょ)することなく、血がついた多田の手をすがるように握った。

二人の掌のあいだで、乾いた行天の血がざらざらとこすれた。

七、

着替えを紙袋に詰め、はるを助手席のチャイルドシートに乗せて、多田(ただ)は軽トラックで市民病院へ向かった。曽根田(そねだ)のばあちゃんのために買ったカステラとクマを抱え、はるは真剣な表情でまえを見ていた。

入院の手続きを終えても、行天(ぎょうてん)はまだ手術中だった。多田は不安な思いで廊下のソファに座り、はるとともに手術室のドアが開くのを待った。

「ギョーテンは、あたしのこときらいでしょ」

はるがぽつりと言ったので、多田は驚いて尋ねた。

「どうしてそう思うんだ」

「わかんないけど……」

うまく説明できないらしく、はるは口ごもる。

「嫌いだったら、はるちゃんを助けない」

「ギョーテン、あたしをたすけてくれたの？」

「そうだよ。さっき助けてくれたじゃないか」

「みてない。こわくてめをつぶってたから」

「俺は見てた。行天は一瞬もためらわず、はるちゃんのまえに飛びだしていったよ」

そして、大木のまえにかざした手から、小指が宙を舞った。

「どうして、ギョーテンはたすけてくれたのかな」

きみが行天の娘だからだ。そう言ってしまいそうになり、多田は急いで口をつぐんだ。

娘だから、というのは、行天にとっては理由でもなんでもない気もした。

考えるな、感じろ。

多田の出した答えは結局、

「あいつはそういうやつなんだ」

だった。

ふだんはだらだらするばかりで、ひとの感情の機微に疎いふりをしている。だが、本当はそうじゃない。黙って観察し、ときに大胆な言動をし、危機に瀕したひとを決して放っておかない。自分の身の安全すらそっちのけで、いざというときにはだれかを守ってみせる。

行天春彦とは、そういう男だ。

「ギョーテンのゆび、くっつく？」

クマクマの頭に鼻先をうずめ、はるが囁いた。

「くっつくよ」

多田は励ますように、はるの肩を抱き寄せた。「一度はくっついたんだ。もう一度ぐらい、くっつく」

「まえにもゆびがきれたの？」

「ああ。高校生のころだ。指がぽーんと飛んだ」

「うそー」

「そのときの教訓を活かして、今日は切れた指をすぐに氷漬けにしたから。きっとくっつくさ」

小さな女の子相手に、ずいぶんスプラッターな話をしていると思ったが、はるは興味深そうにうなずいた。

「きっとだいじょうぶだね」

そう言って、多田に身をもたせかけてくる。はるの体温を感じ、多田はふいに気がついた。

励まされているのは、俺のほうだ。

行天の着替えは持ってきたのに、自分が着替えるのは忘れていた。多田のシャツについた行天の血は、変色して黒い染みになっている。多田は震える両の手を組みあわせた。神を持たぬ身だけれど、それでも祈らずにはいられなかった。

手術は思ったよりも長くかかった。

多田は空腹がつのり、祈るのも心配するのも限界になった。はると一緒に、まほろ市民病院の最上階にある食堂へ行く。

食券を買い、多田はカレーライス大盛りを、はるは親子丼を食べた。食堂は三方がガラス張りで、見晴らしがいい。空は薄くオレンジ色に染まっていた。丹沢の山並みが黒く浮かびあがる。ヘッドライトをつけたミニカーサイズの車が、遠くの街道を走っている。

三十分もかけずに夕食を終え、手術室のまえの廊下に戻る。待てど暮らせど、行天は出てこない。

以前に腹を刺されたときよりは、まだ軽傷のようにも思うのだが、まさか俺がカレー食ってるあいだに出血多量で……。多田は悪い想像をめぐらした。「輸血をするので、ご家族のかたの協力をお願いします」と、ドラマなどでよく言っているじゃないか。こんなことなら飯なんか我慢して、待機しておくんだった。俺は行天の家族じゃないし、だいいち、やつの血液型を知らないが。はるちゃんなら行天と血液型が合う可能性が高いが、幼児から血を採るわけにもいかんだろうし……。

通りかかった看護師が、「あら」と言った。

「小指のかたなら、手術を終えて病室へ移りましたけど」

行天の指は、とりあえずはくっついたそうだ。とはいえ、つないだ血管が詰まるかもしれないので、今夜は医者の厳重な観察のもとに置かれる。一週間は入院し、血液を固まりにくくする点滴も受けなければいけないらしい。

「同じ指を二回も切断するひとなんて、そうはいませんよ」

と、執刀医もあきれ顔だった。骨を少し削り、神経と血管を慎重につなぎあわせたのち、皮膚を引っ張るようにして縫合したとのことだ。

細かい手術を終えた医者は、目が疲れたようだ。多田に説明しながらまぶたを押し揉んでいた。

「患者さんは煙草を吸いますか？」

「はい。ばかばかと」

「そうすると、くっつきにくいかもなあ。血流が悪いですからね」

「マッサージでもなんでもします」

多田はベッドに横たわる行天を見た。添え木やら包帯やらで右手を固定され、行天は眠っている。麻酔が効いているためなのか、ただ単に眠くて寝ているのかわからないが、呑気と言えるほど安らかな表情だ。

「ちゃんとくっついたと確認できるまでは、患部に触らず、そっとしておかなきゃいけません」

四十代だろう医者は、気だるく首を振った。「完全看護ですから、お二人はもう帰宅していただいて大丈夫ですよ」

そう言って、看護師になにか指示しつつ病室を出ていく。

多田とはるは顔を見合わせた。窓にかかったカーテン越しに、近づく夜の気配が感じられる。病室には八台のベッドが並んでいる。行天のベッドは廊下側だ。隣のベッドでは、ギプスをはめた足を吊し、若い男が暇そうに漫画雑誌を読んでいた。

「もうすこしいようよ」

と、はるが言った。多田はうなずいた。持参した着替えを、ベッド脇の小さな棚にしまう。はるはベッドに両腕を置き、上半身の体重を預けた。そのままちょっと体をバウンドさせ、ベッドのスプリングを軽く揺らす。

行天が目を覚ます気配はなかった。はるはつまらなそうに、自分の両腕に頰を載せる。顔を傾け、行天の顎のあたりに視線を向けた。

「はなのあながみえる！」

「うん。病院だから静かにな」

「はーい」

はるは行天の血で汚れてしまったクマクマに、「しずかにね」と言い聞かせた。

多田ははるの隣に立ち、行天を見下ろした。ひとまず手術が成功してよかった。安堵する気持ちとともに、疲れがどっと襲ってきた。とんだお盆もあったものだ。いったいなにがどうなって、行天たちはあの場に現れたのか。

「はるちゃん、今日はなにをしてた？」

「んーとね、バスにのった。ギョーテンと、ハイゴレーといっしょに」

「それから？」

「おおきなこうえんにいった。あと、おかしをもらった」

はるはにこにこして言った。驚くべきことに、楽しい一日だったらしい。だったら、まあいいか。と多田は思った。

「行天も起きないみたいだし、帰ろうか」

多田が持ちかけると、はるは素直にうなずいた。クマクマを抱いたはると手をつなぎ、多田はカステラを持って廊下へ出た。軽トラで病院に着いたとき、動転していたのか、着替えと一緒に運んできてしまったのだ。

廊下を歩きだすまえに、一度だけ病室を振り返った。行天は身じろぎもせず寝ていた。

「お見舞いをしたいひとがいるんだ。ちょっと寄っていいかな」

「うん」

ひとけのないロビーを横切り、内科の入院病棟である別棟へ向かう。

曽根田のばあちゃんは早々と夕飯をたいらげ、六人部屋でベッドに正座していた。背中を丸め、居眠りをしているようでも、霊界からの声に耳を傾けているようでもある。

今日のばあちゃんの記憶は、どんな調子だろう。便利屋の多田として認識してくれるのか、息子と勘違いするのか、佐々木（ささき）先生とやらに扮さねばならないのか、まったく予

測がつかない。多田は迷ったすえ、

「曽根田さん」

と思いきって呼びかけた。

ばあちゃんが顔を上げた。ばあちゃんのほかに、三人の老人も顔を上げた。残りの二人は、消灯まえにもかかわらずいびきをかいて眠っていた。

「おや、佐々木先生。夜なのに回診ごくろうさまです」

疲労した身で、佐々木先生になりきらねばならないのか。多田がややひるんだのを見て、曽根田のばあちゃんは笑った。

「うそ、うそ。多田さんだ、ってわかってるよ」

「やめてくださいよ」

多田も笑って、ばあちゃんのベッドのそばにパイプ椅子を引き寄せた。「心臓に悪いです」

ばあちゃんにカステラを渡してから、はるを膝に抱く形で椅子に腰を下ろす。ばあちゃんはカステラを手に、興味深そうにはるを見ていた。

「多田さんの子かい？」

「いいえ、知りあいの子です。三峯（みつみね）はるちゃん」

多田にうながされ、はるは恥ずかしそうに、

「こんばんは」

と挨拶した。

「はい、こんばんは」

曽根田のばあちゃんは、はるに向かって丁寧に頭を下げる。「多田さんの相棒がいないようだけど」

「あいつは怪我をしまして、今夜からここに入院です」

「どうしたんだい」

「ちょっと指を切っただけですから、大丈夫ですよ」

多田は事実をマイルドに伝えた。

「ギョーテンは、あたしをたすけてくれたの！」

と、はるが言った。「ポーンってとんだんだって」

「飛んだ？　なにが」

曽根田のばあちゃんが心配そうに眉をひそめる。「ゆび」と言いかけたはるにくすぐり攻撃を仕掛けることで、多田は急いで言葉をさえぎった。はるは多田の膝のうえで身をよじる。笑いたいようだが、さきほど「静かに」と言われたのをちゃんと覚えているらしく、顔を真っ赤にして必死にこらえる風情だ。

「まあ、無事ならいいけども」

ばあちゃんは追及を諦め、カステラの箱を振った。「あんたの相棒は、私を覚えていてくれると言ったんだ。私よりさきに死んじゃあ困るよ」

「死ぬことはなさそうです」

行天の呑気な寝顔を思い出し、多田は言った。「曽根田さん、カステラは明日にしてください」

「重みを感じると幸せな気持ちになるから……」

と言い訳したばあちゃんは、渋々といった感じでカステラをベッドに下ろした。「はいはい、いまは食べませんよ」

膝に接したはるの体が、急に熱くなった。眠いらしく、多田の胸に顔を押しつけている。居心地がいいように、多田ははるを抱え直してやった。曽根田のばあちゃんはそんな多田を見て、皺だらけの口もとをもぐもぐさせた。

「多田さんはなんだか、大きくなったみたいだねえ」

「そうですか？」

太ってはいないはずだし、成長期もとうに過ぎてしまったのだが。

「苦難と騒動がひとを大きくする」

ばあちゃんは、「創業社長の金言」みたいなことを厳かに言った。多田は苦笑する。

夏じゅう慣れない子守をして、バスジャックに気を揉んで、炎天下で乱闘に巻きこまれ、挙げ句の果てに居候の小指が飛ぶところを目撃した。これだけ次々に騒ぎに襲いかかられれば、たしかに悟りもひらけようというものだ。

多田はいまや、心凪いだ境地にあった。

行天がいるかぎり、俺に平穏な日々は訪れない。これはもう、どうしようもないことだ。家に憑いた座敷わらしに、「出ていってほしい」と頼んでも無駄なのと同じだ。座敷わらしは、気づくとそこにいる。出ていきたいときに出ていく。人間界の理屈や道理は通用しない。多田としては、「ご自由にどうぞ」と部屋を提供し、こっちはこっちでせいぜい勝手にやるしかない、という破れかぶれな心境だ。

珍妙な妖怪に気に入られてしまったんだと思えば、諦めもつく。はるの背中を軽く叩いてやりながら、多田はうっすらと笑みを浮かべた。

「多田さんの旅は、そろそろ終わるのかもしれないね」

曽根田のばあちゃんが静かに言った。

「どういうことですか？」

多田は少し気味が悪くなって尋ねた。「俺は死ぬんでしょうか」

「そうじゃあないよ」

ばあちゃんは首を振る。「行きたい場所に、たどりつけたってことだ。またいつか、旅をはじめるときが来るだろうけど、それまではゆっくり近所を散歩でもすればいい」

よくわからなかったが、多田はうなずいた。あたたかいはるの体を抱き、椅子から立つ。

「もう遅いので、これで失礼します。また来ます」

「はい、おやすみなさい。カステラありがとう」

曽根田のばあちゃんは丁寧にお辞儀し、正座したままベッドから手を振って見送ってくれた。

まほろ市民病院の駐車場には、もうほとんど車は停まっていなかった。多田の軽トラックが、街灯の光を白く弾(はじ)いている。

眠るはるをチャイルドシートに座らせ、エアコンの吹き出し口の向きを調整する。車内の温度が下がるのを待つあいだ、多田は携帯電話から柏木亜沙子(かしわぎあさこ)に連絡を入れた。コール二回で、亜沙子は携帯に出た。

「多田です。いま、ちょっといいですか」

「はい。ちょうど夫の」

と言って、亜沙子は言葉を選び直した。「亡くなった柏木の実家から帰ってきたところです」

「今夜、うかがえなくなりました。すみません」

「そうですか……」

短い間があった。多田の気が変わったのか。死んだ夫の初盆なのに、べつの男と会う。そんな女にいい印象を抱くひとは少ないんじゃないか。亜沙子があれこれと想像をめぐらしているのが伝わってくる。多田は急いでフォローしようとしたが、そのまえに亜沙子が明るい声で言った。

「じゃあ、残念ですが、また今度」

多田に負担を感じさせまいとしているのだろう。仕事が忙しく、疲れているのかもしれないと、無理やり自分を納得させようとしている。多田はふいに、「ここで引きさがってはいけない」という直感を得た。

亜沙子は強い。これまでもたくさんの不満や哀しみを飲みこみ、職場でも家庭でも完璧に自分の役割を果たしてきた。

でも、べつに完璧じゃなくていい。ものわかりのいいふりで、都合のいいときだけ会うつきあいなんかしなくていい。したくない。

「少しでもいい、会いたい」

いまにも通話を切りそうな亜沙子に向かって、多田は心から言った。「夜なのに悪いんですが、俺の事務所に来てもらえませんか」

「はい」

と亜沙子は言った。多田の勢いに押され、反射的に返事をしてしまったようだ。そんな自分に戸惑い、ためらっている気配が感じられた。

「行天が怪我をして、入院したんです」

多田は慌てて事情を説明した。「だから今夜は、俺は事務所を離れられない。はるちゃんがいるので」

「うかがいます」

亜沙子はきっぱり言ったのち、心配そうにつけ加えた。「行天さんの怪我、ひどいんですか？」

「命には別状ありません。詳しくは会ってから話します」

事務所の場所を教えようとした多田を、「大丈夫」と亜沙子はさえぎった。

「私もまほろの住人です。駅前なら、住所だけで見当がつきます」

そういえば行天も、再会したときに同じことを言った。多田はなつかしく思い出す。

行天の指は必ずくっつく。今夜二度目の直感を得て、自然に笑みが浮かんだ。

はるは助手席で寝息を立てている。もうすぐ亜沙子と会うことができる。事務所へ向けて軽トラを運転しながら、多田は自分が幸せを感じていることに気がついた。

はるを抱き、多田は月極の駐車場から事務所への短い道のりを歩いた。途中でコンビニエンスストアに寄り、飲み物を買う。亜沙子の好みがわからないので、ペットボトルのお茶、缶コーヒーの無糖、微糖、カフェオレ、缶ビールと、けっこうな量になった。

亜沙子が来るまえに、事務所の掃除もしておくべきだろう。はると飲み物という重量をものともせず、多田は早足で前進した。スキップでもしてしまいそうな気持ちを抑えたら、妙にぎくしゃくした歩調になった。

浮かれた足取りも、事務所の入った雑居ビルのまえに立つ、星(ほし)と金井(かない)を目にするまでのことだった。

階段の脇で、星が腕組みをして壁にもたれていた。金井は上り口をふさぐ恰好で佇立(ちょりつ)している。でこぼこな金剛力士像みたいなコンビだ。

ビルには多田便利軒のほかにも入居者がある。近所づきあいはまったくないが、得体の知れぬ老若男女がしょっちゅう出入りする多田便利軒を、ほかの入居者が胡散臭(うさんくさ)がっていることはなんとなく伝わってくる。にもかかわらず、今度は住人の通行を邪魔する形で、金剛力士像の出現だ。

いつもは勝手に部屋に入るくせに、なぜ今夜にかぎって、ビルの出入り口で悪目立ちしているんだ。多田は顔をしかめ、星と金井に近づいていった。多田の姿を認め、星が壁から身を起こした。

「よう、便利屋。相方の指はくっついたか」

「手術は終わりました。予断を許さない状況ですが、たぶん大丈夫でしょう」

「そりゃよかった」

意外なことに、星はポーズではなく心底安堵しているようだった。多田としては、それだけでほだされそうになったのだが、「いやいや、ここで甘い顔をするから、俺はいつもいいように利用されるんだ」と思い直し、

「星さんも、今日は忙しかったみたいですね」

と、がんばって嫌味を言った。「お母さんとのお墓参りは、つつがなくすみましたか」

「そうつんけんするな」

星は苦笑いした。「俺がいないあいだに予想以上の大騒ぎになって、悪かったと思ってる」

星が片手で合図すると、金井が茶封筒を差しだしてきた。

「なんですか、これ」

戸惑う多田におかまいなしで、金井は無言のままぐいぐい封筒を押しつけてくる。ついに根負けし、コンビニの袋を地面に置いて受け取った封筒は、けっこうな厚みがあった。五十万は入っていそうだ。

「見舞金だ」

と星は言った。星に借りを作ると厄介なことになる。多田は急いで封筒を返そうとしたのだが、金井は拳(こぶし)を握りしめ、返却不可の意を示している。

「取っておけよ」

星は有無を言わせぬ口調だ。「おまえんとこの相方が妙なバスで南口ロータリーに乗りつけなければ、あんな大騒ぎにはならなかったとも言えるが、まあ取っておけ」

微妙に恩着せがましい。多田は疲れていたし、バスの件をつつかれると埃(ほこり)が出る身なのはたしかなので、ここは素直に見舞金を受け取っておくことにした。

多田がズボンのポケットに封筒をつっこむのを見て、星は満足そうにうなずいた。

「思惑どおり、HHFAはこれでおとなしくなりそうだ。無農薬じゃないという疑惑もかなり噂(うわさ)になってるし、そこへもってきてこの騒動だからな。イメージが大切な商売なのに、かなりの痛手を被ったただろう」

「行天の指を切った男は、どうなりました」

「まほろ署にしょっぴかれたままだ。HHFAの幹部は尻ぬぐいに躍起さ。現行犯だし、自分からぶんぶん鎌を振りまわしたんだから、まず起訴は免れないはずだ。おまえと相方のところにも警察が事情を聞きにくると思うが、『偶然居合わせていて巻きこまれた』で通せ」

「便利屋の俺が、看板持ちのアルバイトを偶然していたんですか？」

と、星は笑った。「そこは、俺の名前を出してかまわない。看板持ちの斡旋も業務の一環なんだが、わりといつも人手不足でね。便利屋に頼むこともある」

なるほど。筋書きを飲みこみ、多田はうなずいた。バスジャックの老人たちと行天との関係も、「たまたま知りあいが借り切ったバスに出くわし、南口ロータリーまで同乗した」と説明すればすむことだ。

多田と星は、にやりと笑みを交わす。星と共犯になるのは不本意だが、お互いのあいだに、「うまくやった」という達成感が生まれたのも事実だった。

コンビニの袋を持ちあげた多田は、気になっていたことを尋ねてみた。

「HHFAの母体となったのは、『声聞き教』という宗教団体だそうですね」

「どうして急にそんなことを聞く？」

「行天の親が、以前に入信していたかもしれないんです」

星はちょっと考えていたが、やがて言った。

「なにを信じようと信じまいと、本人の自由だ。問題は、だれかを傷つけるに値するほどの信念なんて存在するのかってことだろう。おまえの相方は、『声聞き教』の教えをだれかに強制するのか？　たとえば、そのガキに」

と、星は眠るはるを顎で指す。

「いいえ」

と多田は答えた。「行天ほど信仰心とかけ離れたやつはいませんし、だれかになにかを強制したりも絶対にしません」

「じゃ、なにも問題ない」

星は肩をすくめた。「『声聞き教』は、宗教団体としてはとっくに活動をやめている。ＨＨＦＡの幹部に、元信者が何人かいるってだけだ。おまえの相方をおびやかすようなもんは、もうこの世に存在していない」

行天の心のなか、苦しみの記憶を除いては。「忘れると決めた」と行天は沢村に言ったが、それは少し嘘だろうと多田は知っている。忘却できぬものがあるからこそ、行天は「覚えている」と曽根田のばあちゃんに言えたのだ。多田をはじめとする周囲の人間は、行天を見守り、支え、話を聞くことはできるが、行天の心や記憶をどうこうすることはできない。だいいち、見守られることを、支えを、話すことを、行天自身が望んでいるのかどうかも定かでなかった。

一度味わった感情や経験を消すことはできない。抱えて生きるだけだ。行天はそれを淡々と実践しているし、淡々とした実践の軌跡に満足しているのではないかと、多田には思えた。どれほどの努力と苦しみを要する実践であるか、吹聴するのは行天のよしとするところではないだろう。

通りの角に黒いタクシーが停まり、亜沙子が降りてきた。多田の姿に気づいて小走りになり、事務所のあるビルのほうへやってくる。明らかに人相の悪い星や金井のことも視界に入っているはずだが、亜沙子にはひるむ様子がない。

星は亜沙子をちらっと見てから、

「便利屋、やるじゃないか」

と多田に視線を戻した。「相方の入院中に女を連れこむなんて」

連れこむって、人聞きの悪い。柏木さんにはただ来てもらっただけで……。多田がもごもご言い訳するうち、星は金井を従えて去っていった。

「まあ、仲良くな。金がたりなかったら言ってくれ」

星の来訪は、行天が怪我をしたことへの謝罪が眼目だったようだ。だから柄にもなく遠慮し、部屋に上がりこまずにいたらしい。

多田は首を振って気持ちを切り替え、階段の下で亜沙子を迎えた。

「来るのが早すぎたでしょうか」

亜沙子は多田のまえまで来ると、少し恥ずかしそうに言った。「いまのかたたちは？なにかご用があったんじゃないですか」

「もうすみましたから、気にしないでください」

多田は亜沙子を階段へとうながした。気づかいを発揮するときでさえ傍若無人な星のおかげで、掃除をする間がなくなってしまったが、しかたがない。

「部屋が散らかってますが、それも気にしないでもらえるとありがたいです」

台所で手を洗った亜沙子は、興味深そうに事務所の内部を観察した。応接ソファに腰かけてスプリングを試してみたり、吸い殻満載の灰皿を覗きこんでみたり、書類ファイルの並んだ棚や机に広げられたままの地図を眺めてみたりする。新居に連れてこられた猫みたいだ。

応接スペースと居住空間との仕切りのカーテンを開けたまま、多田ははるを寝かしつけた。パジャマに着替えさせるついでに、濡れタオルで軽く体を拭いてやる。はるは少しぐずったが、汗を拭かれてすっきりしたようだ。多田のベッド脇に敷かれたマットレスに自分から横たわり、本格的に寝入ってしまった。亜沙子の存在には気づかないままだった。客がいると知ったら、はるはまたひとしきりはしゃいだことだろう。

おとなしく眠ってくれてよかった。台所でレジ袋の中身を探りつつ、多田は背後をうかがった。亜沙子がいつのまにか、マットレスのかたわらにしゃがみこみ、はるの寝顔を見下ろしていた。

　はるの隣ではクマクマも寝ている。血で汚れてしまったが、クマクマはあいかわらず愛らしい表情だ。クマクマに負けず劣らず、はるもあどけない顔で夢の世界に遊んでいる。

　はるに寄り添う形になるよう、亜沙子はクマクマの位置を微調整した。しゃがんだ膝に両腕を置き、亜沙子はうつむきかげんで少し微笑んでいる。

「なにか飲みますか」

　多田の呼びかけに応え、亜沙子が顔を上げた。狭い調理台に並んだ飲み物の列を見て、

「ビールをいただきます」

と言う。多田は缶ビールを二本持ち、ベッドに腰を下ろした。亜沙子も立ちあがり、遠慮がちに多田の隣に移動してきた。

　並んで座った二人はビールを飲む。足もとでははるとクマクマが眠っている。通りを走る車の音がたまに聞こえてくるだけで、室内はとても静かだ。静かで、満たされている。

「いろいろなことがあったみたいですね」

　亜沙子が小さな声で言った。クマクマについた血を見て、察するものがあったのだろう。多田は自分の知るかぎりの出来事を話して聞かせた。改めて言葉にすると、長い一日だった。

はると行天がバスジャックに巻きこまれたこと。南口ロータリーが大騒ぎになり、行天の小指が飛んだこと。ＨＨＦＡの勢力は、これを機に削がれるであろうこと。亜沙子は驚いたり心配したりし、いくつか質問してきたが、最後には納得したらしい。

「行天さんのことがありますから、単純には喜べませんが、とにかく事態が収束したようでよかったです」

と述べた。真剣で生真面目な口ぶりに、多田は思わず笑ってしまった。

「以前から気になっていたのですが」

はるの寝顔を眺め、亜沙子はつけ加える。「はるちゃんを預かっているとおっしゃっていたけれど、お母さんとは親しいお知りあいですか？」

「ちがいます」

と、多田は慌てて言った。詳しく説明するよりさきに、

「ですよね」

と亜沙子はうなずく。「こうして見ると、行天さんによく似ている気がします」

なんと言おうか考えた結果、

「いえ、それもちがいます」

と多田は答えた。「はるちゃんの両親は海外で働いているので、夏のあいだだけ預かりました。あと二週間もすれば、迎えにきます」

そう言葉にしたら、それが真実なのだと改めて思えた。はるの親は、はるをかわいが

って育てているのは、三峯凪子とそのパートナーだ。

亜沙子はそれ以上追及してこなかった。ただ、

「正直に言うと、ちょっと嫉妬していました。まほろ大通りのカフェで、多田さんたちを見て」

とだけ、消え入りそうな音量でつぶやいた。多田は跳びはねたいのを懸命にこらえ、

「うれしいです」

と、渋い男をできるかぎり演出して答えた。

多田と亜沙子は、それぞれ二本目のビールに取りかかった。つまみもないが、部屋が蒸し暑いせいもあって、水のように喉を通る。

「強いんですか」

「そうでもないです。際限がないので、家ではあまり飲まないようにしているんですが」

「それを強いと言うんだと思います」

などと、たわいない会話を小声で交わした。実のある話をするでも、互いの距離を一気に詰めるでもないひとときが、なんだか心地よかった。亜沙子もそう感じ、リラックスしているらしいことがうかがわれた。

穏やかな時間は、唐突に開いた事務所のドアによって打ち破られた。仕切りのカーテンを開けたままだったので、ベッドから戸口はよく見えた。

ドアを開けたときの体勢のまま、行天が静止していた。並んで座った多田と亜沙子は、正面から行天と見合う恰好になった。

「あら」

と亜沙子が言い、多田はといえば驚いて立ちあがった。行天がキュウリのように青い顔をしていたので、てっきり容態が悪化し、幽霊となって出現したのかと思った。

「お邪魔しました」

行天は礼儀正しく言い、しずしずと左手でドアを閉めた。右手は病院で見たときのま ま、包帯でぐるぐる巻きにされていた。

行天の姿がドアの向こうに消えてようやく、多田はいま見たものが幽霊ではないことを悟った。幽霊だったら、わざわざドアを開閉する必要はないだろう。

「おい、行天!」

と呼びかけたが、階段を下りていく足音がするばかりだ。多田は、「ちょっとすみません」と亜沙子に断り、急いで部屋を飛びだした。慌てたせいで、飲みかけの缶を持ったままだった。

階段を駆け下り、ビルの外に出たところで行天に追いついた。行天はふらふらした足取りで大通りへ向かっていた。

「行天、どうしたんだ」

多田は行天のまえにまわりこみ、歩みを一時中断させた。「安静にしてなきゃだめだろう」

「うーん、そうなんだけどね」

貧血がひどくなったのか、行天の顔色はもはやナスのようだった。「あんたが今夜、シャチョーと会う約束をしてたことを思い出してさ。留守番がいないと困るだろうと思って」

なにやらけなげというか、重傷を負った事実にふさわしからぬ発言をした行天だったが、多田にはそれよりも気になることがあった。

最前は動転していたせいで目に入っていなかったが、行天のTシャツの胸に、「ビバ♡まほろ！」という文字が大きくプリントされている。しかも、雄々しい感じの毛筆書体で。

「おまえ、なんなんだそれは」

と、多田は言わずにはいられなかった。行天は多田の視線をたどり、自身の胸もとを見下ろした。

「あんたが着替えとして持ってきたんだろ？」

「そうか、すまん」

ふつうの白いTシャツを持っていったつもりだったのだが、動揺していてまちがえたようだ。それにしてもいつのまに、事務所の棚にけったいなTシャツが紛れこんだのだろう。

「……どこで売ってた代物なんだ」

「まえにコロンビア人がくれたんだよ」

ルルの服装に関するセンスは、常人には計り知れない地平にある。よくたしかめもせずに棚から引っ張りだしてしまったことを、多田は後悔した。

Tシャツについているのが血痕だろうと墨痕だろうと、行天はどうでもいいらしい。あほみたいな文字を胸に、

「煙草持ってる？」

と堂々たる態度で聞いてくる。

「持ってるけど、だめだ」

「なんで」

「血流が悪くなると、せっかくくっついた小指がもげると医者が言っていた」

だいいち、貧血を起こしているんじゃないのか。多田は断固として要求に応じまいとしたのだが、行天は笑っていなした。

「心配なら、血流をよくするよ」

言うが早いか、多田の持っていた缶ビールを奪い取り、勢いよく飲み干してしまった。呆気(あっけ)に取られる多田に空(あ)き缶を押しつけ、包帯を巻いた手で口もとを拭(ぬぐ)う。

「アルコールで血管が開いたから、もう大丈夫。煙草ちょうだい」

多田は諦め、ラッキーストライクの箱をポケットから出した。一振りして、行天に差

しだす。まずは自分のぶんを吸いつけたのち、行天がくわえた煙草にもライターで火を点けてやった。

「はー、うまい」

行天は満足そうに煙を吐きだした。「病院は上げ膳据え膳でいいけど、好きなときに吸えないのが困る」

「永遠に吸えなくなるところだったんだ。文句言うな」

南口ロータリーに散った行天の血を思い出し、多田は言った。「タクシー代やるから、さっさと病院帰れ」

「留守番は必要ないみたいだしね」

行天はにやにやした。きまりが悪くなった多田は、急いで弁解する。

「柏木さんには、ちょっと寄ってもらっただけだ。はるちゃんもいるんだし、べつになにも……」

「はいはい」

にやにやが高じて、行天はまぬけな柴犬のような笑い顔になっている。弁解するだけ無駄だと察し、多田は黙った。

ふた筋の煙が、蒸し暑い夜の闇に溶けてゆく。穏やかな気持ちが多田の心を満たしていた。行天も同じように感じていたのかもしれない。煙草を吸いきるまで、やはり黙って煙の行方を眺めていた。

やがて行天は、

「じゃあね」

と言った。多田の持つ空き缶に吸い殻をねじ入れ、まほろ大通りのほうへ歩いていく。

「待て待て待て、タクシー代」

多田は財布を出そうとして、星から金をもらったことを思い出した。ちょうど通りかかったタクシーに向かって、行天は優雅に手をあげている。あせった多田は、ズボンのポケットに入れっぱなしだった封筒をそのまま行天に渡した。

「稚内(わっかない)までタクシーで行けってこと？」

持ち重りのする封筒を手に、行天が首をかしげた。

「市民病院までだ。無駄遣いするなよ」

タクシーの後部座席に乗りこんだ行天に、多田は身をかがめて言い含めた。ドアが閉まる。

「手術代と入院費用を、そこから払うんだからな」

多田がなおも念を押すと、行天は窓を下ろした。

「ちょっと待って」

と運転手に声をかけ、ついで多田に向き直る。「なんか言った？」

もういい。どうせあぶく銭だ。あるだけ使え。

「明日、見舞いにいく」

とだけ、多田は言った。

行天は微笑んだ。澄み渡ったようなその表情に、多田はいやな予感を覚えた。

「来なくていいよ」

ぎりぎりまで下ろした窓に左肘を引っかけ、行天はタクシーのかたわらに立つ多田を見上げる。「多田、いろいろありがとう」

「なんだ、急に」

「あんたの言うとおり、はるを預かってよかったかもしれない」

行天がはるの名を口にしたことに、多田はいましがたの予感も霧散するほど驚いた。

「こんなこと言うのも変なんだけどさ」

と、行天はつづけた。「いざってときに、はるを痛めつけるためじゃなく、守るために体が動いた。それがなんだか俺は……」

しあわせなんだ。

とても小さな声だったが、多田の耳には届いた。多田は行天を見た。行天は少し気恥ずかしそうに笑い、窓を閉めた。

「あたりまえだろう」

走りだしたタクシーに向かって、多田はつぶやく。つぶやきは次第に大きくなった。魂から迸る言葉になった。

「俺には最初からわかってた。何度も言ったはずだ。おまえはだれかを痛めつけたりしない。絶対に。そういうやつだって、俺はちゃんと知ってたよ」

酔っ払った若い一団が、怯えたように多田を見ながら通りすぎたが、気にしなかった。赤いテールランプが車列に紛れ、川のようにうねって角を曲がる。晴れやかな思いでそれを見送り、多田は笑った。

翌朝、はるはベッドで眠る亜沙子を見て、

「だあれ？　おきゃくさま？」

と興奮状態になった。ソファで寝た多田は体のあちこちが痛くてならなかったが、上機嫌ではると亜沙子のために目玉焼きを作った。

帰宅する亜沙子と駅前で別れ、はるとともにまほろ市民病院へ向かう。

からになったベッドを見下ろし、多田はしばらく病室に突っ立っていた。

行天はすでに行方をくらましたあとだった。

八、

「金を渡したのが失敗でした」

多田はうなだれる。「医者が止めるのも聞かず、治療費を精算して出ていったそうです」

「どこへ行ってしまったんでしょう」

顚末を聞いた三峯凪子は、憂い顔でため息をついた。「春ちゃんたら、あいかわらず多田さんに迷惑かけて」

行天が姿を消してから二週間後。八月すえの夕方に、凪子は帰国したその足で多田便利軒へやってきた。大きなスーツケースは成田から自宅へ宅配便で送り、ちょうど空席のあったまほろ行きのリムジンバスに飛び乗ったのだそうだ。はるはさきほどから凪子の膝に座り、コアラのように抱きついて離れない。

「そういうわけで、行天はいないんです。肝心なときに申し訳ない」

「謝らないでください。長いあいだはるの面倒を見てくださって、ありがとうございました」

多田と凪子は向かいあう形で、事務所の応接ソファに腰かけていた。はるの身のまわりの品は、すでに段ボールに詰め終わっている。昨夜、多田は眠るはるの息づかいを背中で聞きながら、写真立てや絵本やルルとハイシーのおかげで増えた洋服やらをひとつひとつ箱に収めた。

凪子が宅配伝票に自宅の住所を記入し、多田に差しだす。

「明日の午後に着くよう発送します」

多田は伝票を受け取り、足もとに置かれた段ボールに貼りつけた。「さびしくなるな」

多田の感傷とは裏腹に、はるはひさびさに母親と会えた喜びでいっぱいだ。

「ママは？」

と、凪子に問いかける。多田には見向きもしない。

「ママも、明後日には帰ってくるって」

なるほど。と多田は思う。はるは予想どおり、凪子のことを「お母さん」、凪子のパートナーのことを「ママ」と呼んでいるらしい。明後日からは、少々変則的だが仲のよい三人家族の日常が再開するのだろう。

はるを愛おしそうに見つめていた凪子が、顔を上げた。

「春ちゃんが帰ってきたら、教えていただけませんか。怪我の様子も気になりますし」

は思いきってソファから立った。

「本当は駅までお送りしたいんですが、事務所の下までにさせてください」

と、多田は請けあった。

凪子は長旅で疲れているだろう。いつまでもはるを引き止めることはできない。多田

「もちろん、連絡します」

床から段ボールを持ちあげる。「近くのコンビニ、宅配便の受付が午後六時までなんですよ」

もちろん嘘だ。翌日の午後着でいいなら、深夜に出してもまにあう。はるとの別れがつらく、駅で大泣きしてしまう失態を避けるためだった。

凪子は多田の意を汲んだのか、

「おうちに帰ろう」

と、はるをうながした。はるはクマクマを抱き、さきに立って事務所の階段を下りはじめた。多田便利軒にやってきたときと同じワンピースとサンダル。髪どめは今朝、多田が苦心してつけた。髪をとかしてやりながら、「今日、お母さんがお迎えにきてくれるよ」と言うと、はるは喜んで飛びあがったものだ。

事務所のビルのまえで、凪子とはるは多田を見上げた。

「はる、多田さんに『ありがとう』って」

「ありがとう」

と、はるは言った。状況がよくわかっていないのか、家に帰れるのがうれしくてならないのか、にこにこしている。

「こちらこそ、ありがとう」

多田は言った。「はるちゃんと暮らせて、とても楽しかった」

そこではるは、「おや？」という顔になった。

「タダサン、あたしといっしょにかえるでしょ？」

「いや、俺の家はここだから」

徐々に事態が飲みこめてきたらしい。はるは半べそをかきはじめた。

「ギョーテンは？」

行天の行方がわからなくなってから、そのセリフは一日に十五回ぐらい聞いた。行天を案じるはるに、多田はいつもなんと答えていいのかわからず、「ちょっと出かけてる」とか「そのうち戻るよ」と受け流してきた。

でも、今日はちがった。多田はふいに、はるの問いかけに対する明確な答えを得た。

「行天の家も、ここだ」

「じゃあ、ギョーテンもあたしといっしょにいけない？」

はるはとうとう、大粒の涙をこぼしだす。多田はしゃがみ、抱えていた段ボールを地面に置いた。空いた掌で、はるの頬を拭ってやる。

「はるちゃん、泣かなくていいんだ。いつでも遊びにおいで。行天も俺も待ってる」

多田は段ボールを抱え、再び立ちあがった。凪子が優しくはるの手を取り、多田に会釈した。

凪子とはるは、ハコキューまほろ駅へと歩きだす。

「元気で」

と、多田ははるの小さな背中に向けて言った。「お母さんとママの言うこと、ちゃんと聞くんだぞ」

はるが振り返った。涙と鼻水でぐしゃぐしゃの顔をして、それでもはるは笑っていた。凪子と手をつなぎ、クマクマを抱いたもう片方の手を、腹のあたりで小刻みに振っている。多田へのお別れの挨拶だ。

多田も手を振り返した。まぶたが熱くなり、視界が曇ったが、意地で涙を引っこめた。事務所のまえで泣くのは、駅で泣くよりまずいと気がついたからだ。「あそこの便利屋さん、奥さんと娘さんに出ていかれちゃったみたい。うだつが上がらなそうだものねえ」などと、ご近所に噂(うわさ)されてはたまらない。

凪子とはるは信号を渡り、大通りの雑踏に消えた。

明日から九月だというのに、日が傾いてもまだまだ暑さは厳しい。多田は汗を拭うふりで、作業着の袖で目もとと鼻をこすった。空咳(からぜき)を二度ほどして、気持ちを切り替える。

コンビニエンスストアで宅配便を発送し、事務所の階段を上がった。ドアを開けて、思わずため息がこぼれる。

はるの洋服やおもちゃがなくなった部屋は、とてつもなく味気ない空間に見えた。ようやく覚えた簡単な料理を作る気にもならず、多田はソファに座ってウィスキーを飲んだ。向かいのソファには、行天が使っていたタオルケットが畳んで置いてある。行天が小金を貯めていた菓子の空き缶も、ソファの下でそのままになっている。

どうせ、柏木さんと俺の仲に遠慮したんだろうけれど。多田はコップのなかの茶色い液体を揺らした。いったいどこをほっつき歩いてるんだ。小指が腐ってもげても知らんぞ。

一人になってみると、事務所は広く静かだった。行天がいなかったころ、俺はどうやって時間をやり過ごしていたんだろう。記憶をたどってみたが、もう思い出せなかった。飼い主の帰りを待つ犬のように、みじめな気分だった。

日常が戻ってきた。行天が転がりこんでくるまえの、多田の日常が。

ひさしぶりの一人暮らしは、最初のうちは思ったより快適だった。部屋を散らかされることもないし、散髪をしろとか銭湯には行ったのかとか気をまわす必要もない。自分のリズムで、自分のことだけを考えればいい生活は、多田のストレスを大幅に減少させた。

しかし、会話も激減した。一日のうちに発する言葉が、「おはようございます、多田便利軒です」と「作業終わりました。振込はこちらにお願いします。ありがとうございました」だけの日も多々あり、多田は囲炉裏屋の弁当をよく嚙んで食べるよう心がけることにした。顎と舌の筋肉が退化してしまいそうだったからだ。

いままでにも、行天が事務所を出ていったことはあった。そう心配せずとも、今回もひょっこり帰ってくるのではないか。多田はそんなふうに、たかをくっていた。心のどこかで、そうなることを期待していたのかもしれない。

だが、残暑が潮のように引いていっても、秋が刻々と深まっていっても、行天が多田のまえに現れることはなかった。どこでどうしているのか、手紙も電話もない。

小指が無事にくっついたのかどうかぐらい、報告してきてもいいだろう。二年半以上も居候させてやったのに、あまりに素っ気ないじゃないか。多田はしまいには、なんだか腹が立ってきた。気を揉んでいるのは自分だけで、行天はあいかわらずどこかでお気楽にやっているんだろうと思うと、なおさらむしゃくしゃした。

亜沙子とは、思いがけずうまくいっている。多田が亜沙子の家へ行くこともあれば、亜沙子が多田の事務所へ来ることもある。

亜沙子と事務所で会っているとき、いつドアが開いて行天が出現するかと、当初は気が気でなかった。そのうち、慣れた。行天はもう戻ってくることはないのかもしれないと、布に水が浸みこむように納得されてきた。

濡れた布は染みのように色を濃くするものだ。納得が深まるにつれ、多田が沈みこんでいくのを、亜沙子は敏感に察したらしい。

「行天さんのことが心配なんですね」

と、多田の裸の肩を優しく撫でた。

「行天は野生動物なみに生命力がありますから、どこかでちゃっかり元気にやっているでしょう」

多田が強いて明るい口調で言っても、亜沙子は物憂げな様子のままだ。

「元気なのはたしかだと思いますけれど……」

と応じたきり、布団のなかでもぞもぞしている。

自分のせいで行天が多田便利軒に居づらくなったのだと、亜沙子は気にしているのだろう。多田は、亜沙子のまえで行天の話題を出さないよう気をつけることにした。なるべく物思いにふけったりしないよう、から元気を出してみもした。結果として、単なるお調子者みたいな言動をしてしまうこともあったが、亜沙子は「しかたないわねえ」といった感じに微笑んでくれる。「無理に元気に振る舞ったりして……。多田さん、やっぱりさびしいんだ」と同情されている気がしなくもないが、とりあえず二人の仲は平穏である。

気になるといえば、亜沙子の家へ行っても、未だにすぐに寝室に通されてしまうことだ。一階にあるらしい居間や台所などを見たことがない。しかし、「あまり料理をしていなくて恥ずかしいから」と言われ、それでもお茶をいれて、店での様子とは打って変わった危なっかしい手つきで寝室まで運んできてくれる亜沙子を見ると、「まあいいか」という気持ちになる。

つきあいだして、まだ数カ月だ。がっつくような年でもないし、同棲や結婚をぜひとも志しているわけでもない。平穏な雰囲気のまま、ゆっくり距離を縮めていけばいいと思っている。

亜沙子の家も、多田便利軒に負けず劣らず、いつも静かだ。

「便利屋、俺だ。山城町(やましろちょう)の岡(おか)だ。庭掃除に来てくれ」

しばらくなりをひそめていた感のある岡から、ひさびさに依頼の電話があったのは、落葉の季節に差しかかったころだった。

軽トラックでさっそく乗りつけると、岡は庭で箒(ほうき)を持って待っていた。

「助手はどうした」

「南口ロータリーの騒動があってすぐ、出ていきました」

「怪我は?」

「手術して指はくっつきましたが、予後がどうなったかは連絡がないのでわかりません」

多田の返答を聞いて、岡は少なからず責任を感じたらしい。

「まあ、助手も大人だ。おまえが面倒を見る筋合いではないしな」

咳払いなどして、視線を中空にさまよわせている。「今日は落ち葉を集めて焚き火をしてくれ」

「バスの運行はチェックしなくていいんですか？」

「意地の悪いことを言うな」

岡は気まずそうだ。「家内にさんざん絞られた。横中への抗議活動は、しばらく取りやめだ」

岡が語ったところによると、あの夏の一日からそう間を置かぬうちに、まほろ署の刑事が訪ねてきたのだそうだ。

「なんて名前だったかなあ。ハヤカワとかいったと思うが」

早坂だ。多田は以前から早坂に目をつけられていたし、今回の騒動のあともちろん、事情を聞きたいと事務所に押しかけられていた。星と口裏を合わせたとおりに説明したところ、必要以上の追及は免れていまに至る。

岡も、「箱根旅行に行くつもりでバスを借り、南口ロータリーに寄ったら騒ぎに巻きこまれた」と説明したそうだ。横中批判の横断幕についても聞かれたらしいが、「自分たちの主張を布にしたためただけだ」と強弁したら、わりとあっさり引きさがったとのことだ。

「それよりも刑事が気にしていたのは、野菜の団体についてだ」

と岡は言った。「『どうして土地を貸しているのか』『あんたも活動に参加しているのか』としつこいから、『借りたいと言うものがいたら貸すのが仕事だ』『俺は野菜より肉が好きだ。だから、たくさんあった畑をつぶしてマンションやアパートを建てたんだ』と言ってやったよ」

早坂は諦めたのか、岡とＨＨＦＡに特につながりはないと判断したのか、来訪は一度きりですんだ。

「でも、俺のしたことを知って、うちのやつはかんかんでなあ。『バス』と口にしただけで、またなにかやらかすんじゃないかと、懐中電灯みたいに目を光らせるんだ」

岡はなるべく外出も控え、奥さんの信頼を取り戻すべく、好々爺然とした毎日を送っているそうだ。

岡から箒を受け取り、多田は庭の掃除をはじめた。落ち葉を掃くたび、乾いた紙を丸めるような音がする。

道路の反対側、ＨＨＦＡの畑のほうをなにげなく見た。野菜の収穫期を過ぎたからなのか、立ち枯れて茶色くなったナスだかトマトだかの茎が林立するばかりだ。土は固く締まり、草が生えっぱなしなうえに落ち葉も積もっていた。ひとけはない。

岡はめずらしく作業を手伝い、庭の落ち葉を小山状に掻き集めていたが、多田の視線を追って首をめぐらした。

「野菜の団体なら、夏以降とんと姿を見せん」

岡は言った。「売り上げがよくないとかで、先月はついに賃料も振り込まれなかった。

あんたの助手に怪我させるのを見てしまったし、刑事も来たし、更新を待たずに出ていってもらおうかと思っている」

「それがいいかもしれませんね」

と、多田は無難に答えた。

南口ロータリーでの出来事がなくても、早晩、ＨＨＦＡは活動規模を縮小せざるを得なかっただろう。かれらの作る野菜は無農薬ではない、との噂が蔓延していたし、給食にＨＨＦＡの野菜を導入した学校も一部あったので、ＰＴＡを中心に実態を調査しようという動きも出ているようだ。さらには、「過酷な労働を強いられた」と児童相談所に駆けこむ子どももいるらしい。

それらの動きのどれぐらいに、星がかかわっているのかわからない。ただ、ＨＨＦＡをつぶすために暗躍しているのはたしかだ。多田は先日、まほろ大通りで偶然星と行き合ったのだが、

「最近、静かになっただろ」

と満足そうに声をかけられた。「俺がまほろにいるかぎり、胡散臭い団体に好き勝手はさせない」

ヤクザや星たち以上に胡散臭い団体もあるまいと思ったけれど、多田は黙っておいた。星の言ったとおり、ＨＨＦＡが南口ロータリーで広報活動をすることがなくなったのは事実だ。

集めた落ち葉で焚き火をするあいだ、多田は濡れ縁に腰かけ、岡家の庭を眺めた。岡も隣に座り、火がよそに燃え移らないよう監視している。岡の奥さんがお茶と菓子を持ってきてくれた。奥さんは多田と岡の背後、座敷の端に正座し、冬へと近づく庭の木々を見ている。

ヒヨドリがやってきて、柿の木に残った実をつついた。鋭く鳴き、隣家の屋根の向こうへ飛んでいく。

「その、あれだ。あまり気を落とすな」

岡がぎこちなく励ましの言葉を寄越した。「助手はきっと帰ってくる」

気を落としているように見えるんだろうか。多田は少々身の置きどころのない思いがした。それでも、岡の言葉にかすかな希望を感じもし、

「そうでしょうか」

と、すがる思いで尋ねた。

「そうさ。だって助手には、ほかに行くところなんかないだろう」

なんとも曖昧な根拠なうえに、消極的な理由でしか行天は戻らないらしい。多田はがっかりした。同時に、それでもいいから帰ってくればいいのにと願っている自分を、もはや否定できなかった。

一日の作業を終え、多田は持参したハコキューデパートの紙袋を岡に託した。中身は新品のカーディガンだ。バスジャック団のおばあさんから借りたカーディガンは、行天

の血で再起不能になってしまった。多田は、なるべく似た材質とデザインの品を見つくろっておいた。岡は紙袋を手に、必ずおばあさんに渡すと神妙に請けあった。

囲炉裏屋で弁当を買って帰る。まほろ大通りで、見覚えのある顔とすれちがった。「布団が吹っ飛んだ」の津山だ。向こうは多田に気づかず、写真で見た奥さんと娘とともに、笑顔で駅のほうへ歩いていった。多田は充分な時間を置いてから、さりげなく振り返る。雑踏に紛れてしまっただろう、という予想に反し、津山一家は不動産屋のまえで足を止めていた。東京で職が見つかり、家族で住む物件を探しに、まほろへ戻ってきたのかもしれない。なによりだ。多田は、弁当の入った袋を揺らしながら歩いた。

事務所のビルのまえには、小型トラックが停まっていた。引っ越し業者らしき男が、簞笥やらベッドやらを荷台に積んでいる。多田便利軒と同じ二階には、「元気堂」という鍼灸マッサージの店が入っていた。あまり繁盛しているようにも見受けられなかったが、とうとう店じまいか移転となったのだろう。

荷物を運び下ろす合間を見計らい、多田は狭い階段を上った。「元気堂」のドアは開け放たれており、多田ははじめてお隣さんの部屋のなかを見ることができた。

多田便利軒よりさらに面積が狭い。だが、シンクもトイレもガス台もあり、「元気堂」の主人がここで店を営業していたのみならず、生活もしていたらしい痕跡がうかがわれた。プラスチックのコップに差してある歯ブラシ。総菜のパッケージ。使いこまれたタオル。

挨拶すらしたことがなく、ほとんど気配を感じない隣人だった。多田のほうでも、なるべく疎遠にしようと心がけていた。星たちが多田便利軒に出入りしていることを、かつてまほろ署の早坂にたれこんだのは、この隣人ではないか。そう疑念を抱いていたからだ。

しかし、いざいなくなってしまうとわかると、なんだかさびしさを覚えた。こうやって見慣れた風景、馴染んだ人々も少しずつ自分のまわりから去っていくのだと思うと、空き部屋に取り残された古びたタオルみたいに、代わり映えのない、いまさら変わりようもない我が身が、むなしく感じられた。

意気消沈する多田を見越したようなタイミングで、由良と裕弥が事務所を訪ねてきた。ひさしぶりに依頼の入っていない日曜日で、遅く起きた多田は、昼でも食べに出ようかと考えていたところだった。

由良と裕弥は、塾が昼で終わり、駅前の本屋を覗いてから帰るつもりだという。

「で、多田さんどうしてるかなって話になってさ。ちょっと寄ってみた」

と、由良は言った。裕弥も微笑んでうなずく。小学生に案じてもらっているのだと思えば気恥ずかしく、多田は顔を洗って事務所を出た。

由良も裕弥も、持参した弁当を塾で食べたという。じゃあ本屋まで送ろうということになり、三人は南口ロータリーのほうへ歩きだした。

「最近、裕弥の弁当に肉が入ってるんだ」

由良が多田に報告した。なぜか誇らしげなのが、生意気でかわいい。

「そりゃよかった」

多田は、かたわらを行く裕弥を見下ろす。「お母さんの心境に、なにか変化があったのかな」

「さあ。ただ単に、ＨＨＦＡの活動に飽きただけのような気がします」

裕弥は面映(おもは)ゆそうにつけ加えた。「でも、ほとんど畑に行かなくなったから、まえよりも母としゃべる時間が増えました。それはそれで、相手するのがけっこう大変だけど」

「なに照れてんだよ」

由良はうきうきした様子だ。「勉強に集中できるようになって成績上がったし、肉を食ってるおかげで顔色もよくなったくせに」

「夏にはご迷惑をおかけしました」

裕弥がおとなびた態度で頭を下げる。「多田さんたちに直接お礼を言いたかったのに、なんとなく行きにくかったんです。俺、肝心なときに貧血を起こしてしまったから……」

多田はすでに、裕弥からも由良からも感謝と謝罪の言葉をもらっている。あの騒動の翌日、少年たちは相次いで多田に電話をかけてきたのだ。二人は、南口ロータリーではるを助けてやれず、そのままはぐれてしまったことを悔やんでいた。多田は、はるには傷ひとつなかったと告げて二人を安心させ、かわりに、自分が居合わせなかった場でどんな出来事があったのか、事細かに教えてもらったのだった。行天が病院から脱走した事実は伏せて、とりあえず指がくっついたことも、ついでに伝えてあった。

「そんなこと気にしないでいいんだ」

と多田は言った。「俺は結局、なにも役に立てなかった。でも、万事うまく収まったみたいで安心したよ」

「はるちゃんは元気ですか？　ギョーテンさんの指の具合は？」

そこで多田は、はるが家に帰ったこと、行天がずっと事務所に帰ってきていないことを説明した。

「どこ行っちゃったんだろ」

「風来坊っぽいもんね」

由良と裕弥は心配そうに顔を見合わせる。由良がふいに、「そうだ」と多田を見上げてきた。

「俺、まほろの駅前でギョーテンを見かけたよ」

「いつ？」

多田は驚いて問う。

「たしか十月。夜、塾の建物から出たら、ギョーテンが第一踏切のあたりを歩いてたんだ。声をかけようかと思ったんだけど、バスが発車しちゃいそうだったから」

　これで、事務所を出ていったあとも、少なくともしばらくは行天がまほろにいたことが判明した。

　南口ロータリーはいつものようにひとが行き交い、その隙間を鳩も堂々と歩いていた。ベンチに座ったおばあさんが、鳩にパンくずを投げてやっている。

　裕弥は行天の小指が転がったあたりの地面を眺め、多田に向かって言った。

「あのバスに乗りあわせたひとたちと、もう二度と会うこともないんだと思うと、不思議な気がします」

「どうして」

　と多田は尋ねた。裕弥は少し考え、

「楽しかったからかな」

　と笑った。「だけど、もう会えない。連絡先も知らないし、HHFAのせいで大騒動になっちゃったし」

　騒動になったのはHHFAのせいだけでなく、岡がバスジャックし、行天がロケットみたいに小指を飛ばしたせいでもある。裕弥が会いたいなら、少なくとも岡の連絡先を教えることはできるが、多田は黙ってうなずくにとどめた。どういう化学変化が起きたのか定かでないが、裕弥のなかで、あの夏の一日は麗しい記憶となっているらしい。落ち着いた状況で岡に会ったら、夏の思い出の価値が暴落するおそれがある。

変人どもから、なるべく子どもを遠ざけ、夢を守るのが大人の役割だ。一人でうんうんうなずく多田をよそに、裕弥はつづけた。

「もちろん、はるちゃんはまた遊びにくるでしょうし、ギョーテンさんも帰ってくると思いますけど」

今度は由良がうんうんうなずいた。子どもにまで気をつかわせてしまった。多田は黙って苦笑する。

「でも、たとえ二度と会えなくても」と裕弥は言った。「俺はきっとギョーテンさんのことを覚えてます。ギョーテンさんが言ったこと、俺にしてくれたこと、ずっと忘れない」

その口調は静かで力強いものだった。多田は思わず足を止め、裕弥を見下ろした。

「行天はきみに、なんて言った？」

「正しいと感じることをしろ、って。だけど、正しいと感じる自分が正しいのか、いつも疑え、とも言いました」

ここでいいです、と裕弥は言い、多田に手を振った。由良と一緒に、本屋の入っている商業施設へと消えていく。

南口ロータリーの雑踏のなか、多田はしばらくたたずんでいた。

——俺はあんたのこと、なるべく覚えているようにする。あんたが死んじゃっても。俺が死ぬまで。

裕弥は奇しくも、行天が曽根田のばあちゃんに告げたのと同じことを言った。

なあ、行天。聞いたか？　あの子はおまえのこと、ずっと忘れないってさ。おまえは自分のことを、だれにも覚えていてもらいたくないと言った。だが、それは無理だ。だれの記憶にも残らず、自身の昏い記憶だけ抱えて深い淵に沈むことはできない。いくら行天がそうしたいと願ったとしても。

なぜなら、行天は生きて、多くのひととかかわったからだ。その人々を振り切って一人きりになることはできないし、そうしようとするのは傲慢だ。

裕弥の言葉を、行天に伝えたい。多田は思った。

おまえは一人じゃない。たぶん、俺も。この町で、家族でも友人でもないだれかと、だけどたしかにつながっている。生きているかぎり。いや、きっと死んでからも、由良や裕弥やはるの記憶のなかに、俺たちの姿はうっすらと残るだろう。夕闇のなかに浮かぶなつかしい影のように。やがてかれらが寿命を迎えるそのとき、俺たちの記憶も完全に夜と一体化する。

けれど、由良や裕弥やはるのことを覚えているものが、そのときにはべつに存在するはずだ。そうやって、ひとは命を受け継いできた。生と死にまつわる記憶を、次代へと託してきた。

喜びや哀しみや幸福や苦しみは、ひとつの個体の死ですべて無に帰すのではない。俺のなかに、死んだ息子の記憶がいまも生きているように。彼によってもたらされた大きな喜びと幸せ、これ以上ないほどの哀しみと苦しみは、少しずつ薄らぎつつも、俺の心に息づいている。俺が死んでも、きっとだれかが、痛みと喜びを抱えた俺という人間を、ぼんやりとでも覚えていてくれるだろう。

死でさえも完全には奪い去れないなにかを、あらゆる生き物がそれぞれに抱えている。だからこそ、あらゆる生き物は生まれたらできるかぎり生きようとする。つながりあおうとする。死という残酷さに対抗するために。命はむなしく生きて死んでいくだけのものではないと証明するために。

行天。おまえも俺も、自分のなかの暗闇に沈むことには失敗したみたいだぞ。愉快な気持ちがこみあげてきて、多田は笑った。あんなに、だれともかかわりたくない、一人でいたいと願ったことがあったのに。便利屋稼業をしていたら、この町でひたすら生きていたら、いつのまにかまた、一人ではなくなっていたんだ。

まほろの空を見上げる。ふだんは鈍重な南口ロータリーの鳩が、広場を取り囲むビルの向こう、薄日の差す雲の彼方へ、羽ばたいていくところだった。

行天は帰還しないまま、大晦日になった。

多田は、窓辺に吊しっぱなしだった赤い風鈴をはずし、布巾で丁寧に埃を拭いた。多田の手のなかで、風鈴はちりちりとかそけき音を立てた。どこへしまうかしばし考え、ベッドの下から炊飯器を引っ張りだす。五つの靴下がクッションがわりになるだろう。

ルルとハイシーが訪ねてきたのは、夕方のことだった。正月の準備をする気にもなれず、ソファに寝そべってウィスキーを飲んでいた多田は、急いで身を起こした。

「もぅー、だめよ、便利屋さーん。ほらほら、しゃんとして」

「おそばもおせちもお雑煮も持ってきたから」

ルルもハイシーも大荷物だ。事務所に踏みこんでくるなり、ルルはローテーブルのうえを手早く片づけ、ハイシーは持参した大鍋で湯を沸かしはじめた。ルルとハイシーの飼い犬であるチワワのハナは、興奮して床を駆けまわり、行天のタオルケットをソファから引きずり下ろしてくんくん嗅いだ。

多田がぼんやりしているうちに、ハイシーはそばをゆがき、雑煮をあたためた。二人は丼まで持参してきていた。ルルがおせちの入ったタッパーを所狭しとローテーブルに広げる。大量のなますももちろんあった。

年越しと正月が渾然一体となって出現したローテーブルを眺め、

「また作りすぎたんですか」

と多田は尋ねた。

「そうなのよぅ」

とルルは困ったように身をくねらせる。「なにかを刻まないといられない体になっちゃったのぉ」

「ハナはなますを食べないしね」

とハイシーは淡々とした口調で言ったが、一人暮らしがつづく自分を心配して来てくれたのだと、多田にはちゃんとわかっていた。

三人でローテーブルを囲み、料理と酒を腹に収める。

「便利屋さんの気持ちもわかるわぁ」ルルは嘆息した。「はるちゃんに会えなくなってからぁ、あたし、なーんか張りあいがなくなっちゃってねぇ」

「多田さんもさびしいんじゃない」

ハイシーが気づかわしげに言った。

「いいえ。あたたかくなったら、また遊びにきてくれるそうですし」

多田はなんでもないふうを装った。急いで念押しすることも忘れない。

「ちなみに、はるちゃんは隠し子じゃないですからね」

「それはわかったけどぉ……」

ハイシーと顔を見合わせたルルが、意を決したように切りだす。「便利屋さんのオトモダチからはぁ、なんにも連絡ないの？」

「ありません」

「どうしちゃったのかしらぁ。こんなにしおたれてる便利屋さんを放っておくなんて、オトモダチらしくないわよぅ」

俺はべつにしおたれてなんていないぞ。やや酔いがまわりはじめていた多田は、うっかり口をすべらせてしまった。

「俺にはいま、つきあっているひとがいるので、行天は遠慮したんでしょう」

こういう話題に、ルルとハイシーが食いつかないわけがない。

「いつのまに！　どんなひと？」

「ひどぉい、便利屋さんたらぁ。あたしと結婚してくれるとばかり思ってたのにぃ！」

と、急に身を乗りだしてきた。多田はたじろぎ、

「そんな約束、一度もしてないですよね」

と言ったのだが、ルルはむくれている。

「してないけどぉ。そこはほら、以心伝心っていうのかしらねぇ」

おそろしい以心伝心があったものだ。

二人がかりで問い詰められ、多田は亜沙子のプロフィールを白状させられた。今日も事務所に来ないかと誘ったのだが、「ごめんなさい、ちょっと用事があるので」と歯切れ悪く断られたことまでも。

柏木さんは、年末年始は実家に帰るのかもしれない。そう考え、多田は自分を納得させようとしたのだが、もしかしたら亡き夫の生家に顔を出すのかもしれないと思うと、偏狭な嫉妬の虫が疼きだす。それもあって、夕方から飲んだくれていたのだった。

「んまあ、美人で女社長。便利屋さん、遊ばれてるんじゃなぁい？」

「ルルったら、そういうこと言わないの」

「二人ともうじうじしないで。こうなったら、どんどん飲みましょう！」

ハイシーはアルコールを勧めた。

「多田さんも、すぐ真に受けない」

嫉妬の虫を飼った多田とルルに、ハイシーはアルコールを勧めた。

夜が更けても酒盛りはつづき、そろそろ日付が変わって新年になろうかというころ、事務所の外がにわかに騒がしくなった。階段を上り下りするひとの声や、なにかが壁にぶつかる音が聞こえる。

「なにごとかしらぁ」

ルルが酔いに曇った目をドアのほうに向けた。

「引っ越しですかね」

多田は首をかしげる。「隣の部屋が空いたんですよ」

「こんな夜遅く、しかも大晦日に引っ越しなんてしないでしょう」

わずかながら理性を残していたハイシーが、多田の言葉を一蹴した。

事務所のドアが勢いよく開き、

「隣に引っ越してきたものです」

と、行天が入ってきたのはそのときだ。「あ、これどうぞ。引っ越しそば」

ルルとハイシーは啞然として行天を見ている。多田も驚きのあまり、ソファから立つこともできなかった。かろうじて、

「そばはもう食った」

とだけ言う。

「また食えばいいじゃない。ハッピーニューイヤー」

行天はそばの包みとミニ門松をローテーブルに置いた。右手の小指は、傷跡が生々しく残っていたが、ちゃんとくっついたようだ。細く赤い線が、根もとを一周している。

「まだぎりぎり、年は越してない」

腰が抜けた状態で行天を見上げ、多田は言った。「大晦日に門松を据えつけるのは縁起が悪いんだぞ」

「大丈夫」

と行天は笑った。「あんたの悪い運は、俺が全部追い払ってあげるから」

行天の笑顔を見るうち、心配かけやがってと殴りたいような、よく帰ってきたと抱擁したいような、そんな気持ちが生まれてきた。行天に伝えたかったこともたくさんある。だが多田は、どれも実行には移さなかった。あほみたいにソファに座ったまま、

「おまえ、いままでどこにいたんだ」

と尋ねる。

「私の家です」

戸口から女の声がした。ジャージの上下を着た亜沙子が立っていた。その背後で、星を筆頭に伊藤、筒井、金井が笑っている。

「行天さんは、うちのリビングの隅っこで寝起きしていたんです。多田さん、全然気づかなかったですか？」

まったく気づいていなかった。衝撃の事実が発覚し、多田はいたずらに口を開け閉めするしかできなかった。

「本当にごめんなさい」

亜沙子は深々と頭を下げた。「何度も言おうと思ったんですが、そのたびに、『黙っていてほしい』と行天さんにお願いされて」

亜沙子が語ったところによると、南口ロータリーでの騒動があった翌日、右手に盛大に包帯を巻いた行天が、青い顔でふらりと家へやってきたのだそうだ。その日まで盆休みだった亜沙子は、白昼の思いがけない訪問者に驚いた。とりあえず玄関のなかに迎え入れ、上がりかまちに座らせる。貧血のせいか、行天はいまにも倒れそうな風情だったからだ。

行天は亜沙子に、しばらくいさせてほしいと頼みこんだ。入院が長引くことで、多田に費用の負担をかけたくない。寝起きに必要なスペースだけ使わせてもらえれば、邪魔にならないようおとなしくしているから、と。

入院費なら立て替える、という亜沙子の提案も、「いつ返せるかわからない」と、行天は頑として受け入れなかった。

「なるべく借金はしたくないんだ」

と、行天は言ったのだそうだ。「多田の事務所を出る資金を、早く貯めたいから。アサコさんも、俺がいつまでも多田のところに居候してたんじゃ、遊びにもこられないでしょ」

「そんな……」

それとなく交際の事実を指摘され、亜沙子はなんだか気恥ずかしくなった。「だったら、べつの場所で会えばいいことですし」

「いやいや、俺が馬に蹴られて複雑骨折するって」

行天は靴を脱ぎ、さっさと廊下を進んでリビングを覗いた。革張りの大きなソファに目をとめ、腰かけて弾力をたしかめる。

「あ、もしかして、あっち方面の心配してる？　大丈夫！　俺、ほんとに人畜無害だから」

呆気に取られる亜沙子をよそに、行天は一人で話を進めた。「なんだったら、切断してもいい！　冷凍庫に入れといてくれれば、いずれ病院でくっつけてもらえるだろうし、所詮は小指と似たようなもんだから安心して」

行天が真剣な顔で下半身のチャックに手をかけたので、

「けっこうです、けっこうです！」

と、亜沙子は慌てて押しとどめた。「わかりましたから、怪我がよくなるまで、ここで暮らしてください」

亜沙子が経緯の説明を終えても、多田便利軒はしばらく沈黙に覆われていた。

やがて、ルルとハイシーが声をそろえて、「ありえなーい！」と吼えた。

「あいかわらずぅ、強引でわけわかんないひとなんだからぁ」

ルルは困惑の混じった笑顔を見せる。「なんであたしたちの家に来なかったのぉ」

「コロンビア人のところじゃ、多田にすぐばれちゃうでしょ」

と、行天は平然と答えた。ハイシーの糾弾は、亜沙子のほうに向けられた。

「社長をやってるわりに、あなたも押しに弱すぎない？経営のほうは大丈夫なの」

「なんとか」

亜沙子は気まずそうに言う。「行天さんのテンポに、ちょっと慣れていなかったので……」

「とにかくさ」

と、行天がハイシーと亜沙子のあいだに割って入った。「ほかに行くとこなかったんだよ。でも、アサコさんとはなにもないから」

あってたまるか。おまえ、俺と柏木さんの仲に遠慮したんじゃないのか。遠慮した結果、柏木さんの家に転がりこむって、いまさらだがどういう思考回路だ。そう言ってやりたかったが、多田はあいかわらず金魚みたいに口をぱくぱくさせるばかりだった。

「そういうわけで、アサコさんとこで世話になってたんだけど」

今度は行天が、柏木邸での暮らしを語りだした。「アサコさんは仕事でほとんど家にいないから、暇で暇で。たまに掃除して、通院して、どっかに一人で飯食いにいってぐらいしか、俺のすることとないんだよ。あんまり暇だから、昼はアサコさんちの近所の豪邸に忍びこんで、庭で大理石の彫刻のふりして立ってた」

多田の精神力は、まだ声を発せられるほど回復していなかったので、「嘘つけ」と内心で罵る(ののし)だけに終わった。

「これからどうしようかなって考えてたら、事務所の隣が空いたって砂糖売りが教えてくれたんだ」

と、行天はつづけた。『探偵事務所でも開いたらどうだ』って勧められて、引っ越し手伝ってもらった」

多田の声帯がやっと機能を取り戻す。

「だっておまえ、開業資金は？」

「事務所用に部屋借りるのって、保証金がけっこうかかるんだねえ。あんたにもらった五十万の残りがあったけど、それだけじゃ心もとないんで、砂糖売りからちょっと援助を」

「なんだって！」

多田はようやくソファから立つことができた。「入院費を気にしといて、なんでちゃっかり五十万を使いきってんだ！」

戸口にいる星をはばかり、多田は小声で、なおも行天を問い詰める。

「だいたい、ヤクザに金出してもらって探偵だと？　どんな仕事をやらされるか、わかったもんじゃないぞ」

「何度も言わせんな、便利屋。俺はヤクザじゃない。資金を回収できると踏んだから、投資したまでだ」

それまで黙っていた星が、耳ざとく聞きつけて言った。「おまえの事業も、もう少し拡大していいころだと思ってな。相方はさしずめ、多田便利軒の支店、探偵部門ってところだ」

そんな勝手な……。多田は肩を落としたが、次第に笑いがこみあげてきた。探偵などといっても、そうそう仕事があるとも思えない。行天はきっと、自分の家賃ぶんぐらいしか働かないに決まっている。つまり多田は、今後も余計な荷物をしょいこみつづけなければいけないということだ。

「まあ、どうにかなるって」

行く手への不安と怖れを微塵も感じさせず、行天が呑気きわまりない口調で言う。多田はとうとう、声を上げて笑った。ソファに座ったルルとハイシー。ローテーブルのかたわらにたたずむ行天。戸口にひしめく亜沙子、星、その手下たち。急に笑いだした多田を、だれもが心配そうに、でもちょっと笑い顔でうかがっている。

しょうがない。厄介事を抱えこみ、人々の暮らしのなかで生きていくのが便利屋だ。

多田は行天の肩を軽く叩き、戸口へ向かって言った。

「柏木さん、星さんたちも、入ってください。新年と行天の門出を祝って、乾杯しましょう」

人口密度の上がった事務所で、チワワのハナが楽しそうに跳ねる。大鍋に再び湯が沸かされ、割り箸と紙皿が全員に配られ、酒瓶が手から手へと受け渡される。

まほろ市のあちこちで、除夜の鐘が鳴っている。星の瞬（またた）く冬の夜空を、よりいっそう澄み渡らせるかのように。

「おかえり、行天」

「うん、ただいま」

多田便利軒はにぎやかな笑い声とともに、また新しい年を迎えた。

サンタとトナカイはいい相棒

師走は、一年のうちで便利屋が一番忙しい月だ。

東京の南西部、まほろ市にある多田便利軒も、掃除やら窓拭きやらの依頼がほうぼうから舞いこみ、おかげさまで繁盛中だ。多田啓介は、迷惑な居候の行天春彦を伴い、愛車の軽トラックで市内を連日駆けまわっている。

頑固な油汚れが付着した換気扇を磨き、納屋に溜めこまれた紙ゴミを回収し、庭の落ち葉を掃き集め、師走とは関係ないが犬（ブルテリア）の散歩代行もした。目がまわるほどの仕事量とは、このことである。

多田が必死に依頼をこなすかたわらで、行天はといえば、換気扇が輝きを取り戻していくさまを煙草を吸いながら観察し、雑誌の山から「週刊モーニング」を引っ張りだして、「ちょっと！　島耕作が大町久美子と結婚してるんだけど！　いやあ、驚いたねえ」などと言い、落ち葉の詰まったゴミ袋を枕に他人の庭で昼寝をし、ブルテリアに勝手に魚肉ソーセージを与えようとして、「痛い痛い。そっちは俺の指だってば」と懇々と諭した。つまり、いつもどおりなんの役にも立たず、作業をさぼりまくっていた。

多田はもう、行天には期待も希望もいっさい抱かないと決めている。行天のことは極力無視しようと努めた。無論、「なんで俺だけ蟻みたいにチマチマ動きまわらなきゃならんのだ」と、心が波立つ瞬間もある。けれど、そこで行天に「働け」と説教したら負けだ。多田の提言を行天が聞き入れたためしがないからだ。「はーい」と答えて結局は働かない行天を見て、いらいらがつのるだけである。

行天の存在は、空から降ってきた災厄、もしくは悪魔が遣わした最悪の居候として、粛々と受け止め、多田の克己の糧とするほかない。苛立たず、怒りを覚えることなく、凪いだ大海のごとき深い懐で、行天の言動をすべて許容できる日は来るのだろうか。死者の列に連なったおかげでなにも感じなくなるか、高僧として崇められるほど俗世から超越するかしないと、ちょっと難しいんじゃないかと多田は思う。しかしその境地を目指し、なるべく心の平穏を保とうと努力している。俺は便利屋なのに、どうして修行っぽい状態に陥らなければならないんだと、むなしさに襲われる瞬間も多々ある。だが、「無になれ、自分」とひたすら念じる。行天の傍若無人に対抗する術は、「無」以外にないのだ。

作業に追われて気が紛れているときは、ボーッとした行天が視界に入っても、特に神経をささくれ立たせずにすむ。それぐらいの精神の修養は、多田も積んだ。けれど、いかなる悪魔のいたずらだろうか。多田便利軒は残念なことに、本年の十二月二十四日にかぎって、なぜか依頼が一件も入っていなかった。

　というわけで、多田は朝から行天と面(つら)突きあわせ、事務所のソファでだらだらと時間をつぶしている。ようやく目を覚ました行天は、ローテーブルを挟んだ向かいのソファで、毛布にくるまったまま盛大にのびとあくびをしたところだ。

「おはよう」

「うん、そろそろ昼になりそうだけどな」

　多田は朝食兼昼食のカップラーメンを食べ終え、容器をローテーブルに置いた。

「寒いねえ」

　行天は毛布に顎(あご)をうずめ、体を丸めてソファに座る。「室内なのに息が白いよ。ストーブをつけよう」

「電気代も灯油代も無駄遣いはできない」

「凍死しそうなんだから、無駄じゃないと思うけど」

　行天は、ポケットからつぶれた煙草の箱を取りだした。マルボロメンソールに火を点け、勢いよく煙を吐く。息の白さを少しでも誤魔化して、室温の低さを忘れたかったのかもしれない。

「今日の予定は？」

「見りゃあわかるだろ。なにも入ってない」

「ゼツボー的」

と行天は言った。「稼ぎどきなのに？　祈る思いで、爪とともに残り少ない煙草にも火を灯す生活なのに？　今日は楽しいクリスマスイブなのに？　あんた、シャチョー誘わないの？」

「ちょっと待て。たしかに俺たちは常に貧窮問答歌状態だが、最後のほう、全然関係ないだろ」

「誘わないの？」

と、行天はにまにました。

「なんで誘うんだよ」

と、多田は視線をそらした。「柏木さんとは、べつにそんなんじゃない」

「ふうん」

行天は機関車みたいに、天井に向かって口から丸い煙を連続発射した。

行天の言う「シャチョー」とは、「キッチンまほろ」グループの社長である柏木亜沙子のことだ。先日、夫の遺品整理の依頼を受けた。

たしかに多田は、亜沙子のことが気にならないと言ったら嘘になる。しかし、互いにいい年をした大人だ。痛みとともに記憶された過去の一つや二つや三つや四つもある。だから多田は、ほのかに芽生えた恋心に蓋をした。あえて亜沙子との距離を縮めようなどとは、考えていない。だいたい、亜沙子は地元の外食チェーン店の社長で、多忙を極めている。暖房代すらケチっている便利屋の多田に惚れられたところで、戸惑うばかりにちがいない。そんな卑屈な思いも、多田のなかには多少ある。

ところが行天ときたら、微妙な男心など微塵も忖度しない。恋のにおいを嗅ぎつけたとたん、アホな犬か中学生男子のように、「二千円くれたら、二時間だけ事務所を空けてあげるけど」とか、「ユー、コクっちゃいなヨ！」とか、うるさい。そのたびに多田は、「二時間じゃなく、永遠に出ていけ」とか、「おまえはどこの事務所の社長だ」とか、はらわたが煮えくりかえる思いだ。「無」になるための修行の道程ははるかである。

多田は行天をにらみ、行天は素知らぬふりで煙草を灰皿でねじ消した。

そこへ、ノックもなしに事務所のドアが開き、ルルとハイシーが乱入してきた。

「よかったぁ。便利屋さんたち、いてくれたわぁ」

「お願いがあるの」

口々にしゃべりだしたルルとハイシーは、まほろの駅裏で娼婦をしている。ハイシーは若い女性として常識の範疇にある恰好だが、ルルはあいかわらず、南国の鳥みたいにド派手だ。

多田を両側から挟む形で、ルルとハイシーは強引にソファに座った。

「寒いわね、この部屋」

と、ハイシーが自身の二の腕をこする。

「金欠なんだって」

蓑虫（みのむし）みたいに毛布に包まれたまま、行天が言った。「だから、依頼なら受けるよ」

勝手に決めるな。と、多田は口の動きだけで行天に注意した。ルルとハイシーの頼みごとは、福袋のようなものなのだ。封を開けてしまったら、「なんだこりゃ。いりません」と返却することはできないのだから、安請けあいしてはならない。

「助かるわぁ。便利屋さんたちなら、きっと引き受けてくれると思った」

ルルは行天に笑いかけ、多田の腕にぐいぐいとおっぱいを押しつけてきた。女の胸ならなんでもうれしいわけじゃないんだなと、多田は「無」を通り越して解脱（げだつ）の境地で、乳攻撃を受け流す。

「いや、そこは話をうかがってみないと……。今月は忙しくて、明日以降はわりと予約がびっちりなんですよ」

「大丈夫、今日だから」

と、ハイシーが無情に退路を断った。「実はね、託児所でクリスマス会があるの」

「俺、パス」

行天が光速で言った。「ガキは苦手だ」

おまえが引き受けちゃったんだろ。と、多田は口の動きだけで行天に抗議した。

「そんなこと言わないでぇ」

ルルが身をよじる。「二人必要なのよぅ。サンタ役とトナカイ役」

「ええと、どうして託児所なんですか。お子さんいましたっけ？」

多田の疑問に答え、「実はね」とハイシーが説明したところによると、以下のような事情だった。

ルルとハイシーの娼婦仲間に、セデスという子がいる（元締めのネーミングセンスはどうなってるんだ、と多田は思ったが、もちろん黙っておいた）。セデスは生後八カ月の息子を託児所に預け、労働に励む日々だ。

託児所は駅裏のマンションの一室にあり、就学まえの子どもたちの面倒を、二十四時間態勢で見てくれる。認可外だが、スタッフがみんな熱心でいいひとたちばかりなので、セデスをはじめ、働く親たちは安心して子どもを預けることができる。

今日はクリスマスイブ。託児所では、おやつの時間に合わせてクリスマス会を開催予定だ。ところが、困った事態が生じた。託児所を利用している父親の一人が、サンタ役をするはずだったのだが、親戚に不幸があり、一家で急に帰省しなければならなくなった。折悪しく、トナカイ役をするはずだったべつの母親は、インフルエンザで高熱を出しダウンしてしまった。

かといって、代役を立てようにもスタッフの数はぎりぎり。サンタ役とトナカイ役に人員を割いたら、子どもたちの世話が行き届かなくなる。ほかの保護者も、当日になって仕事を休めるひとはだれもおらず、このままではサンタもトナカイも来ないクリスマス会になりそうだという。

「セデスも私たちも、今日は午後イチで出勤しなきゃいけないのよぅ」

「クリスマスは書き入れどきだから」

と、ルルとハイシーは無念そうに言った。

「インフルエンザ、はやってるみたいですね」

すっかり同情した多田は、依頼を引き受ける気持ちになった。ところが行天は、

「俺は絶対行かないからね」

と断固たる口調で言う。

「なんでだよ。簡単な依頼だろ」

さきほどまでとは打って変わって、多田は説得態勢に入った。「サンタでもトナカイでも、やりたいほうを選んでいいから」

「やだ。ガキがびーびー泣いてるようなところに行ったら、俺は下痢になる」

「おまえの腹は、どういうかげんで下るんだよ。賞味期限を一カ月過ぎた羊羹食っても、ピンシャンしてたくせに」

「銀色の袋に入った羊羹は、賞味期限オーバーでも、実はわりとオッケーなんだよ」

「そういう根拠のない豆知識はいいから」

苦戦する多田に加勢しようと、ルルとハイシーが口を挟んだ。

「お代なら託児所がちゃんと払うって、セデスから預かってきたわよぅ」

「子どもの相手なんて、する必要ないの。だって、サンタとトナカイなんですもの。超然と現れて、お菓子を配って、すぐに退場するだけだから」

行天が少し心を動かしたのがわかった。ここぞとばかりに、多田は駄目押しした。

「この臨時収入があれば、ストーブもつけられるんだがなあ」

「よし。じじいにだって獣にだって、見事になりきってみせるよ」

行天は毛布を振り払い、決然とソファから立ちあがった。「必死の覚悟をもって、我は身を投げださん、ガキどものまえに……！」

なんでそんな覚悟が必要なんだよ。多田はため息をつき、ルルとハイシーを交互に見た。

「ところで、サンタとトナカイの衣装は？　託児所にあるんですか？」

「それがねぇ」

と、ルルは言いにくそうにもじもじした。「今日の昼に買うつもりだったとかでぇ、まだ準備できてないらしいのよぅ」

「はい、これ」

と、ハイシーは畳んだ一万円札をポケットから出した。「セデスから預かったお代。諸経費込みね」

こんなことだろうと思った。多田は眉間を揉み、受け取った一万円を、決然と仁王立ちしたままだった行天に差しだした。

「行天。ドンキ行って、サンタとトナカイの扮装グッズ買ってこい」

「えぇー」

多田は小声でつけ足した。

「二千円以内で収めないと、ストーブをつけるのは時間制になるからな」

「えぇぇー」

準備を終えた多田と行天は、ルルたちに教えてもらった託児所を目指し、事務所を出発した。近所だから軽トラは使わず、徒歩である。しかし多田は、すぐに後悔した。

衣装を持って歩くのが面倒なので、多田はサンタクロース、行天はトナカイに、すでに扮している。なにしろ今日はクリスマスイブだ。扮装をしていても、本来ならばさして人目は引かないはずだ。現に南口ロータリーには、チラシを配るサンタが二人ほどいた。

そう、フツーの扮装だったらよかったんだがな。多田は、自分の顔が白いヒゲに隠れていることを神に感謝した。

行天は多田の言いつけどおり、安売り量販店でサンタクロースの衣装を買ってきた。

「じじいの服はけっこうあるんだよ」

と、行天は戦利品をローテーブルに広げて言った。「でも、獣がダメ。予算内では、あんまりいいのがない」

「……それで？　これはいったいなんなんだ」

ローテーブルを凝視しつつ、多田は尋ねた。

「ん？　鹿の生首。すごいでしょ」

行天は鹿の剝製を手に取り、得意げに掲げてみせた。立派な角の生えた、牡鹿の首だ。

「どこで入手したんだよ！　この短時間に、ハンティングに行ったのかおまえは」

「まさか。アポロンで借りてきた」

「コーヒーの神殿　アポロン」は、まほろ大通りにある喫茶店だ。西洋の甲冑や似非ステンドグラスや正体不明の置物や観葉植物やらで無秩序に飾り立てられた店内は、ロココなのか熱帯雨林なのかわからぬカオスと化している。たしかに、壁に鹿首の剝製もあった気がするな、と多田は思った。

「あのな、行天。サンタの橇を引くのは、鹿じゃなくてトナカイなんだ」

「似たようなもんでしょ。ガキはそんなの気にしないよ」

行天は事務所の隅から、工事用の白いヘルメットと布を引っ張りだしてきた。埃を払い、ヘルメットの頭頂部に鹿の首をくっつけはじめる。ガムテープや紐を駆使し、鼻歌まじりで作業している。

「ものすごく安定が悪そうだが……」

「へーき、へーき。俺の顔が見えちゃまずいから、布をくっつけて、と」

行天はヘルメットの縁に、これまたガムテープで白い布をぐるりとつけた。「はい、できた」

そういうわけで、託児所に向かうサンタ姿の多田のうしろには、現在、鹿の怪物がよろよろと付き従っている。通行人の視線を一身に集めながら。

そりゃ、見るよな。多田は背後をそっとうかがう。

鹿の首が載ったヘルメットをかぶっているものだから、行天の全長は二メートルを超えている。左右に張りだした角は、肩幅よりも広い。歩く凶器である。いまも通りすがりの若い男が、「うおっ」と上体をそらし、角に引っかけられそうだったのを間一髪でかわした。

ヘルメットから胸あたりまで垂れた布のせいで、行天はまえが見えていない。両手を突きだして、ゾンビみたいにぎこちなく歩いている。布もヘルメットも白いせいで、「鹿の首が頭頂部にくっついた、巨大なお化け」にしか見えない。

女子高生の一団が、

「なにあれー」

「まじやばい」

と、くすくす笑いながら行天を遠巻きに眺めている。多田はダッシュでその場を去りたくなったが、ぐらぐら揺れる鹿首を載せ、ゾンビ状態でよちよち歩く行天を見捨てるのは、あまりにも不人情だ。しかたなく踵(きびす)を返し、行天のかたわらに立った。

「おい、行天。着くまでヘルメットははずせばいいだろ」

「えぇー、でも、あんまりつけたりはずしたりすると、鹿が取れちゃいそうなんだ。このままソローッと歩いていくよ。俺のことはいいから、多田はさきに行ってくれ」

「そっちは駅裏じゃなく、バスターミナルだ」

てんで見当ちがいのほうへ向かおうとした行天を、腕をつかんで引き戻す。「おまえ、全然見えてないのか？」

「うん。光が差してるなあ、ぐらいしかわかんない」

「なんで布に穴を開けとかないんだ」

多田は行天の腕をつかんだまま、JRまほろ駅構内を突っ切り、駅の裏側を目指した。

「ありがとう、やさしいサンタさん」

「黙ってろ。ほら、階段下りるぞ」

「暗闇で迷えるひとを導く光は、どうして洋の東西を問わず赤いのかな」

「え？」

「ほら、トナカイの赤っ鼻とか、飲み屋の赤提灯とか」

「……知るか」

まほろ駅の裏側には、ラブホテル街が広がっている。ルルやハイシーが客を取る長屋の軒（のき）も並んでいる。営業中とはいえ、まだ昼間だからあたりの人通りは少ない。だが、長屋の軒下にある客待ち用の椅子に、ルルとハイシーの姿は見当たらなかった。きっと、屋内で仕事をしているのだろう。多田は行天を誘導し、長屋のまえを通りすぎた。

ルルとハイシーに教えられた番地には、七階建ての細いマンションがあった。外壁はパール色のタイル張りで、ヘビの鱗（うろこ）みたいに冬の光を弾（はじ）いている。雑居ビルとマンションの中間といった風情だった。

三人乗ったら満杯のエレベーターで、五階まで上がる。各フロア二室ずつしかないらしく、エレベーターを出てすぐのドアに、「おひさま託児所」とパステル調の看板が貼りつけてあった。

インターフォンを押し、待つことしばし。思いがけず、廊下の奥にあるほうのドアが開いた。どうやら「おひさま託児所」は、壁をぶち抜き、五階の二室を両方とも使っているようだ。

「多田便利軒さん？」

顔を覗かせたのは、温厚そうな初老の女性だった。

「はじめまして、多田です」

多田は赤い三角帽を脱いで挨拶した。

「所長の福村(ふくむら)です。急なお願いですみません」

廊下に出て近づいてきた福村は、鹿の怪物を見てややたじろいだようだった。「あの……、こちらはトナカイさん？」

「はい、まごうことなきトナカイです」

と、行天が布越しに強調した。「たび重なるトナカイ同士の戦闘で、角がややすり減って細く鋭くなってしまいましたが、最強の戦士とトナカイ界で誉れ高き、トナカイ行天です」

トナカイトナカイうるさい。多田は行天の脇腹に肘鉄を入れ、福村に向かって笑顔を作った。

「段取りがよくわかっていないのですが、どうすればいいんでしょうか」

「これを」

と、福村は抱えていた大きな白い布袋を差しだした。「中身は風船とお菓子です。お預かりしている子が、赤ちゃんも含めて八人いますから、全員に一個ずつ配ってあげてください」

「入るタイミングは？」

「こちらを」

と、福村は看板がついたドアを指した。「内側から開けます。そうしたら、どうぞ」

「わかりました」

福村は廊下の奥のドアから、室内へ戻っていった。ドアを閉めるまえに、茶目っ気たっぷりに多田に目配せしてみせる。多田はうなずき、帽子をかぶりなおした。目のまえのドア越しに、室内の気配をうかがう。

「サンタさんとトナカイさんが到着しましたよ」

という福村の声が、かすかに聞こえた。ジングルベルの歌がはじまる。子どもたちとスタッフが歌っているのだろう。期待に満ちた、楽しそうな声だ。

多田は白い袋を背負い、スタンバイした。

「行天、行くぞ」

「はいはい」

ドアが開き、福村が手招きする。拍手が起こった。たたきはなく、カーペットが敷かれていない部分の床は、土足で歩いていいようだ。多田は黒いサンタブーツを履いたまま、室内へ入った。

福村も含めてスタッフが三人と、八人の子どもたちが、多田を出迎えてくれた。子どもも八人のうち二人は乳児なので、サンタクロースがなんなのかを理解していない。スタッフに抱かれ、目を丸くして多田を見ている。ほかの子どもたちは、物心もつきはじめた年ごろなので、みんな笑顔だ。興奮してジャンプしたり、「サンタさんだ！」と叫んだりしている。

ヒゲで顔の大半が隠れてはいるが、多田も努めて善良そうな笑みを浮かべ、子どもたちに手を振った。拍手がいっそう大きくなる。

その直後、多田のうしろでドゴッと鈍い音がした。慌てて振り返ると、行天が（正確に言うと、行天の頭に載った鹿の首が）ドア枠の上部に激突したところだった。張りだした角が引っかかり、行天は室内に入れずもがいていた。

「行天、角、角！」

多田は声をひそめてアドバイスした。「かがんで、体を横向きにして入れ」

拍手はやんでいた。行天は言われたとおり、カニ歩きで室内に登場した。激突の拍子に、鹿の首はヘルメットごとかしいでしまっていた。バランスがうまく取れないらしく、行天の上半身は鹿首ごとぐらんぐらん揺れた。

「こわい……」

と、五歳ぐらいの女の子がつぶやいた。隣に座っていた三歳男児（推定）も、怯えたように若い女性スタッフのもとに突進した。そのスタッフが抱っこしていた赤ん坊が、世界の終わりとばかりに激しく泣きだした。

あれがセデスさんの子かもしれないな。と多田が思ううちに、室内の子どもたちがつられて次々に泣きだし、鹿の怪物への恐怖はまたたくまに伝播増幅して、「こわいー」「こわいー」の大合唱はいまや破れ鐘のように響き渡る。

ヘルメットごと鹿首を正しい位置に直そうと、行天が垂れた布をめくりあげた。袋を床に下ろした多田は、途方に暮れて言った。

「おい……、おまえのせいだぞ。この混乱をなんとかしろ」

赤ん坊は顔を真っ赤にして泣き叫び、幼児はひきつけを起こさんばかりの状態でスタッフに取りすがっている。惨状を見て取った行天は、カーテンを閉めるように、再び布を顔のまえに垂らした。

「無理。ガキがいっぱい。しかも泣いてる。俺は涅槃に入る」

「なにを言ってんだ、おまえは」

それきり行天は、鹿の怪物姿で直立したまま、多田の呼びかけにもいっさい応じなくなってしまった。

まいったな、おい。多田はおろおろするしかなかったが、福村をはじめスタッフはさすがに慣れたものだ。

「あらあら、そんなに泣かないの」

「ほら、みんな。サンタさんよ。なんにもこわくないから、大丈夫」

「サンタさんと鹿……トナカイさんよ。サンタさんがプレゼントを持ってきてくださったんですって」

福村の言葉で、多田は冷静さを取り戻した。そうだ、俺にはお菓子という頼もしい武器があったじゃないか。

「よーし、よい子のみんな」

多田は声を張りあげた。「プレゼントを配るから、一列に並んで」

だれ一人として、多田の言うことなど聞いていない。泣いたり鼻水を垂らしたりしている。多田は自分からプレゼントを配って歩くことにした。黒いブーツを脱いでカーペットに上がる。子どもたちはあとじさったが、多田が袋から取りだした風船と、お菓子の小さな詰めあわせ袋を見て、泣き声は徐々に収まっていった。

多田は自分で取りだしておきながら、風船を見て感嘆の声を上げそうになった。色とりどりのソーセージみたいな細い風船をよじり、かわいらしいクマやウサギの形にしてあったからだ。こんなコジャレた風船だとはなあ。きっとスタッフが作ったのだろう。

お菓子のラッピングも、透明な袋の口をピンクのリボンで結んであり、金色の鈴までついていた。

最初に「こわい」と言った女の子が、意を決したように近づいてきた。多田はしゃがみ、

「はい」

とお菓子を渡す。「風船はどれがいい？」

「ウサギさん！」

女の子はお菓子と風船を大切そうに受け取り、「ありがとう、サンタさん」とお礼を言った。泣いたカラスがもう笑った、というやつだ。

残りの子どもたちも我先にと多田のまわりに集まり、お菓子と望みの風船を手にした。スタッフに抱かれた赤ん坊二人も、さっそく風船をしゃぶっている。苦くないんだろうか、と多田は少々心配になった。

「さあ、みんなで『きよしこの夜』を歌いましょう」

福村がそう言い、小さなオルガンを弾きはじめた。子どもたちもスタッフも、声をそろえて歌いだす。

多田は帰るタイミングを失い、からになった白い袋を手に、ブーツを履いて再び行天の隣に立った。子どもたちから、歌を捧げられるみたいな恰好だ。照れくさく居心地が悪かったが、多田は澄んだ歌声に耳を傾けた。

飼い葉桶(おけ)で眠る、救いの御子(みこ)。脳裏に思い浮かべたその情景は、いつのまにか、ベビ

ーベッドですやすや眠る我が子の顔にすり替わった。死んでしまった、多田の息子。

思い出したくない。つらいから。苦しくて息ができなくなるから。急いで想念を散らそうとした多田の脳天を、鋭い痛みが襲った。びっくりして隣を見ると、行天がリズムに合わせてゆったりと体を左右に揺らしている。行天の体が傾くと、鹿の首も傾き、角が多田の目前に迫った。多田は行天から一歩離れ、「なるほど、さっき俺の頭を突いたのは、こいつの角か」と納得した。まったくはた迷惑なやつだ。

「お菓子を配ったらすぐに退場していい」とハイシーは説明したが、多田と行天は歌が終わっても解放されなかった。子どもたちの質問攻めに遭ったからだ。

「サンタさんは、どこに住んでるの？」

鼻水を垂らした男の子が、好奇心に満ちた目で尋ねてくる。

「フィンランドだよ」

と多田は答えた。いや、ノルウェーだったかな。まちがった知識を子どもに与えてしまっただろうかと、ちょっと不安になった。

「そこはどんなところですか？」

今度は、泣いたカラスの女の子が聞く。

「寒い」

と答えたのは多田ではない。室内にいる全員の目が、いっせいに行天に向けられた。鹿の怪物は直立不動である。垂れた布の向こうで行天がどんな表情をしているのか、まったくうかがうことはできない。

「あの……、トナカイさんですよね？」

赤ん坊を抱いたスタッフの一人が、こらえきれなかったようで質問を発した。

「そうだよ」

布の向こうから答えが返った。「このじいさんが乗った橇を引っ張って、はるばるフィンランドから来た。すっげえ疲れた」

「おい、行天」

小声でたしなめたのだが、

「なに？」

と行天が首をかしげたとたん、またも脳天に角が突き刺さってきて、多田はあえなく敗退した。頭をさする多田をよそに、子どもたちとトナカイとの質疑応答がつづく。

「橇？　橇はどこにあるの？」

「フィンランドとまほろは、月と地球ぐらい遠いんだよ。こっちに着いたとたんブッ壊れたから、捨てた。軽トラに乗って帰るつもり」

「サンタさんとトナカイさんは、仲良しなんだよね？」

「だれに聞いたの、それ」

「絵本に書いてあった。一緒に暮らしてるって。ちがうの？」

「合ってる。仲は、まあまあかな。俺は尽くしてるつもりなんだけど、ずっと一緒にいると倦怠期ってもんがあってね」

「子どもにおかしなことを吹きこむな」

多田の抗議をよそに、行天は「ほかに質問ある？」などと言っている。

「トナカイさんは、サンタさんにプレゼントをお願いしましたか？」

泣いたカラスの女の子が、再び尋ねた。純真で利発そうな目をしている。

「なにも」

と行天は言った。「このじいさんは、お願いしなくても俺の欲しいもんを全部くれるから。寝床も、食いもんも。ちょっとだれかと話したいなって気分のときには、話し相手にもなってくれる。だいたいいつも、つまんない話題しか振ってこないけどね」

おまえほんとにどっか行ってくれ。多田は「無」になる修行を一時棚上げし、恩知らずの鹿につかみかかろうとした。

「じゃあ、トナカイさんは幸せなんだ」

女の子はうれしそうに言った。一瞬の間を置き、鹿の首は前後にぐらんと揺れた。

「ま、それなりにね」

多田はつかみかかるのをやめてやることにした。行天はいまどんな表情をしているのだろう、と思った。

ジングルベルの歌声に送られ、多田と行天は託児所を出た。子どもたちを恐慌のただなかに突き落とすというハプニングはあったものの、なんとか依頼を完了できた。

「さすがに疲れたな」

廊下で福村に白い袋を返した多田は、マンションを出てから赤い三角帽を脱いだ。

「子どもは苦手だなんて言いながら、おまえけっこうしゃべってたじゃないか」

「じじいの補佐をするのが、獣の役目だからね」

行天もようやく、鹿首つきヘルメットをはずした。「布のおかげでガキが見えなかったから、なんとかなった。『いま俺に話しかけてるのは、遊星からの物体Xだ』と必死に念じつづけたよ」

「それに話しかけられるぐらいなら、子どもが相手のほうがましじゃないか？」

多田は帽子をサンタ服のポケットにつっこみ、行天は鹿首ヘルメットを小脇に抱え、駅裏の道を並んで歩いた。早くも夕闇があたりを覆いはじめ、長屋の窓には明かりが灯っていた。昼間は気づかなかったが、窓ガラスには赤いセロファンが貼られ、窓枠には偽物のツタの葉を這わせてある。必然的に、路面に漏れる光も赤く染まっており、クリスマス仕様のつもりなのだろうけれど、惨劇の館のようなムードを醸しだしていた。

「ルルとハイシーに報告したかったんだが、見当たらないな」

「忙しいんじゃない。クリスマスイブだからね」

どんな商売であれ、繁盛するのはけっこうなことだ。多田はそう思うことにした。

「俺たちも明日から年内いっぱい、また忙しいぞ」

「少しはのんびりしたいもんだねえ」

「おまえはいつものんびりしすぎてるだろ。ちゃんと手伝わないなら、今度こそ叩きだす」

「はいはい」

多田と行天は駅の階段を上り、構内を突っ切って、南口ロータリーに出た。とたんに、冷たいビル風が吹きつける。

「うわー、寒い。多田、帽子貸して」

「鹿首ヘルメットがあるだろ」

「いやだよ、目立つもん」

さんざん目立ったくせに、いまさらなんだ。あきれる多田をよそに、行天は勝手にポケットからサンタ帽を引き抜くと、片手だけ使って目深（まぶか）にかぶった。

大勢のひとが、南口ロータリーを行き交っている。聖夜の食事に向かう家族づれ、待ちびとを見つけて笑顔になる若い男女、総菜が入っているらしきレジ袋を片手に、デパートのクリスマスツリーを見上げる老人。だれもが少しだけさびしそうで、でも満たされた表情をしている。

「あああ」

と、行天が突然うめいた。

「どうした」

「腹が痛い。ガキと接したストレスで、やっぱり下痢になったみたいだ」

「おまえがストレス？　馬鹿言うな」

「あ、もうダメ。ダッシュで事務所戻る」

行天は鹿首ヘルメットを多田に押しつけ、人混みをうまくすり抜けて、猛然と走っていってしまった。多田は呆気に取られ、遠ざかっていく赤い三角帽を見送った。

——暗闇で迷えるひとを導く光は、どうして洋の東西を問わず赤いのかな。

赤は血の色だからだ、行天。生者のなかを流れ、脈打ち、力と熱へと駆り立てる源だからだ。

俺たちは闇をくぐり抜け、それぞれに、それなりに、幸せに近づきつつあるんだろうか。

そうだったらいい。そうなったらいい。

まあ、俺たちを導くのは所詮、生臭い血の色なんだけどな。

多田はひそかに笑い、抱えた鹿首への注視に耐えながら、行天のあとを追って歩きだした。

浮かんだ一番星が、金の針のような光を暮れゆく空にまき散らしていた。

解説

岸本佐知子

東京の南西のはずれにある街、まほろ市のおんぼろ雑居ビルで小さな便利屋を営む多田と、そこに居候を決めこむ男・行天。なんのかんのと揉めながらも妙に息が合って、おなじみ二人の共同生活は、本作でとうとう三年目に突入している。だが今回、その二人に史上最大の難事業が襲いかかる。

多田と行天の物語は、しばしば小さいものが鍵となって動きだす。たとえば一匹のチワワ。たとえば塾帰りの子供。たとえば一冊の家計簿。たとえば、そう、一本の小指。

今回、それは幼い子供だ。四歳の女の子「はる」を、一か月半ものあいだ多田便利軒で預かるはめになってしまうのだ。

むくつけき独身男二人が幼児の世話をするというだけでもふつうに難儀だが、それだけではない。子供にまつわる過去の傷をそれぞれに抱える彼らにとって、四歳児を預かるということは、開けたくもない地獄の釜の蓋に手をかけるのに等しい。

ことに行天にとって子供は完全な鬼門だ。実の親によって子供時代を決定的に損なわれた彼には〝かわいがる〟と〝苦痛を与える〟の区別がつけられない。「俺がそうされてきたからだよ。それしか知らないからだ」。
おまけに「はる」は、行天の生物学上の、まだ一度も会ったことのない娘なのだ。前二作を読んだ読者であれば、多田でなくとも「うわあ」と頭を抱えることだろう。はたして二人はこのミッション・インポッシブルを無事に完遂することができるのか。過去の傷と向き合い、乗り越えることができるのか。

　という多田・行天・はるの物語を太い軸として、本書では過去二作に登場した人物たちがにぎやかに再結集して、いくつものサイドストーリーを重層的に織りなしていく。曽根田のばあちゃんは新たな予言をする。ルルとハイシーはなますを作る。星の一味は怪しい無農薬野菜の団体と暗闘する。このシリーズの冒頭からずーっと横中バスの間引き運転を糾弾しつづけていた岡老人は、ついに決起する。そして多田の「キッチンまほろ」の柏木亜沙子への恋は続く。

　そのまほろの人々の、なんと全員がいきいきと魅力的なことだろう。『まほろ駅前』シリーズを読むたびに、いや三浦しをん作品を読むたびにほれぼれするのは、すべての人物が、脇役の一人ひとりにいたるまで、顔があり、体温や匂いがあり、生活があるということだ。

　たとえば、裏社会のプリンス・星。彼は第一作『まほろ駅前多田便利軒』で、冷酷で頭の切れる強面（こわもて）の人物として登場するが、続く『まほろ駅前番外地』では、健康おたくで料理好き、実はいいとこの子で母親に頭が上がらない、という意外な素顔が明らかになる。でもそれが少しも不自然でなく、それらの要素が加わることで彼という人物がますますくっきりと彫られていく。ああ、わかるわかる、この人はこうだよ、と思う。たぶん作者の頭の中では、映画ならエンドロールのいちばん下のほうに出てくるような登場人物まで、きっちり顔が見えているのにちがいない。

ユラコーこと小学生の由良が、ひと回りたくましくなって帰ってきたのもうれしい。あいかわらず両親とのすれ違い生活は続いているようだけれど、小枝みたいに脆かった彼が、本作では、親のカルト活動のせいで学校で仲間はずれになっている裕弥の唯一の味方になり、面倒を見ている。由良だけではなく、人物たちは三作を通じて少しずつ成長し、変化している。変化するとは、つまり生きるということだ。そうして生きて動いている人たちが「粘菌のよう」につながったり離れたりしているのが、まほろという街だ。多田と行天の物語を読むとき、私たちはいっしょにまほろの街のざわめきや色や息づかいも読んでいる。その中に入りこみ、いっしょにまほろを生きている心持ちになる。

すでに述べたように、本作の大きなテーマの一つは〈過去の傷と向き合うこと〉だ。物語の最初のほう、怖いものはあるのかと問われた行天は「あるよ。記憶」と答える。もしすべてを忘れて誰かを愛することができたらどんなにいいかと思う、でも自分にはできないのだ、と。曽根田のばあちゃんに「あの世ってあるんだろうかねえ」と問われて、「あの世なんてないよ」とあっさり言ったあと、行天は言う。

「でも、俺はあんたのこと、なるべく覚えているようにする。あんたが死んじゃっても。俺が死ぬまで。それじゃだめ？」

それなのに、ひるがえって自分の話になると、彼はこう言う。

「俺だったら、だれにも覚えていてもらいたくなんかないな。どんなきれいな女だって、ごめんだ」

この本の中では「覚えている」という言葉が、まるで祈りのようにくりかえされる。誰かが誰かを記憶にとどめるということは、その人がべつの誰かの中で新たな命を獲得するということだ。そうやって、人は関わりあいながら生き、生かされていく。その連環から自らを切り離し、独りで閉じようとする行天の言葉に、多田は心の中で言う。

じゃあおまえは、抱えた記憶ごと虚無の闇へ沈むつもりなのか？　死んだことすらだれにも気づかれないまま、一人きりで。

物語の終盤ちかく、多田の行天に向けたこの問いに、ある美しい答えが与えられる。

シリーズ屈指の心ふるえる場面だ。

多田にとっても、はるは試練の種だ。幼い息子を失った経験をもつ彼は、もし預かったはるの身に何かあったら、自分はもう二度と立ち直れないほどの打撃を受けるだろうと考え、おののく。そのいっぽうで、こうも思う。

本当は心のどこかで、「いいチャンスだ」と思っている。再び子どもと接することで、俺もなにかをやり直せるのではないか、胸に巣くう怖れと絶望をべつのものに転じられるのではないかと、かすかな期待を抱いている。

はるは多田にとって過去への踏み絵であるだけではなく、未来への希望でもある。そう、これは過去と向き合う話であると同時に〈前に進む〉物語でもあるのだ。夫の死にまつわる心の傷をもつ亜沙子は、あるところで「夫との記憶も、憎しみも、全部抱えてもう一度生き」たい、と言う。それと響きあうように、多田もべつの場所で「そうだ。勝手さも苦しみも記憶もすべて抱え、それでも俺は生きたい」と言う。ここにもまた、切実な祈りの言葉がある。

本作『まほろ駅前狂騒曲』をもって、『まほろ駅前』三部作はひとまず完結する。曽根田のばあちゃんに予言された旅は、一つの終着点を迎えるのだ。その長い道のりを振り返ってみると、ほんとにいろんなことがあったよなあ、と思う。まるで自分もいっしょに旅してきたみたいに、多田と行天の肩を叩いて、お疲れさま、と言いたくなる。けれども彼らの物語に笑ったり泣いたりしながら、読者はいつしか気づく。二人の物語だけが物語ではなく、人の数だけ物語はあって、外からは見えないけれど、どの人も癒えない傷や過去の痛みや壮絶なドラマを生きているのだと。そして誰もが世界という巨大な一枚の織物の小さなピースとして生き、いつかは朽ちていく存在なのだと。

ここには、それぞれの限られた生を生きるすべての人々への、無限に優しいまなざしがある。人はみんな、変で、馬鹿で、いびつで、可愛い。そんな作者の声が聞こえてくる。そして私たちは、自分もまたそのピースの一つなのだと気づかされて、心細いような、世界とつながったような気持ちになる。

だからまほろの物語を読むたびに、私はいつも大きな優しさと、少しの寂しさに襲われる。何となく背筋が伸びて、やみくもに、良く生きよう、と思うのだ。

（翻訳家）

初出
「まほろ駅前狂騒曲」
週刊文春
二〇一〇年十月二十八日号
〜二〇一一年九月十五日号
「サンタとトナカイはいい相棒」
ダ・ヴィンチ
二〇一三年二月号

単行本
二〇一三年十月　文藝春秋刊
文庫化にあたり、「サンタとトナカイはいい相棒」を収録いたしました。

文春文庫

まほろ駅前狂騒曲（えきまえきょうそうきょく）

定価はカバーに表示してあります

2017年9月10日　第1刷

著　者　三浦（みうら）しをん

発行者　飯窪成幸

発行所　株式会社　文藝春秋

東京都千代田区紀尾井町3-23　〒102-8008
TEL　03・3265・1211
文藝春秋ホームページ　http://www.bunshun.co.jp

落丁、乱丁本は、お手数ですが小社製作部宛お送り下さい。送料小社負担でお取替致します。

印刷・凸版印刷　製本・加藤製本

Printed in Japan
ISBN978-4-16-790918-5

文春文庫　エンタテインメント

（　）内は解説者。品切の節はご容赦下さい。

大沢在昌
魔女の盟約
自らの過去である地獄島を破壊した「全てを見通す女」水原は、家族を殺された女捜査官・白理（バイリー）とともに帰国。自らをはめた「組織」への報復を計画する。『魔女の笑窪』続篇。（富坂　聰）
お-32-8

奥田英朗
イン・ザ・プール
プール依存症、陰茎強直症、妄想癖など、様々な病気で悩む患者が病院を訪れるも、精神科医・伊良部の暴走治療ぶりに呆れるばかり。こいつは名医か、ヤブ医者か？　シリーズ第一作。

お-38-1

奥田英朗
空中ブランコ
跳べなくなったサーカスの空中ブランコ乗り、尖端恐怖症で刃物が怖いやくざ……。おかしな症状に悩める人々を、トンデモ精神科医・伊良部一郎が救います！　爆笑必至の直木賞受賞作。

お-38-2

奥田英朗
無理（上下）
壊れかけた地方都市・ゆめのに暮らす訳アリの五人。それぞれの人生がひょんなことから交錯し、猛スピードで崩壊してゆく様を描いた傑作群像劇。一気読み必至の話題作！

お-38-5

荻原　浩
幸せになる百通りの方法
自己啓発書を読み漁って空回る青年、オレオレ詐欺の片棒担ぎ、リストラを言い出せないベンチマン……今を懸命に生きる人々を描いたユーモラス＆ビターな七つの短篇。（温水ゆかり）
お-56-3

大崎　梢
夏のくじら
大学進学で高知にやって来た篤史はよさこい祭りに誘われる。初恋の人を探すために参加するも、個性的なチームの面々や踊りの練習に戸惑うばかり。憧れの彼女はどこに!?（大森　望）
お-58-1

大崎　梢
プリティが多すぎる
文芸志望なのに少女ファッション誌に配属された南吉くんこと新見佳孝・26歳。くせ者揃いのスタッフや10代のモデル達のプロ精神に触れながら変わってゆくお仕事成長物語。（大矢博子）
お-58-2